Ein Roman
von
Anja Langrock

Forever
IMMER NUR DU

Teil 1 der
Cornwall Reihe

© Anja Langrock
Deutsche Erstausgabe Mai 2021

Impressum:
Anja Langrock
Östlefeldweg 31
86859 Igling

hallo@anja-langrock.de
facebook.com/AnjaLangrockAutorin
www.anja-langrock.de

© Cover- und Umschlaggestaltung: LoreDana Arts - loredanaarts.de
© Buchsatz: LoreDana Arts - loredanaarts.de

Bibliografische Informationen der Deutschen Nationalbibliothek:
Die Deutsche Nationalbibliothek verzeichnet diese Publikation
in der Deutschen Nationalbibliografie, detaillierte bibliografische
Daten sind im Internet über http://dnb.bnb.de abrufbar.
Herstellung und Verlag: BoD - Book on Demand, Norderstedt

ISBN: 9-783-753-49917-8

Prolog

"Es ist aus." Hatte ich diese Worte wirklich vernommen oder entsprangen sie meiner Fantasie? Hielt mich etwa gerade ein Scheißalbtraum gefangen?

„Hörst du mich? Jamie, ich meine es ernst." Der Griff meiner Freundin, die mich am Arm packte, war zu real, als dass ich die Szene träumte.

Wahrscheinlich schmeichelte mir mein Gesichtsausdruck nicht gerade, denn ich starrte sie aus weitaufgerissenen Augen an, unfähig irgendetwas zu erwidern. Jetzt reiß dich mal zusammen, wies ich mich selbst zurecht, angewidert von meinem desolaten Zustand. Gwen wirkte hingegen souverän und völlig ungerührt, aber sie hatte ja genügend Zeit gehabt, dahingehend zu üben, während ich ins kalte Wasser geworfen wurde und von nichts eine Ahnung gehabt hatte. Wie konnte man nur so unwissend und vollkommen verblödet durchs Leben laufen?

„Warum?" Endlich kam mir doch noch was über die Lippen, auch wenn es nicht gerade originell war.

Ihr theatralischer Seufzer riss mich aus meiner Lethargie und machte mich wütend. Extrem wütend. Sie tat ja gerade so, als wäre jedem klar gewesen, dass wir uns trennen würden, nur ich stellte mich selten dämlich an.

„Hör auf damit. Du schuldest mir eine Erklärung, also tu nicht so, als wäre es völlig abwegig, eine einzufordern."

„Hast du denn gar nicht gemerkt, dass wir uns in den letzten Monaten auseinandergelebt haben? Wir haben uns verändert, ich habe mich weiterentwickelt. Dir muss doch aufgefallen sein, dass unsere Leidenschaft abgekühlt ist."

Wieder sah sie mich dermaßen mitleidig und ein wenig verächtlich an, dass ich mich wirklich zusammenreißen musste, um sie nicht zu packen und durchzuschütteln.

„Was redest du da für einen Bullshit? Du warst es doch, die noch vor ein paar Wochen unbedingt mit mir in den Urlaub fahren wollte. Es war wie immer, ich verstehe echt nicht, was das jetzt soll."

„Wie immer! Genau das ist das Problem, was ich dir gerade zu vermitteln versuche. Ich will mich verändern, ich will raus aus diesem Kaff. Etwas erleben, nicht immer auf der Stelle treten."

„Und das geht nicht an meiner Seite, oder was?"

Gwenn zögerte kurz und erstmals sah ich Bedauern in ihren schönen Augen aufblitzen. Sie strich sich mit einer Handbewegung die Haare hinter die Schulter, eine Geste, die ich immer verdammt sexy gefunden hatte. Dann konnte sie den Blickkontakt nicht aufrechterhalten und starrte knapp an mir vorbei auf das weite Meer hinter uns. Unser romantischer Strandspaziergang entpuppte sich zunehmend als Albtraum.

„Du hemmst mich, du bremst mich aus. Sieh dich doch an. Du bist an das Kaff gebunden, weil du es so willst. Du bist glücklich hier, während ich darauf warte, endlich von hier fortzukommen. Wir passen nicht zusammen. Ja, ich habe dich geliebt, aber als wir zusammenkamen, war ich sechszehn, jetzt bin ich zwanzig und möchte mehr vom Leben. Bitte akzeptiere das und mache es mir nicht unnötig schwer."

Es klang vollkommen logisch, was sie mir so nüchtern darlegte, aber warum zum Teufel glaubte ich ihr nicht? Gwen hatte nie einen Hehl aus ihren Gefühlen für mich gemacht. Aber je länger ich darüber nachdachte, desto eher gestand ich mir ein, dass sie in den letzten beiden Wochen stiller und in sich gekehrter gewesen war. Aber ich hatte es nicht ernst genommen. Einmal hatte ich sie gefragt, ob sie etwas bedrücke, da hatte Gwen ihre Arbeit vorgeschoben. Dennoch hätte ich niemals gedacht, dass sie mit einer Trennung liebäugelte. Vielleicht würde ich nie erfahren, warum sie alles wegwarf. Aber als sie mich erneut ansah, erkannte ich an ihrem unnachgiebigen Blick, dass sie mit mir abgeschlossen hatte, und egal, was ich tat, ich würde sie nicht aufhalten können. So hilflos hatte ich mich noch nie gefühlt. Mir waren die Hände gebunden und alles was mir blieb, war die Möglichkeit diese Geschichte im Guten abzuschließen. Momentan fühlte ich nur Wut auf Gwen, aber ich wusste, dass diese bald verrauchen und Trauer Platz machen würde. Trauer, um eine in meinen

Augen perfekte Beziehung, von der ich dachte, sie würde ein Leben lang andauern.

Aber ich konnte ihr keinen Vorwurf machen, weil sie aus dem beengten Leben ausbrechen wollte. In einem hatte sie recht, ich würde ihr nicht folgen. Konnte es nicht, wollte es gar nicht. Mein Herz hing an meinem Geburtsort Newquay und den Leuten, die hier lebten. Hier war ich glücklich. Nirgends anders wollte ich leben. Und selbiges Recht diesen Ort für sich zu finden, stand auch Gwen zu. Deshalb musste ich sie ziehen lassen, auch wenn es bedeutete, dass es mir das Herz brechen würde.

1

*I*m Geiste ging ich noch einmal meine Checkliste durch. Zum gefühlt hundertsten Mal. Irgendetwas hatte ich immer vergessen. Aber jetzt müsste ich alle Dinge erledigt haben und meinem Umzug stand nichts mehr im Weg. Da unsere Wohnung möbliert vermietet wurde, musste ich mich wenigstens nicht darum kümmern, sie leerzuräumen. Meine Nachmieterin zog nächste Woche ein und hatte das Glückslos gezogen, mit Francis zusammenzuwohnen, die gemeinsam mit mir Tiermedizin studiert hatte. Im Gegensatz zu mir, würde sie im Londoner Vorort bleiben und in einer kleinen Gemeinschaftspraxis arbeiten, die Kleintiere behandelte. Ich hingegen zog in meine Heimatstadt zurück, die ich in den letzten Jahren gemieden hatte.

„Bist du dir sicher, dass du das Richtige tust?", fragte meine Freundin Fran, die mich skeptisch beäugte und sich dabei durch die blonden Locken fuhr.

Verunsichert ließ ich mich auf einen Sessel fallen.

Tief durchatmend fand ich genügend Energie, um möglichst überzeugend zu antworten. „Ja, bin ich. Ich liebe meinen Heimatort und es war ein Glücksgriff, dass genau jetzt zum Studienende, Doktor Applegate demnächst in Rente gehen wird. Das war ein Wink des Schicksals. Als meine Mum mir davon erzählt hat, war mir klar, was ich tun muss."

„Und weil du Newquay so sehr liebst, warst du in den letzten Jahren wie oft dort? Zweimal, dreimal?" Frans Blick wurde noch eine Spur skeptischer. Natürlich glaubte sie mir kein Wort. Immerhin war sie eine der wenigen, die Bescheid wussten, warum es mich nicht nach Hause zog, obwohl meine Eltern und meine jüngste Schwester dort wohnten.

„Es ist Jahre her und meine Wut auf Jamie, hat meine Gefühle längst abgetötet. Was er mit Gwen abgezogen hat, war einfach unterste Schublade. Klar, ich habe ihn nicht mehr so oft gesehen, als ich zum Studieren wegzog, aber er war während der Schulzeit mein bester Freund ..."

„In den du verliebt warst, bis ihn dir deine Schwester weggeschnappt hat", warf Fran nicht gerade feinfühlig ein.

„Das auch, aber egal, darum geht es jetzt doch gar nicht." Meine Freundin handelte sich einen wütenden Blick von mir ein, bevor ich fortfuhr: „Aber irgendwann muss doch mal Schluss mit den Vorwürfen sein. Gwen ist wieder liiert und natürlich habe ich ihr nach der Trennung und ihrem Aufenthalt in der Psychiatrie beigestanden. Sein Verrat hat sie damals einfach vollkommen aus der Bahn geworfen. Aber jetzt geht es ihr gut und sie kann nicht von mir verlangen, dass ich mich ihr zuliebe weiterhin von meiner Heimat fernhalte. Außerdem ist Newquay mit knapp zwanzigtausend Einwohnern jetzt auch nicht so klein, als dass ich Jamie ständig über den Weg laufen werde."

Durch meine Mutter wusste ich natürlich, dass er immer noch dort wohnte, aber alles andere hätte mich auch verwundert. Er war schon immer der heimatverbundene Typ gewesen und sein Pflichtgefühl, sich um seine Mutter zu kümmern, hielt ihn zusätzlich davon ab, wegzuziehen. Mein Herz zog sich schmerzhaft zusammen, als sich sein Bild vor mein geistiges Auge schob. Jamie, wie er auf den Klippen vor dem offenen Meer stand, die halblangen, dunkelblonden Haare wild vom Sturm durcheinandergewirbelt, sein geliebtes freches Grinsen. Ich war so unfassbar verliebt in ihn gewesen und er hatte es nie bemerkt. Natürlich hatte ich alles darangesetzt, dass er es nicht erfuhr, denn ich hatte mir niemals Chancen bei ihm ausgerechnet. Aber als er durch mich meine jüngere Schwester kennenlernte, die ihm gleich den Kopf verdrehte, war es, als wurde mir brutal mein Herz herausgerissen. Ab diesem Zeitpunkt ging er ständig bei uns ein und aus und ich zerbrach fast daran, die beiden so verliebt zu erleben. Unsere Freundschaft lief von da an, nur noch auf Sparflamme, was allerdings an mir lag. Jamie hatte sich anfangs bemüht, mich weiterhin zu treffen, aber ich hielt es einfach nicht aus und redete mich immer häufiger heraus. Irgendwann gab er auf, und war insgeheim bestimmt erleichtert, weil es meiner Schwester nicht recht war, wenn er sich allein mit mir traf. Sie war eifersüchtig auf mich, was absolut lächerlich war, in Anbetracht der Tatsache, dass sie schon immer die Hübschere, Geistreichere und Beliebtere war. Ich lief einfach so mit, weder besonders gemocht, noch besonders unbeliebt.

Bis ich Jamie kennengelernt hatte, der mich in den Himmel hob, mir das Schweben beibrachte, durch den ich lernte, mich selbst zu mögen. Der mir eine Horde Schmetterlinge bescherte, jedes Mal, sobald ich auch nur an ihn dachte. Und der mir am Ende das Herz brach, obwohl ich ihm dafür niemals einen Vorwurf machte, genauso wenig wie meiner Schwester. Ich hatte ihr nie gestanden, in Jamie verliebt zu sein. Aber hatte ihre weibliche Intuition es wirklich nie gespürt? Allerdings hatten wir all die Jahre niemals darüber gesprochen.

„Mein Gott Lizzy, wo bist du denn gerade gewesen?" Fran rüttelte an meiner Schulter und ich blickte sie desorientiert an.

„In meiner Vergangenheit", gab ich ein klein wenig frustriert zu. Ein wenig unwohl wurde mir schon bei dem Gedanken zumute, Jamie bald zu begegnen. Bei den seltenen Heimatbesuchen hatte ich kaum das Haus verlassen, aus Sorge ihn zufällig zu treffen. Sobald ich wieder dort wohnte, wäre es irgendwann unvermeidlich, aber ich wollte mir die tolle Chance einfach nicht verbauen und konnte es kaum erwarten, in meine berufliche Zukunft zu starten. Und auf mein neues Zuhause, das urige Cottage freute ich mich nach den Jahren in der Großstadt ganz besonders. Denn mit meinen achtundzwanzig Jahren wollte ich nicht mehr bei meinen Eltern wohnen. Ich würde am Ortsrand mit direktem Zugang in die Natur wohnen, was ein Traum für mich war. Nirgends auf der Welt war es so schön wie in Cornwall. Die raue, zerklüftete Natur mit den imposanten Steilküsten, aber auch der Artenvielfalt an Tieren und den blühenden Gewächsen war einfach atemberaubend.

Ich umarmte meine Freundin, die zur Arbeit musste und drückte sie fest an meine Brust. „Du musst mich ganz bald besuchen kommen. Ich vermisse dich jetzt schon." Mühsam verkniff ich mir ein Tränchen. Wir hatten vier Jahre zusammengewohnt, waren uns auf die Nerven gegangen, hatten mehrere Liebeskummer gemeinsam durchgestanden und uns besoffen, bis wir den Namen des jeweiligen Typen nicht mehr kannten und nun würden wir uns wohl nur noch alle paar Monaten sehen. „Das werde ich ganz sicherlich tun. Du wirst mich nicht los. Und ich muss gestehen, auch wenn du behauptest mit Jamie durch zu sein, neugierig auf ihn zu sein." Sie zwinkerte mir dreist zu und warf mir von der Tür aus noch einmal ein Handküsschen zu.

Kaum war sie weg, schien es, als würde alle Lebendigkeit aus mir weichen. Reglos stand ich da, unfähig eine Entscheidung zu treffen, welchen Schritt ich als nächstes erledigen sollte. Da mein Kopf gerade überfordert war, befahl ich meinen Beinen, die Küche aufzusuchen, um mir einen Kaffee zuzubereiten. Jetzt gönnte ich mir erst einmal eine Pause mit einem leckeren Stück Scones, was ich mir vorhin aus der Bäckerei geholt hatte. Anschließend würde ich überlegen, was ich noch erledigen musste, bis ich morgen nach Hause fuhr.

Während ich am Küchentisch saß und genüsslich in die Leckerei biss, wanderten meine Gedanken wie ferngesteuert zu Jamie. In den letzten Jahren hatte ich es zumeist geschafft, nicht an ihn zu denken. Immerhin war es fast sechs Jahre her, dass sich die beiden getrennt hatten. Und auch zuvor hatte ich ihn nur noch selten gesehen, da ich sobald wie möglich nach London gezogen war. Meine Mutter hatte versucht, mich zu überreden, wenigstens in Bristol zu studieren, aber ich wollte möglichst weit weg. Weg von Gwens und Jamies Glück, das ich nur schwer ertragen konnte, auch wenn ich mich dafür schämte. Am liebsten wäre ich ins Ausland gegangen, aber da hatte mich schlussendlich der Mut verlassen.

Der räumliche Abstand hatte mir gut getan und als ich meinen ersten Freund hatte, redete ich mir ein, mit Jamie abgeschlossen zu haben. Als ich ihn während eines Heimatbesuches zufällig aus der Ferne gesehen hatte, wurde mir brutal aufgezeigt, dass es eine einzige Lüge war. London war die richtige Entscheidung gewesen. Es reichte mir schon, wenn ich mich mit Gwen getroffen hatte und mir ihre Lobpreisungen über ihren Jamie anhören durfte. Das war schmerzhaft genug gewesen und ich hätte sie so gern angebrüllt, damit aufzuhören. Aber dann hätte ich ihr meine Gefühle gestehen müssen und ich sorgte mich, dass sie sich Jamie gegenüber verplappern würde, außerdem wollte ich ihr Mitleid nicht.

Und dann kam der Tag, an dem mir Gwen völlig aufgelöst erzählte, dass Jamie sie seit Monaten nach Strich und Faden belogen und betrogen hatte. Sie war am Ende gewesen, hatte permanent geheult und mir sogar ein Foto von Jamie gezeigt, der eine andere Frau küsste. Mir hatte es den Magen umgedreht, wie konnte er meine Schwester nur dermaßen schlecht behandeln? Das hatte sie nicht verdient, obwohl ich ihr selbst manches Mal den Hals hätte umdrehen können. Gwen flüchtete ins Ausland und erst Wochen später gestand meine Mutter mir, dass Gwen in der Psychiatrie sei. So kam es, dass wir uns monatelang nicht sahen. Ich wusste bis heute nicht, wo sie überhaupt gewesen war, sie mochte nicht über die damalige Zeit reden, was ich gut verstehen konnte. Anschließend zog sie nach London und wir sahen uns regelmäßig, auch wenn es wohl beiderseits eher Pflichtgefühl als ehrlicher Zuneigung entsprang. Wir waren einfach zu verschieden, um wirklich Gemeinsamkeiten zu finden, aber sie war meine Schwester, die eine furchtbare Zeit mitgemacht hatte, das verband uns. Über Jamie sprach sie zum Glück kaum, was mir recht war.

Und jetzt kehrte ich zurück und hatte überhaupt keine Ahnung, was mich erwarten würde, wenn ich ihm das erste Mal gegenüberstand. Würde ich wieder Gefühle für ihn entdecken oder war er mir egal geworden? Vielleicht siegte auch die Wut, die ich so lange auf ihn verspürt hatte. Ich wusste es einfach nicht und mir blieb nichts anderes übrig als abzuwarten. Immerhin kehrte ich freiwillig zurück, kneifen galt jetzt nicht. Dennoch konnte ich nicht leugnen, dass meine Nervosität schlagartig in die Höhe schnellte, sobald ich nur daran dachte, ihm zu begegnen. Er hingegen dachte bestimmt kaum mehr an die Miller Schwestern. Wahrscheinlich hatte er uns längst vergessen. Ich wusste nicht einmal, ob er mittlerweile verheiratet war oder schon Kinder hatte. Meine Mutter sprach verständlicherweise ebenfalls nicht gern über ihn und ich war froh, wenn er nicht erwähnt wurde. Mit meiner besten Freundin Mia aus der Schulzeit hatte ich zwar immer noch Kontakt, aber auch mit ihr sprach ich mittlerweile nicht mehr über ihn. Vor einiger Zeit war er wohl mit einer ehemaligen Klassenkameradin zusammen gewesen, aber seither hatte ich nicht mehr nachgefragt. Immerhin wollte ich den Eindruck erwecken, dass er mir egal war, dass ich ihn von meiner Festplatte gestrichen hatte. Jamie Ardery, wer bitte sollte das sein?

Hastig sprang ich auf und schalt mich eine dumme Gans. Kaum kehrte ich in die Heimat zurück, waren meine Gedanken in Dauerschleife an Jamie gefangen. Das konnte ja heiter werden. Hoffentlich kurierte mich die erste Begegnung endgültig von ihm und schaffte das, was die Zeit all die Jahre nicht gekonnt hatte. Ihn zu vergessen. Ihn mit dem Deckmantel der Gleichgültigkeit zu überdecken.

2

Jamie

Ich wischte mir mit dem Handrücken den Schweiß von der Stirn. Heute war ein ungewöhnlich warmer Tag für Ende April. Solche Temperaturen waren wir hier nicht gewohnt und schon gar nicht zu dieser Zeit. Aber ich wollte mich nicht beklagen. Als Zimmermann arbeitete ich viel im Freien und das unbeständige Wetter machte es mitunter nicht einfach. Gerade hatte ich den letzten Dachbalken für heute festgenagelt und machte mich an den Abstieg vom Dach. Gedankenverloren sprang ich vom Gerüst und sehnte mich nach einem kühlen Bier. Nachdem ich aufgeräumt hatte, verließ ich gemeinsam mit meinen beiden Kollegen Jackson und Harry die Baustelle, um uns noch ein Feierabendbier im Pub zu gönnen. Zwar waren wir alle drei verschwitzt, aber bei Pete waren wir dennoch gerngesehene Gäste, in seinem Pub nahm es uns das Klientel nicht krumm, wenn wir in Arbeitsmontur vorbeikamen. Auf dem Weg, den wir fußläufig zurücklegten, kam uns ein Paar mit Kind entgegen, die ich sofort erkannte. Immer noch war es mir nicht gleichgültig, Gwens Familie zu begegnen, weil es mich jedes Mal, auch nach all den Jahren daran erinnerte, was ich verloren hatte. Bildete ich mir nur ein, dass ich mit Gwen wunschlos glücklich gewesen war oder hatte es der Wahrheit entsprochen, bis das bittere Ende unerwartet über mir hereingebrochen war? Und dieses Ende war nicht das einzige Übel, was es mit sich gebracht hatte. Mein Beziehungsende zerstörte auch meine Freundschaft zu Lizzy. Gut, wenn ich ehrlich zu mir war, hatte unser Verhältnis schon einen empfindlichen Knacks erlitten, als ich mit Gwen zusammenkam. Das hatte mir leidgetan, denn Lizzy war mir wichtig gewesen und ihr hatte ich alles anvertraut. Aber als ich mich in ihre Schwester verliebte, wurde es verkrampft zwischen uns. Zwar kühlte unser Verhältnis ab, aber sie verschwand nicht aus meinem Leben. Nachdem Gwen mich verlassen hatte, wurde ich allerdings auch von meiner besten Freundin verstoßen. „Hallo Jungs", grüßte Michael freundlich, als sie kurz neben uns stehenblieben. Miranda nickte mir etwas angespannt zu und wieder fragte ich mich, was ich verbrochen hatte, dass mich die gesamte Familie mit Nichtachtung strafte. Michael, Lizzys und Gwens Stiefvater mal ausgenommen. Er verhielt sich neutral, wofür ich ihm dankbar war. Die kleine Jane, seine einzige leibliche Tochter hingegen hüpfte auf uns zu und erzählte uns begeistert von ihrem kleinen Kätzchen.

„Das hat mir Lizzy geschenkt. Sie wohnt jetzt wieder hier."

„Jane, jetzt komm bitte, wir müssen weiter und die Jungs haben zu tun." Miranda drängte ihre Tochter zum Weitergehen und nicht nur mir blieb unverborgen, wie unwohl sie sich gerade fühlte. Janes unbekümmerte Worte führten dazu, dass mir fast das Herz stehenblieb. Gerade noch hatte ich an die Schwestern gedacht, aber während ich mit Gwen abgeschlossen hatte, fühlte ich, dass mir Lizzy immer noch nicht egal war. Zwar empfand ich immer noch Enttäuschung, weil sie mir niemals eine Chance gegeben, sondern mich einfach aus ihrem Leben ausradiert hatte, aber ich konnte dennoch nicht leugnen, dass es mich nicht kalt ließ, dass sie zurückgekehrt war.

Ich schluckte ein paarmal, fuhr mir nervös durch mein dunkelblondes Haar, dann wandte ich mich an Janes Mutter und fragte: „Ist Lizzy zu Besuch da?"

Miranda wandte sich kurz an ihren Mann und bat ihn mit Jane vorzugehen, sie würde gleich nachkommen. Was sollte das denn schon wieder? Sie tat ja geradeso, als würde ich der Kleinen irgendwas antun. Michael nahm Jane an der Hand und das Mädchen winkte uns noch fröhlich zu, während ihre Mutter abwartete, bis sie sich ein Stück entfernt hatten.

„Lizzy wohnt wieder hier. Ihr Studium ist beendet und sie wird Doktor Applegate unterstützen, bis er in Rente geht und anschließend seine Praxis übernehmen", erklärte Miranda gepresst. Dass sie überhaupt etwas zwischen ihren zusammengekniffenen Lippen hervorbrachte, verwunderte mich.

„Lizzy hat sich ja ewig nicht mehr hier blicken lassen. Warum wollte sie nicht in London bleiben?", fragte Jackson, der sie ebenfalls von früher kannte, während Harry mit seinen Anfang Zwanzig keinen Bezug zu ihr hatte.

„Lizzy mag den Ort und der Job ist natürlich eine Chance für sie. Sie war einfach sehr eingespannt, die letzten Jahre mit Studium und Nebenjob."

Gegenüber Jackson verhielt sie sich lockerer, der angespannte Unterton war verschwunden und ihre Mundwinkel verzogen sich sogar in Richtung eines Lächelns. Sobald sie sich wieder mir zuwandte, wurde ihr Blick frostig.

„Jamie, ich möchte dich bitten, Lizzy in Ruhe zu lassen. Ich weiß, ihr wart mal befreundet, aber du bist mitunter ein Grund, warum sie so selten zu Besuch kam. Respektiere bitte, dass sie dir aus dem Weg gehen möchte."

Augenblicklich sah ich rot. Was für eine bodenlose Unverschämtheit. Ich war von Gwen verlassen worden und all das hatte überhaupt nichts mit Lizzy zu tun. Wenn sie ein Problem mit mir hatte, konnte ich doch nichts dafür.

„Du gehst gerade zu weit, Miranda. Ich kann verstehen, dass du deine Töchter schützen möchtest, aber ich habe weder Gwen noch Lizzy jemals etwas getan. Also behandle mich nicht so, als hätte ich irgendetwas Schlimmes verbrochen."

Nur mühsam konnte ich mich zurückhalten, an ihr vorbeizustürmen, damit ich sie nicht länger ertragen musste. Stattdessen verschränkte ich die Arme vor der Brust und zog herausfordernd die Augenbraue nach oben. Auf ihre Erklärung war ich ja mal gespannt.

Miranda öffnete den Mund, dann schüttelte sie den Kopf. „Ich möchte nur, dass Lizzy sich hier wohlfühlt. Vielleicht war ich gerade etwas unfair."

Mehr war sie anscheinend nicht gewillt zu sagen. Sie verabschiedete sich und eilte ihrer Familie so schnell hinterher, dass ich überhaupt keine Chance hatte, noch irgendetwas zu erwidern.

„Was war denn mit Lizzys Mutter los? Sag mal, so wie sie drauf war, ist vielleicht doch was an dem Gerücht dran, dass du Gwen verlassen hast?"

Jackson starrte mich neugierig an und ich hätte ihm am liebsten eins aufs Maul gegeben. Wer dieses dämliche Gerücht verbreitet hatte, wusste ich bis heute nicht.

„Noch mal fürs Protokoll. Ich wurde von ihr verlassen. Warum sollte ich es, nach all den Jahren immer noch dementieren? Es ist nicht gerade schmeichelhaft sitzengelassen zu werden", brummte ich genervt.

„Wollt ihr weiter diskutieren oder können wir endlich weitergehen? Ich verdurste", nörgelte Harry, den unser Gespräch sichtlich langweilte und währenddessen auf seinem Handy herumtippte.

„Gute Idee", stimmte ich zu und setzte mich endlich wieder in Bewegung.

„Aber es ist doch schon komisch, wie ihre Mutter reagiert hat. Ist die dir gegenüber immer so? Und warum hat Lizzy komplett den Kontakt zu dir abgebrochen? Ihr wart doch mal richtig gut befreundet", nervte Jackson weiter und hatte wohl nicht vor, das Thema ruhen zu lassen.

„Das ist Jahre her, wir haben uns einfach auseinandergelebt. So was passiert eben." Zwar entsprach das nicht der Wahrheit, aber damals hatten Jackson und ich noch nicht viel miteinander zu tun gehabt, daher wusste er nichts Genaueres. Tyler, mein bester Freund, war der Einzige, dem ich alles anvertraut hatte. Froh, endlich am Ziel angekommen zu sein, riss ich die Tür auf und betrat den Pub, um an der Bar meine Bestellung aufzugeben. Kaum hielt ich mein Bier in der Hand, rief ich Pete, dem Barbesitzer, noch zu: „Ich sitze draußen."

Mir war es egal, ob die anderen lieber drinnen sitzen wollten, ich benötigte frische Luft. Dringend. Obwohl ich den ganzen Tag im Freien gearbeitet hatte. Im stickigen Inneren bekam ich erst recht keine Luft. Verdammt, warum brachte mich die Tatsache, dass Lizzy wieder hier war, so sehr durcheinander? Ich war die letzten Jahre hervorragend ohne sie zurechtgekommen. Jackson gesellte sich zu mir, während Harry an der Bar hängenblieb. Bevor er wieder auf dem verhassten Thema herumritt, grüßte ich rasch eine Gruppe Mädels, die gerade an unserem Tisch vorbeiliefen. „Hey Trish, wollt ihr uns nicht Gesellschaft leisten?", fragte ich, als ich eine Bekannte entdeckte.

Unschlüssig sahen sich die drei Mädels an. „Eigentlich wollten wir in die Trattoria."

„Burger sind doch auch lecker. Jetzt kommt schon." Zum Glück stimmten die Mädels zu und ließen sich an unserem Tisch nieder. Jetzt war für Ablenkung gesorgt und ich konnte weiteren blöden Fragen aus dem Weg gehen. Außerdem sah die kleine Blonde, die zwar ein wenig schüchtern wirkte, echt süß aus. Einen Versuch war sie allemal wert. Vielleicht würde ich heute endlich mal wieder zum Zug kommen. In unserer Kleinstadt war es außerhalb der touristischen Hochsaison schwierig, Mädels für unverbindlichen Spaß zu finden. Und das Beziehungsleben war seit Gwen nicht unbedingt mein Fall. Zumindest schaffte ich jedes Mal, es nach kurzer Zeit zu vergeigen. Es lag an mir, dass keine Beziehung hielt. Denn ich war nicht mehr in der Lage, mich vollständig auf jemanden einzulassen. Noch einmal mein Herz zu verschenken, um es schutzlos auszuliefern. Nein danke, darauf hatte ich keinen Bock mehr. Der Gedanke mit der Kleinen ein paar schöne Stunden zu verbringen, hingegen gefiel mir außerordentlich. Ich beschloss mich ins Zeug zu legen.

3

Lizzy

Seit einer knappen Woche wohnte ich nun hier und war Jamie zum Glück noch nicht über den Weg gelaufen. Andererseits blieb mir auch nicht viel Zeit dafür. Die ersten Tage war ich damit beschäftigt, mein Zuhause einzurichten, wobei meine Eltern zum Glück schon einige Möbellieferungen angenommen hatten. Deshalb musste ich vor allem Kartons auspacken und einräumen. Aber es machte mir Spaß. Mein erstes eigenes Reich und dann war es noch so traumhaft schön. So romantisch, verspielt und natürlich, passte es perfekt zu mir. Das kleine Cottage liebte ich vom ersten Augenblick an. Es lag am Ortsrand und ich hatte sogar Meerblick. Von meiner Küche aus konnte ich direkt auf die Klippen sehen. Außerdem unternahm ich gern ausgedehnte Spaziergänge, die konnte ich zukünftig direkt vor der Haustür starten. In diesem Augenblick fragte ich mich allen Ernstes, wie ich es jahrelang in einer Großstadt ausgehalten hatte. Von mir aus könnte es gar nicht ländlich genug sein. Ich hätte auch nichts dagegen gehabt, in eine noch kleinere Ortschaft zu ziehen. Ich war halt ein richtiges Landkind. Diese Ruhe und Gelassenheit würde sich hoffentlich bald auf mich übertragen. Momentan war ich aufgeregt, weil meine Arbeit bei Doktor Applegate gestern begonnen hatte und ich mich noch ziemlich unsicher fühlte. Immerhin handelte es sich um meine erste Stelle, nun musste ich eigenverantwortliche Entscheidungen treffen. Daher war ich heilfroh über sein Angebot, noch ein halbes Jahr die Stellung zu halten, bis ich mich eingearbeitet hatte. Anscheinend hatte er Vertrauen in meine Fähigkeiten, denn er hatte mich gleich am ersten Tag in der Praxis allein gelassen, weil er zu einem Notfall gerufen wurde. Aber ich hatte es reibungslos hinbekommen, was auch der kompetenten Tierarzthelferin Sydney zu verdanken gewesen war.

Gerade blickte ich aus dem Küchenfenster und träumte vor mich hin, während ich meinen morgendlichen Kaffee genoss. Die unsteten Wellen hatten eine beinah hypnotische Wirkung auf mich. Ein Blick auf die Uhr ließ mich allerdings zusammenfahren. Ich war spät dran, heute standen vor allem Hausbesuche an, auf denen ich Alan, wie Doktor Applegate mich bat, ihn zu nennen, begleiten sollte.

Für ein Frühstück blieb keine Zeit mehr und ich hoffte, dass wir an einer Bäckerei vorbeikamen, damit ich was in den Magen bekäme. Ich schlüpfte in bequeme Turnschuhe und schnappte mir noch eine leichte Jacke, da es heute ziemlich wechselhaft aussah. Typisches Aprilwetter halt.

„Hast du nichts Richtiges zum Anziehen, Mädel?", begrüßte mich der ältere Mann zweifelnd, als er mich abholte. Ich sah an mir runter und wusste mit seiner Frage nicht wirklich was anzufangen. Ich trug T-Shirt, Pullover und alte Turnschuhe, was war daran verkehrt?

„Gummistiefel sind auf den Höfen eher geeignet als deine zarten Schühchen und einen richtigen Parka könntest du auch gebrauchen. Es frischt auf und wir werden viel draußen sein." Er warf einen prüfenden Blick in den Himmel und ich befürchtete, dass er recht behielt und wurde rot. Ich benahm mich wie eine unwissende Städterin. Natürlich würde mir kalt werden, wenn wir den ganzen Tag draußen verbrachten und uns nur zwischendurch auf den Fahrten aufwärmen konnten.

Da musste ich jetzt wohl durch, denn ich würde erst einmal alle Kisten durchwühlen müssen. Irgendwo hatte ich noch Stallklamotten und Gummistiefel, aufgrund eines Praktikums.

Den ersten Stopp legten wir auf einem Bauernhof ein, weil eine bald kalbende Kuh Probleme hatte. Dieses Mal ließ mich Alan zusehen, über die kleine Schonfrist war ich ganz froh. Nachdem er festgestellt hatte, dass das Kälbchen noch gut versorgt wurde, beschloss der Bauer abzuwarten, ob es ohne weitere Hilfe zur Welt kam.

Beim nächsten Patient durfte ich selbst ran. Ein Pferd, das an einer Kolik litt. Es kostete mich schon ein wenig Überwindung meinen Arm im After des Pferdes verschwinden zu lassen, um den Kot herauszuholen. Zwar hatte ich das schon getan, aber ursprünglich wollte ich es bei den Kleintieren belassen und hatte deshalb die Großtiere bei Praktika ein wenig vernachlässigt. Jetzt musste ich an Erfahrung noch gehörig aufholen. Zum Glück meisterte ich die Aufgabe und nachdem ich dem Pferd ein krampflösendes Mittel verordnet und gespritzt hatte, sollte der Besitzer noch ein wenig mit dem Tier laufen, damit es sich nicht hinlegte, bis die Krämpfe nachließen. Doktor Applegate schien zufrieden mit mir zu sein.

Ich hatte gar nicht mitbekommen, wie schnell die Zeit verging und zu meiner Erleichterung schlug er ein Mittagessen vor, was wir in einem kleinen Lokal zu uns nahmen. Hungrig aß ich meine gesamte Portion der Hausmannskost auf und er meinte lachend: „Endlich einmal eine Frau, die richtig zulangt." Es klang anerkennend, aber ich schämte mich gerade für meine Gefräßigkeit. Es war nicht gerade ladylike, aber das war ich sowieso nicht.

Der Nachmittag verlief ohne nennenswerte Ereignisse und verflog im Nu. Mittlerweile war ich ziemlich ausgekühlt und versuchte, mir meine Erleichterung nicht anmerken zu lassen, als Alan verkündete, dass unser Feierabend anstand.

Er wollte mich nach Hause fahren, wo er mich morgens auch schon aufgesammelt hatte. Kurz bevor wir ankamen, klingelte sein Handy.

Es schien die Sprechstundenhelferin zu sein. „Nein, wir kommen vorbei. Das passt schon. Wir sind ja eh unterwegs." Kaum hatte er aufgelegt, warf er mir einen bedauernden Blick zu. „Willkommen im Alltag. Ich muss noch nach einem Patienten sehen. Magst du mitkommen oder lieber Feierabend machen?"

„Natürlich komme ich mit. Ich muss jede Gelegenheit nutzen, um von dir zu lernen", sprudelte es mit Feuereifer aus mir heraus und fühlte mich plötzlich kein bisschen müde.

Alan wendete in einer Hofeinfahrt und fuhr in die entgegengesetzte Richtung. Als ich fragen wollte, um was es sich bei dem Notfall handelte, klingelte erneut das Telefon.

Alan seufzte, hielt erneut an und sagte schmunzelnd in meine Richtung: „So neumodischen Kram wie Freisprechanlagen gibt es in meinem Auto nicht." Gelassen nahm er das Gespräch an. Nachdem er fertig war, warf er mir einen fragenden Blick zu.

„Jetzt haben wir noch einen wirklichen Notfall. Noch ein Pferd, das kolikt. Muss am Wetter liegen", brummte er ungehalten. „Entweder fahren wir erst zum Pferd und dann sehen wir nach dem Hund oder du übernimmst ihn."

„Was hat denn der Hund?", fragte ich zögerlich.

„Er ist alt und du musst entscheiden, ob er eingeschläfert werden soll."

Mein Magen krampfte sich zusammen. Oje, das klang nach einer großen Verantwortung. Aber ich war ausgebildete Tierärztin und würde das schon hinbekommen.

„Okay, ich mache es. Aber ich rufe dich an, bevor ich eine Entscheidung treffe, wenn es nicht eindeutig ist", gab ich tapfer zurück.

Alan klopfte mir aufmunternd auf die Schulter. „Das packst du schon, Mädel. Ich setze dich schnell ab, es liegt sowieso auf dem Weg, dann sind wir schneller, als wenn ich dich erst heimfahre."

Nach fünf Minuten hielt er am anderen Ende des Ortes und ließ mich vor einem kleinen Einfamilienhaus heraus, das von einem großen Grundstück umschlossen wurde.

Ich hob die Hand zum Abschiedsgruß, aber als ich kurz darauf das Klingelschild drücken wollte, war von meinem souveränen Auftritt nichts mehr übrig geblieben und ich bereute augenblicklich meine Entscheidung. Kraftlos fiel meine Hand herab und ich erstarrte.

Ardery. Das konnte doch kein Zufall sein. Jamies Mutter lebte woanders, ich glaubte kaum, dass sie umgezogen war. Gab es weitere Arderys in Newquay? Ich hatte keine Ahnung. Aber eines wusste ich. Jamie hatte schon immer Hunde gemocht und war mit einem aufgewachsen. Kneifen galt jetzt nicht, aber ich hätte mir gewünscht, dass ich mich auf eine Begegnung hätte vorbereiten können.

Mein Herz wummerte wie wild und ich schaffte es einfach nicht, meine Hand dahingehend zu beeinflussen, dass sie die verdammte Klingel drückte. Lizzy, das ist doch lächerlich, hör auf so ängstlich zu sein, wies ich mich in Gedanken zurecht. Plötzlich nahm ich Hundegebell wahr, und bevor ich reagieren konnte, hörte ich herannahende Schritte und schon wurde die Türe geöffnet. Bevor ich ihn sah, hörte ich seine tiefe wohl- klingende stimme. „Gut, dass du da bist Alan. Jimmy hat dich gehö …" Abrupt brach er ab, als er mich erblickte und reali- sierte, dass nicht Alan vor seiner Tür stand. Jamie starrte mich wie eine verfluchte Fata Morgana an, blinzelte ein paarmal und ich sah ihn hart schlucken. Irgendetwas blitzte in seinen Augen auf, was so schnell wieder verschwand, dass ich es mir viel- leicht auch nur eingebildet hatte. Hastig verschränkte er die Arme vor der Brust und runzelte die Stirn.

„Wo ist Alan?" Mehr sagte er nicht, aber es ließ mich schlagartig in Schweiß ausbrechen. Weder signalisierte mir ir- gendein Anzeichen, dass er mich erkannte noch gab er durch eine Gefühlsregung zu erkennen, was das mit ihm machte. Denn er hatte mich ganz sicher erkannt.

„Alan wurde zu einem Notfall gerufen. Ich … er bat mich, schon mal nach deinem Hund zu sehen", stammelte ich immer noch völlig verunsichert, weil ich nicht wusste, wie ich reagieren sollte. Sein starrer Blick war noch für einen kurzen Moment auf mich gerichtet, so intensiv, als wollte er sich in mir einbrennen, dann drehte er sich wortlos um und ging zu- rück ins Haus. Ich hatte ganz vergessen, welche Wirkung seine faszinierenden grünen Augen auf mich ausübten. Wie angewurzelt stand ich vor der Haustür und wusste nicht, was ich tun sollte. Ihm folgen oder doch lieber verschwinden? Vielleicht wollte Jamie auf Alan warten und nicht einen Be- rufsanfänger oder besser gesagt *mich*, an seinen Hund heran- lassen? Während ich noch sinnierte, hörte ich eine äußerst ungehaltene Stimme rufen: „Wo bleibst du denn?"

Okay, das bedeutete wohl, dass ich seinen Hund untersu- chen durfte. Wahrscheinlich war seine Sorge um Jimmy größer als sein Stolz. Konnte es wirklich sein, dass er sauer auf mich war? Aber warum? Er musste doch verstehen, dass ich zu meiner Schwester hielt. Meine Gedanken rasten in Höchstgeschwindigkeit, während ich langsam ins Innere trat und den Fokus wieder auf den Patienten richtete. Als ich vorsichtig die Tür zum Wohnzimmer aufstieß, sah ich ihn am Boden neben dem Hund kauern, den er beruhigend kraulte. Bei Jimmy handelte es sich um einen schwarzen Labrador, der ganz leicht mit dem Schwanz wedelte, als ich nähertrat.

„Alan hat mir nicht viel gesagt. Ich weiß nur, dass es vor allem Altersbeschwerden sind, die Jimmy das Leben schwermachen. Kannst du mir Genaueres berichten?", fragte ich leise, während ich mich zögerlich neben ihn kniete und dem Hund über den Kopf streichelte. Dabei stieß mein Knie versehentlich an Jamies und ich musste mir ein geräuschvolles Luftschnappen verkneifen. Panisch rückte ich ein Stück zur Seite, bevor er es tat. Mein Herz pochte so laut, dass es in meinen Ohren dröhnte. Verdammt, ich verhielt mich derart inkompetent, dass es mich verwunderte, warum Jamie mich nicht augenblicklich rauswarf. Aus den Augenwinkeln konnte ich erkennen, wie Jamie sich anspannte. Zeitgleich tat ich es ihm gleich, um mich vor seinen Worten zu schützen. Schon bevor er sprach, war mir klar, dass es ein Angriff sein würde. Jamie sprang auf seine Füße und auch ohne ihn anzusehen, wusste ich, dass er mich finster von oben herab fixierte. „Bist du nun Tierärztin oder nicht? Finde doch selbst heraus, was er hat", knurrte er mich an. Ich entnahm seiner Stimme so viele Emotionen. Erstmals wirkte er nicht völlig ungerührt und unterkühlt. Am lautesten tönte aber die unterdrückte Wut. Es fröstelte mich und ich musste mich arg zusammenreißen, um es ihn nicht merken zu lassen. Ohne ihn eines Blickes zu würdigen, konzentrierte ich mich auf das Tier, um mir einen Gesamteindruck zu verschaffen. Es waren bestimmt erst wenige Momente vergangen, als Jamie sich räusperte. „Entschuldige, das war blöd von mir. Schließlich geht es hier um Jimmy." Er ließ offen, um wen es ansonsten gehen könnte. Sprach die offensichtliche Tatsache nicht aus, dass er seinen Ärger auf mich, nicht an seinem Hund auslassen wollte. Anscheinend hatte er nicht vor, unsere Beziehung zu thematisieren. Ich versuchte den Gedanken abzuschütteln, denn in einem hatte er recht. Gerade ging es um den Hund, ihm zu helfen und herauszufinden, was die richtige Entscheidung für ihn war. Aber mir war jetzt schon klar, egal wie mein Urteil ausfiel, mir würde es das Herz brechen, Jamie mitzuteilen, falls sein Hund eingeschläfert werden musste. Wenn er mich nicht jetzt schon hasste, dann spätestens nach einem Todesurteil.

„Sein Puls gefällt mir nicht", teilte ich Jamie mit. „Wann hat er das letzte Mal etwas gefressen und getrunken?"

Jamie hob hilflos die Schultern und antwortete: „Das weiß ich nicht genau, ich war den ganzen Tag unterwegs und habe ihn erst vorhin so apathisch vorgefunden. Sein Futter hat er jedenfalls seit heute Morgen nicht angerührt und ob er was getrunken hat, kann ich so genau nicht sagen. Viel war es wahrscheinlich nicht. Wenn ich mir die Schüssel ansehe." Er wies mit dem Kopf in Richtung Küche und teilte mir in knappen Worten mit, um welches Futter es sich handelte.

„Spezialfutter für ältere Tiere", murmelte ich vor mich hin und erst als ich Jamies kritischen Blick registrierte, wurde mir klar, dass ich es laut ausgesprochen haben musste. Ignorierte krampfhaft die Hitze, die mich unvermittelt unter seiner Musterung überfiel und kümmerte mich lieber um die Behandlung. Ich entschied, ihm eine Infusion zu geben, um ihn ein wenig aufzupäppeln.

„Ich werde die Infusion subkutan, also unter die Haut verabreichen. Er ist so ausgetrocknet, dass ich keine Vene benutzen kann. Jimmy bekommt eine Lösung, die nicht nur Kochsalz, sondern auch Glukose enthält. Das wird ihn schnell zu Kräften kommen lassen", erklärte ich nebenbei, während ich die Infusion vorbereitete. Jamie widersprach nicht und schien meinem Urteilsvermögen zu trauen. Vielleicht kannte er das Prozedere auch schon durch vorherige Behandlungen.

Daher fragte ich: „Kam es schon häufiger vor, dass du ihn so apathisch vorgefunden hast?"

Jamie strich sich durchs Haars und schüttelte den Kopf. „Er ist jetzt elf Jahre alt, aber bisher hat man ihm wenig angemerkt. Leichte Arthrose in den Hinterläufen, aber ansonsten ist er noch recht fit. Deshalb war ich so alarmiert."

„Die Infusion wird ihn stabilisieren und anschließend werden wir abwarten müssen, wie er darauf anspricht und ob er sich erholt."

Nachdem ich die Stelle desinfiziert hatte, legte ich die Infusion, während ich beruhigend mit dem Hund sprach, der sich ganz still verhielt. Als ich mich um Jimmy kümmerte, kniete sich Jamie irgendwann wieder neben mich und streckte die Hand aus, um Jimmy beruhigend zu kraulen. Dabei stieß er versehentlich an meine und ich zuckte übertrieben zurück. Als wäre mir die Berührung zuwider. Dabei war das Gegenteil der Fall, es hatte mich elektrisiert und ich schnaufte wie eine alte Dampflok, weil mir die Luft wegblieb. Rasch richtete ich mich wieder auf und sah Jamie das erste Mal, seitdem ich das Wohnzimmer betreten hatte, offen an.

„Jetzt heißt es abwarten. Ich denke nicht, dass du ihn in eine Tierklinik bringen musst", murmelte ich mit belegter Stimme, unfähig auszusprechen, was mir auf der Zunge lag. Jamie atmete tief durch, straffte die Schultern und fragte direkt: „Denkst du, er muss eingeschläfert werden?" Ein Muskel in seinem Gesicht zuckte und ich erkannte, wie nah ihm dieser Gedanke ging, auch wenn seine Stimme betont emotionslos klang.

Fast war ich verleitet die Distanz zwischen uns zu überwinden, um ihm die Hand tröstend auf die Schulter zu legen. Gerade noch rechtzeitig konnte ich mich zurückhalten. Wahrscheinlich hätte er meine Anteilnahme sowieso in den falschen Hals bekommen. Er kam mir so fremd vor. Als ob ich nie zuvor etwas mit ihm zu tun gehabt hatte. Als ob er nicht derjenige gewesen war, dem ich alle meine Geheimnisse anvertraut hatte. Na gut, der Ehrlichkeit halber musste ich relativieren: Alle bis auf eins. Wieder bemühte ich mich, in der Realität zu bleiben. Ich schüttelte den Kopf und entgegnete sanft: „Ich denke, die Medikamente werden anschlagen. Wenn er anschließend wieder frisst, ist er über den Berg. Alles Weitere besprichst du am besten mit Alan. Schließlich kennt er deinen Hund viel besser und kann daher die Situation besser einschätzen."

Jamie kniff die Lippen zusammen, und ich konnte nicht einschätzen, ob er sich einen blöden Kommentar verkniff, oder ob es seiner Anspannung geschuldet war. Schließlich sagte er lediglich: „Das werde ich machen." Ohne ein weiteres Wort zu verlieren, ging er in den Flur, öffnete die Haustür und komplimentierte mich uncharmant nach draußen. Ich nahm mir kurz die Zeit, mich nochmals zu bücken, um dem Hund sanft übers Fell zu streicheln, bevor ich eilig seiner Aufforderung nachkam. Mir hatte seine Unverfrorenheit glatt die Sprache verschlagen und ich verwarf daher den Gedanken an ein klärendes Gespräch. Momentan galt seine Aufmerksamkeit ausschließlich seinem Hund. Deshalb wünschte ich ihm lediglich, „alles Gute für Jimmy", bevor ich das Gartentor öffnete. Jamie rang sich ein kurzes „Danke" ab, und schloss die Haustür so schwungvoll, dass der Knall mich zusammenzucken ließ. Mit zittrigen Händen stellte ich meine Arzttasche ab und kramte ich mein Handy hervor, um Alan anzurufen. Nachdem er mir kurz mitteilte, dass er immer noch im Stall war und ich ihn über Jimmys Behandlung aufgeklärt hatte, legte ich auf, um meine Freundin anzurufen. Denn auf einen Fußmarsch von etwa vier Meilen hatte ich definitiv keine Lust. Nach einem langen und anstrengenden Arbeitstag fühlte ich mich total erschöpft. Das Aufeinandertreffen mit Jamie hatte mich endgültig ausgelaugt, emotional wie körperlich. Meine Beine fühlten sich wie Wackelpudding an und erst jetzt spürte ich, wie sehr die Anspannung mich im Griff gehalten hatte. Das Adrenalin verschwand und zurück blieb nur noch Leere. Zum Glück erreichte ich Mia und sie versprach mich abzuholen.

Erleichtert ließ ich mich auf einen Stein am Wegrand nieder, um meine schmerzenden Beine zu entlasten. Ich war so müde, dass ich nicht einmal bemerkte, wie kalt mir war.

4

Jamie

Mein Herz donnerte immer noch wie ein Presslufthammer durch meinen Organismus. Brachte alles zum Vibrieren, machte mich völlig konfus und rastlos. Niemals hatte ich damit gerechnet, ausgerechnet Lizzy gegenüberzustehen. Natürlich wusste ich, dass sie mit Alan zusammenarbeitete, aber nachdem er mir am Telefon versprochen hatte, nach Jimmy zu gucken, war ich gar nicht auf die Idee gekommen, dass er seine Kollegin schicken könnte. Ihr Anblick hatte mich vollkommen umgehauen und Erinnerungen an damals hervorgeholt. Das geschah so plötzlich, dass ich keine Chance mehr gehabt hatte, mich dagegen zu wehren. Die Bilder von Lizzy, mir und Gwen prasselten auf mich ein. Alle Gefühle waren wieder da. Zuerst tauchten die wärmenden, wohltuenden auf, die ich in ihrer Anwesenheit verspürt hatte. In Lizzys Gesellschaft hatte ich mich immer wohl gefühlt. Bei ihr hatte ich einfach Jamie sein dürfen. Niemals hatte ich das Gefühl verspürt, mich verstellen zu müssen, damit sie mich mochte. Damit sie zu mir aufsah. Anders als bei Gwen. Als ich in Lizzys warme braune Augen blickte, haute mich die Intensität meiner Gefühle völlig von den Socken. Mir war nie klar gewesen, wie sehr ich sie vermisste. Ich hatte mich einfach damit arrangiert, dass sie mit mir abgeschlossen hatte. Natürlich hatte ich bemerkt, dass es in mir gehörig brodelte, mir war bewusst gewesen, dass ich immer noch sauer auf sie war. Aber vermissen, no way. Und nun wurde ich innerhalb eines Wimpernschlags eines Besseren belehrt. Und diese Erkenntnis schürte augenblicklich meine Wut. Weil sie einfach ohne ein Wort der Erklärung aus meinem Leben verschwunden war. Mühsam versuchte ich meinen Ärger wieder einzudämmen, denn damit war Jimmy nicht geholfen. Mein Fokus sollte jetzt bei ihm liegen und nicht bei irgendwelchen Weibern, die mich in den Wahnsinn getrieben hatten.

Nachdem ich Jimmy eine Weile gestreichelt hatte, beruhigte sich endlich mein rasender Puls und ich entspannte mich ein wenig. Die Berührung von Jimmys weichem Fell erdete mich und holte mich wieder runter. Über was machte ich mir eigentlich Gedanken? Das war ausschließlich eine sentimentale Reaktion der guten alten Zeiten wegen. Jimmy schleckte mir mit seiner warmen Zunge über die Hand und ich murmelte erstickt: „Lass mich bloß nicht im Stich, alter Junge. Was soll ich nur ohne dich tun?"

Gedankenverloren ruhte mein Blick auf ihm. Als er seine Schnauze auf seinen Pfoten ablegte und zufrieden aussah, erhob ich mich, um endlich etwas zu essen und zu trinken. Den ganzen Tag war ich auf der Baustelle beschäftigt gewesen, und als ich nach Hause kam, hatte mich meine Sorge um meinen Hund den Hunger schlagartig vergessen lassen. Durstig trank ich ein großes Glas Wasser, aber bevor ich mir eine Cola aus dem Kühlschrank holen konnte, machte ich den Fehler, einen Blick aus dem Küchenfenster zu werfen. Dort hatte ich freie Sicht auf mein Gartentor, samt Vorgarten und die davorliegende Straße. Aber das war es nicht, was mich aus der Fassung brachte. Sondern der Anblick von Lizzy, die regungslos auf einem Stein saß, vom Lichtschein der Laterne erhellt und in die Ferne starrte. Was tat sie da? Erst als ich mich umsah, fiel mir auf, dass in der Umgebung meines Hauses kein fremdes Auto parkte. Natürlich. Ich schlug mir die Hand gegen die Stirn. Alan hatte sie wahrscheinlich bei mir abgesetzt. Ich wandte mich ab, um mir eine Brotzeit vorzubereiten. Jeden Gedanken an eine frierende Lizzy blockte ich ab. Nachdem ich mir zwei Brote belegt hatte, konnte ich mein schlechtes Gewissen nicht länger verdrängen. Erneut schaute ich nach draußen. Sie war immer noch da. Für einen Moment stand ich mit dem Teller und dem Colaglas in der Hand reglos mitten in der Küche und wusste nicht, was ich tun sollte. Endlich setzten sich meine Füße in Bewegung und führten mich automatisch, ohne darüber nachzudenken ins Wohnzimmer. Nachdem mein Blick auf Jimmy fiel, der den Kopf hob, als ich nähertrat und mir einen wachen Blick zuwarf, seufzte ich. Egal, wie sauer ich auf sie war, ich sollte ihr dankbar dafür sein, dass es Jimmy besser ging. Nur deshalb ging ich zur Tür, um nach ihr zu sehen.

Sie zuckte zusammen, als ich neben sie trat.

„Was tust du da?", fragte ich und bemühte mich, meine Stimme fest klingen zu lassen.

Meine Augen blieben an ihren vollen Lippen hängen, als sie ihre Hand aufs Herz legte und ein kleinen Schrei ausstieß. Ich kam nicht umhin, zuzugeben, dass Lizzys hübscher Mund verheißungsvoll und heiß aussah. Fast unmerklich schüttelte ich den Kopf, um diesen verstörenden Gedanken wieder los zu werden. Niemals hatte ich ihr gegenüber irgendwelche sexuellen Fantasien gehegt. Wirklich niemals, wisperte eine kleine freche Stimme fragend in meinem Kopf und eindeutig zu eindringlich, die ich resolut in den letzten Winkel meines Gehirns verscheuchte. Lizzy öffnete den Mund, schloss ihn aber wieder, ohne ein Wort zu erwidern. Na prima, wie sollte ich mich unter diesen Voraussetzungen von ihrem Mund ablenken?

Ich beschloss, mich lieber auf ihre braunen Augen zu konzentrieren, was sich irgendwie auch als keine gute Idee herausstellte, als sie mich ein wenig furchtsam und zugleich verletzlich ansah. Sie rieb sich fröstelnd die Oberarme und endlich antwortete sie mir. „Ich warte auf Mia, sie holt mich ab. Alan hat mich vorhin bei dir abgesetzt."

Damit bestätigte sie meine Vermutung. Wenigstens blieb es mir so erspart, ihr anzubieten, sie nach Hause zu fahren. Was für ein Arsch wäre ich gewesen, sie heimlaufen zu lassen? Allein im Dunklen ohne entsprechende Kleidung. Ich drehte mich um, unfähig ein Wort über die Lippen zu bringen, was zur Entspannung der Situation beigetragen hätte. Kurz entschlossen ging ich ins Haus zurück, schnappte mir eine Jacke und ging wieder zu ihr zurück. Sie sah mich aus ihren großen Augen an und wieder begann mein Herz heftig zu schlagen. Was war hier bloß los?

Um davon abzulenken, reichte ich ihr die Jacke und sagte etwas spröde: „Damit du nicht frieren musst. Kannst sie ja

Alan das nächste Mal mitgeben, wenn er nach Jimmy schaut." Kurz schien sie zu zögern, dann griff sie nach der dargebotenen Jacke. Aber bevor sie die Gelegenheit erhielt, sich zu bedanken, hastete ich wieder ins Innere, als wäre der Teufel höchstpersönlich hinter mir her. Ich verhielt mich völlig lächerlich. Aber Lizzys Gesellschaft brachte mich aus dem gewohnten Gleichgewicht. Wie festgefroren stand ich für einen langen Moment im Flur hinter der verschlossenen Tür, während ich versuchte, meine Atmung zu kontrollieren. Verdammt, ich fühlte mich, als hätte ich einen langen Sprint zurückgelegt. Plötzlich hob ich den Kopf und lauschte. Motorengeräusche waren zu hören, dann eine zuschlagende Autotür und kurz darauf fuhr der Wagen davon. Lizzys Fahrdienst war wohl gekommen, um sie nach Hause zu bringen. Endlich lösten sich meine Füße vom Boden und ich kehrte mit müden Gliedern ins Wohnzimmer zurück. Erschöpft ließ ich mich auf die Couch fallen und griff hungrig nach meinem Teller. Mechanisch stopfte ich die beiden Brote in mich hinein und spülte sie mit der Cola hinunter. Währenddessen gelang es mir nur halbwegs, nicht erneut an meine ehemals beste Freundin zu denken.

Es hatte einen kurzen Moment gedauert, bis ich sie erkannt hatte. Die Lizzy, die ich von früher kannte, hatte anders auf mich gewirkt. Die heutige Lizzy wirkte selbstbewusster und erwachsener. Was für eine unglaublich intelligente Feststellung. Ich schüttelte schmunzelnd den Kopf. Schließlich hatten wir uns sechs Jahre nicht mehr gesehen. Immer noch hatte ich das Bild der alten Lizzy vor Augen. Damals, als wir uns kennenlernten, war sie süße 16 Jahre alt gewesen, unschuldig und zaundürr, ohne den geringsten Hauch von Kurven. Ihr kupferfarbenes Haar ging ihr bis zur Mitte ihres Rückens, meistens hingen sie ihr irgendwie im Gesicht. Wild und durcheinander. Heute trug sie einen akkuraten etwas über kinnlangen Pagenschnitt, frech und modern, der aussah, als wäre sie geradewegs vom Friseur gekommen. Obwohl sie den ganzen Tag mit Alan unterwegs gewesen war, sah sie unglaublich adrett und gepflegt aus. Nicht, wie man sich eine Tierärztin vorstellte, die in Kuhställen unterwegs war. Ihrer unangemessenen Kleidung nach zu urteilen, hatte sie selbst vergessen, was angebracht wäre. Lediglich die verdreckten Chucks, die sie vor der Tür ausgezogen hatte, wiesen auf ihren Job hin.

Falls sie das nicht bald lernte, würde sie in dem Job nicht lange überleben. Deshalb war ich auf ihren Anblick nicht vorbereitet gewesen, nicht einmal, wenn ich vorgewarnt worden wäre. Sie sah wie eine gottverdammte Städterin aus, viel zu overdressed. Die alte Lizzy lief mit formlosen, altmodischen Klamotten herum, heute hatte ich sie das erste Mal geschminkt gesehen. Bei ihrer Arbeit mit Tieren, als wäre sie irgendeine gottverdammte Tussi. Vielleicht wäre eine Luxuspraxis in London für die Vierbeiner der oberen Zehntausend eher für sie geeignet. Dennoch konnte ich nicht leugnen, dass mich ihr unverhofft weiblicher und sexy Anblick wirklich aus der Bahn geworfen hatte. Zusätzlich zu der Tatsache, dass ich ihr nach all den Jahren gegenüberstand. Die bezaubernd attraktive Lizzy brachte ich einfach nicht in Einklang, mit dem Mädchen von früher. Belustigt stieß ich ein Knurren aus, wie charmant ich doch wieder war. Es war ja nicht so, als hätte ich Lizzy damals hässlich gefunden, aber neben ihrer Schwester blieb sie blass und unscheinbar. Sie war einfach meine beste Freundin gewesen, ihr Äußeres war für mich nicht relevant gewesen. Es hatte mich genauso wenig interessiert wie Tylers Aussehen, meinem besten Kumpel aus Schulzeiten.

Nein, an Lizzy hatten mich ganz andere Dinge interessiert und fasziniert. Ihr wacher Verstand, ihr Humor und ihr freundliches und vor allem positives Wesen. Ich hatte es genossen, Zeit mit ihr zu verbringen, mit ihr abzuhängen und Spaß zu haben.

Nachdem ich das Geschirr in die Küche getragen hatte, beschloss ich, einen Film anzusehen, um mich ein wenig berieseln und auf andere Gedanken bringen zu lassen. Dennoch konnte ich nicht leugnen, dass ich mich über mein eigenes Verhalten ärgerte. Es war mir nicht verborgen geblieben, dass Lizzy auf meine kühle Art verunsichert reagiert hatte. Wenigstens ordentlich begrüßen hätte ich sie können. Zu erkennen geben, dass ich genau wusste, wer sie war. Aber ich hatte vermeiden wollen, mit ihr über alte Zeiten zu sprechen. Das Thema war für mich durch. Erledigt und abgeschlossen. In der hintersten Schublade meines Herzens versteckt. Und ich hatte auch fest vor, es dort zu belassen. Lieber würde ich zusehen, ihr möglichst aus dem Weg zu gehen. Ich nahm mir vor, sie das nächste Mal einfach zu ignorieren. Und Alan würde ich bitten, die weitere Behandlung zu übernehmen. Seinem Urteil vertraute ich sowieso mehr als Lizzys. Auch wenn ich zugeben musste, dass mir ihr kompetentes Auftreten doch imponiert hatte. Keine Sekunde hatte sie zögerlich oder unsicher gewirkt. Sie wusste genau, was zu tun war. Auch ihre feinfühlige Art mit dem kranken Tier umzugehen, hatte mir gefallen. Aber lieber würde ich mir die Zunge abbeißen, als Lizzy gegenüber etwas Positives über sie zu äußern. Denn das hatte sie einfach nicht verdient. Wütend drückte ich die Fernbedienung, um einen Film bei Netflix auszuwählen. Action an, Lizzy aus!

5

Lizzy

Hastig sprang ich ins Auto und warf Mia einen dankbaren Blick zu. „Du bist ein Schatz."

„Meine Rede." Mia wurde ernst, als sie meine gequälte Miene wahrnahm. Ich sah weg, weil ich gerade nicht darüber reden wollte.

Der Schutz des Autos gab mir ein wenig Sicherheit zurück. Das Gefährt brachte mich von Jamie fort und jeder Meter, den wir zurücklegten, ließ mich etwas leichter atmen. Meine Emotionen liefen gerade Amok. Wie konnte man sich gleichzeitig verloren, verunsichert und euphorisch fühlen? Zum Glück war Mia so feinfühlig, mich erst einmal in Ruhe zu lassen. Wahrscheinlich hatte sie mich mit nur einem Blick durchschaut.

Auf der einen Seite hatte ich inständig gehofft, dass Jamie nach seinem unerwarteten Erscheinen noch einmal zurückkommen würde. Andererseits fühlte ich immense Erleichterung, ihm endlich entkommen zu sein, als wäre ich auf der Flucht vor dem Tatort. Mir entkam ein Schnauben und Mia schenkte mir einen raschen Seitenblick, den ich mit einem gequälten Lächeln erwiderte.

„Lief wohl nicht so gut?", fragte sie vorsichtig.

Woraufhin ich nur nicken konnte. Für einen kurzen Moment nahm sie ihre Hand vom Lenker und legte sie mir auf die Schulter. Dann sagte sie mitfühlend: „Wenn du reden magst, ich höre dir immer zu." So war Mia schon immer gewesen. Niemals neugierig und aufdringlich, sondern immer anteilnehmend, aber zugleich abwartend. Ein tiefer Seufzer entkam mir.

„Warum muss eigentlich immer alles so kompliziert sein?", sinnierte ich nachdenklich, ohne wirklich eine Antwort zu erwarten. „Weißt du, wie groß der Schock war, als mir klar wurde, dass ich ausgerechnet Jamies Hund behandeln muss?

Wäre doch wenigstens Alan an meiner Seite gewesen. Als Puffer." Ich musste mich räuspern, bevor ich weitersprechen konnte. Warum wurde der Kloß in meinem Hals eigentlich immer größer? Es war doch überhaupt nichts passiert.

„Du Arme, das kann ich mir vorstellen. Wie hat er denn reagiert?", fragte Mia vorsichtig.

„Er wirkte sauer und ist überhaupt nicht darauf eingegangen, dass wir uns kennen", kam es mir verbittert über die Lippen. „Wobei er jemanden, den er nicht kennt, wohl kaum so behandeln würde. Ja, er war zurückhaltend, kühl, aber zugleich auch unglaublich abweisend. Einer Fremden gegenüber wäre Jamie viel unvoreingenommener gewesen. Natürlich hat er mich erkannt, wahrscheinlich hat er nur keinen Bock gehabt, darüber zu reden. Warum ist er so sauer?" Ich warf meiner besten Freundin einen bangen Blick zu.

„Süße, es ist schon so lange her. Ich weiß nur, dass das Gerücht umgeht, dass er Gwen verlassen haben soll."

Ich riss die Augen auf und starrte sie an. „Gerücht?! Das ist kein gottverdammtes Gerücht. Das ist die gottverdammte Wahrheit." Ich merkte, dass ich laut wurde, aber ich verstand gerade nicht, was das sollte.

„Jamie hat damals behauptet, dass er von deiner Schwester verlassen wurde, weil sie weg aus dem Kaff wollte und er sie angeblich ausgebremst hätte." Mia warf mir einen neugierigen Blick zu. „Du musst doch wissen, wer wen verlassen hat."

„Das kann ich nicht glauben, wie kommt er nur darauf? Was für eine unverfrorene Dreistigkeit." Tatsächlich fühlte ich Fassungslosigkeit in mir aufsteigen, denn solche Lügen passten einfach nicht ins Bild, das ich von ihm hatte. Aber schließlich handelte es sich dabei um eine verwackelte, vergilbte Ausgabe, die vielleicht niemals offengelegt hatte, wer er wirklich war. Ich hatte nur das gesehen, was ich wollte und die Augen vor dem Offensichtlichen verschlossen. Denn ich hätte ihm zuvor auch niemals zugetraut, Gwen zu betrügen. Die ganze Zeit hatte er sich auf ihre Kosten amüsiert, ohne Rücksicht auf Verluste. Aber da meine Schwester mich gebeten hatte, diese Demütigung für mich zu behalten, konnte ich das nun auch nicht als Argument anführen.

„Gwen ging es so schlecht nach der Trennung, sie war sogar in psychologischer Behandlung. Warum hätte sie das tun sollen, wenn sie ihn verlassen hat? Das ist doch völlig unlogisch. Deshalb verstehe ich auch nicht, warum er wütend ist. Er muss doch verstehen, dass ich auf ihrer Seite stehe." Mia warf mir einen Blick zu, der irgendwie unschlüssig wirkte. Als ob sie gerade überlegte, was sie zu mir sagen sollte. „Nun sag schon", brummte ich, um sie zum Reden zu bringen.

Sie seufzte. „Das wusste ich nicht, warum hast du mir davon nichts erzählt?"

„Gwen wollte es nicht, es ist ihr peinlich. Erzähl es bitte nicht weiter." Ich rutschte unbehaglich auf dem Sitz herum. Noch nie hatte ich ein Geheimnis ausgeplaudert und gerade fühlte es sich an, als hätte ich Gwen verraten.

„Für wen hältst du mich? Ich mag nicht Gwens größter Fan sein, aber ich würde ihr niemals schaden. Dennoch musst du doch zugeben, dass Jamies Version ganz nach ihr klingt." Entschieden hob Mia die Hand, als ich ihr ins Wort fallen wollte und fuhr hektisch fort: „Vielleicht hättest du Jamie trotzdem die Chance geben sollen, seine Version der Geschichte darzulegen. Du hast ihn einfach verurteilt aufgrund von Gwens Darstellung. Vielleicht hat er es ganz anders wahrgenommen und erlebt als Gwen. Ich habe mitbekommen, wie fertig er war und was diese unschöne Geschichte aus ihm gemacht hat. Verdammt Lizzy, du bist meine beste Freundin, für die ich alles tun würde, aber Jamie ist auch mein Freund und es hat mir das Herz zerrissen, ihn so leiden zu sehen."

Schon wollte ich auffahren, weil ich spürte, dass mich ihr versteckter Vorwurf verletzte. Als ich noch einmal in mich ging und mich in ihre Situation versetzte, kam ich nicht umhin, ihr irgendwie Recht geben zu müssen.

„Aus sicherer Distanz ist das leicht zu sagen. Damals war ich emotional viel zu sehr in die Geschichte verstrickt. Ich habe Gwens Zusammenbruch miterlebt, wie hätte ich ihm da neutral und objektiv zuhören können? Wo er doch schuld an ihrem Zustand war."

„Bist du noch sauer auf ihn?", fragte Mia mich neugierig. Diese Frage konnte ich ohne Zögern beantworten. Ich schüttelte vehement den Kopf, sodass mein Haar umherflog. „Nein, dafür ist zu viel Zeit vergangen. Wir waren jung, vielleicht hat er einen Fehler gemacht, aber bestimmt hätte er niemals gewollt, dass es Gwen so schlecht geht. Es ist Jahre her, sie ist mittlerweile wieder glücklich liiert und ich würde gern meinen Frieden mit ihm schließen." Wieder stockte ich kurz und schloss für einen Moment meine Augen und lehnte den Kopf gegen die Nackenstütze. „Leider ist Jamie mir immer noch weniger egal, als er es nach all den Jahren sein sollte", murmelte ich fast unhörbar, eher für meine Ohren als für fremde bestimmt. Natürlich hatte Mia es verstanden und stupste mich in die Seite.

„Das tut mir leid. Wärst du zurückgekehrt, wenn du gewusst hättest, was er noch in dir auslöst?" Immerhin wusste sie neben Fran über meine geheimen Gefühle für Jamie Bescheid. Aber im Gegensatz zu Fran hatte sie damals hautnah mitbekommen, was es mit mir gemacht hatte, als er sich in meine Schwester verliebt hatte. Sie hatte mich wiederaufbauen müssen, mein Herz flicken müssen und hatte es geschafft, mir wieder Freude und Kampfgeist einzuflüstern. Leider hatte es nicht ausgereicht, damit ich um meine Freundschaft mit Jamie kämpfte. Wieder schüttelte ich gedankenverloren den Kopf, ich wollte mich nicht an die schlimme Zeit zurückerinnern. Niemals mehr wollte ich zulassen, dass mir ein Mann derart das Herz brach. Das war die schlimmste Zeit in meinem Leben gewesen. Natürlich hatte ich mir zuvor auch keine ernsthaften Chancen bei ihm ausgerechnet. Aber als er mit Gwen zusammengekommen war, war endgültig klar gewesen, dass wir nur Freunde waren, und schlussendlich nicht einmal mehr das. Gwen hatte mir unabsichtlich alles genommen, was mir wichtig gewesen war. Und Jamie hatte es wehrlos zugelassen. Er hatte nicht einmal um unsere Freundschaft gekämpft. Weil ich ihm egal war. Nein, das stimmte so nicht, aber meine Schwester war ihm damals wichtiger gewesen. Und diese Wunde tat einfach immer noch so unfassbar weh. Plötzlich spürte ich Mias warme Hand auf meinem Oberarm. „Alles okay?" Sie sah mich besorgt an und erst jetzt bemerkte ich, dass ich zitterte. „Mir ist nur kalt", sagte ich ausweichend. Ohne darauf einzugehen, dass es die Erinnerungen waren, die mein Innerstes mit einer dünnen Eisschicht durchzogen, da ich sowieso wusste, dass sie mich durchschaute. Wieder sah sie mich eindringlich an, als könnte sie in meinen starren Gesichtszügen lesen. Wahrscheinlich konnte sie das auch. Niemand kannte mich besser als sie.

„Willst du lieber allein sein oder soll ich mit zu dir kommen?"

Dankbarkeit überfiel mich, als ich mit belegter Stimme antwortete: „Es wäre schön, wenn du mitkommst."

Erst als Mia diese Frage gestellt hatte, wurde mir klar, wie sehr ich mich davor gefürchtet hatte, alleine zu sein. Gefangen in meinen verworrenen Gedanken und Gefühlen. Obwohl sie mir nicht dabei helfen konnte, diese zu sortieren, einzuordnen und anschließend abzulegen, war ich über jede Art von Ablenkung froh.

Nachdem wir mein Cottage betreten und uns rasch die Schuhe ausgezogen hatten, ging ich in die Küche, um eine Weinflasche zu öffnen. „Das haben wir uns jetzt verdient. Wie sehr freue ich mich darauf, meine Beine hochzulegen und ein Glas Wein zu genießen", seufzte ich genüsslich.

„Sollen wir uns etwas zum Essen bestellen?", fragte Mia umsichtig. „Du hast doch bestimmt seit Ewigkeit nichts gegessen." Mittlerweile war es neun Uhr abends und natürlich hatte sie recht. Wir beschlossen, uns zur Belohnung eine Pizza liefern zu lassen.

Während wir warteten, sprachen wir über unverfängliche Themen. Ich erzählte meiner Freundin von meinen ersten Erlebnissen als Tierärztin in Newquay.

„Wie kannst du einen Arm in den Hintern eines Pferdes stecken? Das ist ekelhaft." Mia verzog schaudernd das Gesicht zu einer Grimasse. Wenn sie mich mittlerweile als modebewusst bezeichnete, dann war sie eine Fashionqueen, wenngleich sie niemals aus der Kleinstadt herausgekommen war. Sie arbeitete im Nachbarort als Rechtsanwaltsgehilfin, hatte aber schon immer ein Faible für Klamotten gehegt und schneiderte diese in ihrer Freizeit gern selbst.

„Bei dir klingt das, als wäre es meine Lieblingsbeschäftigung", prustete ich, zwischen zwei Schlucken Wein. „Es ist meine Aufgabe alles zu tun, was den Tieren hilft, auch wenn es nicht immer Spaß macht", endete ich etwas ernsthafter als zuvor. Dann gab ich kichernd zu, erst einmal shoppen gehen zu müssen. Da unsere Kleinstadt dahingehend nicht besonders gut ausgestattet war, bot Mia mir an, mich demnächst nach Plymouth zu begleiten. Dankbar nahm ich ihr Angebot an, denn zusammen machte es bestimmt mehr Spaß. Shoppen war nicht unbedingt meine Lieblingsbeschäftigung, auch wenn ich mir angewöhnt hatte, mich in London modischer zu kleiden. Allerdings benötigte ich jetzt vor allem Kleidung für die Arbeit.

„Aber komme bloß nicht auf die Idee, wieder im Schlabberlook rumzurennen. Momentan erkenne ich nämlich die alte Lizzy kaum wieder. Deine Kleidung ist elegant, eher städtisch als ländlich. Und deine Frisur finde ich einfach nur umwerfend, du siehst toll aus."

Ungläubig schüttelte ich den Kopf. Ich war schon immer die unscheinbare, weniger hübsche und weniger begabte der Miller Schwestern gewesen.

„Neben Gwen war ich immer quasi unsichtbar", grummelte ich.

„Das lag nur an deinem fehlenden Selbstbewusstsein, Süße. Du warst auch damals schon hübsch."

„Ich war viel zu dürr und knabenhaft. Mir hat nie ein Junge hinterher gepfiffen wie dir und Gwen", jammerte ich, während ich zu Tür eilte, als es endlich klingelte. Kaum hatte ich bezahlt, riss ich dem Pizzaboten die Schachtel aus der Hand und stürmte in die Küche zurück. Mittlerweile hatte ich wirklich einen Bärenhunger und erst, als ich das erste Stück gierig verschlungen hatte, kam ich auf ihre Bemerkung zurück.

„Vielleicht hast du recht. Es ist nicht nur mein verändertes Äußeres, sondern vor allem meine innere Einstellung. Ich habe meinen Frieden mit mir geschlossen. Die Erfahrung, im Studium erfolgreich und bei den Kommilitonen beliebt zu sein, war eine komplett neue und hat meine Sichtweise zu mir selbst ein wenig verändert. Ich hatte so wenig Selbstliebe in mir. Jamie war der erste, der mehr in mir gesehen hatte." Abrupt verstummte ich, jetzt fing ich schon wieder mit diesem Thema an. Das durfte doch nicht wahr sein.

„Du bist so was von nicht über den Kerl hinweg, das ist unübersehbar", schoss es prustend aus Mia heraus, bevor sie versuchte ihr Grinsen hinter ihrer Hand zu verstecken. „Sorry, Süße aber du hättest dich gerade selbst sehen müssen. Der verträumte Gesichtsausdruck, die verklärte Stimmlage, wenn du nicht möchtest, dass gleich der halbe Ort Bescheid weiß, solltest du seinen Namen lieber gar nicht erst in den Mund nehmen."

„Mia! Das ist nicht lustig." Beleidigt kniff ich die Lippen zusammen. Schlagartig wurde sie ernst und umarmte mich entschuldigend. „Was denkst du denn, warum ich es mit jedem Kerl vermasselt habe, den ich in London kennengelernt habe." Beziehungstechnisch galt ich als hoffnungsloser Fall. Meine längste Beziehung hatte fünf Monate gehalten, und das vermutlich auch nur, weil mein Ex beruflich viel unterwegs war. Die meiste Zeit war ich allein gewesen und wenn ich nicht den Anreiz gehabt hätte, mit Einundzwanzig endlich meine Jungfräulichkeit zu verlieren, wäre ich wahrscheinlich all die Jahre Single geblieben.

Mia behielt ihre Ernsthaftigkeit bei und meinte nachdenklich: „Vielleicht war das Jobangebot ein Wink des Schicksals. Du solltest die Chance ergreifen, um herauszufinden, was Jamie für dich fühlt. Ich habe dir das nie gesagt, weil du nicht über ihn sprechen wolltest und voller Wut auf ihn warst, aber wir standen uns damals ziemlich nah."

Mia verstummte und ihre Wangen färbten sich rosig. Eindeutig sah sie verlegen und vielleicht auch schuldbewusst aus.

Perplex fuhr ich mir durch die Haare und brachte damit meine akkurate Frisur durcheinander. „Du ... Jamie ... Was soll das heißen?", stammelte ich etwas konfus.

„Wir sind nur Freunde, zwischen uns war nie mehr", beschwichtigte Mia mich und ich fühlte wie mich eine Welle der Erleichterung erfasste.

„Aber mir kam es dennoch wie ein Verrat an dir vor. Anfangs hat er mir einfach leidgetan, weil es ihm wirklich nicht gut ging und mit der Zeit entstand eine Freundschaft, die bis heute Bestand hat."

Das musste ich erst einmal verdauen, denn diese Tatsache bedeutete, dass Mia zwischen den Stühlen saß. Wie sollte sie unter diesen Umständen unvoreingenommen sein?

„Vielleicht ist es besser, wir klammern das Thema Jamie zukünftig besser aus? Ich will dich nicht in eine blöde Lage bringen", antwortete ich mit einem gequälten Lächeln.

„Du befürchtest hoffentlich nicht, dass ich mich Jamie gegenüber verplappere", gab Mia mehr erschrocken als vorwurfsvoll zurück.

„Nein, das nicht, aber dennoch fühlt es sich seltsam an." Ich zuckte hilflos mit den Achseln und mit einem Mal fühlte ich mich den Tränen nah. Das war heute einfach zu viel gewesen. Erst die unerwartete Begegnung mit Jamie und nun auch noch Mias Geständnis. Erst langsam dämmerte mir die Tragweite dieser Erkenntnis. Mit wem sollte ich zukünftig über Jamie sprechen?

Mia legte ihre Hand vorsichtig auf meine, als befürchtete sie, ich würde sie abweisen.

„Bist du sauer? Ich könnte es verstehen." Ihre Stimme war leise und klang niedergeschlagen.

„Quatsch, bin ich nicht. Aber es ist nur gerade ziemlich viel. Ich bin müde und sollte ins Bett."

Mia hielt mich zurück, als ich aufstehen wollte. „Warte, ich muss dir noch etwas sagen. Ich habe das vorhin ernst gemeint. Nach der Trennung hat Jamie weniger von Gwen als von dir gesprochen. Klar hatte ihn die plötzliche Trennung erst einmal runtergezogen, aber als er sich wieder gefangen hatte, redete er nur von dir. Warum du dich auch noch von ihm abgewendet hast und er hatte sich Vorwürfe gemacht, dass er Gwen zuliebe eure Freundschaft aufgegeben hatte. Vielleicht ging es damals nie um mehr als das, aber wahrscheinlich weiß er das selbst nicht so genau. Und falls ja, heißt das nicht, dass es heute nicht anders sein kann. Gefühle können sich ändern." Ihr eindringlicher Blick grub sich tiefer, als es mir lieb war.

„Genau, heute hasst er mich", entfuhr es mir trocken, nicht gewillt, mir an diesem Abend noch weitere Gedanken darüber zu machen. Aber ich bemerkte, dass Mias Worte auf fruchtbaren Boden gefallen waren, auch wenn ich nicht wusste, ob es mir guttun würde, sie gedeihen zu lassen.

Mia drückte mich noch einmal fest und flüsterte mir ins Ohr: „Er wird dich niemals hassen, glaube mir."

Auf meinen fragenden Blick schüttelte sie den Kopf und presste demonstrativ ihre Lippen aufeinander, was mir ein leichtes Lächeln entlockte.

Kaum, dass sie verschwunden war, gönnte ich mir ein weiteres Glas Wein, damit ich anschließend hoffentlich schlafen konnte, ohne ständig Jamies hübsches, markantes Gesicht vor Augen zu haben.

6

Jamie

Immer noch nicht ganz wach, trat ich aus der Dusche, um mich abzutrocknen. Ich war spät dran. Da Alan heute noch einmal abschließend vor der Arbeit nach Jimmy schauen wollte, hatte ich etwas früher aufstehen müssen. Blöderweise hatte ich den Wecker wohl im Halbschlaf ausgestellt, aber zum Glück war ich kurz darauf erneut aufgewacht. Als ich vor meinem selbstgebauten Einbauschrank stand, wollte ich schon nach einem zwar schlichten, aber dennoch schicken dunkelblauen Pullover greifen, als ich die Hand wieder sinken ließ. Wie absurd ich mich verhielt, als ob jedes Mal mein Gehirn aussetzte, wenn sich Lizzy auch nur in meinem Unterbewusstsein ausbreitete. Sogar für den unwahrscheinlichen Fall, dass sie erneut für ihren Chef einsprang, würde ich mich garantiert nicht extra umziehen. Daher griff ich resolut nach meiner Arbeitskleidung.

Die letzten beiden Tage hatte ich weniger gearbeitet und war ansonsten daheim geblieben, da ich einerseits ein Auge auf Jimmy haben wollte und auch keine Lust hatte, Lizzy zufällig zu begegnen. Natürlich verhielt ich mich kindisch, aber Fakt war, dass ich keinen blassen Schimmer hatte, wie ich mich ihr gegenüber verhalten sollte.

Alan hatte vorgestern, während unseres Telefonats schon so misstrauisch reagiert, als ich darum gebeten hatte, dass er doch bitte das nächste Mal persönlich vorbeikommen sollte.

Mit perplexer Stimme hatte er mich gefragt, ob ich kein Vertrauen in Lizzys Fähigkeiten hätte oder sie auf mich inkompetent gewirkt hätte. Ich hatte mich damit herausgeredet, dass es bei dem Thema Einschläferung um eine ernste Sache ging, und ich lieber auf seine langjährige Erfahrung bauen mochte. Erst als ich aufgelegt hatte, erkannte ich meinen Fehler. Falls Alan Lizzy darauf ansprach, ob etwas vorgefallen wäre, stand ich ziemlich dämlich da. Irgendwie musste ich schleunigst einen Weg finden, mit ihr umzugehen. Neutral. Unverbindlich. Aber dennoch höflich.

Schließlich sollte sie nicht bemerken, dass sie es immer noch schaffte, irgendeine Form von Emotionen in mir auszulösen. Und genau deshalb sollte ich Alan heute vielleicht über meine ehemalige Freundschaft mit Lizzy aufklären. Damit er ihr gegenüber die Klappe hielt.

Während ich in meine Arbeitshose schlüpfte, klingelte es schon. Mein Puls stieg rasant an, was wirklich lächerlich war, in Anbetracht der Tatsache, dass ich Alan erwartete. „Komm rein, du bist früh dran", begrüßte ich ihn und bemühte mich inständig, ihm meine Erleichterung nicht zu zeigen, dass er nicht erneut Lizzy geschickt hatte. Zuzutrauen wäre es ihm allemal. Sein Grinsen deutete schon darauf hin, dass er es wohl nicht darauf beruhen lassen würde. Gerne würde ich mit den Augen rollen, traute mich aber nicht, um ihm nicht noch mehr Futter zu bieten. Während er mich zu Jimmy begleitete, konnte er sich einen stichelnden Kommentar nicht verkneifen. „Und? Insgeheim enttäuscht, dass ich mich nicht über deinen Wunsch hinweggesetzt habe und meine hübsche Kollegin vorbeigeschickt habe?"

Nun entkam mir doch ein Stöhnen, und ich sah ihn finster an. „Wie kommst du darauf?"

„Dein Blick. Vielleicht durchschaue ich dich." Alan grinste mich an.

„So ein Unsinn, vielleicht bist du auch nur ein alter, verwirrter Mann", sagte ich mit ironischem Beiklang. Keinesfalls wollte ich darüber nachdenken, ob seine Unterstellung ein Körnchen Wahrheit enthielt.

Alan lachte lauthals und nahm mir meine unverschämte Äußerung zum Glück nicht übel. Bevor er weitere unangebrachte Kommentare anbrachte, ergriff ich rasch das Wort.

„Wir kennen uns von früher und sind nicht im Guten auseinandergegangen, wenn du verstehst, was ich meine." Zwar stellte er sein Lachen ein, aber er blinzelte mich amüsiert an.

„Das heißt, ihr hattet mal was miteinander? Kann ich dir nicht verübeln Junge, schließlich ist die Kleine wirklich hübsch und zufällig auch noch ziemlich nett. Allerdings bist du ein ziemlicher Dummkopf, wenn du sie hast gehen lassen."

Ich schüttelte frustriert den Kopf. Prima, jetzt durfte ich mit ihm auch noch über mein Privatleben diskutieren. Ich sollte dem Ganzen schnell ein Ende setzen. „Wir waren lediglich befreundet. Ich war mit ihrer Schwester zusammen und als Gwen mich verlassen hat, zerbrach auch meine Freundschaft mit Lizzy. Und mehr möchte ich dazu jetzt auch gar nicht sagen. Aber wie du dir sicherlich vorstellen kannst, war unser erstes Aufeinandertreffen nach sechs Jahren etwas angespannt." Wieder öffnete er den Mund, aber ich ging unhöflich dazwischen. Ich deutete auf Jimmy und meinte rasch: „Siehst du ihn dir mal an? Ich bin der Meinung, es geht ihm besser. Leider habe ich es etwas eilig, weil ich auf die Baustelle muss." Zu meiner Erleichterung hörte er auf, nachzubohren und konzentrierte sich jetzt ausschließlich auf die Behandlung. Wortlos sah ich ihm dabei zu, wie er den Hund gründlich untersuchte. Anschließend bestätigte er meine Laieneinschätzung.

„Sieht so aus, als dürfte dein Jimmy noch eine Weile bei dir bleiben." Erleichtert klopfte ich ihm auf die Schulter, während ich mich bedankte, komplimentierte ich ihn dennoch zielstrebig nach draußen. Nicht nur, weil ich verhindern wollte, dass er das unliebsame Thema erneut aufgriff, sondern weil ich es wirklich eilig hatte. Ich war schon spät dran, aber die Untersuchung war wichtiger gewesen. Dann würde ich eben einfach später Feierabend machen, obwohl ich mich mit Tyler im Pub treffen wollte.

Ich hob noch kurz die Hand zum Gruß, als Alan stehenblieb und sagte: „Vielleicht solltest du dir ein Beispiel an Lizzy nehmen. Weder hat sie erwähnt, dass euer Aufeinandertreffen für sie in irgendeiner Form unangenehm war noch bat sie mich, die weitere Behandlung zu übernehmen."

Ich schluckte hart, um unangebrachte Worte hinunterzuschlucken. Schließlich war das Lizzys Job, da hatte sie sich professionell zu verhalten. Ich konnte mir als Zimmermann auch nicht meine Kundschaft oder Auftraggeber aussuchen.

„Sie hat mich einfach überrumpelt, okay? Ich kriege mich schon wieder ein."

„Am besten setzt ihr euch möglichst bald, zu einem klärenden Gespräch zusammen, anschließend wirst du erkennen, welch bezaubernde Frau sich hinter Lizzy verbirgt. Vielleicht erkennst du dann auch wieder das Mädchen in ihr, das du so sehr vermisst."

Stirnrunzelnd sah ich Alan an und wusste gerade nicht, ob ich lachen oder doch lieber schreien sollte.

Ich salutierte vor ihm und versuchte meine Mundwinkel zu etwas zu verziehen, was man mit viel Fantasie als ein Lächeln durchgehen lassen konnte. „Alles klar, wird gemacht." Den Teufel würde ich tun, aber das musste ich ihm ja nicht auf die Nase binden.

Endlich war er verschwunden und ich benötigte jetzt dringend einen starken Kaffee und ein reichhaltiges Frühstück, so entkräftet, wie ich mich gerade fühlte.

Eine halbe Stunde später war ich endlich auf der Baustelle eingetroffen, wo meine Kollegen schon fleißig am Arbeiten waren. „Na, mal wieder verschlafen?", feixte Harry, den Jackson wohl nicht eingeweiht hatte. „Konntest du etwa wieder bei der Kleinen von neulich landen? Man munkelt, dass es zwischen euch heiß hergeht."

In solchen Momenten, die gottlob äußerst selten waren, verfluchte ich meine Kleinstadt, in der nichts verborgen blieb. Tatsächlich hatte ich das Mädel noch ein weiteres Mal zu mir eingeladen, aber wie das zum Dorfklatsch wurde, war mir ein Rätsel.

„Neidisch, Kleiner?", erwiderte ich in mitleidigem Tonfall und er gab ein Grunzen von sich. „Brauchst du auch nicht, der Einzige, mit dem ich heute gekuschelt habe, war Jimmy." Kurz klärte ich ihn darüber auf, dass ich auf den Tierarzt hatte warten müssen. „Aber dafür hänge ich abends die Stunde dran."

Jackson winkte ab: „Alter, das bekommt doch keiner mit. Wir haben nichts dagegen, wenn du gemeinsam mit uns Feierabend machst."

„Du bist ein wahrer Freund. Mal sehen, wie wir vorankommen", wiegelte ich ab, ohne mich festzulegen.

In den kommenden Stunden ging mir die Arbeit leicht von der Hand, und ich beschloss, für mein Zuspätkommen die Mittagspause ausfallen zu lassen, um pünktlich Feierabend zu machen. Somit musste ich Tyler nicht auf später vertrösten. Wir kamen gut voran, und gegen achtzehn Uhr konnten wir aufhören. Morgen wollte der Bauträger die Baustelle inspizieren, deshalb war es heute wichtig gewesen, den Zeitplan einzuhalten.

Diesmal hatte ich genügend Zeit, vor meiner Verabredung noch nach Hause zu fahren, um mich umzuziehen. Heute würden wir sicherlich bis in die späten Abendstunden im Pub versacken, da wollte ich mich dann doch nicht in meiner Arbeitskluft blicken lassen. Lässig fuhr ich mir durch mein frisch gewaschenes Haar, das mir sogleich wieder in die Stirn fiel. Entspannt holte ich mein Fahrrad heraus, weil es sich nicht lohnte, die kurze Strecke mit dem Auto zurückzulegen. Außerdem wusste ich nicht, wie viel ich heute trinken würde, da wollte ich lieber auf Nummer sichergehen.

Erst jetzt merkte ich, wie sehr ich mich darauf freute, ein paar entspannte Stunden mit meinem besten Freund zu verbringen. Es hatte mir nicht gutgetan, mich die letzten Tage zuhause zu verschanzen, dort hatte ich eindeutig zu viel Zeit zum Grübeln. Zu viel Zeit darüber nachzudenken, was wäre wenn … Heute kehrte ich zum gewohnten Alltag zurück.

7

Lizzy

Meine Arbeit erfüllte mich und ich sprühte vor Feuereifer. Jetzt freute ich mich allerdings, meinen Feierabend mit Mia zu verbringen. Seit einer knappen Woche war ich nun in meinem neuen Job tätig, und bekam schon einen Eindruck darüber, wie arbeitsintensiv und zeitraubend eine Praxis auf dem Lande war.

Gestern hatte ich es zum ersten Mal seit meinem Antritt geschafft, meine Familie zu besuchen. Meine Mutter hatte mich zum Abendessen eingeladen, da hatte ich einfach nicht ablehnen können. Vor allem wollte ich mehr Zeit mit meiner kleinen Schwester verbringen. Genau deshalb war ich doch zurückgekehrt. Um mehr Zeit mit meiner Familie zu verbringen. Die letzten Jahre hatte ich viel zu wenig von Janes Leben mitbekommen. Jetzt war sie schon fünf Jahre alt, die Zeit verging einfach viel zu schnell und ich liebte die Kleine.

Vor Mias Haus hielt ich an, denn wir hatten ausgemacht, dass ich bei ihr übernachten würde. Morgen war mein erster freier Tag, den galt es auszunutzen. Und Mia wohnte viel zentraler als ich, in einem kleinen Reihenhaus, inmitten der Stadt. Somit sparte ich mir die lästige Heimfahrt, und konnte vielleicht auch noch ein zweites Glas Wein trinken, wenn mir danach war. Außerdem vermisste ich es, meine Freizeit mit jemandem zu verbringen. Es war das erste Mal, dass ich alleine lebte. Zwar gefiel es mir im Cottage äußerst gut, dennoch erdrückte mich manchmal die Stille und Einsamkeit. Bevor ich mit Fran in eine WG gezogen war, wohnte ich mit meiner Schwester zuhause. Ich kannte es nicht, alleine zu leben. Daran musste ich mich erst gewöhnen. Deshalb hatte ich mich über Mias Angebot umso mehr gefreut.

„Bin gleich fertig, Süße", begrüßte mich die gutgelaunte Stimme meiner Freundin an der Haustür. Ich stellte meine

Reisetasche neben einen schon mit Kleidungsstücken überquellenden Stuhl, während ich im Flur auf sie wartete. Verstohlen warf ich einen Blick in den Spiegel, und kontrollierte meine Frisur, die perfekt saß.

Mia hatte sich etwas mehr in Schale geworfen als ich. Während ich es bei einer Bluejeans, Sneakers und einer weißen Bluse belassen hatte, trug sie ein hübsches rotes Sommerkleid, das viel Bein zeigte und hervorragend zu ihren schwarzen Haaren passte. Ich zog die Augenbraue nach oben und fragte belustigt: „Willst du den Kältetod sterben? Im April läufst du abends im Sommerkleid herum?" Mich überfiel allein bei ihrem Anblick schon eine Gänsehaut.

Meinen berechtigten Einwand wischte sie mit einer lässigen Handbewegung beiseite, griff nach einem Bolero und sagte grinsend: Zufrieden?"

Ich fiel in ihr ansteckendes Lachen ein. „Für wen machst du dich denn so schick? Gibt es da etwas, was ich nicht weiß? Anscheinend hast du mir verschwiegen, dass es mittlerweile in Newquay eine Menge gut aussehender Männer gibt, für die es sich lohnt, sich rauszuputzen." Ich zwinkerte ihr zu.

Wieder schnaubte sie belustigt, und entgegnete: „Niemals würde ich mich für einen Mann schönmachen. Das mache ich ausschließlich für mich. Ich tue mir etwas Gutes. So fühle ich mich einfach wohler in meiner Haut." Sie drehte eine schwungvolle Pirouette, bei der sie beinah umfiel und sich gerade noch Haltsuchend an mir festklammerte.

„Weise Einstellung." Ich hatte Mia ein wenig mit ihrem Modetick aufziehen wollen, trotzdem kam ich nicht umhin zuzugeben: „Dennoch wird sich jeder einzelne Mann im Pub nach dir umdrehen, Mia."

„Das ist dann der positive Nebeneffekt."

Ich streckte ihr die Zunge raus. „Du bist unmöglich." Lachend hakte sie sich unter und wir machten uns gut gelaunt auf den kurzen Fußmarsch. Wie hatte ich vergessen können, wie bezaubernd dieser Ort war, mit seinen kleinen Straßen, den Steinmauern, welche die süßen Cottages am Rande des

Ortes umschlossen? Im Stadtkern war es etwas städtischer, dennoch waren die Häuser gepflegt und schön hergerichtet. Kein Vergleich zu einer Großstadt wie London, in der es auch hässliche Ecken gab. In den Vorgärten blühten die Beete in voller Pracht und das Kopfsteinpflaster machte es Mia nicht leicht, auf ihren Absätzen zu laufen.

Nach zehn Minuten standen wir vor der Eingangstür. Mia rieb sich fröstelnd über die Arme und jammerte: „Verdammt ist das kalt. Lass uns schnell reingehen."

„Hereinspaziert." Einladend hielt ich ihr die Tür auf, um ihr den Vortritt zu lassen. Mia war im Raum stehengeblieben, und ich tat es ihr gleich, um mich nach einem freien Tisch umzusehen. Mia beruhigte mich, indem sie erklärte, dass sie reserviert hatte.

„Ich frage mal bei Pete nach." Während sie sich an den Gastwirt wandte, schweifte mein Blick umher und fing dabei ein bekanntes Gesicht ein. Ich zuckte zusammen und mein Magen grummelte nervös. Verdammt, ausgerechnet heute hatte sich Jamie ebenfalls entschieden, sich einen schönen Abend zu machen und der Pub war wohl immer noch der Treffpunkt schlechthin. Anscheinend war es uns beiden unmöglich den Blick abzuwenden, ich konnte es nicht und er wollte vielleicht nicht. Mir wurde heiß und ich hielt mich gerade noch zurück, meine feuchten Handflächen an meiner Hose abzuwischen. Noch peinlicher ging es wohl nicht. Keinesfalls durfte er merken, wie sehr er mich durcheinanderbrachte. Wie wenig ich seine abweisende Art einordnen konnte. Erst als Mia mich ansprach, riss der Bann und er wandte sich wieder seinem Essen zu, woraufhin ich mich zu Mia umdrehte.

„Unser Tisch ist noch nicht frei, wir bekommen als Entschädigung einen Aperitif aufs Haus. Lass uns zur Bar gehen."

Prima, das bedeutete an Jamies Tisch vorbeigehen zu müssen, der ganz in der Nähe der Theke saß. Obwohl ich mir fest vorgenommen hatte, nicht noch einmal hinzusehen, tat ich es wie ferngesteuert. Während ich noch wie erstarrt am selben Platz stand, war Mia schon vorgegangen und ich sah, wie sie die Jungs freundlich grüßte und kurz mit ihnen sprach, bevor sie weiterging, um auf einem Barhocker Platz zu nehmen. Wahrscheinlich war ihr gar nicht aufgefallen, dass ich nicht mehr hinter ihr lief. Kaum, dass sie sich umgedreht hatte, wurden Jamies kurzzeitig weichen Gesichtszüge wieder finster und ich bemerkte, dass Tyler, sein bester Freund, eindringlich auf ihn einredete. Jamie reagierte unwirsch, auch wenn ich kein Wort verstehen konnte, dazu war die Geräuschkulisse des gut besuchten Pubs einfach zu hoch, erkannte ich an seiner Mimik und Gestik, dass er aufgebracht war. Aber ich hatte keine Zeit mir darüber nähere Gedanken zu machen, denn als ich mich endlich zwang an ihrem Tisch vorbeizugehen, wandte er so plötzlich den Blick von seinem Kumpel ab und starrte mich an, dass ich vor Schreck erneut wie angewurzelt stehen blieb. Obwohl er mich feindselig ansah, quetschte ich ein „Hey" heraus, das nur Tyler erwiderte.

Mein Herz galoppierte mir gerade davon und während ich nur Augen für Jamie hatte, hörte ich wie durch Watte, dass Tyler fragte, ob ich mich schon gut eingelebt hatte. Ein wenig krampfhaft erwiderte ich: „Danke, ich fühle mich sehr wohl. Fast, als ob ich nie weg gewesen wäre." Daraufhin hörte ich ein genervtes Schnauben.

„Ist das dein Ernst? Mir kommen die letzten sechs Jahre ohne dich sehr real vor. Als ob dich irgendjemand hier vermisst hätte. Niemandem war aufgefallen, dass du weg warst. Lizzy, du gehörst nicht mehr hierher." Kurz hielt er inne, als wollte er sich zügeln, dann platzte aus ihm heraus: „Schau dich doch mal an. Du siehst aus wie eine verdammte aufgetakelte Londonerin. Geh doch wieder zurück, wo es dir die letzten Jahre so gut gefallen hat. Wenn dir Newquay wirklich so wichtig wäre, dann wärst du doch öfter mal nach Hause gekommen. Also hör auf, uns anzulügen. Dich hat der Job gereizt, mehr nicht. Und hör auf, mir hinterher zu laufen. Vielleicht waren wir früher befreundet, aber das ist lange her." Jamie schien sich immer mehr in seine Wutrede hineingesteigert zu haben. Einmal angefangen konnte er nicht mehr aufhören, all seine unterdrückten Gefühle zurückzuhalten. Zum Glück war es durch die Geräuschkulisse recht laut im Pub und seine fiesen Worte hatte höchstens der Nachbartisch mitbekommen. Obwohl ich mich wirklich bemühte, seine harten Worte an mir abprallen zu lassen, gelang es mir nur unzureichend. Ich war der Ansicht gewesen, dass wir vielleicht nach all den Jahren nicht dort hätten anknüpfen können, wo es geendet hatte, aber vielleicht zumindest wieder bei Null. Seine unbändige Wut verätzte mir den Magen und zerrte roh an meinem Herzen.

„Woho, jetzt mal halblang, Jamie komm wieder runter. Lizzy ist nicht wegen dir da, sondern um ein wenig Spaß zu haben und sich mit Mia zu amüsieren. Okay?"

Anscheinend bewirkten Tylers eindringliche Worte wirklich etwas, denn Jamies Wut fiel in sich zusammen. Er nahm seine Gabel in die Hand und schob die letzten Reste auf seinem Teller zusammen, als wüsste er nicht, was er ansonsten tun sollte. Er wirkte verlegen auf mich. Wahrscheinlich bereute er seinen emotionalen Ausbruch, der mir deutlich gemacht hatte, dass ich ihm doch nicht so egal war, wie er tat. Und genau diese Erkenntnis schien ihm gerade auch zu dämmern. Er hatte sich verraten, nun konnte er sich nicht mehr hinter dem Deckmantel der Gleichgültigkeit verstecken, auch wenn er genau das behauptet hatte. Irgendwann würde er das Gespräch mit mir suchen müssen. Denn in ihm brodelte es so heftig, dass wir das nicht einfach ignorieren konnten. Ich biss mir auf die Unterlippe und wusste nicht, was ich sagen sollte.

„Wenn ich dich in Ruhe lassen soll, dann hör du auf, mich bei Alan schlecht zu machen", zischte ich, bevor mir überhaupt klar war, was mir auf der Zunge gelegen hatte. Aber dieses Thema hatte mich beschäftigt, seitdem Alan mich auf seine seltsame Reaktion angesprochen hatte. Zwar hat er mir nicht zu verstehen gegeben, dass er an meiner Kompetenz zweifelte, aber es hatte gehörig an mir geknabbert, dass Jamie mich mehr oder minder bewusst, schlechtgemacht hatte. „Ich habe dich gar nicht schlechtgemacht, so ein Blödsinn. Wer behauptet denn so was?" Jetzt blitzte wieder Genervtheit in seinen Augen auf, aber zugleich sah Jamie auch ein klein wenig schuldbewusst aus. Ich hob hilflos die Schultern, weil mich meine Sprachlosigkeit selbst fassungslos machte. Andererseits hatte ich keine Lust mehr, mit ihm zu sprechen. Irgendwie konnte ich wenigstens Tyler ansehen und murmelte: „Mia wartet. Schönen Abend." Neuen Zündstoff konnte ich jetzt wahrlich nicht gebrauchen. Hastig drehte ich mich weg, um endlich zu Mia hinüberzugehen, die mich schon neugierig anstarrte. Natürlich hatte sie die kleine Szene beobachtet, auch wenn sie wahrscheinlich nicht viel von ihrem Beobachtungspunkt aus hatte verstehen können.

„Was war DAS denn?" Mia war wohl aufgefallen, dass es kein angenehmes Gespräch gewesen sein konnte.

Äußerst unelegant hangelte ich mich neben meiner Freundin auf den Barhocker. Mir war es sogar egal, falls Jamie gesehen hatte, wie ich beinah wieder hinuntergestürzt war, weil ich das Gleichgewicht verloren hatte. Wahrscheinlicher war sowieso, dass er mich nicht mal mit dem Arsch ansah. Schließlich hatte er mir mehr als deutlich zu verstehen gegeben, was er von mir hielt.

„Könntest du bitte ein wenig leiser reden?", zischte ich Mia zu, während ich Pete einen nervösen Blick zuwarf. Immerhin saßen wir an der Bar und neben Pete war auch noch Kelly gerade damit beschäftigt, Bier zu zapfen. Mia stieß mir freundschaftlich ihren Ellenbogen in die Seite und meinte lediglich: „Die sind doch anderweitig beschäftigt. Uns hört keiner zu. Also. Lass hören!"

Ich stieß einen tiefen Seufzer aus. „Jamie scheint ein größeres Problem mit mir zu haben, als ich dachte. Er kann doch nicht immer noch sauer sein, weil ich damals einfach abgehauen bin. Das ist doch ewig her." Meine Freundin musterte mich eindringlich und ich wurde ein wenig rot unter ihrem Blick.

„Kann es sein, dass du Jamie damals doch mehr bedeutet hast? Ihr müsst euch unbedingt mal aussprechen."

Nun stieß ich schon wieder einen seltsamen Laut aus, der mehr nach einem Grunzen als nach einem Seufzer klang. Vielleicht färbte meine Arbeit auf mein Sprachverhalten ab. Ich blinzelte sie unter meinem kupferfarbenen Pony an und fragte: „Und wie soll ich das anstellen? Er blockt doch alles ab. Wahrscheinlich würde er mir sowieso niemals die Wahrheit sagen."

Mia runzelte die Stirn und nippte anschließend an ihrem Wein, vielleicht um ihre Gedanken zu sortieren. Ich nutzte die Gelegenheit, um Pete heran zu winken und bestellte mir ebenfalls ein Glas.

„Ihr könnt doch nicht so weitermachen. Das ist doch völlig lächerlich. Und aus dem Weg gehen, wird in unserer Kleinstadt kaum funktionieren."

„Das weiß ich doch selbst. Aber ich habe gerade so gut wie kein Wort herausgebracht. Wie soll ich ihm begreiflich machen, was damals in mir vorgegangen ist?"

„Dann lass ihn halt einfach reden. Hat doch gerade prima geklappt, er hat wie ein Wasserfall geplappert", grinste Mia. „Oder soll ich mal mit ihm reden? Der bekommt was von mir zu hören."

Mias Verständnis und Rückhalt fühlte sich wie heiße Milch mit Honig an und wärmte mich. Dennoch schüttelte ich vehement den Kopf, denn das musste ich selbst klären.

„Und hör auf, ihm ständig sehnsüchtige Blicke zuzuwerfen. Gleich fängst du an zu sabbern."

Nun glühten meine Wangen. In den letzten Minuten hatte ich mich immer wieder umgedreht, um ihm einen raschen Blick zuzuwerfen, was Mia wohl nicht verborgen geblieben war. Zum Glück rettete mich Pete vor einer Antwort, indem er ein Glas vor mir hinstellte. Sein Blick besagte, *du scheinst es nötig zu haben*, aber tatsächlich meinte er lediglich: „Da hinten im Eck ist ein Tisch frei geworden."

Dankbar nahm ich mein Glas und eilte in die kleine Ecke, von der aus ich Jamie nicht mehr sehen konnte. Erst als ich mich auf die kleine Eckbank fallen ließ, fiel ein wenig Anspannung ab. Im Verlauf des restlichen Abends wurde ich lockerer, was wahrscheinlich auch dem Alkohol geschuldet war. Als Mia irgendwann auf Toilette ging, informierte sie mich nach ihrer Rückkehr, dass Jamie und Tyler gegangen waren.

Erleichterung durchflutete mich. Somit müsste ich nachher nicht noch einmal an dem ungehobelten Kerl vorbeilaufen. Mia vermied es, das Thema erneut anzuschneiden und erzählte mir von ihrer nervigen Kollegin. Außerdem vereinbarten wir gleich einen Termin, damit ich endlich shoppen gehen konnte. Darauf freute ich mich schon sehr. Endlich wieder Zeit mit meiner Freundin zu verbringen. Zwar hatte sie mich einige Male in London besucht, aber dazu waren meine Heimatbesuche im Gegenzug viel zu selten gewesen. Zum Glück hatte sie mir das nie übelgenommen. Ich sollte dankbar dafür sein, so großartige Freundinnen zu haben. Freundinnen, die bedingungslos hinter mir standen und zudem eine wundervolle Familie. Was brauchte ich mehr?

8

Jamie

Nach dem Desaster im Pub hatte ich es eilig, mich von meinem Kumpel zu verabschieden. Natürlich hatte er mich gelöchert, warum ich so ausgerastet war. Aber ich wollte nicht darüber reden. Nicht mal mit Tyler. Zuerst musste ich selbst begreifen, was mit mir los war. Waren es wirklich nur verletzte Eitelkeiten, die mich so um mich schlagen ließen? Verdammt, wir waren erwachsen und sollten vernünftig mit der Situation umgehen. Wie hatte ich mich so gehen lassen können? Zu meiner Erleichterung hatte Tyler es dabei belassen, und mir vor dem Pub noch einmal aufmunternd auf die Schulter geklopft, bevor er zu seiner Freundin nach Hause fuhr. Ich radelte daraufhin noch eine Weile durch die Gegend, weil ich noch nicht nach Hause wollte. Ich musste irgendwie runterkommen, und da half es mir, fest in die Pedale zu treten und mich zu verausgaben. Erst als ich die Ortschaft weit hinter mir gelassen hatte, warf ich mein Rad zu Boden und ging die letzten Meter Richtung Klippen zu Fuß. Das Geräusch der Wellen, die an den Steinen brandeten, und der schwache Mondschein beruhigten mich und meine empfindlichen Nerven. Ich atmete ein paarmal tief durch und streckte mein Gesicht genüsslich in den Wind und meinte fast einen Hauch der Gischt zu spüren. Die feuchte, raue Luft tat mir gut und ließ mich endlich wieder frei atmen. Nirgendwo war es schöner als hier. Ich liebte die Natur. Mit keinem anderen Ort der Welt würde ich tauschen wollen.

Als ich fühlte, dass ich ruhiger wurde, beschloss ich nach Hause zu fahren. Diesmal etwas gesitteter, damit ich mir meine momentane Zufriedenheit nicht gleich wieder torpedierte. Dabei bemühte ich mich, meine Gedanken bei mir zu behalten und sie nicht wieder auf den Verlauf des Abends zu lenken.

∞

Das Brummen meines Handys weckte mich am nächsten Morgen. Für meinen Geschmack viel zu früh. Da es sich um mein wohlverdientes Wochenende handelte, hatte ich nicht vor, jetzt schon mein Bett zu verlassen. Meine Neugierde hielt sich in Grenzen. Die Nachricht konnte ich auch später noch lesen. Kaum hatte ich mich umgedreht und die Bettdecke hochgezogen, ertönte das Handy erneut. Ein lauter Fluch kam mir über die Lippen. Ich hätte es einfach ausschalten sollen. Genervt griff ich Richtung Nachttisch. Mia! Ich konnte mir schon denken, was sie von mir wollte. Das war bestimmt kein freundlicher Guten Morgengruß. Ich ließ es wieder zurück auf den Tisch fallen, legte meinen Kopf auf dem gemütlichen Kissen ab und schloss für einen Moment die Augen.
Nach ein paar Minuten siegte doch meine Neugierde.

Was war denn gestern los mit dir? Wo hast du dein gutes Benehmen gelassen? Lizzy wollte es nicht zugeben, aber sie war ziemlich fertig, nachdem du sie so angefahren hast.

Verdammt, das wollte ich gar nicht hören. Weder wollte ich mich mit meinem schlechten Gewissen auseinandersetzen noch mit Lizzys verletzten Gefühlen.

Schläfst du etwa noch? Ich wäre dafür, dass ihr euch endlich aussprecht. Tyler sieht das im Übrigen genauso. Melde dich mal.

Was sollte der Scheiß denn? Sprachen die beiden auch noch über mich, hatten die nichts Besseres zu tun? Hier im Ort war eindeutig zu wenig los, wenn ich als Gesprächsthema Nummer eins herhalten musste.

Das geht dich nichts an, Mia. Misch dich nicht ein!

Dann löschte ich die Nachricht wieder. Sie hatte schließlich in einem recht. Wenigstens das Gespräch mit Lizzy musste ich suchen, um herausfinden, was damals wirklich passiert war.

*Zwar geht es dich nichts an, aber damit du Ruhe gibst, werde ich
mit ihr reden. Zufrieden?*

Daraufhin erhielt ich einen hochgereckten Daumen und ich
schmunzelte. Nachdem ich die erste Tasse schwarzen Kaffee
intus hatte, fiel mir wieder ein, dass Mia auch mit Kelly, Tylers
Freundin befreundet war. Wahrscheinlich hatte sie gestern
nichts Besseres zu tun gehabt, als nach dem Pubbesuch bei
ihnen vorbeizuschauen oder zumindest anzurufen. Das hieß
wohl, dass die Mädels auch nicht die ganze Nacht durchge-
feiert hatten. Bevor ich es ins Bad schaffte, ging eine neue
Nachricht ein. Tyler. Wahrscheinlich wollte er mir auch noch
ein paar Weisheiten mit auf den Weg geben. Immerhin hatte
ich nun schon einen Kaffee im Magen.

Warum fährst du wie ein Irrer mit dem Fahrrad durch die Nacht?

Ungläubig schüttelte ich den Kopf. Welche Klatschbase hatte
nun schon wieder aus dem Fenster geguckt und getratscht?
Ich beschloss die Nachricht einfach zu ignorieren. Kurz darauf traf die Nächste ein.

*Brenda hat dich zufällig gesehen und hat es Kelly erzählt, als sie
sie heute Morgen beim Bäcker getroffen hat.*

Manchmal wünschte ich mir wirklich die Anonymität einer
Großstadt. Andererseits war doch genau diese Hilfsbereit-
schaft und Anteilnahme am Leben der Mitmenschen, die mir
so gut gefiel. Auch wenn man damit riskierte, dass sich die
Leute manchmal ungefragt einmischten, interessierten sich
hier die Leute noch füreinander.

Musste mich noch etwas auspowern.

*Magst du zum Frühstück vorbeikommen? Soll ich dir den Duft
von Kellys Rührei mit Speck mal rüberschicken?*

Nett von euch, richte ihr schöne Grüße aus, aber ich hab noch was vor.

Tu nicht so spannend.

Geht dich nichts an, alter Sack.

Kann es mir schon denken.

Dann hör auf, so blöd zu fragen. Und lass mich jetzt in Ruhe frühstücken.

Keine Ahnung, warum ich mit dem Idioten befreundet war, so sehr, wie er mir manchmal auf die Nerven ging. Aber Tyler hatte es geschafft, meine Laune zu heben. Jetzt würde ich duschen, dann in Ruhe frühstücken und mich anschließend auf den Weg zu Lizzy machen. Vielleicht traf ich sie zuhause an. Mia hatte mir vorhin noch mitgeteilt, dass sie heute frei hatte.

Mein Brötchen schmeckte wie trockene Sägespäne und ich musste mich zwingen, es hinunterzuwürgen. Mit einem weiteren Pott Kaffee spülte ich es schließlich runter. Danach warf ich einen kurzen Blick in den Spiegel schwarze Jeans, Sneakers, und über meinem T-Shirt hatte ich einen schlichten, türkisen Pulli angezogen. Ich strich mir noch einmal durch die Haare, die erneut wild in meine Stirn fielen. Okay, so konnte ich mich sehen lassen. Eigentlich sollte es mir egal sein, ob Lizzy mein Äußeres ansprechend fand. Denn darum war es zwischen uns ja nie gegangen. Allerdings wollte ich ihr gegenüber nicht ins Hintertreffen geraten, wahrscheinlich sah sie sogar morgens zum Frühstück schon top gestylt aus.

„Komm Jimmy, wir machen einen Spaziergang und besuchen deine neue Freundin." Mit Nachdruck schloss ich die Haustür, als würde ich mich durch mein entschlossenes Auftreten besser fühlen. Doch wenn ich ehrlich war, war das eine einzige Farce. So nervös hatte ich mich wahrscheinlich das letzte Mal gefühlt, als ich meine Abschlussprüfung zum Zimmermann ablegen musste. Mündliche Prüfungen war noch nie mein Fall gewesen. Obwohl ich eigentlich eher der selbstbewusste Typ war, hatte es mir in Prüfungssituationen immer die Sprache verschlagen. Und jetzt befürchtete ich, dass es mir mit Lizzy genauso ergehen würde. Angriff war die beste Verteidigung. Aber ich befürchtete, dass diese Vorgehensweise in diesem Fall eher kontraproduktiv wäre. Irgendwie musste ich versuchen, ruhig und gelassen zu bleiben. Neutral und objektiv. Ich schnaubte erheitert, während ich immer wieder stehenbleiben musste, weil Jimmy herumschnüffelte und es im Gegensatz zu mir nicht eilig hatte. In Lizzys Anwesenheit würde mir das kaum gelingen. Aber ich musste es wenigstens versuchen. Denn obwohl es mir gestern kurzzeitig Erleichterung verschafft hatte, mir Luft zu machen, fühlte ich mich im Anschluss umso schlechter. Ich wollte keinen Streit mit Lizzy und mein Verhalten war vollkommen idiotisch gewesen. Sie ging mir immer noch viel zu nah und war viel zu präsent in meinem Kopf. Der Gedanke, mich mit ihr zu versöhnen, ließ mich ruhiger werden. Ich sah uns zumindest auf dem richtigen Weg und hoffte, dass meine Vernunft auch in der persönlichen Begegnung standhalten würde.

Als ich um die Ecke bog, sah ich ihr Haus schon in der Ferne am Ortsrand stehen. Ein wenig außerhalb lagen vereinzelte Cottages, mit freiem Blick auf die Natur. Anscheinend war sie ein Glückskind. Nicht nur, dass Alan genau jetzt in Rente gehen würde, als sie ihren Abschluss gemacht hatte, nein, auch Mrs. Walsh war zu ihrer Tochter gezogen, weil sie im hohen Alter von fast 90 Jahren nicht mehr allein zurechtkam und ihr Haus nun vermietete, da sie sich nicht trennen konnte. Nur deshalb war Lizzy an dieses Schätzchen gekommen. Hoffentlich fühlte sie sich in der Abgeschiedenheit überhaupt wohl. Aber das sollte nicht mein Problem sein. Das Cottage war von einer Steinmauer umschlossen und ich drückte die Klinke des Gartentürchens herunter, die nicht verschlossen war. Zielstrebig ging ich auf die Haustür zu und drückte den abgegriffenen Klingelknopf und wartete. Ungeduldig trat ich von einem Fuß auf den anderen und klingelte schließlich erneut. Ein Blick auf die Uhr sagte mir, dass es fast elf Uhr war. Lizzy würde doch nicht noch schlafen? Nach zwei weiteren langen Minuten gab ich auf, und versuchte meinen Frust zu verdrängen. Ob ich so bald noch einmal die Gelegenheit bekäme und auch den Willen besaß, mit ihr zu sprechen? Zögerlich holte ich mein Handy aus der Hosentasche hervor und starrte unschlüssig aufs Display. Mia hatte mir heute Morgen in einer ihrer Nachrichten Lizzys Nummer aufgedrängt, aber vielleicht war es zu aufdringlich, sie anzurufen. Außerdem hatte ich keinen blassen Schimmer, wie Lizzy darauf reagieren würde. Mia würde sie kaum gefragt haben, ob sie damit einverstanden war. Ein vorbeifahrendes Auto riss mich aus meinen Gedanken und ich erkannte die beste Freundin meiner Mutter, die mir fröhlich zuwinkte. Prima, dann wusste in Kürze nicht nur meine Mutter, sondern der halbe Ort Bescheid. *Ich habe Jamie gesehen, wie er vor Lizzys Haus herumlungerte*, käme bestimmt nicht so gut an. Und es wäre nur eine Frage der Zeit, bis es auch Lizzy erfuhr.

Seufzend tippte ich ihre Nummer ein und hob das Handy ans Ohr. Es klingelte endlos, aber Lizzy nahm nicht ab. Da sie meine Nummer nicht hatte, konnte es nicht daran liegen, dass sie nicht mit mir sprechen wollte. Jimmy saß geduldig neben mir und blickte vertrauensvoll zu mir auf. „Anscheinend bist du enttäuschter als ich, dass wir sie nicht angetroffen haben." Ich schmunzelte, während ich ihn hinter dem Ohr kraulte. Plötzlich hörte ich ein Poltern im Inneren des Hauses. Jimmy sprang augenblicklich auf und hechelte aufgeregt neben mir. „Hast du das auch gehört, alter Junge?" Also entweder hatte Lissy einen schwerhörigen Mitbewohner von dessen Existenz ich nichts wusste, ein Einbrecher war gerade im Haus oder Lizzy wollte mir nicht aufmachen. Irgendwie beunruhigte es mich, dass Lizzy anscheinend doch daheim war, aber keine Anstalten machte aufzumachen oder ans Handy zu gehen. Ich lauschte ins Innere, ob ich noch einmal ein Geräusch vernehmen würde. Langsam zweifelte ich schon an meinem Verstand. Als Jimmy leise zu winseln begann, klingelte ich ein letztes Mal, auch wenn ich mich aufdringlich verhielt. Schließlich hörte ich leise Schritte. Also war sie doch da. Jimmy sprang neben mir aufgeregt hin und her und begann leise zu jaulen. Die Tür öffnete sich, und gerade als ich fragen wollte, warum sie nicht wenigstens an ihr Handy ging, fingen meine Augen ihr blasses Gesicht ein. Sie sagte kein Wort, sondern starrte mich nur an. Vielleicht hatte mein unverhoffter Anblick sie sprachlos gemacht.

„Sorry, ich wollte dich nicht stören. Aber ich habe ein Geräusch gehört, da war mir klar, dass du zuhause sein musst."

Fast war mir meine erkennbare Sorge peinlich, aber sie sah vollkommen fertig aus. Vielleicht hatte sie den gestrigen Alkohol nicht vertragen. Sie verzog schmerzverzehrt das Gesicht und fasste sich an die Stirn. Gerade als ich sie fragen wollte, ob alles okay war, sprang Jimmy freudig an ihr hoch und sie geriet ins Straucheln. Instinktiv ging ich auf sie zu und umfasste ihre Taille. „Jimmy, nicht so stürmisch. Komm, ich bring dich ins Bett zurück." Immer noch sagte sie kein Wort und ließ sich von mir ins Schlafzimmer bringen. Ich hatte mit Widerstand gerechnet, als ich den Vorschlag machte. Dennoch ließ sie mich einfach gewähren. Als wäre sie froh, dass ich mich um sie kümmerte. Vorsichtig half ich ihr aufs Bett und deckte sie anschließend fürsorglich zu. Ihre Augen fielen zu, als ich sie fragte: „Brauchst du einen Arzt? Was ist denn los mit dir, Lizzy?"

Ein angedeutetes Kopfschütteln war die einzige Antwort. Mein Blick fiel auf eine Medikamentenschachtel und ich kombinierte: „Hast du Migräne?" Vage huschte ein Erinnerungsfetzen durch meine Gehirnwindungen. Schon in ihrer Jugendzeit hatte Lizzy immer wieder unter heftigen Migräneanfällen gelitten. Anscheinend plagten sie diese immer noch. Lizzy deutete auf die Medikamente und ich begriff, dass sie eine Tablette wollte.

„Wie viele hast du denn schon genommen?", fragte ich skeptisch. Nun öffneten sich ihre Augen zu kleinen Spalten.

Wieder wies sie auf den Blister und brachte ein schwaches „Bitte", heraus.

„Du wirst schon wissen, was du tust", brummte ich, half ihr sich aufzurichten und hielt ihr erst die Tablette und anschließend ein Glas Wasser an die Lippen. Kurz darauf schenkte sie mir sogar ein halbes Lächeln, bevor sie sich erschöpft ins Kissen sinken ließ.

„Soll ich jemandem Bescheid geben? Deiner Mutter?", fragte ich etwas hilflos. Ich konnte sie doch in diesem Zustand nicht allein lassen.

„Nicht da", brachte sie mühsam über die Lippen. Bevor ich sie fragen konnte, ob sie noch etwas benötigte, sprang Jimmy in ihr Bett.

„Komm runter", knurrte ich ungehalten, war aber dennoch bemüht, meine Tonlage leise zu halten, um Lizzy nicht weiter zu quälen. Sie hob ihre kleine zierliche Hand und legte sie in sein weiches Fell.

„Lass ihn ruhig hier", sagte sie mit samtweicher Stimme. Jimmy schleckte als Dank ihre Hand. Ich unterließ es, mit Lizzy über Erziehungsmaßnahmen zu diskutieren. So sehr ich meinen Hund liebte, meiner Ansicht nach hatte ein Tier nichts im Bett verloren. Anscheinend tat ihr seine Gesellschaft gut, und ich brachte es nicht übers Herz, ihr diesen Wunsch abzuschlagen. Und irgendwie schaffte ihre Bitte eine Brücke zwischen alter und neuer Lizzy. Das hätte sich das Mädchen von damals gewünscht und dass es die elegante Lizzy von heute immer noch tat, beeindruckte mich. Und zugleich beunruhigten mich die wärmenden Gefühle, die unvermittelt in mir aufstiegen, hatten sie doch so gar nichts mit der gleichgültigen Haltung gemein, die ich ihr gegenüber aufrechterhalten wollte.

„Ich bin im Wohnzimmer, wenn etwas ist." Ohne ihr Gelegenheit zu geben, zu protestieren, ging ich zur Tür und hob im Vorbeigehen etwas vom Boden auf. Ihr Handy. Leise schloss ich die Tür und wusste für einen Moment nicht, was ich tun sollte. Ich fühlte mich unwohl. Wie ein Störenfried, der gegen ihren Willen, in ihr kleines Reich eingedrungen war. Ihr Handy funktionierte noch, wahrscheinlich hatte sie es vorhin frustriert an die Wand geworfen, als es permanent geklingelt hatte.

Eigentlich wollte ich nicht neugierig sein, aber dennoch konnte ich es nicht unterlassen durch das Wohnzimmer und die angrenzende Küche zu schleichen, um die Räume zu inspizieren. Außerdem benötige ich einen Kaffee. Ihre Küche war im Landhausstil gehalten, wahrscheinlich war sie schon vor vielen Jahren eingebaut worden und nicht mehr wirklich modern, aber sie passte zum Stil des Cottages. Mit meiner Tasse schlenderte ich ins gemütliche Wohnzimmer. Auf dem Dielenboden lag ein flauschiger Teppich und natürlich durfte der offene Steinkamin nicht fehlen. Lizzy hatte unglaublich viele Bücher, dessen Regal eine gesamte Wand bedeckte. Anscheinend las sie lieber als fernzusehen, denn ich entdeckte ein ziemlich vorsintflutliches Gerät.

Dafür, dass sie erst kürzlich eingezogen war, war es schon behaglich hergerichtet. Einige Landschaftsfotografien zierten die Wände und Dekokram stand auch schon herum. Lizzy war anscheinend ein kleiner Kerzenfreak. Mein Grinsen verging mir schlagartig, als ich auf der Fensterbank hinter der Couch einige aufgestellte Fotorahmen entdeckte. Wie in Trance ging ich darauf zu und nahm eines in die Hand, das mich magisch anzog. Ich musste hart schlucken, als ich mein jüngeres Ich betrachtete, das lachend einen Arm um Lizzy gelegt hatte und mit der anderen Hand eine Siegerfaust ballte. Meine Hand zitterte ganz leicht. Natürlich erinnerte ich mich an den Tag. Wir hatten an einem Surfwettbewerb teilgenommen und waren beide erfolgreich gewesen. Das war vor meiner Zeit mit Gwen gewesen, als ich noch den Großteil meiner Freizeit mit Lizzy verbracht hatte. Zu diesem Zeitpunkt war sie mir sogar näher als Tyler gestanden. Sie war mir so vertraut und unglaublich nah gewesen. Warum hatte sie das Foto behalten und sogar aufgestellt? Es war umringt von Familienfotos, als würde ich zu ihrer Familie gehören. Erstmals überlegte ich wirklich ernsthaft, wie Lizzy sich gefühlt haben musste, als ich mit Gwen zusammengekommen war. Behutsam stellte ich das

Bild wieder ab und setzte mich auf die Couch. Stützte meinen schweren Kopf mit den Händen ab und ließ den Gedanken zu, wie sehr ich sie verletzt hatte. Damals verdrängte ich die Tatsache, weil meine jugendlichen Hormone mein Gewissen schnell zum Erliegen gebracht hatten. Und später hatte meine Wut viel zu viel Raum eingenommen, als dass ich irgendeine Form von Verständnis für sie hegen konnte.

Ob sie wohl noch surfte, lenkte ich meine Gedanken in seichtere, ungefährlichere Gewässer.

Nachdem ich mir die Zeit vertrieben hatte, indem ich ein wenig auf meinem Handy gespielt hatte, beschloss ich nach ihr zu sehen, obwohl ich mir sicher war, dass Jimmy im Notfall Alarm geschlagen hätte. Vielleicht mochte Lizzy eine Tasse Tee, dann hätte ich einen klitzekleinen Vorwand, um nach ihr zu sehen.

Vorsichtig drückte ich kurz darauf die Türklinke und betrat leise das Zimmer. Falls Lizzy schlief, wollte ich sie nicht aufwecken. Der Raum war fast vollständig abgedunkelt, deshalb ließ ich die Tür einen Spalt offen, um nicht versehentlich irgendwo dagegen zu laufen. Dennoch stolperte ich nach nur zwei Schritten über etwas auf dem Boden Liegendes, und schafft es gerade so das Gleichgewicht zu halten und den Tee nicht zu verschütten. Ein leises Jaulen sagte mir, dass es Jimmy gewesen war, den ich unabsichtlich getreten hatte. Anscheinend bewachte er die Tür. Entweder hatte Lizzy ihn doch aus dem Bett gescheucht, oder er hatte es verlassen, als sie eingeschlafen war.

„Bist du das Jamie?" Zwar klang ihre Stimme immer noch matt, aber ich konnte einen leicht belustigen Unterton heraushören.

„Sorry, wollte dich nicht wecken", murmelte ich ein wenig zerknirscht. Mittlerweile hatten sich meine Augen an die Dunkelheit gewöhnt und ich konnte Lizzy ausmachen, die sich gerade im Bett aufrichtete. Ich ging zum Fensterladen und fragte sie, ob ich sie öffnen durfte. Sie nickte zustimmend und ich ließ ein wenig Licht rein. Immerhin schien ihr der

Schlaf gutgetan zu haben, sie sah etwas besser aus. Ich trat an ihr Bett und hielt ihr die Tasse hin.

„Ich wusste nicht, ob du einen Tee magst" sagte ich etwas linkisch. Mir wurde ein wenig heiß, und ich hatte keine Ahnung, wann ich mich das letzte Mal so unsicher gefühlt hatte. Fakt war, ich wusste einfach nicht, wie ich mit Lizzy umgehen sollte. Jetzt mit ihr über die Vergangenheit und das zuletzt Vorgefallene zu sprechen, erschien mir total unangebracht. Aber einfach so zu tun, als wäre nie etwas zwischen uns passiert, kam mir genauso seltsam vor. Während sie einige Schlucke des Heißgetränks zu sich nahm, ließ sie mich nicht aus den Augen. Froh über das Dämmerlicht fiel es mir leicht, ihrem Blick standzuhalten. Ehrlich gesagt schaffte ich es nicht, wegzusehen. Ich fühlte Erleichterung, dass es ihr wohl wieder besser ging.

„Was tust du eigentlich hier?" Wieder versetzte mir ihr Anblick einen heftigen Magenschwinger, den ich gekonnt ignorierte. Ich zog die Augenbrauen hoch und erwiderte leicht sarkastisch: „Unsere Freunde sind passiert."

Lizzy zuckte leicht zusammen und ich sah Erstaunen in ihrem Gesicht aufblitzen. Nein das traf es nicht ganz. Eher Entsetzen.

„Und das soll heißen?", fragte sie leicht panisch nach. Mir schoss augenblicklich der Gedanke durch den Kopf, ob Lizzy mit Mia über mich gesprochen hatte. Irgendwie war ich immer davon ausgegangen, dass sie mich einfach beiseitegeschoben hatte. Körperlich wie geistig. Wie einen unliebsamen Gedanken. Dass ich kein Thema mehr für sie wäre. Vielleicht hatte ich mich getäuscht und es mir zu leichtgemacht, ihr das zu unterstellen. „Mia hat mir ein Anschiss verpasst und Tyler wollte, dass wir uns aussprechen. Von Mia habe ich übrigens deine Telefonnummer. Kannst dich bei deiner besten Freundin bedanken." Mein Tonfall klang ungehaltener, als ich mich fühlte. Lizzy zuckte kurz zusammen, dann entspannte sie sich wieder.

„Dann bist du nur hier, weil du es ihnen zuliebe tust?" Schon wieder hörte ich die reine Provokation aus ihren Worten heraus. Aber ich ließ mich nicht aus der Ruhe bringen und setzte ein breites Grinsen auf. Lässig verschränke ich die Arme vor der Brust und haute heraus: „Denkst du wirklich, mich juckt, was die wollen? Ich bin hier, weil ich das möchte. Weil ich eingesehen habe, dass ich mich wie ein Riesenidiot aufgeführt habe und ..." Ich stockte kurz, „weil ich mich entschuldigen möchte." Nun hatte ich es geschafft, Lizzy hatte sich an ihrem Tee verschluckt und begann heftig zu husten. Fast war ich verleitet, ihr auf den Rücken zu klopfen. Unterließ es aber schlussendlich, weil es einfach zu vertraulich war. Der momentanen Situation nicht angemessen. Alter, du stehst mitten in ihrem Schlafzimmer, höhnte ein fieses Stimmchen in meinem Kopf.

„Bist du dir sicher, dass das der Grund war? Ich vermute ja eher, dass du mich umbringen möchtest." Eine kurze Berührung ihrer Schläfe ließ mein schlechtes Gewissen in die Höhe schnellen.

„Ich lass dich jetzt lieber allein. Ruhe dich noch ein wenig aus, dann geht es dir bestimmt bald besser. Lass uns ein anderes Mal reden." Ich trat ein paar Schritte von ihrem Bett weg und holte tief Luft. „Denn in einem muss ich unseren Freunden Recht geben, wir sollten uns aussprechen." Erst jetzt wagte ich es, vom Boden aufzuschauen, um Lizzys Reaktion einzufangen. Ihr Blick schien sich in mir einzubrennen, als ob sie herausfinden wollte, ob ich das tief in meinem Inneren wirklich wollte. Oder es doch nur unseren Freunden zuliebe tat. Um des Friedens willen. Anscheinend erkannte sie das, was sie sehen wollte, denn kurz darauf nickte sie und murmelte: „Ich melde mich bei dir, sobald es mir bessergeht."

Ich nickte ihr noch einmal zu, rief nach Jimmy und wollte schon die Türe schließen, als sie mich zurückhielt. „Warte ... Danke." Es war weniger dieses einzelne Wort, das mein Herz schneller schlagen ließ, sondern ihr süßes Lächeln, das sie mir schenkte. Erstmals sah sie mich völlig unvoreingenommen und fast liebevoll an. Ich hob die Hand zum Gruß und verließ ein wenig fluchtartig das Haus, als würde ich vor meinen Gefühlen fliehen. Gefühle, die ich nicht einmal einordnen konnte, geschweige denn, benennen konnte.

9

Lizzy

Ich benötigte vier Tage, bis ich den Mut besaß, mich bei Jamie zu melden. Und das lag beileibe nicht daran, dass mich die Migräne in ihren Fängen behielt. Schon am nächsten Tag war ich fast wieder die Alte gewesen, aber das Aufeinandertreffen hatte mich doch gehörig aus der Bahn geworfen. Jamie so fürsorglich und liebevoll zu erleben, hatte mich komplett durcheinandergebracht. Trotz meines desolaten Zustandes hatte mich seine plötzliche Nähe irritiert. Obwohl die Erleichterung siegte, dass er bereit war, einen Schritt auf mich zuzugehen, war es mir viel zu nah und zu intensiv. Es war mir peinlich, dass er mich so hilflos und fertig erlebt hatte und ich wusste einfach nicht, wie ich ihm das nächste Mal begegnen sollte. Daher benötigte ich ein paar Tage und Telefonate mit Mia, um genügend Mut zu fassen.

Anstatt aber seine Nummer zu wählen, rief ich feige Fran an. Viel zu lang hatte ich nicht mehr mit ihr gesprochen und jetzt benötigte ich dringend den Rat einer Außenstehenden.

„Hey Lizzy, schön von dir zu hören. Kann ich dich in einer halben Stunde zurückrufen, dann habe ich Mittagspause", brachte sie gestresst hervor.

„Klar, bis gleich", beruhigte ich sie und warf einen raschen Blick auf die Uhr. Ich würde heute erst später anfangen. Alan hatte mich dazu genötigt, da ich gestern erst nach Mitternacht heimkam, weil ich noch einen Notfall zu betreuen hatte. Wie sollte ich dreißig Minuten herumbekommen, ohne wahnsinnig zu werden?

Entschlossen ging ich zu meinem Bücherregal und zog einen dicken Wälzer Fachliteratur hervor, um etwas nachzuschlagen. Das Ablenkungsmanöver hatte gewirkt, denn ich war so vertieft, dass ich das Klingeln fast überhört hatte.

„Vorhin war die Hölle los, da ging es einfach nicht. Wie kommt es, dass du chillen kannst?", fragte Fran fast vorwurfsvoll.

Kurz erklärte ich ihr den Grund und fragte sie anschließend wie es ihr ging.

Fran stöhnte theatralisch: „Frag nicht, deine Nachfolgerin treibt mich schon nach den paar Wochen in den Wahnsinn. Gestern erst hat sie mir mein wohlverdienten Feierabendburger vermiest, indem sie ernsthaft fragte: *Der ist aber schon vegan?* Auf meine Verneinung und anschließenden herzhaften Biss hat sie mich entsetzt und tadelnd zugleich angesehen und bevormundend festgestellt: *Aber du bist doch Tierärztin.* " Fran äffte den affektierten Tonfall gekonnt nach, was mich innerlich grinsen ließ. „Dieser vorwurfsvolle Blick, als sei ich eine Hochstaplerin. Ich konnte echt nur den Teller schnappen und in mein Zimmer verschwinden, ansonsten wäre der Burger in ihrem Gesicht gelandet, und sie wahrscheinlich vor Schock einem Herzinfarkt erlegen."

Ich platzte beinah vor Lachen. Obwohl Fran mir leidtat, konnte ich mir die Szene so bildhaft vorstellen, dass es mich fast zerriss.

„Danke für die kleine Aufmunterung, auch wenn sie auf deine Kosten geht. Tut mir echt leid, ich hoffe, ihr rauft euch noch zusammen."

Fran prustete und entgegnete: „Ehrlich, ich habe nichts gegen Veganer, aber gegenseitige Toleranz wäre halt schon schön. Das nächste Mal benötige ich wohl einen Fragenkatalog für den zukünftigen Mitbewohner, weil die bleibt hoffentlich nicht allzu lang."

Mein Lachen verging mir jedoch schnell, als sie fragte: „Wegen was benötigst du denn eine Aufmunterung?"

Wehmütig erwiderte ich: „Ich vermiss dich."

„Ich dich auch Süße und jetzt heraus mit der Sprache."

Kurz musste ich meine Gedanken sortieren. Fran wusste bisher nur über mein Aufeinandertreffen mit Jamie in meiner Rolle als Tierärztin Bescheid. Damals verhielt er sich zwar sehr reserviert und fast schon abweisend, aber immerhin eskalierte es nicht. Und die letzten beiden Male driftete seine Umgangsweise mit mir, in zwei völlig konträre Richtungen, die mich beide gleichermaßen verwirrten und irgendwie ängstigten.

Denn keine der drei unterschiedlichen Verhaltensweisen entsprach dem Bild, das ich von Jamie hatte. Nie war er abweisend, beleidigend oder unnahbar gewesen. Aber genauso wenig hatte er mir jemals das Gefühl vermittelt, sich nur aus Pflichtgefühl um mich zu kümmern. Irgendwie musste ich meiner Freundin dieses Gefühlschaos begreiflich machen. Ich seufzte tief.

„Ich habe Jamie seit unserem letzten Telefonat noch zweimal getroffen. Und beide Male hat er sich höchst seltsam verhalten, und mich fürchterlich durcheinandergebracht", begann ich zögerlich und wurde umgehend von Fran unterbrochen.

„Aww, jetzt erzähl mir nicht, es hat nichts zu bedeuten, dass ihr euch so oft seht. Das kann doch kein Zufall sein!", quietschte sie aufgeregt. Ich sah meine Freundin bildlich vor meinen Augen, wie sie lebhaft auf und ab hüpfte.

„Schön, dass du dich für mich freust, nur gibt es dafür leider keinen Grund", bremste ich sie, bevor sie sich in weitere Begeisterungsstürme hineinsteigerte.

„Das erste Treffen vor ein paar Tagen war tatsächlich ein Zufall. Wir haben uns im Pub getroffen, als Mia und ich uns einen schönen Abend machen wollten. Leider hat er mir sehr deutlich zu verstehen gegeben, dass ich ihn dabei störe." Abrupt hörte ich auf zu sprechen, weil mir ein dicker Kloß im Hals aufstieg. Ich hatte versucht, seine Abneigung nicht an mich heranzulassen, aber das war mir nur bedingt gelungen. Meine Verdrängungstaktik war nur kurzzeitig aufgegangen, aber die Verletzung saß doch tiefer als gedacht.

„Was?!", rief Fran aufgebracht. „Warum tut er das? Er hat doch gar keinen Grund. Oder denkst du, er hat ein schlechtes Gewissen und versucht das zu überspielen und ist jetzt sauer, weil du ihm durch deine Anwesenheit den Spiegel vorhältst?"

„Ehrlich gesagt habe ich keine Ahnung. Vielleicht ist er tatsächlich noch sauer, weil ich ihn damals nicht angehört habe. Warum schaffen wir es nicht die Vergangenheit ruhen zu lassen? Ich halte ihm die Geschichte doch gar nicht mehr vor."

„Und das zweite Treffen?"

Kurz schloss ich die Augen, um mich zu konzentrieren und nicht wieder in die Vergangenheit abzudriften.

„Das war am nächsten Morgen. Da klingelte er mich sozusagen aus dem Bett."

„Hat er sich entschuldigt?"

„Sozusagen", quetschte ich irgendwie heraus, bevor ich Fran aufklärte, was genau vorgefallen war. Normalerweise trug sie ihr Herz auf der Zunge, aber jetzt war sie erst einmal still, was mich ein wenig irritierte.

„Du sagst ja gar nichts", murmelte ich irgendwann in die Stille hinein, die mir langsam unheimlich wurde.

„Ich überlege", gab Fran trocken zurück.

„Bist du denn irgendwann fertig mit überlegen?"

„Bist du dir sicher, dass Jamie nie etwas anderes, als die beste Freundin in dir gesehen hat?", fragte meine Freundin mit einem Mal bedächtig und bedrohte somit meine mühsam zusammengehaltene Fassade.

„Was hätte er denn tun sollen? Mich einfach liegen lassen? Es war lediglich Pflichtgefühl, was da aus ihm gesprochen hat. In meinem Zustand hätte er mich ja kaum anbrüllen können. So ein Arsch ist er dann doch wieder nicht. Wir wollen uns demnächst treffen, um uns auszusprechen. Dann werde ich wohl mehr erfahren."

„Und wann ist das?"

„Das … wir haben … ich habe noch nicht angerufen", druckste ich herum.

„Und warum nicht? Bist du gar nicht neugierig?", fragte sie mich doch allen Ernstes.

„Vielleicht, weil ich mich nicht traue. Ich habe keine Lust, dass unser mühsamer Waffenstillstand gleich wieder bedroht wird, wenn wir über Vergangenes reden." Wieder sagte Fran nichts, aber ich hörte sie schnaufen, was mir andeutete, dass sie nun gleich loslegen würde und wappnete mich vorsorglich.

„Ich denke ja eher, dass du ein Angsthase bist, weil du Schiss vor deinen Gefühlen hast. Vielleicht auch vor seinen. Noch weiß ich nicht, ob dir der Gedanke, dass er vielleicht mehr für dich empfinden könnte, Angst macht oder das genaue Gegenteil."

Ich stöhnte genervt auf, weil Fran mich wieder so treffend analysierte.

„Warum kennst du mich so gut? Vielleicht will ich wirklich der Situation aus dem Weg gehen. Aber ist ja schon gut, ich kann nicht immer davonrennen und werde ihn gleich nachher anrufen. Zufrieden?"

„Ich bin erst zufrieden, wenn du dich mit ihm getroffen hast und mich umgehend darüber in Kenntnis setzt."

„Werde ich machen", versprach ich ihr lachend und verabschiedete mich kurz darauf mit deutlich leichterem Herzen und einer gehörigen Portion Zuversicht von ihr. Die gedachte ich auch auszunutzen, und wählte, gleich nachdem ich aufgelegt hatte, Jamies Nummer. Leider half mir meine Zuversicht nicht dabei, meinen Herzschlag zu kontrollieren. Mit jedem Tuten in der Leitung vervielfachte sich die Geschwindigkeit und ich befürchtete gleich nach Luft schnappen zu müssen. Als ich jedoch seine Stimme hörte, hatte ich das Gefühl, dass mein Puls von hundertachtzig auf null sackte und mir mein Herz und für einen Moment stehenblieb. Wieder hörte ich einen neuen Klang in seiner Stimme heraus. Zwar hatte er mich nur mit einem „Hallo" begrüßt, aber es hatte weder genervt, ungeduldig oder gleichgültig geklungen, sondern freundlich und warmherzig. Aber er wusste natürlich auch nicht, dass ich am anderen Ende der Leitung war. Wahrscheinlich würde seine Stimmung gleich schlagartig in den Keller absacken, mit der Geschwindigkeit eines Turbofahrstuhls.

„Hallo Jamie, ich bin`s, Lizzy", presste ich hervor, während ich meine Hand auf mein Herz legte, als ob ich es dadurch beruhigen könnte.

„Wie geht es dir?", erkundigte er sich. Diesmal klang es, als meinte er es ehrlich und fragte nicht nur aus purer Höflichkeit nach.

„Ich bin wieder fit. Danke, dass du für mich da gewesen bist und mir Jimmy ausgeliehen hast."

Ich hörte ihn ganz leise lachen, was mich schlagartig ruhiger werden ließ. Vielleicht waren Tiere der richtige Weg für uns, um wieder einen Zugang zueinander finden.

„Er mag dich."

„War das etwa ein Kompliment?", hörte ich mich fragen. Es klang scherzhaft, um die gute Stimmung nicht gleich wieder zu gefährden.

„Sorry, das klang vielleicht etwas ungläubig. Aber Jimmy ist Fremden gegenüber normalerweise ziemlich zurückhaltend. Wahrscheinlich wusste er, dass du ihm geholfen hast und dafür verantwortlich bist, dass es ihm wieder bessergeht."

„Ich mag Jimmy auch", gab ich lächelnd zurück. „Ich bin wirklich erleichtert, dass er sich noch einmal gefangen hat. Es scheint ihm gutzugehen."

Vielleicht hörte Jamie meine unausgesprochene Frage heraus, denn er beantwortete sie von selbst. „Alan hat dasselbe gesagt. Es geht ihm gut und ich hoffe einfach, dass er noch eine Weile bei mir bleibt. Ein Leben ohne ihn ..." Jamies Stimme klang etwas belegt. Die Vorstellung, dass Jimmy ihn bald verlassen könnte, musste unerträglich sein. Dieser Eindruck verwunderte mich nicht, sondern vielmehr die Tatsache, dass er es mich spüren ließ. Andeutete, wie es in ihm aussah. Mein Schweigen fiel wohl etwas zu lang aus, denn Jamie fragte plötzlich in sachlichem Tonfall: „Rufst du wegen des Treffens an?"

Ich schluckte ein paarmal, weil er plötzlich wieder so kühl wirkte. Ich wurde einfach nicht schlau aus dem Kerl. „Wenn du das immer noch möchtest?"

„Wäre sinnvoll, nicht?"

Meine Unsicherheit wuchs rasant an. War es für ihn nur eine lästige Pflichterfüllung sich mit mir zu treffen? Gerade war es so locker und entspannt zwischen uns gewesen und schon machte er wieder dicht. Aber ich war wild entschlossen, mir meine Verzweiflung nicht anmerken zu lassen, sondern schlug ihm lediglich ein paar Termine vor und wir fanden tatsächlich einen passenden. Weil wir beide nicht erpicht darauf waren, in der Öffentlichkeit gesehen zu werden, uns aber auch nicht zuhause treffen wollten, weil es viel zu vertraulich gewesen wäre, verabredeten wir uns in Plymouth, die nächstgelegene größere Stadt, die eine Stunde Fahrtzeit von uns entfernt war. Einerseits war ich froh, das Gespräch hinter mich gebracht zu haben, andererseits fühlte ich unvermittelt Wehmut in mir aufsteigen, gern hätte ich seine Stimme noch etwas länger gehört. Aber wir würden uns ja bald persönlich sehen. Ob das allerdings zu meiner Beruhigung beitrug, wagte ich zu bezweifeln.

10

Jamie

„Bis morgen, seid schön fleißig", rief ich gutgelaunt meinen Kollegen zu, als ich drei Stunden früher als gewöhnlich die Baustelle verließ. Es war nicht unüblich, dass unsere Berufssparte in den Sommermonaten einen Haufen Überstunden aufbaute, trotzdem nahm ich mir die Freiheit heraus, heute einige abzubauen.

Durch Lizzys unregelmäßige Arbeitszeiten war es gar nicht so leicht gewesen, einen Termin zu finden. Eine ganze Woche musste ich mich gedulden. Während der Warterei konnte ich meine Emotionen nicht einordnen. Einerseits fühlte ich Erleichterung, weil ich hoffte, dass meine Fragen nach all den Jahren endlich beantwortet wurden, andererseits bekam ich Magendrücken, sobald ich mir ausmalte, längere Zeit in ihrer Gesellschaft zu verbringen. Ich hatte keine Ahnung, ob wir uns etwas zu sagen hatten oder uns peinlicherweise anschwiegen. Genauso wenig wollte ich mich weiterhin mit ihr streiten. Allerdings befürchtete ich, dass es nicht ausbleiben würde, sobald wir anfingen in der Vergangenheit zu graben und allerlei Unrat ans Tageslicht zerren würden. Und irgendwie ertappte ich mich immer wieder dabei, dass ich gutgelaunt vor mich hin pfiff und dabei ein klein wenig Freude verspürte, Zeit mit ihr zu verbringen. Dieses Wirrwarr vertrug ich nicht. Ich benötigte Klarheit und sichere Grenzen, an denen ich mich orientieren konnte.

Völlig in Gedanken versunken, radelte ich nach Hause. Zum Glück begegnete ich niemandem, der meinte, mich aufhalten zu müssen. Wahrscheinlich wäre jedem, der mich ein wenig näher kannte, aufgefallen, dass ich nervös war. Hastig lehnte ich das Fahrrad an die Hauswand und eilte ins Innere, um noch rasch zu duschen und mich umzuziehen. Obwohl ich früher Feierabend gemacht hatte, war ich spät dran. In nicht einmal einer halben Stunde sollte ich bei Lizzy sein. Insgeheim wäre ich lieber allein gefahren, weil ich befürchtete, dass es im Auto unangenehm werden könnte. Nicht der richtige Zeitpunkt, um ein klärendes Gespräch zu beginnen, aber genauso wenig wusste ich, über was ich mit ihr Smalltalk halten sollte. Lizzy schien es ähnlich zu ergehen, denn sie hatte zögerlich auf meine Frage reagiert. Da es mir albern vorkam, getrennt zu fahren, hatte ich ihr vorgeschlagen, sie mitzunehmen. Wahrscheinlich sah sie das genauso und hatte nur deshalb zugestimmt.

Zuerst wollte ich ein wenig mit ihr durch die Stadt schlendern. Zur Auflockerung wäre es vielleicht ganz angenehm, sich ein wenig die Füße zu vertreten. Vielleicht fiel es uns leichter, miteinander zu reden, wenn wir im Fluss blieben. Ob wir anschließend noch Lust hatten, essen zu gehen, konnte ich jetzt nicht absehen, aber es wäre unhöflich gewesen, keinen Tisch zu reservieren. Freitagabend wäre bestimmt die Hölle los, auf gut Glück wäre es schwierig, einen Tisch zu ergattern.

„Hallo Lizzy." Ich schenkte ihr ein angedeutetes Lächeln, bevor ich meinen Blick wieder starr auf die Straße richtete. Möglichst unauffällig hatte ich versucht, sie zu mustern, ohne dass sie es bemerkte. Am Ende hätte sie es vollkommen falsch gedeutet. Es war schließlich nicht so, dass ich sie ansah, weil ich meine Augen nicht von ihrem bezaubernden Anblick lösen konnte. Nein, ich wollte einzig und allein ihre Stimmung ausloten. Herausfinden, wie ihre Einstellung zu diesem Treffen aussah. Ob sie offen oder eher abweisend auftrat. Denn ich war fest entschlossen, sie heute zum Reden zu bringen. Natürlich war mir trotzdem nicht unbemerkt geblieben, wie hübsch sie aussah. Das konnte ich einfach nicht leugnen, auch wenn es mir egal sein sollte. Sie trug ein zitronengelbes, ärmelloses Sommerkleid, das ihre leicht gebräunte Haut betonte. Ihre kupferfarbenen, geglätteten Haare schmeichelten ihren zarten Gesichtszügen. Verdammt, ich hatte fast vergessen, wie attraktiv sie war. Vorhin hatte ich mich wirklich zwingen müssen, den Blick abzuwenden, der natürlich auch ihre hübsche Oberweite eingefangen hatte. Hoffentlich wurde es bald kühler und Lizzy musste sich ein Jäckchen überziehen. Jetzt reiß dich gefälligst mal zusammen, wies ich mich genervt in Gedanken zurecht.

„Alles klar bei dir?", unterbrach Lizzy meine wilden Gedankengänge.

Ohne sie anzusehen, fragte ich verblüfft: „Wie kommst du darauf?"

„Du runzelst die ganze Zeit die Stirn und deine Hände umklammern das Lenkrad, als wolltest du es gleich aus der Verankerung reißen."

Ich hörte Lizzy leise lachen. Prima, wahrscheinlich dachte sie, ich wäre wegen ihr so angespannt. Na gut, ganz konnte ich diese Tatsache nicht leugnen, aber ich würde mich hüten meine Gedanken auszusprechen. Der Umstand, dass ich sie sexy fand, nervte mich lediglich, es war ja nicht so, als würde ich irgendwelche Gefühle für sie hegen.

„Ich hatte nur etwas Ärger auf der Baustelle, und bin mit Gedanken noch nicht ganz hier. Sorry."

Auf meine lahme Erwiderung schwieg Lizzy. Wahrscheinlich glaubte sie mir sowieso kein Wort und wollte keine weiteren Lügen hören.

„Warst du schon in Plymouth, seitdem du wieder hier bist?" Ich versuchte, mir wenigstens Mühe zu geben, das Gespräch am Laufen zu halten

„Einmal." Sie schien sich überwinden zu müssen, mehr zu sagen, als sie zögerlich ergänzte: „Mit Mia beim Shoppen."

Die restliche Fahrt schwiegen wir mehr oder minder und es fühlte sich genauso beschissen an, wie ich es befürchtet hatte. Mir graute jetzt schon vor der Heimfahrt. Vielleicht hatte Lizzy ja den Anstand, sich schlafend zu stellen. Fast musste ich über meinen Wunsch schmunzeln und fühlte wie etwas von meiner Verkrampfung von mir abfiel. Ich verhielt mich vollkommen lächerlich. Ich musste mir mehr Mühe geben, ansonsten würde ich nachher kein Wort aus ihr herausbringen.

Endlich hatte ich das Auto geparkt und wir konnten aussteigen.

„Wollen wir erst mal ein wenig durch die Stadt bummeln? Oder an der Strandpromenade entlanglaufen? Neulich hast du wahrscheinlich nicht viel mehr als die Fußgängerzone gesehen."

Kurzzeitig trafen sich unsere Blicke und ihren deutete ich dahingehend, dass sie befürchtete, ich habe das als Vorwurf gemeint. Verdammt, warum war das so anstrengend zwischen uns? Ohne nachzudenken, griff ich nach ihrer Hand und zog sie mit.

„Kannst du dich noch an Berties Ice Cream erinnern? Dort gibt es immer noch das beste Eis."

Lizzy warf mir einen verdutzten Blick zu, den ich grinsend erwiderte und endlich lächelte sie zurück und wirkte erleichtert.

„Ja, klar. Da hätte ich jetzt Lust drauf."

Erst als wir vor der Auslage standen, bemerkte ich ein klein wenig peinlich berührt, dass ich immer noch ihre Hand hielt. Es fühlte sich vollkommen normal an, als würden wir das ständig tun. Abrupt ließ ich sie los, als hätte sie eine ansteckende Krankheit und ich bemerkte aus den Augenwinkeln, wie sich Lizzy verkrampfte. Was war nur los mit mir? Warum konnte ich mich in ihrer Gesellschaft nicht einfach normal verhalten und schwankte stattdessen ständig zwischen zwei völlig unterschiedlichen Extremen?

Hastig wies ich auf die Auslage: „Auf was hast du Lust?"

Während wir unser Eis schleckten, fragte ich sie, ob es ihr schmeckte. „Weckt es alte Erinnerungen?"

Lizzy blieb stehen und starrte mich an. „Soll das jetzt irgendeine Anspielung sein? Ein Gesprächseinstieg?" Sie seufzte leise und ihr trauriger Gesichtsausdruck warf mich komplett aus der Bahn.

„Was? Quatsch, das war nur ein hilfloser Versuch, das Eis zu brechen. Was für ein Wortspiel." Verlegen strich ich mir durchs Haar. „Mir wäre es auch lieber, zwischen uns wäre es wie früher. Ich möchte mich nicht mit dir streiten. Verdammt, du warst mal meine beste Freundin. Ich hoffe einfach, dass wir nach dem Gespräch wieder unverkrampfter miteinander umgehen können."

„Vielleicht hättest du einfach Jimmy mitnehmen sollen." Ihr sanftes Lächeln ließ meinen Magen hüpfen und dieses ungewohnte Gefühl verwirrte mich erst recht.

Während ich zustimmend nickte, wies ich auf ein kleines Mäuerchen. „Wollen wir uns setzen? Ich befürchte, laufen und gleichzeitig reden und Eis essen, überfordert mich."

Ihr glockenhelles Lachen ertönte, das ich einerseits liebte und zeitgleich fürchtete.

Wir ließen die Beine baumeln, während wir schweigend unser Eis aßen. Erst, als ich fertig war und die Serviette zusammenknüllte, wagte ich es, Lizzy anzusehen.

„Was ist damals passiert? Mir ist klar, dass unsere Freundschaft zum Ende hin nicht mehr so eng war und es zum großen Teil an mir lag, weil ich mich von Gwen zu sehr vereinnahmen ließ. Aber dennoch habe ich einfach nicht kapiert, warum du mir keine Chance gegeben hast, dir nach der Trennung meine Sichtweise anzuhören."

Ihr Blick schien mich zu durchbohren. „Natürlich hat es damals fürchterlich wehgetan, dich an Gwen zu verlieren. Denn nichts anderes war es. Ein Verlust. Aber ihr wart verliebt, wie hätte ich euch das zum Vorwurf machen können? Ab dem Zeitpunkt war es zwischen uns verkrampft, keiner konnte mehr offen reden. Aber du glaubst doch nicht ernsthaft, dass das der Grund gewesen war?"

Ich streckte ein wenig theatralisch die Hände gen Himmel und fragte verzweifelt: „Dann klär mich bitte endlich auf."

Umgehend kniff sie die Augen zusammen und verschränkte abwehrend die Arme vor der Brust. „Jamie, verkauf mich bitte nicht für dumm. Du hast Gwen mit der Trennung das Herz gebrochen. Sie war am Boden zerstört, wie hätte ich ihr da in den Rücken fallen sollen, indem ich weiter mit dir befreundet geblieben wäre?"

Mich hielt es nicht mehr auf der Mauer. Rasch sprang ich runter und lief aufgebracht ein paar Schritte auf und ab, um meine Wut wieder in den Griff zu bekommen, die mich bei ihren Worten überfallen hatte.

Dann blieb ich dicht vor ihr stehen und legte beschwörend eine Hand auf ihr Knie. „Dass dieses Gerücht existiert, wusste ich, aber nicht, dass du es glaubst. Herrgott, Gwen ist deine Schwester, dich wird sie doch kaum angelogen haben."

Lizzy starrte mich aus großen Augen an und ihre vollen Lippen zitterten leicht. „Du sagst es, warum hätte sie das tun sollen? Das macht doch keinen Sinn."

Gwen hatte also all die Jahre ihre Familie ebenfalls belogen. Aber warum? Sich zu trennen war doch nichts Verwerfliches, wofür sie sich schämen musste.

„Vielleicht wollte sie uns über ihre Trennung hinaus, unsere Freundschaft nicht gönnen", mutmaßte ich nachdenklich.

„Hör auf damit. Du hast sie betrogen, jetzt steh doch wenigstens dazu!" Nun sprang sie ebenfalls runter und drängte sich an mir vorbei. Fassungslos sah ich ihr dabei zu, wie sie ihr restliches Eis in den Abfall warf. Als sie sich zu mir umdrehte, funkelte sie mich wütend an.

Mit großen Schritten ging ich auf sie zu, griff nach ihrem Arm und zischte: „So gut hättest du mich eigentlich kennen müssen, dass ich Gwen niemals betrogen hätte."

„Lass mich los", fauchte sie zurück und bevor ich etwas erwidern konnte, wurden wir von zwei jungen Kerlen unterbrochen. „Alles klar? Brauchst du Hilfe?"

Diese Worte wirkten wie eine kalte Dusche auf mich und beschämt ließ ich von Lizzy ab. „Es tut mir leid", sagte ich seufzend, während sie mich ignorierte und die Jungs beruhigte.

Als sie verschwunden waren, sah sie mich endlich wieder an und ich erkannte lediglich Resignation.

„Gwen hat mir ein Foto gezeigt, auf dem du eine andere küsst."

„So ein Blödsinn, das kann gar nicht sein", rief ich aufgebracht.

„Das warst definitiv du und die Frau nicht Gwen, die hatte kurzes, blondes Haar und war winzig."

Wieder wollte ich wütend dementieren, als mir ein Gedankenblitz kam. „Weißt du noch, wo das Foto gemacht wurde?"

Lizzy nickte. „Am Strand."

„Kurz bevor Gwen sich getrennt hatte, wurde ich am Strand, als ich mit ein paar Freunden abhing, von einem Mädchen angequatscht. Sie hat sich an mich rangeschmissen und mich einfach geküsst. Ich habe sie gestoppt und ihr erklärt, dass ich vergeben bin. Das kann doch kein Zufall sein."

Gwen musste dahinterstecken, sonst hätte sie mich doch damals auf das Foto angesprochen. Während in mir der Wunsch wuchs, Gwen aufzusuchen und ihr den Hals umzudrehen, wirkte Lizzy in sich gekehrt. Fröstelnd rieb sie sich über die Oberarme und sah irgendwie verloren aus.

„Aber das würde ja heißen, die Szene war gestellt und ihr wurdet absichtlich fotografiert."

„Du glaubst mir?" Skeptisch zog ich eine Augenbraue nach oben.

Lizzy errötete und murmelte Richtung Boden: „Ja, ich denke schon."

Die Erleichterung, die ich spürte, traf mich fast körperlich. Es bedeutete mir viel, dass Lizzy mir glaubte. Erneut griff ich nach ihrer Hand, diesmal sanft und beschwor sie: „Ich wurde von ihr verlassen und muss herausfinden, was der Grund für ihr Schauspiel war. Was ist mit deiner Mutter? Sie denkt doch auch, dass ich der Böse war. Schließlich hat sie mich das in den letzten Jahren spüren lassen. Kannst du mir Gwens Adresse geben? Ich will jetzt endlich wissen, was los ist."

Lizzys entsetzte Reaktion versetzte mich in Erstaunen.

„Tu das nicht. Warum auch immer sie das getan hat, es hat Gwen unglaublich zugesetzt, ich dürfte dir das gar nicht sagen, aber sie war fast ein Jahr lang in stationärer Behandlung, weil sie völlig zusammengebrochen war. Und egal, was der Grund war, es führte zu eurer Trennung. Ich habe Angst, dass alles wieder hochkommt, wenn sie dich sieht." Sie hatte sich mehrmals verhaspelt, so schnell sprudelten die Wörter aus ihr heraus. „Kannst du es nicht einfach darauf beruhen lassen? Es ist so lang her, was bringt das jetzt noch?"

Kurz ließ ich mir ihren Wunsch durch den Kopf gehen, dann erwiderte ich: „Ich lass mich nicht zum Buhmann machen.

Egal, was ihr zugestoßen ist, das gibt ihr kein Recht Lügen über mich zu verbreiten. Wenn es dich beruhigt, spreche ich zuerst mit deiner Mutter. Vielleicht hat sie Antworten für mich."

Lizzy drückte zustimmend meine Hand. „Sag mir Bescheid, wenn du mit ihr gesprochen hast."

Erneut zögerte ich, unsicher, ob ich sie darum bitten durfte. „Würdest du sie bitte nicht vorwarnen?"

Lizzy schluckte ein paarmal, dann nickte sie zu meiner Erleichterung. „Es gefällt mir zwar nicht, sie auflaufen zu lassen, aber du hättest es mir gar nicht erst erzählen brauchen."

„Danke, ich weiß das zu schätzen."

Wir entschieden uns, wenigstens eine Kleinigkeit zu essen, nachdem wir extra nach Plymoth gefahren waren. Als wir Platz genommen hatten, bat Lizzy: „Lass uns das Thema ausklammern. Bitte."

Natürlich konnte ich ihr den Wunsch nicht ausschlagen und es war mir auch ganz recht, nur über unverfängliche Themen zu reden.

„Vermisst du das Großstadtleben?", fragte ich neugierig.

Lizzy schüttelte schwungvoll den Kopf.

„Nein. Gar nicht. Es war eine tolle Zeit und eine neue Erfahrung, aber ich war schon immer ein Landei. Deshalb musste ich diese Chance auch ergreifen. Wo auf der Welt ist es schöner als in Cornwall?"

Verblüfft starrte ich sie an. Da wir gerade unser Essen serviert bekamen, schwieg ich.

„Das sehe ich ganz genauso." Wir lächelten uns an und es dauerte einen Moment, bis mich der Geruch an das Essen erinnerte.

Tatsächlich schafften wir es, die entspannte Atmosphäre beizubehalten und erst als wir nach Hause fuhren, wurde es still im Auto, da wir beide unseren Gedanken nachhingen.

Vor ihrem Cottage stieg Lizzy aus. Bevor sie die Autotür schloss, sagte sie überraschend: „Ich bin froh, dass wir darüber gesprochen haben. Es war ein schöner Tag mit dir. Danke für die Einladung."

„Das fand ich auch. Habe ich gern gemacht", erwiderte ich mit rauer Stimme und sah ihr noch nachdenklich hinterher, bis sie im Haus verschwand. Auf der Türschwelle drehte sie sich um, und als sie bemerkte, dass ich noch dastand, hob sie zögerlich die Hand und ich hupte als Antwort, bevor ich losfuhr.

11

Lizzy

Als erstes holte ich mir eine Tafel Schokolade, um es mir auf der Couch gemütlich zu machen. Irgendetwas stimmte an der Geschichte nicht. Die ganze Zeit war ich der Meinung gewesen, dass Gwens Sichtweise der Wahrheit entsprach. Zuerst hatte ich gedacht, dass Jamie einfach zu feige war, zuzugeben, dass er sich getrennt hatte. Aber seine Reaktion auf das Foto hatte mir gezeigt, dass Gwens Geschichte nicht stimmen konnte. Er wusste nichts von dem Foto. Das war nicht gespielt gewesen. Obwohl ich ihn seit Jahren nicht mehr gesehen hatte, in einem war er der Alte geblieben. Jamie log nicht. Das hätte mir gleich klar sein müssen. Ich schämte mich ein wenig, ihm zuerst unterstellt zu haben, nicht dazu stehen zu wollen. Nichtdestotrotz hatte ich absolut keine Ahnung, warum Gwen sich getrennt hatte und was der Grund für ihren labilen Zustand gewesen war. Irgendetwas Schlimmes musste vorgefallen sein. Gedankenverloren aß ich die ganze Tafel auf einmal auf und bemerkte es erst, als ich ein wenig Übelkeit verspürte. Ich sprang auf die Füße und ging zum Fenster. Starrte in die dunkle Nacht und grübelte. Es war ein Fehler gewesen, Jamie mit meiner Mutter sprechen zu lassen. Das wäre meine Aufgabe gewesen. Mittlerweile glaubte ich nicht mehr, dass sie nicht Bescheid wusste. Sie war die Einzige gewesen, die Gwen in ihrer schlimmen Phase hatte sehen dürfen. Mir hätte schon damals auffallen müssen, dass es untypisch für meine Schwester war, wegen einer Trennung derart abzustürzen. Natürlich hatte sie Jamie geliebt, aber sie war immer psychisch gefestigt gewesen, und hätte eine simple Trennung besser weggesteckt. Warum hatte ich das damals nicht erkannt? Lieber hatte ich mich von ihrer Wut auf Jamie und der damit verbundenen Verzweiflung anstecken lassen, und ihr alles geglaubt, was sie mir erzählt hatte.

Das hatte unsere Freundschaft endgültig zerstört. Als Schwester war es meine Pflicht gewesen, ihr beizustehen. Verdammt noch mal, warum hatte ich mein Gehirn nicht eingeschaltet? Ich hätte ihre Handlungen und Vorwürfe einfach mal hinterfragen müssen.

Es war eine schöne sternenklare Nacht und ich beschloss mir noch ein wenig die Füße zu vertreten. Ich war viel zu unruhig, um jetzt schlafen zu gehen. Da es mir in der Nähe der Klippen zu gefährlich war, lief ich lieber querfeldein über die freien Felder. Zwar schien der Mond, aber ich verspürte nicht das Bedürfnis nach einem Abenteuer, indem ich riskierte durch einen falschen Tritt abzustürzen. Lieber wollte ich bei dem Spaziergang meinen Gedanken nachhängen.

Obwohl alles in mir drängte, meine Mutter aufzusuchen, tat ich es dennoch nicht, denn ich hatte Jamie ein Versprechen gegeben. Das würde ich nicht brechen. Außerdem kam ich nicht umhin, zuzugeben, dass ich Angst vor der Wahrheit hatte. Ich fühlte eine Bedrohung über uns schweben, die wahrscheinlich schon immer da gewesen war, aber niemals sichtbar wurde, weil die dunklen Wolken sie verborgen hielten.

Die frische Luft tat mir gut, aber ich hatte mich zu leicht angezogen und auf den freien Feldern pfiff ein ordentlicher Wind. Als ich zu frösteln begann, kehrte ich wieder um. Wie gern würde ich jetzt Mia oder Fran anrufen. Aber das musste ich erst einmal mit mir selbst ausmachen. Vielleicht stellte sich ja alles als Fehlalarm heraus und dann hätte ich alle umsonst verrückt gemacht. Nein, ich beschloss abzuwarten, bis Jamie mir erzählte, was meine Mutter ihm gesagt hatte. Sofern sie das überhaupt tat. Aber dann konnte ich sie immer noch selbst in die Mangel nehmen.

Da ich bestimmt nicht einschlafen konnte, machte ich mir eine Tasse heiße Milch mit Honig und kuschelte mich in eine Wolldecke gehüllt auf die Couch und lenkte mich mit einem Liebesroman ab.

∞

Wo hatte sich der verdammte Parka versteckt? Laut fluchend rannte ich durchs Haus, während ich mir nebenbei den Pullover über den Kopf zog. In fünf Minuten sollte ich die Praxis öffnen und hatte weder Zähne geputzt noch einen Kaffee getrunken. Ich gab die Suche auf, und setzte Prioritäten. Erst Zähneputzen und dann nichts wie los. Den Kaffee konnte ich in der Praxis nachholen, sofern mich meine winzigen, verquollenen Augen den Weg finden ließen.

Schlussendlich verzichtete ich auf die Jacke und hoffte auf einen milden Frühlingstag. Denn nachmittags würde ich unterwegs sein, um die Großtiere zu behandeln, da Alan heute frei hatte. Noch war es mir ein Rätsel, wie ich dieses Pensum in ein paar Monaten allein bewältigen sollte.

„Sorry, habe verschlafen", rief ich Stella, der zweiten Tierarzthelferin zu, die am Empfang die Stellung hielt. Mit fahrigen Bewegungen zog ich den Kittel an und ging ins Behandlungszimmer, um den erste Patienten aufzurufen.

Nachdem ich der Katze einen Stachel aus der Pfote gezogen, die Wunde desinfiziert und ihr ein Antibiotikum verabreicht hatte, entließ ich die Besitzerin mit einem freundlichen Lächeln. Mrs. Mullgrave, eine Dame jenseits der Siebzig hatte das Leid ihres geliebten Tieres arg mitgenommen.

„Vielen Dank, Kindchen, das haben Sie großartig gemacht."

Stirnrunzelnd sah ich ihr noch hinterher, bevor ich den nächsten Patienten aufrief. Anscheinend würde es noch eine ganze Weile dauern, bis ich mir denselben Respekt und Vertrauen, das Alan zuteilwurde, erarbeitete.

Die nächsten Stunden versank ich in meinen Aufgaben und bekam um mich herum nichts mehr mit, bis sich die Tür öffnete und nicht das nächste Tier, sondern Stella hereinkam.

„Hier für dich, ich glaube, den kannst du gebrauchen."

„Du bist ein Schatz." Dankbar nahm ich ihr die dargebotene Kaffeetasse ab und trank genießerisch einen Schluck. „Das ist der erste des Tages. Du bist meine Rettung", rief ich inbrünstig aus.

Stella lachte, schob ein paar Unterlagen beiseite und setzte sich auf die Schreibtischkante.

„Hast du eine kurze Nacht gehabt? Gibt es da was, von dem ich nichts weiß oder besser gesagt, jemand?" Sie lachte noch etwas lauter, als ich völlig grundlos errötete.

„Nein, ich Langweilerin habe mich in ein Buch vertieft und bin viel zu spät ins Bett gegangen. Irgendwann bin ich dann auf der Couch eingeschlafen und als ich endlich im Bett landete, habe ich vergessen den Wecker zu stellen."

Stella zog skeptisch die Augenbraue nach oben und ihre nächste Feststellung brachte mich beinah dazu meine Sachen zu packen, um nach London zurückzukehren.

„Mrs. Parker hat gesehen, dass Jamie dich gestern von zuhause abgeholt hat."

„Und sie hat nichts Besseres zu tun, als es rumzutratschen. Warum fragt sie mich nicht selbst?" Deshalb hatte sie mich vorhin also so neugierig gemustert, als ich ihren Kanarienvogel behandelt hatte. „Der Besuch war ein Vorwand. Und ich war schon ganz verzweifelt, weil ich nichts gefunden habe, was zu den geschilderten Symptomen passte", stöhnte ich genervt. Denn es war jedes Mal frustrierend, keine eindeutige Diagnose stellen zu können.

„Jetzt sei nicht sauer. Die Arme ist halt einsam." Stella knuffte mich in den Oberarm und fragte neugierig: „Was läuft zwischen euch?"

„Nichts. Rein gar nichts. Du kannst dich vielleicht erinnern, dass wir zu Schulzeiten befreundet waren? Wir hatten noch was zu klären, weil ich damals einfach ohne mich zu verabschieden nach London gegangen bin."

„Mehr nicht?"

„Mehr nicht! Sonst noch Fragen, ansonsten rufe ich den Nächsten auf." Ich war schon dabei mich abzuwenden, um zur Tür zu gehen, als Stella mich aufhielt.

„Warte. Ich wollte dir nur noch sagen, dass ich froh darüber bin, weil Jamie wohl was mit einer anderen am Laufen hat. Nicht, dass du am Ende verletzt wirst."

Ihr mitfühlender Blick versetzte mir ein paar feine Nadelstiche, aber das war nichts im Vergleich zu dem, was ihre

Worte auslösten. Rasch wimmelte ich Stella mit einem künstlichen Lachen und ein paar beschwichtigenden Worten ab. Wieder einmal hatte ich voreilige Schlüsse gezogen. Nur weil er offensichtlich allein lebte, hieß das doch nicht, dass er Single war. Warum war ich so verdammt blöd, immer noch Gefühle für ihn zuzulassen? Jamie hatte nie mehr als Freundschaft gewollt und das würde sich nie ändern. Sieh das doch endlich ein, du Dummerchen, fuhr ich mich in Gedanken an, bevor ich eilig ein Lächeln aufsetzte, als ein junger Kerl mit seinem Hund eintrat.

$$\infty$$

Obwohl ich Jamie in den nächsten Tagen gern aus dem Weg gegangen wäre, probierte ich dennoch, ihn abends zu erreichen. Zwar hatte er versprochen, sich bei mir zu melden, aber meine Mutter hatte versucht mich anzurufen und ich wollte erst mit ihr reden, wenn ich wusste, ob er schon mit ihr gesprochen hatte.

Mein Herz klopfte wie wild, trotzdem verspürte ich Enttäuschung, als die Mailbox dranging. Als ich seine tiefe, aber unglaublich wohlklingende Stimme hörte, ging sie mir viel zu nah, als dass ich mir einreden konnte, dass eine Freundschaft funktionierte. Das war damals schon unfassbar schwer gewesen und hatte mich an den Rand meiner Belastbarkeit geführt, aber ob ich das noch einmal schaffte? Es war einfach lächerlich, dass ich nie über ihn hinweggekommen war. Irgendwie musste ich lernen, damit umzugehen, damit sich meine Rückkehr nicht irgendwann als komplette Fehlentscheidung herausstellte.

Erst beim zweiten Versuch schaffte ich es, ihm eine Nachricht zu hinterlassen, in der ich ihn bat, mich zurückzurufen, da ich wissen wollte, ob er schon mit meiner Mum gesprochen hatte. Die hatte ich mit einer WhatsApp abgespeist, dass ich noch bei der Arbeit wäre und sie morgen zurückrufen würde. Als Antwort kam nur, es sei dringend, was mich fast verleitet hätte, doch nachzufragen, weil ich mir daraus keinen Reim machen konnte.

Hoffentlich würde ich heute Nacht ein Auge zubekommen.

12

Jamie

Um Lizzys Mutter keine Gelegenheit für Ausflüchte zu geben, hatte ich kurzerhand beschlossen, sie zuhause aufzusuchen. Da ihre Tochter gegen vier aus der Vorschule kam, hoffte ich, dass sie daheim wäre. Deshalb zog ich mich nach der Arbeit rasch um und verlor keine unnötige Zeit.

„Jamie, was machst du denn hier?" Miranda klang überrascht, aber vor allem defensiv. Nein, das traf es nicht. Sie wirkte erschrocken. Was passte hier nicht zusammen? Wild entschlossen, die fehlenden Puzzlestücke heute zu erhalten, um das Bild endlich zusammenzusetzen, bat ich sie um Einlass.

„Du musst mir ein paar Fragen beantworten. Es ist wirklich wichtig." Der zweite Satz klang flehentlich und sie starrte mich unschlüssig an, als die kleine Jane herangesprungen kam.

„Bekomme ich ein Stück Kuchen, Mummy? Ich hatte heute noch nichts Süßes. Willst du auch einen?" Verschwörerisch grinste sie mich an, was ich verblüfft erwiderte.

„Meinetwegen und anschließend darfst du rüber zu Linda."

„Juchhu", jauchzte die Kleine. Ihre Mutter sah hingegen nicht halb so glücklich aus und sie wandte sich an mich.

„Komm rein. Ich muss nur schnell klären, ob Jane zu den Nachbarn darf, dann reden wir in Ruhe."

Ich versuchte, mir die Überraschung über ihre Offenheit nicht anmerken zu lassen und hoffte inständig, dass sie ihre Bereitschaft zur Aussprache nicht versehentlich bei den Nachbarn vergaß. Sie hatte mir rasch ein Glas Zitronenlimonade hingestellt und war mit den Worten, „Ist selbstgemacht, bin gleich wieder da", hinter Jane hergeeilt, die sich schon auf den Weg gemacht und den Kuchen wohl vergessen hatte.

Während ich ungeduldig auf Miranda wartete, trank ich einen Schluck des erfrischenden Getränks, das weniger süß als erwartet schmeckte und ließ meinen Blick durch den Raum schweifen. Als ich mit Lizzy befreundet und später mit Gwen zusammen war, hatten sie noch nicht hier gewohnt. Vor der Geburt des Nesthäkchens war sie zu ihrem Lebensgefährten gezogen. Auf einem Sideboard waren viele Bilderrahmen aufgestellt, aber ich wollte nicht ertappt werden, wie ich herumschnüffelte. Daher blieb ich sitzen. Bis Miranda zurückkehrte, hatte ich das ganze Glas geleert und wollte jetzt Klarheit. Deshalb fragte ich, als sie den Raum betrat ohne abzuwarten, bis sie Platz genommen hatte: „Sei bitte ehrlich. Hat Gwen dir gegenüber ebenfalls behauptet, dass ich damals Schluss gemacht hätte? Lizzy zumindest war all die Jahre der Meinung. Aber das war gelogen. Und nun würde ich gern wissen, warum Gwen es für nötig hielt, ihre Schwester anzulügen. Und ich kann einfach nicht glauben, dass du nichts Näheres weißt."

Miranda winkte müde ab. „Das ist doch ewig her. Lass es einfach ruhen."

„Damit hast du mir meine Frage eigentlich schon beantwortet." Mühsam versuchte ich, mich zusammenzureißen, um sie nicht anzuherrschen, mich endlich aufzuklären. Ihre ganze Körperhaltung strahlte Abwehr aus, ich befürchtete zunehmend, dass es eine zähe Verhandlung werden würde, in der wir um die Wahrheit rangen. Nach einer gefühlten Ewigkeit löste sie sich endlich aus ihrer Starre und setzte sich zu mir an den Esstisch. Diesmal bot sie mir kein weiteres Getränk mehr an.

„Du hast recht damit, dass ich über eure Trennung Bescheid wusste. Lizzy hat allerdings nichts gewusst, weil es so für alle Beteiligten besser war", murmelte sie vor sich hin und ich gelangte beinah zu der Überzeugung, dass sie mehr zu sich selbst sprach, als wolle sie sich gut zureden.

Empört schnaubte ich. „Mit alle Beteiligten meinst du wohl die Familie Miller. Denn für mich hat es sich in den letzten Jahren nicht so gut angefühlt, der Böse zu sein." Beinah hätte ich wütend die Faust auf den Tisch krachen lassen, als ich mich an den einen oder anderen vorwurfsvollen Blick aus Gwens Umfeld erinnerte.

„Es tut mir wirklich leid, aber ich war der Ansicht, es sei das Beste. Du hast doch nicht wirklich darunter gelitten und für Gwen war es so um ein Vielfaches leichter."

„Gelitten ist eine übertriebene Bezeichnung, aber ich werde nicht gern völlig zu Unrecht für ein Arschloch gehalten. Allerdings ist das für mich zweitrangig und wenn es allein darum ging, würde ich dir zustimmen, die alten Geschichten nicht mehr auszugraben. Aber ihr habt willentlich in Kauf genommen, dass meine und Lizzys Freundschaft daran zerbricht, weil auch sie mich für das Letzte hielt. Ein Mistkerl, der ihrer Schwester das Herz gebrochen hatte."

Mühsam hielt ich mich an der Tischkante fest, um nicht wütend aufzuspringen. Wenigstens hatte Miranda den Anstand, beschämt auszusehen.

„In deinen Augen sieht es so aus, als hätte ich dir gleich beide Mädchen weggenommen, aber eine Mutter muss tun, was für ihre Kinder am besten ist."

Ich zog die Augenbraue nach oben und stieß ein leises Knurren aus. „Was soll das heißen?"

„War dir denn wirklich nie klar, dass Lizzy in dich verliebt war?" Ihre Mutter schlug sich die Hand vor den Mund, als hätte sie etwas völlig anderes gesagt als geplant.

Ihre Worte schlugen direkt in meinen Magen ein und blieben dort als Felsbrocken liegen.

„Was?", krächzte ich schließlich, als die größte Schockstarre nachließ.

Kopfschüttelnd bedachte sie mich mit einem mitleidigen Blick. „Männer! Euch muss man wirklich auf die offensichtlichsten Tatsachen stoßen. Ihr ging es wirklich schlecht, das verliebte Paar direkt vor ihren Augen zu haben und sie hat fürchterlich gelitten. Deshalb hatte sie sich zurückgezogen. Weil sie es nicht ertrug, euch glücklich zu sehen und weil sie sich dafür hasste, euch eure Liebe nicht zu gönnen." Sie unterbrach sich und sah ihn bittend an. „Du weißt doch, wie sie ist."

Meine Gedanken fuhren Karussell und mir wurde beinah schlecht, weil ich anscheinend derart unsensibel war, dass mir das nie aufgefallen war. Natürlich hatte ich Lizzys Eifersucht bemerkt, aber ich war immer der Meinung gewesen, dass es nur um ihren besten Freund ging, den sie nicht verlieren wollte.

„Ich hielt es auch für Lizzy für das Beste, wenn sie keinen Kontakt mehr zu dir hat."

„Unter Vorspiegelung falscher Tatsachen. Verdammt Miranda, sie war doch kein Kind mehr. Warum hast du ihr nicht zugestanden, ihre eigenen Entscheidungen zu treffen?" Vielleicht würde ich Mirandas Beweggründe erst nachvollziehen können, wenn ich einmal selbst Kinder hatte. Jetzt begriff ich einfach nicht, wie man derart übergriffig sein konnte.

„Heute sehe ich ein, dass es ein Fehler war. Sag ihr bitte nicht, dass ich mich verplappert habe. Das würde sie mir nie verzeihen." Tränen schimmerten in ihren Augen, die Lizzys so ähnelten. Allerdings erkannte ich noch etwas anderes. Konnte es Berechnung sein? Fast wäre es ihr gelungen, mich durch diesen Schock von ihrer jüngeren Tochter abzulenken.

„Was war der wirkliche Grund für die Trennung und warum ging es Gwen anschließend so schlecht?" Ich würde ganz sicher nicht lockerlassen und schlug wieder das Ausgangsthema ein.

Gwens Mutter fixierte mich mit starrem Blick und ihre Augen funkelten nach kurzer Zeit schmerzerfüllt.

„Das kann ich dir nicht sagen." Mit weitaufgerissenen Augen starrte sie mich an und ihr panischer Blick ließ mich erschaudern. Was zum Teufel war hier eigentlich los?

„Hallo Jamie." Miranda und ich zuckten synchron zusammen, als Michael, ihr Lebensgefährte plötzlich neben uns auftauchte. Falls er erstaunt war, mich hier zu sehen, zeigte er es nicht. Sein besorgter Blick war auf seine Frau gerichtet und bevor er etwas sagen konnte, sprang Miranda auf, stürzte sich in Michaels Arme und schluchzte los.

„Liebes, was hast du denn?" Ein wenig unbeholfen strich er ihr über den Rücken und sah mich hilfesuchend an. Na, bei der Beantwortung konnte ich ihm auch nicht weiterhelfen. Deshalb zuckte ich lediglich mit den Schultern. Ich hatte keine Ahnung, was hier gespielt wurde, aber mich plagte zunehmend eine dunkle Vorahnung.

„Jamie will die Wahrheit wissen, was damals wirklich passiert ist." Sie schluchzte so heftig, dass sie nicht weitersprechen konnte. Während ich hilflos daneben saß, fing sich Miranda wieder. „Gwen, sie möchte ... Michael, es tut mir leid, ich hätte es dir schon längst sagen müssen ..." Aus ihrem konfusen Gestammel wurde ich nicht schlau, Michael schien zumindest zu ahnen, um was es ging.

„Jamie, gibst du mir fünf Minuten mit meiner Frau? Wenn es nach mir gegangen wäre, hättest du die Wahrheit schon damals erfahren, aber ..."

Auch ohne weiterzusprechen, war mir klar, dass Michael gegen den Willen der Frauen nichts hatte ausrichten können.

Hastig erhob ich mich, weil es mir unangenehm war, auf irgendeine Art und Weise für Mirandas Zusammenbruch verantwortlich zu sein. „Okay, ich bin kurz im Garten."

Unfähig, mich gemütlich in einen Gartenstuhl zu legen, lief ich unruhig auf und ab und versuchte dabei, mich für das zu wappnen, was ich gleich zu hören bekam. In mir tobte eine Vorahnung, die mehr als vage zu bezeichnen wäre und ich hoffte inständig, dass sie sich als falsch herausstellen würde. Ansonsten sähe ich mich gezwungen, meiner Ex-Freundin den Hals umzudrehen.

13

Lizzy

*I*rgendetwas störte meine Wahrnehmung. Es dauerte wohl einen Moment, bis ich wach wurde und das Geräusch, was mich geweckt hatte, identifizieren konnte.

Die Türklingel! Rasch warf ich einen Blick auf mein Handy, das auf dem Nachttisch lag, weil es mir als Wecker diente. Neben der Uhrzeit nahm ich auch einige Anrufversuche in Abwesenheit wahr. Schlagartig war ich munter und sprang aus dem Bett. Jamie hatte mehrmals versucht, mich anzurufen, aber ich war zeitig zu Bett gegangen, weil ich morgen in aller Früh zu einem Landwirt musste. Deshalb hatte ich es lautlos gestellt. Hastig zog ich mir einen Morgenmantel über und eilte zur Tür. Sofort waren meine diffusen Ängste wieder in mir erwacht. Meine Mutter musste Jamie irgendetwas Gravierendes erzählt haben, warum sonst sollte er mich um diese Uhrzeit stören? Fast war ich versucht, einen Rückzieher zu machen und ihn zu ignorieren. Plötzlich wollte ich gar nicht mehr wissen, was hinter der Geschichte steckte. Vielleicht war es manchmal besser, dass die Wahrheit im Verborgenen blieb. Besser für mich? Oder für alle Beteiligten? Fahrig öffnete ich die Tür einen Spalt und sah Jamie, der gerade die Faust erhoben hatte, wahrscheinlich im Bestreben zusätzlich zur Klingel an die Tür zu hämmern.

Ich rieb mir kurz die Augen, um die letzte Benommenheit loszuwerden.

„Jamie, weißt du wie spät es ist? Ich muss morgen schon um sechs Uhr auf einem Hof sein." Energisch zog ich den Morgenmantel vor meinem Bauch zusammen und bemühte mich, ein Frösteln zu unterdrücken. Der fahle Lichtschein meiner Lampe über dem Eingang reichte aus, um mir zu zeigen, wie aufgebracht und aufgewühlt Jamie war. Fast schon verstört. „Ich muss mit dir reden."

„Jetzt?! Hat das nicht Zeit bis morgen?", fragte ich automatisch.

„Lizzy, ich bin gerade verdammt wütend und stehe gewaltig unter Strom, zwing mich jetzt nicht, dich anzubrüllen und lass mich endlich rein." Jamie wirkte komplett am Boden, so hatte ich ihn noch nie erlebt. Reglos stand ich da, bevor ich mich endlich zusammenriss und immer noch sprachlos zur Seite trat, um ihn hereinzulassen.

Schon der Umstand, dass sich Jamie unverhofft in meiner Nähe befand, ließ mein Herz viel zu laut pochen. Aber die Tatsache, dass es mitten in der Nacht war und er wütend und geladen erschien, ließ meinen Kreislauf beinah kollabieren. Vielleicht sollte ich eine kleine Ohnmacht vortäuschen, um dem Gespräch zu entgehen. Gerade noch rechtzeitig verkniff ich mir ein unangemessenes Schmunzeln über die absurde Idee, ihn ausgerechnet in eine Situation zu zwingen, in der er mir nah sein müsste.

Jamie würde es bestimmt nicht lustig finden, wenn ich die Situation verharmloste oder sogar ins Lächerliche zog. „Magst du was trinken?", fragte ich höflichkeitshalber, als er im Wohnzimmer mitten im Raum stehen geblieben war. Erst jetzt fiel mir auf, dass er nicht mal seine Schuhe ausgezogen hatte. Schon wieder stieg ein hysterisches Lachen in mir auf, welch absurder Gedanke. Ich straffte die Schultern und zwang mich, ihm fest in die Augen zu sehen. Auf meine Frage schüttelte er lediglich den Kopf und schien selbst für einen Moment nicht zu wissen, wie er anfangen sollte. Fahrig strich er sich durchs Haar und ich erkannte, wie verunsichert er war.

„Ich war bei deiner Mutter und weiß jetzt endlich Bescheid." Er schluckte sichtbar, bevor er fortfuhr: „Seitdem geht mir eine gewisse Frage nicht mehr aus dem Kopf."

Meine Arme baumelten einfach am Körper und ich fühlte mich gerade wie eine zu weichgekochte Nudel. Am liebsten hätte ich mich gesetzt, aber ich wollte keine Schwäche zeigen.

„Von was redest du?"

„Du hast wirklich keine Ahnung?" Wieder ging mir sein wilder Blick viel zu nah. Gerade wirkte er wie ein unberechenbares Tier auf mich, das sich in die Ecke gedrängt fühlte.

„Was hat meine Mutter dir denn gesagt? Weißt du nun, warum Gwen gelogen hat?" Es kostete mich alle Kraft, überhaupt irgendwelche Worte über die Lippen zu bringen.

„Kann es nicht sein, dass du nur bereit warst, mir zu glauben, weil du längst die wahre Geschichte kennst?", knurrte Jamie mich an.

„Was willst du von mir, Jamie? Du weißt, dass ich dachte, du hättest Gwen verlassen. Glaubst du etwa, ich habe gelogen?" Meine Augen begannen zu brennen und ich musste blinzeln.

Jamie wirkte unschlüssig und starrte mich einfach an.

„Warum sagst du mir nicht einfach, was meine Mutter dir offenbart hat? Vielleicht können wir dann klären, was dich so durcheinanderbringt."

Er tigerte unruhig durch mein Wohnzimmer und blieb schließlich vor der Kommode mit den Bilderrahmen stehen. Als ich sah, welches er in die Hand nahm, wummerte mein Herz wieder heftig. „Ich frage mich die ganze Zeit, ob das alles eine einzige Lüge war." Anklagend streckte er mir mein Lieblingsbild von uns beiden hin.

Ich wartete ab, obwohl ich ihn am liebsten schütteln würde, damit er mit der Sprache herausrückte.

Mein Blick fiel auf seine Hände, die den Bilderrahmen so fest verkrampft hielten, dass ich Angst hatte, er würde ihn gleich zerbrechen.

„Gwen ist damals so plötzlich verschwunden, weil sie schwanger war."

Ich konnte nicht glauben, was er da sagte. Es dauerte eine Weile, bis ich den Sinn seiner Worte begriff. Lauernd fixierte er mich, als würde er nur darauf warten, dass ich mich verriet.

Reflexartig griff ich mir an den Hals, weil ich gerade das Gefühl verspürte, keine Luft mehr zu bekommen.

„Was?!", krächzte ich fassungslos und erkannte meine eigene Stimme überhaupt nicht mehr. „Schwanger? Gwen?"

„Du behauptest also immer noch, dass sie dir nichts erzählt hat? Verarsch mich nicht. Sie ist deine Schwester!"

„Wir haben über vieles geredet, aber dich haben wir ausgeklammert. Jamie, du warst das rote Tuch in unserer Schwesternbeziehung, weil Gwen ein schlechtes Gewissen hatte, dich mir weggenommen zu haben."

Jamies Gesichtsausdruck hatte sich verändert. Von völlig unnahbar und skeptisch zu nachdenklich. Er schien weicher und nachgiebiger zu werden. Obwohl ich keine Ahnung hatte, welcher Grund dahintersteckte, war ich gerade einfach nur froh, dass er aufgehört hatte, in mir den Feind zu sehen.

„Denkst du wirklich, ich hätte dir das all die Jahre verschwiegen? Oder war das Baby gar nicht von dir?", kam mir plötzlich ein ganz anderer Gedanke. Bevor Jamie allerdings zum Antworten kam, brannte mir eine ganz andere Frage unter den Fingernägeln. Ich schluckte ein paarmal, weil ich Angst vor seiner Antwort hatte. „Jamie, was ist mit dem Baby passiert? Hat Gwen es abgetrieben?"

Ich würde meine Schwester umbringen. Wie hatte sie das nur tun können? Wir hätten doch gemeinsam eine Lösung gefunden. Und warum um Himmels willen hat sie sich mir damals nicht anvertraut? Weil sie das Baby nicht wollte. Ansonsten hätte sie Jamie doch nicht aufgegeben. Sie war so verliebt in ihn gewesen. Aber ihr war nicht nach idyllischem Familienleben in der Einöde gewesen, das Kind hätte all ihre Pläne und Träume zunichtegemacht. Gottverdammte Gwen, das Kind hatte doch am allerwenigsten etwas dafürgekonnt. Immerhin war sie mit ihren zwanzig Jahren kein Teenager mehr gewesen. Erst jetzt wurde mir bewusst, dass nicht nur sie, sondern auch meine Mutter und Michael mich die ganze Zeit belogen hatten. Mir wurde schlecht.

„Lizzy. Jetzt sag doch was." Endlich nahm ich Jamie wieder wahr, den ich in meinem Entsetzen vollkommen ausgeblendet hatte. Wie in Trance bemerkte ich, dass er auf mich zukam und mir den Arm um die Schultern legte.

„Du siehst ganz blass aus. Setz dich lieber. Scheint auch für dich gerade ein bisschen viel zu sein." Dass er so fürsorglich war, warf mich erst recht aus der Bahn und ich ließ mich zur Couch führen. Als ich saß, ruhte sein Arm noch einen

Moment auf meinen Schultern. Ich lehnte meinen Kopf gegen seine Schulter, nahm seinen vertrauten Geruch wahr und schloss die Augen.

„Was ist mit dem Baby passiert?", wiederholte ich leise meine Frage, während sein herber Geruch mich ruhiger werden ließ. Seine Nähe schenkte mir Zuversicht, obwohl gerade alles in der Schwebe hing.

Bei meiner Frage spannte er sich allerdings an, ruckartig zog er seinen Arm weg und rutschte wohl instinktiv ein Stück von mir weg.

Hilfesuchend blickte ich ihn an.

„Hast du mir denn gar nicht zugehört?" Jetzt war das aufgebrachte Funkeln in seine Augen zurückgekehrt und brachte mich wieder zur Besinnung. Verlegen schüttele ich den Kopf.

„Der Gedanke, dass Gwen das Baby abgetrieben hat, war so entsetzlich, weswegen ich gerade vollkommen abgedriftet bin. Ich verstehe einfach nicht, warum sie das getan hat und nicht zu mir gekommen ist."

Jetzt stiegen mir wirklich die Tränen in die Augen und ich zwinkerte wieder hastig. Aber es half nichts. Die ersten Tränen kullerten über meine Wangen.

Jamie rutschte wieder näher und wischte sie behutsam mit seinen Händen fort. Trotz meiner Verwirrtheit und Verlorenheit geriet mein Herz erneut außer Kontrolle. Mein verräterischer Körper reagierte augenblicklich auf seine Berührung und die Schmetterlinge erlebten eine Wiedergeburt.

„Lizzy, du verstehst nicht. Gwen hat das Kind nicht abgetrieben. Deine Mutter konnte sie unter einer Bedingung davon abhalten."

Jetzt war er völlig verrückt geworden. Allerdings sah er gar nicht so aus. Vielleicht war ich es, die den Verstand verlor und sich seine Worte nur eingebildet hatte. Wunschvorstellung oder so. Stöhnend rieb ich mir über die Augen und drückte ein wenig zu fest meinen Nasenrücken, als würde ich somit Klarheit erlangen. Sein Arm legte sich erneut um meine Schultern, aber diesmal blieb die beruhigende Wirkung aus, weil ich viel zu verwirrt war. Wo war das Kind denn? Mein Verstand hatte die Wahrheit schon lange begriffen, aber ich weigerte mich, es zu glauben. Denn die Geschichte war viel zu unglaublich, um wahr zu sein. Es konnte nicht sein, dass mir meine Familie so eine Lügengeschichte aufgetischt hatte. Wie hatten sie mich derart hintergehen können? Entsetzt sprang ich auf und diesmal war ich es, die mechanisch zu den Bildern trat und eins in die Hand nahm. Während mir die Tränen die Sicht nahmen, wuchs meine Wut und Verzweiflung ins Unermessliche. Ein Wutgeheul kam mir über die Lippen und ich schmiss ein Bild von Gwen und mir voller Wucht zu Boden, wo es in tausend Scherben zersprang. Wie von Sinnen wollte ich nach dem nächsten Familienbild greifen, als mich Jamie am Handgelenk packte und zu sich heranzog. Ich sträubte mich, aber er gab nicht nach und gegen seine Kräfte hatte ich natürlich nichts entgegenzusetzen. Seine Arme schlossen sich schützend um mich. Ein Halt, der mir Sicherheit vermittelte. Und Geborgenheit, ein Gefühl, das ich mit Jamie nicht mehr in Einklang brachte. Und dennoch hatte er eben genau begriffen, was ich gerade benötigte. Ich verlor den letzten Rest Selbstbeherrschung und schluchzte laut los. Unter Tränen stammelte ich: „Jane ... sie ist gar nicht meine Schwester?"

Sanft strich er mir mit einer Hand über den Rücken.

„Sie ist deine Nichte."

„Oh Gott. Wie konnten sie mir das antun? Mir ein derartiges Lügenmärchen auftischen. Wie konnte Gwen ihre eigene Tochter verleugnen? Sie hat sich all die Jahre kaum für Jane interessiert. Was hätte es für einen Unterschied gemacht, mich einzuweihen?" Gerade war ich so vor den Kopf geschlagen, dass ich nicht mehr logisch denken konnte.

„Weil sie nicht wollte, dass ich es weiß und sie zu etwas überrede, was sie nicht möchte."

Diese Aussage bewirkte, was all die Wörter zuvor nicht geschafft hatten. Ich kam endlich zur Besinnung und setzte meinen Verstand wieder ein.

Obwohl er mich immer noch fest im Arm hielt, schaffte ich es, mich ein wenig von Jamie zu lösen, um ihm in die

Augen zu schauen. Endlich wusste ich, was diese Verlorenheit darin ausgelöst hatte. Wenn es für mich schon so ein großer Schock war, wie war es dann erst für Jamie?

„Jamie, es tut mir so leid. Ich hatte von nichts eine Ahnung. Das musst du mir glauben. Natürlich hätte ich dir niemals dein Kind verschwiegen."

Er fasste sich mit der Hand in den Nacken, eine alte Angewohnheit, wenn er nicht weiterwusste oder überfordert war. Manche Dinge änderten sich anscheinend nie.

„Aus genau diesem Grund haben sie es dir verheimlicht. Deiner Mutter und Gwen musste klar gewesen sein, dass du es nicht für dich behalten hättest." Sein Zuspruch und die Gewissheit in seiner Stimme wärmte mein komplett unterkühltes Herz.

„Ich mag mir gar nicht vorstellen, wie du dich gerade fühlst. Das stellt dein Leben völlig auf den Kopf."

„Lizzy, ich … weiß nicht. Ich weiß gerade gar nichts mehr." Er drehte sich weg, trat ans Fenster, um den Vorhang zur Seite zu schieben und starrte in die dunkle Nacht.

„Versteh mich bitte nicht falsch. Jane ist ein bezauberndes Kind, aber bisher war sie einfach eure kleine Schwester, die ich vom Sehen kenne. Mehr nicht!" Er schlug mit der Faust gegen die Wand und traf zum Glück nicht die Scheibe.

„Verdammt noch mal, ich empfinde nichts für sie. Ja, Jane ist meine Tochter. Dabei kenne ich sie doch überhaupt nicht. Ich weiß nicht, wie ich ihr begegnen soll. Wie kann ich ihr nach all den Jahren ein Vater sein? Wenn ich es ihr sage, wird sie mich hassen, weil ich ihr ganzes Leben auf den Kopf stelle."

Ganz behutsam trat ich näher. Jamie wirkte so angespannt, dass ich mich nicht traute, ihn zu berühren.

„Wir werden das hinbekommen. Jane wird dich besser kennenlernen und irgendwann erfährt sie die Wahrheit. Du wirst sehen, es wird sich ein Weg finden." Jamie reagierte nicht, aber ich bildete mir zumindest ein, dass seine Schulterblätter ein wenig herabsackten und er nicht mehr ganz so verkrampft wirkte. Zaghaft stellte ich ihm eine Frage, die mir schon länger auf der Zunge lag. „Bereust du es, nachgebohrt zu haben, um nach der langen Zeit die Wahrheit zu erfahren?"

Zuerst dachte ich, dass ich keine Antwort erhalten würde, dann drehte er sich langsam zu mir um. „Ich bereue, dass ich so lange gewartet habe", brachte er brüchig hervor. Reglos sah er mich an, aber auf seiner rechten Wange zuckte unkontrolliert ein Muskel. Ich schloss die kleine Lücke zwischen uns und legte ihm behutsam meine Hand auf den Arm.

„Aber es ist nicht zu spät, um deine Tochter kennenzulernen." Eindringlich sah ich ihn an.

Sein Blick wanderte von meinem Gesicht zu meiner Hand, als wäre er unschlüssig, ob ihm die Geste Trost spenden oder doch eher unangenehm war.

Seufzend brummte er in seinen nicht vorhandenen Bart: „Wahrscheinlich hätte Miranda mir sowieso nicht die Wahrheit gesagt. Denn es gibt nur einen einzigen Grund, warum sie es jetzt getan hat." Erneut pausierte er und ich fühlte unglaubliche Überforderung. Eine weitere Hiobsbotschaft würde ich nicht verkraften.

Meine Hand sackte von seinem Arm und ich rieb mir fröstelnd die Oberarme. Plötzlich fror ich am ganzen Körper, während ich schicksalsergeben das Unvermeidliche abwartete.

14

Jamie

Obwohl Lizzy mir leidtat, als sie so unglaublich verletzlich vor mir stand, musste sie die Wahrheit erfahren. Wer konnte schon wissen, wann Miranda ihr die Neuigkeit verkünden wollte. Deshalb ignorierte ich das Gefühl, sie vor allem Unheil beschützen zu wollen und erklärte mit harter Stimme: „Gwen will plötzlich die Kleine zurück und dann wäre sowieso ans Tageslicht gekommen, dass sie Janes Mutter ist. Miranda war wohl klar, dass ich rechnen kann und meine Schlüsse daraus gezogen hätte."

Lizzy stieß einen kleinen Schrei aus und hob abwehrend die Arme, im Bestreben entweder mich oder meine Aussage auf Distanz zu halten. Gerade wusste ich nicht, für wen von uns beiden die Situation unerträglicher war. Zwar hatte mich die Tatsache, Vater zu sein, vollkommen überrollt und fassungslos gemacht, aber Lizzy war von ihrer ganzen Familie verarscht worden. Anders konnte ich es nicht bezeichnen.

Und ich? Mir war die Möglichkeit genommen worden, Jane richtig kennenzulernen und ein Vater für sie zu sein. Wahrscheinlich war es besser für sie, bei ihrer Oma aufzuwachsen als bei mir, einem alleinstehenden Mann, der mit Anfang zwanzig mit der Situation völlig überfordert gewesen wäre, aber die Entscheidung hätten sie letztendlich mir überlassen müssen. Obwohl ich mich wie gelähmt fühlte, seitdem ich Miranda zurückgelassen hatte, tat mir Lizzy leid. Die Millers standen sinnbildlich immer für die perfekte Bilderbuchfamilie. Und jetzt entpuppte sich alles als Illusion. Ob Lizzy darüber wohl je hinwegkam?

„Das kann sie doch nicht machen. Es war ihre Entscheidung, Jane zu verleugnen, wie kann sie es wagen, jetzt ihre Mutterrolle einzufordern? Wann ist sie zu so einer egoistischen Kuh geworden? Ich erkenne sie kaum wieder." Lizzy war so außer sich, dass ich keine Ahnung hatte, wie ich sie beruhigen sollte. Während ihrer Rede gestikulierte sie wild mit ihren Armen und schrie mich dabei an. Mir war natürlich klar, dass ihre Aggression nicht mir, sondern ihrer Schwester galt. Erneut versuchte ich, sie in die Arme zu nehmen. Diesmal wehrte sie sich und zappelte in der Umarmung und versuchte mich von sich zu stoßen. Ihre Hände lagen auf meiner Brust, als sie abrupt damit aufhörte. Ihre großen mandelförmigen Augen starrten mich panisch an.

„Wir müssen das verhindern. Natürlich muss Jane irgendwann die Wahrheit erfahren und ihre richtigen Eltern kennenlernen, aber sie kann doch nicht zusätzlich aus ihrem gewohnten Umfeld gerissen werden. Wie kann Gwen ihr das antun? Es muss doch ein riesiger Schock für so ein kleines Mädchen sein, zu erfahren, dass ihre Mutter eigentlich ihre Oma ist."

„Lizzy, beruhige dich bitte. Wir werden für alles eine Lösung finden." Sanft strich ich ihr eine Haarsträhne aus dem Gesicht und klemmte sie ihr hinters Ohr. Lizzy schien mich gar nicht wahrzunehmen.

„Sie benötigt den sicheren Halt ihrer gewohnten Umgebung, um das zu verdauen. Meine Schwester muss verrückt geworden sein. Sie konnte noch nie etwas mit Kindern anfangen. Jane wird am Ende die Leidtragende sein. Mich würde nicht wundern, wenn es ihr nach ein paar Monaten zu viel wird und sie die Kleine zurück zur Oma schickt." Lizzy schüttelte verbittert den Kopf, während sich ihr Blick an mir festzusaugen schien. „Und ich frage mich, was eigentlich in meine Mutter gefahren ist?" Sie stoppte kurz, und ich stellte ihr rasch eine Frage, die mir plötzlich gekommen war. „Wie hat deine Mutter es eigentlich geschafft, dich zu täuschen?"

„Ich habe keine Ahnung, warum ich nie misstrauisch geworden bin. Ehrlich gesagt hatten wir uns in der Zeit nicht oft gesehen. Gwens Genesung stand im Vordergrund, die in der Psychiatrie war. Meine Mutter durfte sie als Einzige sehen. Da ich zu dieser Zeit schon in London gewohnt hatte, sahen wir uns nicht oft. Mit sichtbarem Babybauch habe ich sie nur ein einziges Mal gesehen." Lizzys schloss die Augen und atmete tief durch. „Wie hatte sie dieses Spiel mitmachen können? Wollte sie Jane etwa bis an ihr Lebensende im Unklaren lassen?" Ihre Stimme wurde zum Ende hin immer leiser, als quälte diese Vorstellung sie unerträglich.

„Schau mich an!" Vorsichtig griff ich sie an den Schultern und schüttelte sie leicht, damit sie wieder bei mir ankam und mir zuhörte. „Du benötigst einen klaren Kopf. Rede morgen mit deiner Mutter und finde heraus, was hinter Gwens plötzlichen Sinneswandel steckt."

Sie blinzelte ein paarmal und wirkte verwirrt und desorientiert auf mich. Für einen Moment schloss sie ergeben die Augen, als könne sie alles ausblenden. Als sie mich erneut ansah, machte sie einen klareren Eindruck auf mich. Ihr Blick war nicht mehr verloren, sondern ging mir unerwartet nah. Er bohrte sich in mich, um mein Inneres gehörig durcheinander zu wühlen. Das Kribbeln in meinem Bauch fühlte sich ungewohnt an. Meine Fingerspitzen, die immer noch auf ihren Schultern lagen, schienen unter Strom zu stehen. Nun war es an mir, verwirrt zu sein. Ein wenig verlegen löste ich mich von ihr und ging auf Rückzug. Was zum Teufel war hier los? Natürlich hatte ich schon zuvor bemerkt, dass Lizzy wunderschön war. Schließlich war ich nicht blind. Nicht nur ihr Äußeres, das mir ungewohnt elegant vorkam, sondern vor allem ihre warme Stimme, ihr süßes Lachen und ihr gestenreiches Erzählen. Es brachte mich auf eine Art und Weise durcheinander, die nichts mit unserer ehemaligen Freundschaft zu tun hatte. Die nichts mit unserer verfahrenen Situation zu tun hatte. Nein, meine Unsicherheit im Umgang mit ihr basierte mittlerweile einzig und allein auf der Tatsache, dass ich mich von ihr angezogen fühlte.

Wahrscheinlich war ich nur so durcheinander, weil mir ihre Mutter verraten hatte, dass sie in mich verliebt war. Konnte es wirklich sein, dass ich damals so blind gewesen war? Die Tatsache, das ich Vater war, hatte alles andere unwichtig erscheinen lassen.

Lizzy riss mich schlagartig aus meinen Gedanken. „Natürlich stimme ich dir zu. Aber gerade kann ich mir nicht vorstellen, überhaupt noch ein einziges Wort mit meiner Mutter zu wechseln. Ich fühle mich so betrogen, so verletzt." Hilflos verschränkte Lizzy die Arme vor der Brust und offenbarte mir leise: „Ich fühle mich so leer, als hätte ich meine ganze Familie verloren."

Bevor ich etwas Beruhigendes äußern konnte, fuhr sie hastig fort: „Aber jetzt geht es nicht um mich, sondern einzig und allein um das Wohlergehen der Kleinen. Jane darf auf keinen Fall unter dieser Situation leiden."

Ich bemühte mich, ihr ein aufmunterndes Lächeln zu schenken, das mich alle Kraft kostete. Der Anblick einer bekümmerten und am Boden zerstörten Lizzy überforderte mich. Eigentlich hatte ich genügend mit mir selbst zu tun. Plötzlich spürte ich das Bedürfnis allein zu sein. Seit heute Nachmittag war mein Leben aus den gewohnten Fugen geraten. Ich hatte die letzten Stunden komplett neben mir gestanden. Vielleicht war es ein reiner Schutzmechanismus, mich lieber auf Lizzy zu konzentrieren, als mich mit meinem eigenen Gemütszustand zu befassen. Seitdem ich hier war, hatte ich mich bemüht, meine eigenen Gefühle zu verdrängen und Lizzys in den Fokus zu rücken. Jetzt brach gerade alles über mir zusammen. Die Tatsache, dass ich ein Kind hatte, welches mir völlig fremd war, zu erfahren, dass Lizzy früher einmal in mich verliebt gewesen war, und zu guter Letzt, der leise Zusammenhalt zwischen uns. Die zarte Bande einer ungewohnten Vertrautheit zwischen Lizzy und mir ließ sich einfach nicht leugnen. Was aber nicht bedeutete, dass es mir besser ging. Im Gegenteil, das fürchterliche Gedankenkarussell in meinem Kopf drehte sich immer schneller und ich wäre am liebsten aus Lizzys Cottage gestürzt, um wieder zu mir zu kommen

„Ich lasse dich jetzt besser allein", sagte ich ein wenig unbeholfen. Lizzy nickte zustimmend, sah mir dabei aber nicht in die Augen und rieb sich schon wieder über die Oberarme.

„Am besten reden wir in den nächsten Tagen noch einmal miteinander."

Mit kleinen Schritten ging sie an mir vorbei, um mich zur Tür zu bringen.

„Ich rufe dich an, sobald ich mit meiner Mutter gesprochen habe", versprach sie mir, während sie den Blick stur nach vorn gerichtet hielt und ich ihr folgsam hinterher trottete.

Ich war schon durch die geöffnete Tür getreten, als ich mich noch einmal zu ihr umdrehte. In Lizzys Augen schwammen ungeweinte Tränen und sie zitterte am ganzen Körper. Zögernd hielt ich mitten in der Bewegung inne und sah, dass ihre Unterlippe verräterisch zitterte. Niemals würde ich es übers Herz bringen, sie in dieser Verfassung allein zu lassen. Du machst einen großen Fehler, versuchte sich die Stimme der Vernunft ein letztes Mal aufzubäumen, aber ich blendete sie rigoros aus.

In diesem Moment war es mir, als hätte es die Jahre der Trennung nicht gegeben. Für Lizzy hätte ich alles getan. Diese tiefe Verbundenheit, die zwischen uns geherrscht hatte, brach mit einem Mal wie ein Lichtschein durch den Nebel hervor und blendete mich in seiner Intensität. Dieses Gefühl der unglaublichen Nähe flashte mich derart, dass es mir kurzzeitig den Atem raubte.

Meine Hand löste sich von dem fest umschlossenen Türgriff und ich trat energisch auf sie zu.

„Was...?", fing sie verblüfft an, während sie die Augen aufriss.

Ohne auf ihre Frage einzugehen, zog ich sie in meine Arme. Ihr Kopf ruhte an meiner Brust, während sie immer noch zitterte. Sanft strich ich ihr über den Rücken und sog den Duft ihrer Haare ein. So standen wir eine Zeitlang, bis Lizzy sich schließlich aus der Umarmung löste und wir ins Wohnzimmer gingen.

„Ich bleibe bei dir."

„Nein geh ruhig", schniefte sie, während sie eine Schublade öffnete und eine Packung Taschentücher herausholte. „Ich ruf Mia an. Die kommt sofort."

„Hast du mal einen Blick auf die Uhr geworfen?" Lizzy wurde rot, als ihr aufging, dass ihre Ausrede aufgeflogen war.

„Mia würde alles für mich tun", nuschelte sie vor sich hin und ich musste mir ein Schmunzeln verkneifen, weil sie in ihrer Verlegenheit so bezaubernd war.

„Das will ich gar nicht abstreiten, aber du würdest es nicht über dich bringen, sie aufzuwecken."

Zweifelnd legte sie den Kopf schief. „Warum kennst du mich so gut?" Jetzt zog sie auch noch eine Schnute und ich verlor mich in ihrem zuckersüßen Anblick. Im Bann unserer Anziehung näherte sich mein Mund ihren Lippen und erst im letzten Augenblick verhinderte ich Schlimmeres und küsste sie keusch auf die Stirn. Immer noch viel zu vertraulich für unseren derzeitigen Beziehungsstand, aber immerhin haarscharf an einer Katastrophe vorbeigeschlittert. Herrje, was hatte ich mir nur dabei gedacht? Lizzy stand einfach nur da und ließ mich nicht aus den Augen. Zu gern hätte ich gewusst, was sich gerade in ihrem hübschen Köpfchen abspielte. Trotzdem war ich erleichtert, dass sie die Vertraulichkeit nicht kommentierte, sondern darüber hinwegging, indem sie zögerlich fragte: „Bist du dir sicher, dass du das möchtest?" Sie kräuselte dabei ihre Nase, was mich zum Grinsen brachte.

„Habe ich was verpasst? Was ist so lustig?" Dabei klang sie weniger verärgert, als vielmehr ehrlich interessiert. Ich versuchte die Geste nachzumachen und erklärte: „Das hast du schon früher gern gemacht, es sieht süß aus."

Sie fasste sich an die Nase und lachte ein wenig beschämt.

„Es hat mich einfach an früher erinnert." Wieder lächelte ich sie an und das Kribbeln in meinem Magen erwachte und wuchs zu einer ganzen Ameisenhorde an. Vielleicht erging es Lizzy ähnlich oder sie hatte es bemerkt, denn sie ging in die angrenzende Küche und fragte mich über die Schulter: „Magst du was trinken?"

Ich folgte ihr und sie hielt mir eine Flasche Wein vor die Nase. „Bier habe ich leider keins im Haus." Plötzlich hob sie den Zeigefinger. „Mir fällt gerade ein, dass ich was Stärkeres da habe. Magst du einen Gin Tonic? Ich habe zum Einzug eine Flasche Gin geschenkt bekommen. Mir wäre jetzt nach etwas Hochprozentigem."

„Geht mir genauso", stimmte ich ihr zu und beobachtete sie unauffällig, während sie die Drinks vorbereitete. Sie schien wieder gefasster zu sein, zumindest hatte sie sich äußerlich im Griff. Sie reichte mir ein Glas und gemeinsam kehrten wir ins Wohnzimmer zurück. Nachdem sie auf der Couch Platz genommen hatte, setzte ich mir ihr gegenüber auf den Sessel. Mir erschien es so sicherer. Lässig hob ich mein Glas und stieß mit ihr an. „Auf meine Tochter, auf deine verlogene Familie, aber vor allem auf unsere Freundschaft. Wir sind doch wieder Freude, oder?"

Lizzy blinzelte mich irritiert an, dann fing sie sich wieder, straffte die Schultern und wiederholte meine Worte, am Ende fügte sie leise hinzu. „Ja, das sind wir. Lass uns zusammenhalten."

Nachdem ich mit einem Zug das halbe Glas leer getrunken hatte, seufzte ich wohlig und begann mich ein wenig zu entspannen. Lizzy hatte am Gin nicht gegeizt.

„Erzähl doch mal, was hast du die letzten Jahre getrieben?"

„Studiert", gab sie trocken zurück.

„Langweilerin! Ich meinte, was hast du in der unifreien Zeit gemacht?"

„Gelernt." Auf meinen enervierenden Blick rief sie: „Ja, was denn. Ich bin halt wirklich eine Langweilerin. Soll ich dir etwa von meinen Liebhabern erzählen?"

Gespannt beugte ich mich vor. „Das wäre ein Anfang. Ein Thema, das mich brennend interessiert."

„Jamie", meinte sie anklagend und verdrehte die Augen.

„Was denn? Unter Freunden spricht man doch über solche Dinge."

„Dann ziehe ich mein Angebot eben wieder zurück."

„Das gilt nicht." Ich trank den Drink aus, stellte das leere Glas achtlos auf den Couchtisch ab und stand auf, um mich neben sie zu setzen. Ihr misstrauischer Blick hielt mich nicht davon ab, sie ohne Vorwarnung zu kitzeln.

Sie quiekte und versuchte mir zu entkommen, was ich natürlich nicht zuließ.

„Hör auf. Hast du vergessen, dass ich das schon immer gehasst habe?"

„Nein, habe ich nicht", gab ich selbstzufrieden zurück und sie rief empört, „Du Arsch", was mich noch mehr zum Lachen brachte. „Ich hör erst auf, wenn du mir alles erzählst."

Wieder quiekte sie und versuchte mich zu treten.

„Du bist so bescheuert." Irgendwann gab sie auf und knirschte mit den Zähnen. „Na gut, du hast gewonnen. Und hör auf so selbstzufrieden zu grinsen, sonst bekommst du keinen Drink mehr." Eilig setzte ich ein ernstes Gesicht auf und hielt ihr mein leeres Glas hin, was sie nach kurzem Zögern annahm. Wahrscheinlich wollte sie lediglich Zeit schinden. Tatsächlich benötigte Lizzy auffällig lang, bis sie zu mir ins Wohnzimmer zurückkehrte. Eine Weile hörte ich sie in der Küche hantieren, als sie die Getränke zubereitete, dann wurde es still und ich hätte zu gern gewusst, was sie in der Zwischenzeit getan hatte. Kommentarlos drückte sie mir mein Glas in die Hand. Sie blieb vor mir stehen, trank selbst einen großzügigen Schluck und sank anschließend ergeben in die Kissen ihres Sofas. Erst als sie erneut getrunken hatte, stellte sie ihr Glas ab, faltete ihre Hände vor dem Bauch und fragte: „Warum interessiert dich das Thema eigentlich so brennend?"

„Früher hast du dich überhaupt nicht für Jungs interessiert. In der Hinsicht war es richtig langweilig mit dir." Ich zwinkerte ihr dreist zu, bevor ich mir für meine blöde Äußerung in den Hintern treten könnte. Schließlich wusste ich mittlerweile, dass sie in mich verliebt gewesen war. Warum hatte Miranda sich verplappern müssen? Dieses Wissen stand jetzt zwischen uns. Lizzy wäre zutiefst verletzt, wenn sie auch noch erfuhr, dass ihre Mutter ihr Geheimnis ausgeplaudert hatte. Ich konnte gut nachvollziehen, dass es ihr furchtbar unangenehm wäre, wenn ihr bekannt wäre, dass ich darüber Bescheid wusste. Lizzy versuchte ein Pokerface aufzusetzen und biss sich auf die Unterlippe.

„Ich war halt eine Spätzünderin", gab sie schließlich grinsend zurück.

„Und jetzt möchte ich wissen, ob du es in London hast krachen lassen. Oder ob du immer noch die brave, engelsgleiche Lizzy von damals bist."

Empört richtete sie sich wieder auf und funkelte mich wütend an, was mir ausnehmend gut gefiel. Temperamentvolle Frauen fand ich äußerst anziehend.

„Und was wäre dir lieber?", provozierte sie mich, während sie die Augen ein wenig zusammenkniff.

Diesmal war es an mir, sie überrascht anzustarren. Ich hatte nicht damit gerechnet, dass Lizzy so sehr in die Offensive gehen würde. Aber es gefiel mir. Zu gut! Ich musste wieder zur Besinnung kommen, aber langsam stieg mir wohl der Alkohol zu Kopf.

„Ich höre mir deine Schandtaten erst einmal an, anschließend gebe ich dir eine Antwort."

Lizzy schnaubte entrüstet, dann seufzte sie und fragte: „Aus der Nummer komme ich nicht mehr raus, oder?" Ich schüttelte lediglich den Kopf und sie sagte: „Na gut. So viel gibt es sowieso nicht zu erzählen. Ich warne dich gleich vor, damit du anschließend nicht enttäuscht bist. Es gab gerade einmal zwei Typen, mit denen ich ausgegangen bin."

„Nur ausgegangen?" Wieder grinste ich sie schelmisch an und lachte schallend, als sie erneut rot wurde.

„Willst du es jetzt ganz genau wissen? Der erste hieß Daniel und mit ihm war ich fast ein Jahr zusammen. Er war ein paar Jahre älter als ich und war schon fertig mit dem Studium. Irgendwann hatten wir festgestellt, dass wir uns in unterschiedliche Richtungen entwickelten und dann war ich erst mal eine Weile allein. Irgendwann lernte ich beim Weggehen Tom kennen, aber er war nicht wirklich an etwas Ernsthaftem interessiert und wir hatten eine Weile Spaß miteinander, bis wir wieder getrennte Wege gingen. Das war's, mehr gibt es nicht zu erzählen." Lizzy presste stur die Lippen zusammen, um mir wohl zu signalisieren, dass jetzt Schluss mit den Bekenntnissen war. Natürlich ließ ich es nicht darauf beruhen, sondern wollte es ganz genau wissen.

„Was war der Grund, warum du und Daniel euch auseinanderentwickelt habt? Immerhin ist ein Jahr keine ganz kurze Zeit. Da kämpft man doch um eine Beziehung." Neugierig warf ich ihr einen Blick zu, den sie aber nicht erwiderte. Lizzy begutachtete den Fußboden, als gäbe es da etwas Spannendes zu sehen. Zuerst erhielt ich keine Antwort, dann sah sie mich plötzlich an.

„Können wir jetzt bitte das Thema wechseln? Bitte Jamie."
Ihr bittender und zugleich verlorener Gesichtsausdruck hielt mich davon ab, weiterzubohren. Gerade sah Lizzy so verletzlich aus. Plötzlich wirkte sie wieder so bedürftig. Es wirkte, als hätte sie ihre Schutzhülle irgendwo vergessen. Vielleicht war es nicht ihre Absicht, mir zu zeigen, wie angreifbar sie war. Dennoch ließ sie mich gerade ganz tief blicken. Nur einen kurzen Augenblick, dann hatte sie sich wieder im Griff. Aber es hatte ausgereicht, um mich davon abzuhalten, sie mit weiteren Fragen zu quälen. Ihr Blick hatte gerade so viel gesagt, wie es wahrscheinlich tausend Worte nicht erreichen würden. Wie hatte Lizzy es all die Jahre geschafft, mir nicht zu zeigen, wie verliebt sie gewesen war? Wahrscheinlicher war, dass ich einfach ein Hornochse war. Denn gerade hatte es durchgeblitzt, ein kleines Funkeln, ein kleines Licht, das mir zeigte, dass ich ihr alles andere als egal war. Konnte es sein, dass Lizzy immer noch nicht über mich hinweg war? Dass es nicht nur Freundschaft war, was sie sich von mir erhoffte? Vehement schüttelte ich den Kopf, um diese Gedanken zu vertreiben. Ich war einfach nur durcheinander, die ganzen Informationen heute waren einfach zu viel für mich gewesen.

„Alles klar?", fragte sie vorsichtig. Fuck, ihr war mein desolater Zustand anscheinend nicht verborgen geblieben.

„Sorry, ich gebe schon Ruhe", beantwortete ich endlich ihre vorherige Frage. „Soll ich jetzt erzählen? Könnte aber ein wenig länger dauern als bei dir." Während ich lachte, schlug sie sich die Hände vors Gesicht und stöhnte auf. „Nein danke. Wahrscheinlich würdest du bis in jedes kleinste Detail gehen, darauf kann ich verzichten."

Lizzy spitzelte durch die Finger hindurch und fragte mich ob ich noch ein Drink mochte. Diesen lehnte ich nicht ab, auch wenn mir meine Vernunft eigentlich etwas anderes sagte, wollte ich um nichts in der Welt, jetzt schon gehen.

15

Lizzy

Jamie war so schnell aufgesprungen und in der Küche verschwunden, dass ich gar keine Chance hatte, ihm zuvorzukommen. Aus der Küche rief er mir zu, dass er sich ruhig nützlich machen könnte, wenn er mir schon seine Gesellschaft aufdrängte.

Wenn er nur wüsste, wie sehr ich seine Anwesenheit genoss. Erst jetzt bemerkte ich, wie sehr ich ihn in den letzten Jahren vermisst hatte. In London war ich zumeist abgelenkt gewesen und je mehr Zeit ohne ihn vergangen war, desto leichter wurde es. Dass das Ganze nur ein Trugschluss gewesen war, wurde mir erst bewusst, als ich zurückgekehrt war. Trotz der Freude darüber, dass es zwischen uns scheinbar wieder wie früher war, nagte die Angst an mir, dass ich mich wieder bis über beide Ohren in ihn verlieben würde. Natürlich war mir schon zuvor bewusst gewesen, dass er mir alles andere als egal war, aber der unterkühlte Umgang hatte mir geholfen, diese Schwärmereien halbwegs unter Kontrolle zu halten. Und jetzt waren wir uns plötzlich wieder so nah. Damit hatte ich einfach nicht gerechnet. Als er vor der Tür stand und mich mit seinen Vorwürfen konfrontiert hatte, dachte ich, er würde mir nicht glauben. Und was war passiert? Er kümmerte sich rührend um mich, wo er es doch war, dessen Leben gerade außer Kontrolle geriet. Schlagartig war das Bauchkribbeln wieder da, die Schmetterlinge waren zurückgekehrt, wo auch immer sie sich die ganze Zeit versteckt hatten, sie waren nie fort gewesen, sondern hatten nur gewartet, bis sie endlich von einem Märchenprinzen aus dem Dornröschenschlaf geweckt wurden, in den ich sie rigoros geschickt hatte. Es war einfach zu süß, wie er sich bemühte, mich aufzumuntern und abzulenken. Dankbar, dass er mir kurz die Zeit gab, mich wieder zu sammeln, schloss ich die Augenlider und lehnte mich zurück. Versuchte, meinen Gedanken Einhalt zu gebieten und die Situation einfach zu genießen. Dennoch war es mir in seiner Anwesenheit einfach nicht möglich, mich vollständig zu entspannen. Zu groß war meine Befürchtung, er könnte doch irgendetwas von meinen wahren Gefühlen bemerken. Allerdings hatte er es damals auch nicht erkannt, und zu jener Zeit hatte Jamie mich in und auswendig gekannt.

Vor allem stiegen mir langsam die Drinks zu Kopf, zwar wurde ich dadurch lockerer und wirkte hoffentlich nicht mehr wie die letzte verklemmte Spaßbremse auf ihn, aber zugleich konnte ich nicht mehr dafür garantieren vielleicht etwas Dummes zu sagen. Allerdings wuchs sein Pegel ebenfalls und wahrscheinlich würde er es gar nicht kapieren.

Warum musste ich eigentlich immer alles so kompliziert machen? Wir näherten uns wieder an, vielleicht konnten wir tatsächlich wieder an eine Freundschaft anknüpfen. Das durfte ich einfach nicht kaputtmachen. Die Kälte zwischen uns in den letzten Wochen hatte mich fertiggemacht. So sehr, dass mir manches Mal der Gedanke durch den Kopf geschossen war, ob ich nicht doch einen Fehler gemacht hatte, indem ich zurückgekommen war. Aber jetzt schweißte uns das aufgedeckte Geheimnis um Jane zusammen. Gemeinsam mussten wir einen Weg finden, damit die Kleine möglichst unbeschadet die Neuigkeiten überstand.

Plötzlich fühlte ich mich beobachtet, als ich schlagartig die Augen aufschlug, zuckte ich erschrocken zusammen, weil Jamie genau vor mir stand und mich belustigt ansah.

„Stehst du da schon lange und beobachtest mich?", fragte ich peinlich berührt, als ich mich aufrichtete und mir automatisch durch meinen Bob fuhr.

„Du hast so süß ausgesehen, mit dem zarten Lächeln auf den Lippen. Anscheinend hast du an was Schönes gedacht", neckte er mich, während ich inständig bat, nicht wieder rot zu werden. Mir wurde heiß und ich hätte mir am liebsten den Pullover ausgezogen, aber das wäre wohl zu offensichtlich, deshalb unterließ ich es lieber.

Jamie setzte sich wieder neben mich und wir unterhielten uns über vergangene Zeiten und ich fragte ihn aus, wer von unseren Freunden, außer natürlich Mia und Tyler, dem ich im Pub begegnet war, noch in Newquay wohnte. Immerhin hatte ich in den letzten Wochen viel gearbeitet und war wenig unter Leute gekommen.

So verging die Zeit und während unsere Gläser leerer wurden, wuchs zeitgleich der dumpfe Schleier in meinem Gehirn und ich bemerkte peinlich berührt, dass ich lallte. Mittlerweile hatte ich den Überblick verloren, wie viele Gläser Gin Tonic ich intus hatte. Das Einzige, was ich wusste war, dass im Gegenzug die Wassergläser in der Minderheit waren.

Beim nächsten Gähnen, das ich nicht mehr unterdrücken konnte, unterbrach Jamie seine Erzählung und meinte zerknirscht: „Du musst ins Bett. Sorry, dass ich dich so lange wachgehalten habe."

Ich winkte lässig ab. „Quatsch, es war schön mit dir. Aber jetzt muss ich wirklich schlafen, sonst verwechsle ich morgen eine Kuh mit einem Pferd."

„Das tust du in jedem Fall", murmelte er und ich konnte seinen Worten nicht mehr folgen. Daher stand ich auf, anders ausgedrückt, ich versuchte es, denn ich verlor das Gleichgewicht, und es war nur Jamie zu verdanken, dass ich nicht umfiel. Fest hielt er meine Taille umklammert und ich war zu fertig, als dass es mir unangenehm wäre. Anscheinend war er doch etwas weniger kaputt als ich, denn er bot an, mir ins Bett zu helfen. Ganz kurz schoss mir noch durch den Kopf, ob da halbwegs aufgeräumt war und ich das Bett gemacht hatte, dann siegte meine Müdigkeit und ich widersprach ihm nicht. Ansonsten müsste ich auf der Couch liegen bleiben. Jeder Schritt schien mir gerade einer zu viel zu sein. Erst jetzt sendete mir meine verzögerte Wahrnehmung, dass Jamie auf eine Antwort wartete. Ich blickte zur Seite und bemerkte, wie nah er mir war. Ich müsste mich lediglich ein wenig vorbeugen, dann würde ich seinen Mund berühren. Die Aussicht war so verlockend, dass ich mir mit der Zunge über die Lippen fuhr, als wollte ich seinen Geschmack darauf kosten. *Hör auf damit, wenn du das tust, lässt er dich fallen und verschwindet auf Nimmerwiedersehen. Scheiß drauf und riskiere einmal in deinem Leben etwas.* Ich ignorierte die streitenden Stimmen und hob meinen Kopf, um meinen Blick von seinem Mund zu lösen, was sich als fataler Fehler entpuppte. Seine Augen waren auf mich gerichtet und er entfachte damit augenblicklich einen Flächenbrand in mir, den ich niemals allein imstande war, zu löschen. Warum sah er mich mit einem derart intensiven Blick an? Er schien sich an mir festgesaugt zu haben und erst jetzt hörte ich ihn laut atmen. Es schien, als sei er ähnlich durcheinander wie ich. Fragend legte ich den Kopf schief, als würde ich daraufhin eine Antwort auf meine unausgesprochenen Fragen bekommen.

Seine Hände umfassten mich etwas fester und er zog mich noch näher zu sich heran. Überrumpelt wie ich war, dauerte es einen Moment, bis ich seine Erektion an meinem Bauch spürte.

„Lizzy", hörte ich ihn unterdrückt murmeln, während sich seine Lippen meinen näherten. Verwirrt wartete ich einfach ab, weil mein vernebeltes Gehirn nicht begreifen wollte, was er vorhatte. Mein Herz hingegen hämmerte viel zu schnell. Seine Lippen streiften ganz sacht meine, hielten sich dort nicht länger auf, obwohl ich ihn gern anschreien würde, mich richtig zu küssen, blieb ich stumm und wartete einfach passiv ab. Sie fuhren über meine Wange zu meiner Stirn. Dann lösten sie sich und er lehnte sich für einen Moment mit seiner eigenen an und stöhnte unterdrückt.

Ich schloss die Augen und strich ihm mit den Händen über den Rücken. Eng schmiegte ich mich an ihn und kurz darauf spürte ich seine Lippen an meinem Hals, was mich veranlasste, ihn ein wenig zur Seite zu neigen, damit er besser hinkam. Mir entkam ein leises Stöhnen, als er sich festsaugte, woraufhin er endlich seine Lippen auf meine drückte und mich heiß und wild küsste. Leidenschaftlich. Mit viel Gefühl und dennoch einem Hauch Dominanz, der mich anmachte. Er schien genau zu wissen, wohin das hier führen sollte und ich überließ ihm die Regie. Es fühlte sich zu gut an, als dass ich es aus eigener Kraft hätte stoppen können. Seine Hände öffneten den Knoten meines Bademantels und strich ihn mir sachte von den Schultern, sodass er in einer fließenden Bewegung zu Boden fiel. Seine Hände verschwanden unter meinem Schlafanzugoberteil und es fühlte sich an, als würde er an jenen Stellen die Haut versengen. Davon wollte ich mehr. Ungeduldig zog ich ihm den Pulli über den Kopf und riss unbeherrscht an seinem T-Shirt. Ich wollte endlich seinen Oberkörper sehen, ich wollte ihn endlich erkunden.

Jamie schmunzelte leise und meinte: „Ich helfe dir." Instinktiv trat ich einen Schritt zurück, als ich seinen perfekt definierten Brustkorb sah. Oh mein Gott. Ich hatte noch nie einen derart heißen Typen in meinem Bett. Sein betörender Geruch berauschte mich und das Geschick seiner Hände versetzten mich in Ekstase.

„Alles klar?", fragte er mit leicht amüsiertem Beiklang.

Statt eine Antwort zu geben, hob ich meinen Kopf, öffnete leicht die Lippen und näherte mich seinem Gesicht. Seine Zunge stieß fordernd gegen meine Lippen, die ich bereitwillig öffnete. Wieder entwischte mir ein leiser Seufzer, ich fühlte mich gerade wie im Paradies. Stundenlang könnte ich mich von ihm küssen lassen und mir würde nicht langweilig werden. Jamie sah das anscheinend etwas anders, denn er dirigierte mich energisch rückwärts Richtung Sofa. Ich erhaschte einen Zipfel des letzten Zweifels und hielt inne, aber als seine Finger meine Brustwarze liebkosten, war jede Willenskraft besiegt. Er hatte leichtes Spiel, weil ich schon mein Schlafgewand trug. Wir sanken aufs Sofa, wobei er bemüht war, mich nicht sein vollständiges Gewicht spüren zu lassen. Mit seinen gut Einsneunzig wog er bestimmt an die neunzig Kilogramm, während ich zwar nicht elfenhaft zart war, aber im Vergleich zu ihm ein Fliegengewicht darstellte.

Jamie machte sich am Bund meiner Hose zu schaffen und ich hob bereitwillig mein Becken, damit er sie mir runterziehen konnte. Wieder trafen sich unsere Lippen, die hungrig übereinander herfielen, als hätten sie ihr gesamtes Leben auf diese eine Gelegenheit gewartet. Jamie zog mich dabei mit nach oben, und als ich saß, nutzte er die Chance, mir mein Oberteil abzustreifen. Jamie strich beinah ehrfürchtig über meine Brüste. „So schön." Mit seinem Körper drückte er mich energisch wieder nach unten und seine warme Haut und sein hartes Glied, das sich gegen meinen Oberschenkel drückte, heizte mir gehörig ein. Zwischen meinen Beinen wurde es immer feuchter und ich fühlte, wie sich mein Inneres zusammenzog. Jetzt sehnte ich mich danach, endlich zum Ziel zu kommen. Meine Beine klammerten sich um ihn und ich rieb meinen Unterkörper an seinem besten Stück, was ihm ein animalisches Stöhnen entlockte. Irgendwie schaffte er es, seine Hand dazwischenzuschieben, die er in meinem Slip verschwinden ließ, um meinen Kitzler zu streicheln. Wenn er weitermachte, würde ich auf der Stelle kommen.

„Lizzy, du fühlst dich so großartig an. Ich kann spüren, wie sehr du mich willst."

Mehr als ein zustimmendes Brummen schaffte ich nicht, aber es reichte, um ihn endlich seine eigene Hose ausziehen zu lassen, nachdem er meinen Slip beseitigt hatte.

„Kondom?", brachte ich noch aus irgendeiner Gehirnwindung meines Restverstandes hervor, was ihm ein „Fuck" entlockte, als er nochmals von mir abließ, um sein Portemonnaie aus der Hose zu ziehen.

Bitte lieber Gott, lass ihn ein Kondom dabeihaben. Obwohl ich die Pille nahm, würde ich sicherlich nicht ohne mit ihm schlafen. Triumphierend zog er eins hervor und kam endlich zu mir zurück. Besitzergreifend zog ihn zu mir hinunter. Wir wollten beide dasselbe und hielten uns nicht länger mit einem Vorspiel auf. Er drückte meine Beine auseinander und ich umklammerte ihn erneut, weil auf der engen Couch wenig Platz war. Schon spürte ich, wie er gegen meinen feuchten Eingang drängte und mit einem harten Stoß in mich eindrang.

Stöhnend drängte ich mich ihm entgegen, zwar hatte mich sein energisches Vorgehen überrascht, aber es war genau das, was ich gerade benötigte. Eine kurze, aber raue Explosion.

Mit wenigen Stößen war er tief in mir und ich hob mein Becken und umschlang ihn noch fester, damit ich ihm so nah wie nur irgendwie möglich sein konnte. Ergab mich seinem immer schneller und heftiger werdenden Rhythmus und es dauerte nicht lange, da spürte ich, wie sich ein Orgasmus rasend schnell aufbaute. Ein Stöhnen entkam meinen Lippen und ich wollte mehr. „Bitte", bettelte ich, weil das Verlangen mich überrollte.

Ich versuchte, meine innere Muskulatur anzuspannen und seinen Penis zu umklammern, damit er ebenfalls kam, aber während ich meinen nicht aufhalten konnte und mich ihm laut stöhnend ergab, dauerte es bei Jamie noch ein klein wenig länger. Als er sich in mir ergoss, wäre ich beinah innerhalb kürzester Zeit ein zweites Mal gekommen, aber ich war nicht mehr in der Lage gewesen, ihm das mitzuteilen, weil ich vor lauter Ekstase schon Sternchen sah und fix und fertig war.

∞

Zusätzlich zum Alkohol hatte uns der Sex wohl endgültig zur völligen Erschöpfung getrieben, denn als ich die Augen aufschlug, war es draußen schon hell und ich lag halb auf Jamie, der drohte von der Couch abzustürzen. Mein Schädel tat weh, als ob viele kleine Männchen das Innere mit ihren Hämmerchen bearbeiteten. Kurz gestattete ich es mir, meine Wange auf Jamies nackter Brust abzulegen und mich in eine Welt zu träumen, in der wir ein verliebtes Paar waren. Aber die Realität ließ sich nicht nur aufgrund heftiger Kopfschmerzen nicht länger leugnen. Denn Fakt war, dass wir lediglich betrunkene, triebgesteuerte Menschen waren, die ihren Bedürfnissen einvernehmlich nachgegangen waren.

Vorsichtig setze ich mich auf und rieb mir die Stirn. Das hätte nicht passieren dürfen, das war der Supergau. Wie sollte ich zukünftig mit ihm umgehen? Und noch viel mehr beschäftigte mich die Frage, was das für uns bedeutete? Klar, wir waren betrunken gewesen, aber doch nicht so, als dass wir nicht mehr zurechnungsfähig waren. Oder galt das etwa nur für mich und Jamie konnte sich vielleicht überhaupt nicht mehr daran erinnern, was passiert war? Wohl kaum, denn er wirkte deutlich weniger betrunken als ich, dennoch sollte ich dem Ganzen nicht so viel Bedeutung beimessen. Jamie hatte nie zuvor durchblicken lassen, dass er mich in irgendeiner Weise attraktiv fand. Damals nicht und heute schon gleich dreimal nicht. Schließlich war er damit beschäftigt gewesen, auf mich wütend zu sein. Wieder rieb ich mir über die Stirn und stand anschließend ein wenig torkelnd auf. Als mir auffiel, dass ich nackt war, griff ich nach dem Bademantel, um mich darin einzuhüllen. Erst als ich mich im Arzneimittelschrank auf die Suche nach einer Kopfschmerztablette machte, fiel mir siedend heiß ein, dass ich heute arbeiten musste. Kraftlos ließ ich mich mit dem Blister Tabletten auf einen Stuhl sinken und vergrub den Kopf in meinen Händen auf dem Tisch. Wie sollte ich heute irgendein Tier untersuchen?

„So schlimm gleich?" ertönte eine tiefe Stimme und ich quiekte erschrocken auf.

„Nicht so laut", bat ich ein wenig verlegen. Jamie trat zu mir und ich nahm meinen Mut zusammen, um seinen Blick zu erwidern. Belustigt sah er aus, kein bisschen verlegen oder durcheinander. Prima, also war ich wieder mal die Einzige, die nicht wusste, wie sie mit der Situation umgehen sollte. Vielleicht sollte ich so tun, als erinnerte ich mich an nichts. Er trug nur eine Boxershorts und als er sich genüsslich streckte und seine Muskelstränge dadurch spielen ließ, musste ich mich eisern beherrschen, um nicht zu sabbern anzufangen oder schlimmer, erneut über ihn herzufallen.

„Ich habe beinah geflüstert", gab Jamie zurück, während er mir hilfsbereit ein Glas Wasser überreichte. Nachdem ich gleich zwei genommen hatte, bot ich ihm ebenfalls eine an, die er auch annahm.

„Musst du nicht los?"

Ein wenig desorientiert blinzelte ich ihn von unten an, da er immer noch neben mir stand.

„Wie spät ist es denn?", erkundigte ich mich endlich.

„Es ist halb sieben."

„Verdammt, ich sollte doch um sechs Uhr los, bei Martens wird heute besamt. Mein Zeitplan ist straff, ich muss mich beeilen."

„Du hast einen interessanten Job. Wo wir gerade beim Thema sind ..."

Hastig unterbrach ich ihn. „Das sollte jetzt hoffentlich keine Anspielung auf heute Nacht sein?" Als er wölfisch grinsend nickte, sprang ich empört auf und stemmte die Hände in die Hüften, um wenigstens etwas imposanter zu erscheinen. „Du hast bei einer besamten Kuh, Assoziationen zu heute Nacht? Vergleichst du mich mit einer Kuh? Ernsthaft?"

Während er sich gar nicht mehr einzukriegen schien, gab ich klugscheißerisch von mir: „Außerdem verwechselst du da was. Um Besamung ging es bei uns ganz sicherlich nicht." Kaum hatte ich es ausgesprochen, hätte ich die Worte liebend gern wieder zurückgenommen.

„Es ging ausschließlich um Sex. Oder?" Jamie trat näher heran und war schlagartig ernst geworden. Warum zum Teufel musste ich mich wieder in so eine Situation manövrieren? „Das weiß ich nicht. Wir haben zu viel Alkohol getrunken, waren verwirrt und vielleicht auch außergewöhnlich verletzlich und haben die Nähe des anderen gebraucht?", schlug ich zögerlich vor.

„Um die Scheiße, die zuvor vorgefallen ist, zu vergessen?" Es war fragend formuliert, daher nickte ich. Sein zuvor warmer Blick schien sich zunehmend zu distanzieren, was mich frösteln ließ.

„Du solltest dich fertig machen, sonst kommst du noch später." Wieder nickte ich nur, unfähig irgendetwas zu erwidern. Mein Herz zog sich schmerzhaft zusammen, war das die Chance gewesen, ihm zu gestehen, was ich für ihn fühlte? Nein, wenn ich ehrlich war, hätte das nur dazu geführt, dass er dichtmachte. Gestern hatte er genügend Dinge erfahren, die er erst einmal verdauen musste. Es war nicht der richtige Zeitpunkt.

Ich eilte ins Bad, für mehr als Katzenwäsche blieb keine Zeit. So schnell es ging, zog ich mich an, putzte mir in Windeseile die Zähne und hastete zurück in die Küche, wo Jamie mittlerweile angezogen einen Kaffee trank. Dankbar nahm ich ihm eine weitere Tasse ab und er zeigte auf mein Gesicht. „Hast du deine Bürste verloren oder ist das der neue wilde Look, der draufgängerischen Lizzy?"

Ich starrte ihn entgeistert an, während er auf meine Frisur wies. Augen rollend eilte ich zurück ins Bad und wäre beinah über meinen Anblick im Spiegel zurückgesprungen. Shit, wie sah ich denn aus? So konnte ich nicht aus dem Haus gehen. Meine halblangen Haare waren total zerzaust und ich band sie kurzerhand zu einem kurzen Pferdeschwanz zusammen, was gerade so ging. So war es am Unauffälligsten, dass ich sie nicht bändigen konnte.

„Schade, zuvor hast du wirklich süß ausgesehen. Wie ein schottisches Hochlandrind, das in die Steckdose gegriffen hat." Ich streckte ihm nur die Zunge raus und trank die Tasse leer.

Gemeinsam verließen wir das Haus, und erst als wir vor seinem Auto standen, sah er mich wieder an. „Ist alles gut zwischen uns? Ich habe das wirklich nicht geplant." Jamie wirkte zerknirscht, was dazu führte, dass ich mich schlecht fühlte. Bestimmt bereute er es, weil er befürchtete, dass ich mir nun mehr erhoffte. „Versteh mich nicht falsch. Es war wirklich wunderschön, aber ich möchte einfach nicht, dass es zwischen uns wieder kompliziert wird."

Irgendwie schaffte ich es, den Kloß in meinem Hals runterzuschlucken und ich beruhigte ihn mit erstaunlich sachlicher Stimme. „Keine Sorge, Jamie. Das war eine einmalige Sache. Wir sind erwachsen und können damit umgehen. Es ist alles gut und ich bin wirklich froh, dass es wieder so locker zwischen uns ist."

Jamie lächelte mich erleichtert an, gab mir ein unverbindliches Wangenküsschen und erinnerte mich noch einmal daran, dass ich ihm Bescheid geben sollte, sobald ich mit Miranda gesprochen hatte.

Meine Hände zitterten, als ich den Motor startete und endlich losfuhr. Von unterwegs rief ich den Bauern an, um mich für meine Verspätung zu entschuldigen und verdrängte zumindest für die kommenden Stunden Jamie aus meinem Gehirn.

16

Jamie

Scheiße, scheiße, scheiße. Hilflos hieb ich auf das Lenkrad ein, während ich nach Hause fuhr, um vor der Arbeit noch Jimmy zu füttern und ihn sein Geschäft verrichten zu lassen.

Wie hatte ich mich nur zu so einer Dummheit hinreißen lassen? Es war ja nicht so, als hätte ich nie Sex und wäre völlig ausgehungert gewesen. Aber gepaart mit dem Alkohol und wie nannte sie es so schön: ach ja, Verletzlichkeit, hatte ich leichtes Spiel mit ihr gehabt. Es war einfach nur unfair von mir gewesen, sie wie einen One-Night-Stand zu behandeln. Den würde ich im besten Fall nie wiedersehen, aber das wäre bei Lizzy unmöglich und ich wollte sie auch gar nicht mehr aus meinem Leben fernhalten.

Es war keine Lüge, als ich ihr gesagt hatte, dass es schön mit ihr war, allerdings änderte es nichts an der Tatsache, dass ich sie ausgenutzt hatte. Schließlich hatte ich über ihre Gefühle Bescheid gewusst und wahrscheinlich erhöhte der Sex mit mir ihre Hoffnungen, dass aus uns mehr werden würde. Das kam für mich nicht infrage. Momentan war ich viel zu durcheinander und musste erst zusehen, mein Leben wieder auf die Reihe zu bekommen.

Was für eine verfahrene Situation. Lizzy bedeutete mir immer noch viel mehr, als ich je vermutet hätte. Aber ich wollte meine Freundin zurück. Bei der ich mich über meine Probleme auskotzen konnte. Die mich auffing, wenn mir meine neugewonnene Vaterschaft über den Kopf hinauswuchs. Bei ihr hatte ich mich einfach immer wohl gefühlt. Im Nachhinein betrachtet, war es die schönste Zeit meines Lebens gewesen und ich könnte mir heute in den Hintern treten, diese Freundschaft für ihre intrigante Schwester riskiert zu haben.

Lizzy war früher so bezaubernd, liebenswert und fröhlich und gestern hatte ich sie zurückbekommen. Warum mich das zu dem blöden Ausrutscher hatte hinreißen lassen, verstand ich immer noch nicht. Himmel, sie war immer wie eine Schwester für mich gewesen. Und daran durfte sich nichts ändern. Momentan wusste ich noch nicht, ob wir es am besten nicht mehr thematisieren oder doch noch mal darüber sprechen sollten. In solchen Dingen fehlte es mir an Erfahrung. Seit meiner Beziehung mit Gwen hatte ich keine ernstzunehmende mehr geführt. Zwar hatte ich nicht am laufenden Band One-Night-Stands, sondern führte lieber unverbindliche Affären, mit denen ich mich eine Zeitlang traf und es beendete, bevor es drohte, ernsthaft zu werden. Seitdem Gwen mich hatte so auflaufen lassen, war mir nicht mehr danach, mein Herz zu verschenken. Natürlich hatte ich irgendwann vor, eine Familie zu gründen, und ich war der Meinung gewesen, dass die Richtige schon noch auftauchen würde. Stattdessen hatte ich eine Tochter bekommen. Was für eine Ironie des Schicksals. Vielleicht war das ein Wink mit dem Zaunpfahl, dass ich für eine Familiengründung nicht zwingend eine Frau benötigte. Andererseits war das nie mein Lebensziel gewesen. Jetzt wurde ich in diese Rolle gepresst, ob ich wollte oder nicht. Obwohl ich gestern noch jeden Gedanken an die Zukunft verdrängt hatte, kannte ich mich zu gut, als dass ich leugnen konnte, meine Tochter besser kennenlernen zu wollen. Vielleicht war es zu spät für eine innige Vater-Kind-Beziehung, aber ich wollte es wenigstens versuchen.

Mechanisch versorgte ich Jimmy, der alles tat, um meine Aufmerksamkeit zu erlangen, während ich ihn ignorierte und ihm lediglich gedankenverloren den Nacken kraulte. Allerdings musste ich zuvor mit Gwen sprechen. Ich verspürte absoluten Widerwillen bei dem Gedanken, diesem Biest gegenüberzutreten, aber was blieb mir schon anderes übrig? Sie war Janes leibliche Mutter und hatte sie nie zur Adoption freigegeben. Miranda hatte mir erzählt, dass Gwen in der Geburtsurkunde stand und nicht sie. Vater unbekannt. Irgendwann wäre es sowieso ans Licht gekommen, aber Miranda hatte gedacht, dass Jane bis dahin viel älter und verständiger wäre. Obwohl ich es am liebsten leugnen würde, weil ich auf Lizzys Mutter gern weiterhin zornig wäre, verspürte ich vor allem Mitleid mit ihr. Sie liebte die Kleine wie ihre richtigen Töchter, viel mehr als ein Enkelkind, für sie war sie ihr drittes Kind, auch wenn sie Jane nicht ausgetragen hatte. Und jetzt drohte Gwens Egoismus, ihr ruhiges Leben auf den Kopf zu stellen. Nicht nur meins und das meiner Tochter, sondern auch Mirandas. Das war also Gwens Dank dafür, dass ihre Mutter noch einmal ein Kind aufgezogen hatte. Nachdem die schwierigen, anstrengenden ersten Jahre vorüber waren, beanspruchte sie das Kind für sich. Trotzdem musste ich mich im Griff haben, wenn ich Gwen gegenübertrat, es half mir kein bisschen, wenn ich sie gegen mich aufbrachte. Momentan hatte ich keinen blassen Schimmer, welche Rechte ich überhaupt hatte. Meine Vaterschaft war nie bestätigt worden, Gwen konnte alles abstreiten. Andererseits wusste ich auch nicht, wie gut ihre Chancen standen, die Kleine einfach nach Belieben aus ihrem stabilen Umfeld zu reißen. Lebte Gwen überhaupt in einer Beziehung? Gestern war ich viel zu erschüttert gewesen, als dass ich Miranda irgendwelche sinnvollen Fragen hatte stellen können. Sie hatte sich doch sicherlich von einem Anwalt beraten lassen. Obwohl Jane ihre Tochter war, musste es bei der Entscheidung doch ausschließlich um das Kindeswohl gehen. Zwar gefiel mir der Gedanke nicht, trotzdem musste ich mich damit auseinandersetzen, ob ein Kind nicht im Zweifelsfall doch bei der eigenen Mutter am besten aufgehoben wäre. Allerdings nahm Miranda in Janes Augen diese Rolle ein. Ihr musste es doch vorkommen, als würde sie zu ihrer nicht besonders vertrauten Schwester abgeschoben werden, die bisher nie sonderlich an ihrem Leben interessiert war. Mir war schon jetzt klar, wenn Jane zu Gwen zog, würde ich niemals die Chance bekommen, sie aufwachsen zu sehen. Meine Ex-Freundin hatte kein Interesse gehabt, sie mit mir gemeinsam aufzuziehen, da wollte sie mich nach all den Jahren erst recht nicht in ihrem Leben haben. Irgendwie musste ich einen Weg finden, ihr klar zu machen, dass Jane ein Recht darauf hatte, ihren leiblichen Vater kennenzulernen.

Verdammt, jetzt hatte ich ganz die Zeit vergessen und war viel zu spät dran.

∞

Mein Schädel hatte wieder angefangen zu dröhnen, kaum, dass ich mich nach der Arbeit auf den Weg zu meiner Mutter machte. Während des Tages hatten mich eine weitere Kopfschmerztablette, viel Koffein und vor allem Frischluft davor bewahrt. Jetzt saß ich im Auto und sofort ging es wieder los. Nachdem ich sie gestern nicht erreicht hatte, musste ich jetzt unbedingt mit ihr sprechen. Immerhin war sie mit Miranda befreundet, aber tief in meinem Herzen war ich überzeugt davon, dass sie genauso belogen worden war wie ich. Jimmy durfte mit, da ich den armen Kerl nicht schon wieder einen weiteren Abend sich selbst überlassen wollte. Häufig nahm ihn meine Mutter mit zu sich, die sich nach Dads Tod oft einsam fühlte. Selbst traute sie sich das Versorgen eines Tieres nicht mehr zu. Daher borgte sie sich regelmäßig den gutmütigen Jimmy aus und von dem Arrangement profitierten wir alle gleichermaßen.

Direkt vor ihrem Haus parkte ich und ließ Jimmy aus der Transportbox im Kofferraum. Lächelnd sah ich ihm dabei zu, wie er Schwanz wedelnd neben mir hersprang, während wir zur Eingangstür gingen. Fast hätte sein unbeschwerter Anblick meine Sorgen vertrieben und damit auch meine Kopfschmerzen, aber das bevorstehende Gespräch mit meiner Mutter setzte mir doch mehr zu als gedacht. Anscheinend hatte sie uns gesehen, denn sie öffnete, bevor ich klingeln konnte.

„Schön dich zu sehen." Sie umarmte mich und streichelte im Anschluss Jimmy.

„Ich habe dir deine Lieblingskekse von Brenda mitgebracht." Der Ruf der Konditorin ging weit über unsere Kleinstadt hinaus und Mum nahm sie lächelnd entgegen, gab mir einen Kuss und meinte: „Das wäre doch nicht nötig gewesen." Meine Mutter hatte dieselben dunkelblonden Haare wie ich, die sie als modernen Kurzhaarschnitt trug. In letzter Zeit kamen immer mehr graue Haare hinzu und sie hatte mir verraten, dass sie begonnen hatte, sie zu tönen. Wahrscheinlich besaß sie nach unserem Gespräch ein paar graue Haare mehr.

Meine Unruhe war zu groß, als dass ich jetzt einfach mit ihr am Tisch sitzen konnte und so tat, als wäre nichts vorgefallen. Immerhin machte ich sie gleich zur Oma.

„Mum, sei mir nicht böse, ich weiß, du hast extra gekocht, aber mir ist gerade nicht nach Essen. Was hältst du davon, wenn wir einen Spaziergang machen, bevor es dunkel wird, Jimmy könnte auch etwas Bewegung vertragen."

Sie betrachtete mich prüfend und was sie dabei sah, schien sie zu beunruhigen. „Jamie, was hast du denn? Du wirkst angespannt."

Natürlich durchschaute meine Mutter mich, noch nie hatte ich etwas vor ihr verborgen halten können. „Ich wollte nicht mit der Tür ins Haus fallen", gab ich seufzend zu, während ich mich abwandte, damit wir aufbrechen konnten. Zu meiner Erleichterung bohrte sie erst einmal nicht nach und wir liefen die ersten Minuten schweigend durch den Ort. Erst als wir das freie Feld erreichten, brach sie die Stille. „Was ist passiert?"

Ich kratzte mich verlegen am Kopf und sah knapp über sie hinweg. „Ich weiß nicht so recht, wie ich es dir sagen soll. Vielleicht bin ich auch der Einzige, der von nichts eine Ahnung hatte, aber das wird sich gleich herausstellen."

„Hast du was getrunken?", fragte sie besorgt, anscheinend konnte sich meine Mutter keinen Reim aus meinen Worten machen und ich musste gegen meinen Willen lachen.

„Nein, nicht mal ein Feierabendbier. Ich schwöre es", fügte ich sicherheitshalber hinzu, als ich ihren skeptischen Blick wahrnahm. „Ich habe gestern erfahren, dass ich Vater bin." Einfach so hatte ich es ausgesprochen und es hörte sich in meinen eigenen Ohren immer noch unglaublich fremd an.

Meine Mutter blieb stehen und griff nach meinem Arm. „Du bist Vater? Was heißt das? Wo ist das Kind?"

Als ich gequält den Kopf schüttelte, entschuldigte sie sich hastig. „Ich bin nur so durcheinander. Du hast mich total überrascht."

„So habe ich mich gestern auch gefühlt." Ich musterte sie eindringlich, aber sie sah genauso überrumpelt aus wie gestern Lizzy. Den Gedanken schob ich ganz schnell weg, konnte aber nicht verhindern, dass mir in Erinnerung an die gemeinsamen Stunden ganz warm wurde.

Eigentlich wusste ich schon vorher, dass meine Mum es mir nicht verheimlicht hätte, dennoch erleichterte mich die Gewissheit.

Auch sie war von ihrer Freundin verraten worden und um ihre Großmutterrolle gebracht worden. Miranda war doch bekannt, wie einsam Tiffany in den letzten Jahren gewesen war. Es hätte ihr bestimmt über Vaters Verlust hinweggeholfen, wenn sie die Chance bekommen hätte, sich um ihre Enkelin zu kümmern.

In ein paar Hundert Metern kam eine Bank an einer Weggabelung direkt unter einer großen Eiche. Dorthin wies ich jetzt und versuchte meine Mutter hinzuhalten. „Lass uns dort hinsetzen, es wäre besser, du sitzt, wenn ich dir alles erzähle."

„Du machst mir Angst, Jamie." Sie presste die Lippen zusammen, als wolle sie sich weitere Nachfragen verkneifen und folgte mir schweigend bis zum Baum. Erst als wir uns gesetzt hatten, fing ich erneut an.

„Ich fürchte, das wird für dich gleich ein großer Schock sein. Meine Tochter heißt Jane, ist fünf Jahre alt und lebt hier im Ort."

Verwirrt suchte meine Mutter irgendetwas in meinem Gesicht, so wie sie mich anstarrte. Dann schien sie zu begreifen und ihr entkam ein spitzer Schrei. „Jane? Mirandas Jane?"

Während ich nur nickte, wirkte sie völlig entgeistert, sie wurde so blass, dass ich schon Sorge hatte, sie würde mir gleich umkippen. „Du und Miranda?!"

„Was? Wie kommst du denn darauf?" Jetzt war es an mir, sie völlig schockiert anzustarren.

„Jane ist Mirandas Tochter und wie ich immer annahm auch Michaels." Der Blick meiner Mutter war so göttlich, dass ich einfach nicht anders konnte, als zu lachen. Während sie mich ansah, als wäre ich endgültig verrückt geworden, konnte ich einfach nicht damit aufhören, weil die Situation so grotesk war.

„Sorry, Mum. Ich wollte dich nicht auslachen. Aber die Vorstellung, dass Miranda und ich mal etwas miteinander hatten, war einfach so lustig. Zwar ist Miranda um einiges jünger als du, aber immerhin zwanzig Jahre älter als ich." Gefasster strich ich mir durchs Haar und klärte sie endlich auf. „Jane ist nicht Mirandas Tochter, sondern Gwens. Ihre Schwangerschaft war der wahre Grund, warum sie mich verlassen hat und von hier verschwunden ist." Möglichst kurz und knapp erklärte ich ihr die näheren Umstände. Es ihr schonend beizubringen, war wohl ein Ding der Unmöglichkeit.

„Gwen und Miranda haben uns allen etwas vorgespielt und Michael hat dabei mitgemacht?"

Ich legte ihr tröstend den Arm um die Schultern und versuchte Miranda ein wenig zu verteidigen. „Ich denke, sie wollte einfach das Beste für Jane. Sie wollte weder dir noch mir wehtun. Und jetzt hat sie bemerkt, dass es ein Fehler war."

„Miranda hat noch nie begriffen, dass Gwen eine dumme Gans ist."

„Mum! Du sprichst gerade von meiner Ex-Freundin und der Mutter meiner Tochter." Schlagartig hatte ich meinen Arm zurückgezogen und verschränkte sie vor der Brust.

Sie seufzte und erklärte offenherzig: „Ich habe schon damals nicht verstanden, warum du dich von ihr hast blenden lassen und nicht lieber Lizzy genommen hast."

War das gerade meine Mutter, die so mit mir sprach? Der Schock musste ihre Zunge gelöst haben. Es verletzte mich schon ein wenig, dass sie mir nie gesagt hatte, was sie von Gwen hielt, aber wenn ich ehrlich war, hätte ich das damals gar nicht hören wollen.

„Jane ist meine Enkelin? Ich kann es einfach nicht glauben. Aber jetzt macht das alles Sinn." Sie sprach mehr zu sich selbst als zu mir und ich musste nachfragen, was sie damit meinte.

„Miranda hat mich regelmäßig gebeten, auf Jane aufzupassen. Die Kleine ist mir sehr ans Herz gewachsen. Aber ich habe nie gedacht, dass da irgendeine Absicht dahintersteckt. Miranda ist im Gegensatz zu mir noch voll berufstätig und da habe ich natürlich gern ausgeholfen. Wahrscheinlich war das ihre Art mit ihrem schlechten Gewissen umzugehen."

„Bist du nicht wütend auf sie?", fragte ich nach einer Pause neugierig.

„Sie hat es getan, um Gwen zu schützen. Würde eine Mutter nicht alles für ihr Kind tun? Ich möchte nicht vorschnell über sie urteilen, bevor ich nicht die ganze Geschichte kenne."

So war sie, meine weise Mutter, die schon immer viel zu großherzig gewesen war. Vielleicht sollte ich versuchen, mir eine Scheibe von ihr abzuschneiden. Ich stand auf und kickte schwungvoll einen Stein weg. „Ich teile deine Einstellung nur bedingt", knurrte ich.

Sie stand auf und umarmte mich. „Das verstehe ich. Du bist um die Chance gebracht worden, deiner Tochter von Beginn an, ein Vater zu sein. Aber deine Wut hilft dir nicht weiter. Sieh in die Zukunft und konzentriere dich darauf, was alles vor dir liegt."

Ich hütete mich, ihr zu widersprechen, auch wenn ich jetzt schon wusste, dass ich das nicht schaffen würde. Aber Jane zuliebe würde ich einen Weg finden, mit Miranda normal umzugehen, das Kind würde doch sofort spüren, wenn irgendetwas nicht in Ordnung wäre. Es würde sie verunsichern, wenn ihr neugewonnener Vater sauer auf ihre Oma war, die zeitlebens für sie die Mutterrolle gespielt hatte. Es war vertrackt, aber wir müssten den Weg finden, der Jane schützte, alles andere käme nicht infrage.

17

Lizzy

Ich konnte mich nicht erinnern, mich jemals derart verwirrt gefühlt zu haben. Mein Magen revoltierte, wahrscheinlich aufgrund des Alkoholkonsums, aber ich fühlte mich so unfassbar verletzlich. Mühsam behielt ich die Fahrbahn im Blick und war froh, dass hier so wenig Verkehr herrschte. Aber die kurvigen, kleinen Straßen waren unübersichtlich und hatten es in sich. Deshalb benötigte ich eigentlich meine volle Konzentration, um heil auf dem Bauernhof anzukommen. Ich schwebte gerade im luftleeren Raum und wusste überhaupt nicht mehr, wer ich war und vor allem wo mein Platz war. Was war meine Rolle im Leben? Mein neues Leben hier in Newquay stellte schon eine große Veränderung dar, an die ich mich gerade gewöhnt hatte. Und jetzt geriet meine Weltordnung komplett aus den Fugen. Neben Fran und Mia war meine Familie mein ganzer Halt im Leben. Obwohl ich in den letzten Jahren selten zuhause gewesen war, hatte ich regelmäßig Kontakt mit Gwen, die ebenfalls in London lebte. Und meine Mutter hatte mich mit dem Rest der Familie oft besucht und wir verbrachten mindestens einmal im Jahr einen gemeinsamen Urlaub, von dem Gwen sich allerdings zumeist ausgeklammert hatte. Nun kannte ich ja auch den Grund. Anscheinend hatte sie alles getan, ihrer Tochter aus dem Weg zu gehen. Vielleicht war es auch ihrem schlechten Gewissen geschuldet, dass sie so wenig Kontakt mit Jane hielt. Allerdings war mir Gwen in den letzten Jahren unbeschwert und fröhlich vorgekommen. Niemals hätte ich dahinter eine derartige Geschichte vermutet. Wie hatte sie mir so ein einschneidendes Erlebnis verheimlichen können? Gott, ich war so sauer auf sie. Trotzdem war ich froh, heute einen straffen Zeitplan einhalten zu müssen. Die völlige Fokussierung auf die Tiere würde mir dabei helfen, meine verwirrten

Gedanken beiseite zu schieben und meinen desolaten Zustand in den Griff zu bekommen. Und das bedeutete auch, keinen Gedanken an Jamie zuzulassen. Unsere gemeinsame Nacht aus meinem Gehirn zu löschen. Seine Anwesenheit hatte mir so gutgetan, es war schön gewesen, einmal nicht alles mit sich selbst auszumachen und ich wusste nicht, was ich gemacht hätte, wenn er mir nicht Gesellschaft geleistet hätte. Dafür war ich ihm unglaublich dankbar und musste mich bei Gelegenheit bedanken. Aber was danach passiert war, führte dazu, dass ich mich noch angreifbar und verwundbarer fühlte. So traumhaft schön es gewesen war, es verkomplizierte alles. War ich wütend auf ihn, dass er die Situation ausgenutzt hatte? Es wäre unfair, es ihm zum Vorwurf zu machen, denn ich hätte es ja nicht zulassen müssen. Ich war so blöd, mein Leben war doch schon kompliziert genug, warum musste ich noch für zusätzliche Probleme sorgen?

Abrupt trat ich scharf auf die Bremse, als ich nach einer Kurve eine Schafsherde mitten auf der Straße wahrnahm. Gut, dass man hier sowieso nicht schnell fahren konnte. Mit klopfendem Herzen wartete ich ab, bis sie die Straße wieder freigaben. Jetzt reiß dich gefälligst mal zusammen, Lizzy, schnauzte ich mich selbst im Geiste an.

Fünf Minuten später bog ich auf den Hof ein und mit einem lauten Knall warf ich kurz darauf die Autotür zu, als wollte ich damit ein Statement setzen. All meine Probleme ließ ich im Auto zurück, sperrte sie ein, um mich endlich um meinen Job zu kümmern.

∞

Ich hatte Glück, eine Pferdebesitzerin rief mich an, dass ich nicht zu kommen brauchte. Dem Tier ging es schon wieder besser. Dadurch bekam ich etwas Luft und die Fahrt zum nächsten Hof nutzte ich, um Gwen anzurufen. Es ließ mir einfach keine Ruhe und ich musste meinen aufgestauten Aggressionen irgendwo Luft machen. Und wer wäre dafür besser geeignet als meine Schwester? Fast war ich verblüfft, als sie abhob.

Nach einer knappen Begrüßung kam ich gleich zum Punkt.

„Was fällt dir eigentlich ein, mich all die Jahre zu belügen? Was hast du dir nur dabei gedacht? Und jetzt nach all der Zeit hast du plötzlich deine Muttergefühle entdeckt? Das kaufe ich dir nicht ab. Du hast dich nie um Jane gekümmert." Ich brach ab, weil mir beinah ein Schluchzer entkommen wäre. Immer noch stand ich unter Schock, weil ich meine gesamte Familie nicht mehr kannte.

„Woher weißt du …?", stammelte Gwen, die ich anscheinend außer Fassung gebracht hatte. Unsere Mutter hatte sie wohl nicht aufgeklärt, daher wusste sie wohl auch nicht, dass Jamie Bescheid wusste.

„Es wäre doch sowieso herausgekommen. Warum also sollte ich es jetzt nicht erfahren? Es hätte dir doch klar sein müssen, dass du mit unangenehmen Fragen konfrontiert wirst." Ich versuchte ruhig zu bleiben, auch wenn es mir schwerfiel.

Gwen brach in Tränen aus und hatte in mir sofort Schuldgefühle ausgelöst. Weil es ihr psychisch schon mal so schlecht gegangen war, hatte ich Sorge, sie durch meine Vorwürfe wieder aus dem Gleichgewicht zu bringen.

„Du weißt doch, wie schlecht es mir damals ging, ich war ein seelisches Wrack, wie hätte ich mich da um ein Baby kümmern können? Ich war ja nicht einmal in der Lage, mich um mich selbst zu kümmern."

Mit dieser Aussage hatte sie mich mundtot gemacht. Was sollte ich darauf erwidern?

„Warst du damals überhaupt in der Klinik oder war das ebenso eine Lüge?" Der Gedanke war mir gerade gekommen und ich hatte es ausgesprochen, ohne vorher nachzudenken.

Stille. Gwen schniefte, sagte aber nichts. Die Antwort konnte sie sich jetzt auch sparen.

„Ihr seid doch echt das Letzte. Weißt du eigentlich, wie viele Sorgen ich mir um dich gemacht hatte? Vor allem, weil ich dich nicht einmal sehen durfte."

„Lizzy, sei nicht böse, ich war zwanzig, völlig unreif und wusste mir nicht anders zu helfen. Ich wollte nur das Beste für das Baby."

„Und heute bist du so reif, um Verantwortung zu übernehmen?" Meine Stimme triefte vor Sarkasmus. „Außerdem war unsere Mutter auch nicht älter, als sie mich zur Welt gebracht hat."

„Trotzdem bin ich Janes Mutter. Das wirst du akzeptieren müssen."

„Und Jamie ist ihr Vater. Das wirst du akzeptieren müssen." Ich imitierte ihren herablassenden Tonfall. „Wie konntest du ihn einfach im Ungewissen lassen? Er hätte dich doch nie im Stich gelassen und hätte Verantwortung übernommen. Herrgott Gwen, er hat ein Recht, es zu erfahren."

„Jamie wäre doch nur noch aus Mitleid bei mir geblieben, wenn er gesehen hätte, wie sehr ich mich verändert hatte. Ich war doch nicht mehr ich selbst. Vielleicht war die Klinik eine Lüge, aber mir ging es trotzdem beschissen."

Das glaubte ich ihr sogar, aber trotzdem war ich nicht gewillt, ihr deshalb Absolution zu erteilen. Schließlich ging es hier vor allem um Jane. Deshalb konnte ich mir eine letzte Frage nicht verkneifen. Sie war die Erwachsene und Jane das Kind und die galt es zu schützen.

„Warum gerade jetzt? Was hat sich geändert? Glaubst du wirklich, du tust Jane einen Gefallen? Geht es nicht vielmehr um deine Bedürfnisse?"

„Du bist so verflucht selbstgerecht, Lizzy. So perfekt, dass du sicherlich nie einen Fehler machst." Natürlich gefiel ihr der Vorwurf nicht.

„Das ist lächerlich!"

„Wenn du es genau wissen willst, du weißt, dass ich seit zwei Jahren mit Trevor zusammenlebe. Wir können Jane etwas bieten und in letzter Zeit ist mein Wunsch, sie zu uns zu holen, immer größer geworden. Ich sehe ein, dass ich einen Fehler gemacht habe. Aber heute können wir Jane ein stabiles Familienumfeld bieten."

Obwohl es plausibel klang, wurde mein ungutes Bauchgefühl nicht geringer. Trotzdem war gegen ihren Wunsch nichts einzuwenden.

„Tu bitte nichts Unüberlegtes. Du musst deine Schritte mit Mum absprechen. Jane muss langsam darauf vorbereitet werden."

„Für wie blöd hältst du mich eigentlich?", zischte sie aufgebracht, aber ich ließ mich nicht dazu verleiten, darauf einzusteigen, sondern entgegnete lediglich sachlich: „Dann ist es ja gut. Lass uns bald persönlich darüber sprechen, ich bin gerade bei George´s Hof angekommen und muss weiterarbeiten."

Endlich Feierabend! Gerade wünschte ich mir nichts sehnlicher, als mich in der Badewanne auszustrecken und dabei genüsslich eine Tasse heiße Schokolade zu trinken. Aber daraus würde nichts werden. Denn ich musste mit meiner Mum sprechen. Eigentlich fühlte ich mich viel zu ausgelaugt, um noch tiefgreifende Gespräche zu führen, aber ich konnte es nicht aufschieben. Mir, Jane und vor allem Jamie zuliebe. Letzterer wartete bestimmt schon ungeduldig auf meinen Anruf.

Es war schon nach neun Uhr, als ich in die Straße meiner Mutter einbog. Ich hatte mich nicht angekündigt, da ich sie nicht vorwarnen wollte. Andererseits würde es mich nicht verwundern, wenn diesen Job Gwen für mich übernommen hatte. Bestimmt hatte sie Mum angerufen und ihr Vorwürfe gemacht, weil diese sie nicht vorgewarnt hatte. Es war ein Fehler gewesen, nicht zuerst mit meiner Mutter gesprochen zu haben. Jetzt hatte sie ihr bestimmt erzählt, dass ich es gar nicht von ihr, sondern von Jamie wusste.

Nachdem ich geklingelt hatte, dauerte es eine Weile, bis Michael mir die Tür öffnete. „Lizzy, was für eine schöne Überraschung. Komm doch rein." Nachdem wir uns kurz umarmt hatten, zog ich meine Schuhe aus und folgte ihm in die gemütliche Küche. Michael war für mich weniger Vaterersatz als väterlicher Freund. Mein leiblicher Vater war schon in meiner Kindheit gestorben und Michael war erst in Mums Leben getreten, als ich fast volljährig gewesen war.

Auf seine Aufforderung nahm ich auf der Eckbank Platz und lehnte ein Glas Wein vehement ab. Allein der Gedanke daran führte dazu, dass mir umgehend schlecht wurde. Stattdessen nahm ich das Wasser an.

„Ich ahne schon, was dich zu uns führt. Deine Mutter hätte zuerst mit dir sprechen müssen." Michael sah mich ernst durch seine Brillengläser an. Er wirkte müde, wahrscheinlich litt er ebenfalls unter der Situation. Außer Jane hatte er keine Kinder und sie wurde ihm nun vielleicht weggenommen. In dieser Geschichte gab es nicht den Leidtragenden, sondern eine ganze Reihe. Es stand mir nicht zu, darüber zu urteilen, wer der Größte war.

Nachdem ich stumm blieb, fügte er erklärend hinzu. „Miranda ist bei Jane, sie hatte einen schlechten Traum, sie kommt bestimmt gleich."

Ich schenkte ihm ein angedeutetes Lächeln und kurz darauf hörte ich meine Mutter die Treppe herunterkommen. Michael schien erleichtert zu sein, ihr das Feld überlassen zu können und zog sich ins Arbeitszimmer zurück.

Miranda stutzte kurz, als sie mich am Küchentisch sitzen sah, kam dann aber auf mich zu und hob entschuldigend die Arme. „Liebes, es tut mir leid, dass du es so erfahren hast. Ich habe versucht dich anzurufen, nachdem Jamie bei mir war, aber deinem Gesichtsausdruck zu urteilen, war er schneller." Ihre Arme fielen kraftlos herab und sie sah mich hilflos an. Ich stand auf, ging zu ihr und nahm sie in die Arme. Egal, wie sauer ich auf sie war, sie wirkte gerade so unfassbar bekümmert auf mich, dass ich sie einfach trösten musste. Eine ganze Weile standen wir einfach da, und hielten uns gegenseitig fest. Irgendwann löste ich mich von ihr und sagte leise: „Ich bin nicht sauer auf dich, weil ich es von Jamie erfahren habe. Ich bin sauer auf dich, weil du mir die ganzen Jahre dreist ins Gesicht gelogen hast." Meine Stimme war laut geworden und ich musste mich zusammenreißen, sonst würde ich Jane gleich ein zweites Mal aufwecken.

„Es ist mir alles andere als leichtgefallen, dich zu belügen. Das musst du mir glauben."

Ich schnaubte verächtlich, trat einen Schritt zurück und verschränkte die Arme vor der Brust. „Warum hast du bei der Farce mitgemacht und Gwen nicht ins Gewissen geredet?"

„Was denkst du denn, was ich getan habe? Natürlich habe ich alles in meiner Macht stehende getan, um sie davon zu überzeugen, Jane zu behalten. Aber das stand für sie außer Frage. Schlussendlich blieb mir keine andere Wahl."

Wieder entfachten ihre Worte ein brodelndes Feuer in meinem Bauch. Bevor ich antworten konnte, musste ich erst ein paarmal tief durchatmen, um mich wieder zu kontrollieren.

„Und Jamie über seine Vaterschaft aufzuklären, kam dir nie in den Sinn? Wer gibt dir das Recht, Jane ihren Vater vorzuenthalten?" Ich zitterte am ganzen Körper und mir war eiskalt, während ich meine Mutter ungläubig anstarrte.

Sie streckte die Hand aus, als wolle sie mich berühren, aber ich stand zu weit entfernt und hätte es in diesem Moment auch nicht zugelassen.

„Ich habe es getan, um Jane zu schützen."

„Vor ihrem Vater?!" Meine Mutter musste verrückt geworden sein. Vielleicht wäre Jamie manches Mal überfordert gewesen und nicht so routiniert wie Miranda und Michael. Aber trotzdem war ich mir sicher, dass er alles getan hätte, um Jane ein wunderbares Zuhause zu bieten und sie glücklich zu machen.

Meiner Mutter liefen die Tränen über die Wangen und sie schüttelte den Kopf. „Nein, vor Gwen." Sie hauchte den Namen meiner Schwester so leise, dass ich sie fast nicht verstand.

Deshalb wiederholte ich fassungslos: „Gwen?"

„Sie hat mich erpresst. Wenn ich irgendjemandem etwas verraten hätte, dann hätte sie abgetrieben."

Jedes ihrer Worte hatte die Macht eines Vorschlaghammers, der direkt auf meinen Kopf einhieb. Was hatte Gwen getan?!

Meine Gedanken liefen gerade Amok, ich konnte einfach nicht fassen, dass Gwen zu so was imstande war. Das veränderte alles und erstmals konnte ich meine Mutter verstehen.

„Aber warum hast du es nicht aufgeklärt, als sie auf der Welt war? Was hätte Gwen dann noch in der Hand gehabt?" Ich sah wieder ein wenig Licht im undurchdringlichen Nebel und wollte irgendwie versuchen, die Beweggründe meiner Mutter nachzuvollziehen.

„Vielleicht kannst du mich erst verstehen, wenn du selbst Kinder hast. Was hätte die Öffentlichkeit anschließend für ein Bild von Gwen gehabt? Alle hätten sich auf sie gestürzt und sie verurteilt. Gwen hatte sich mir anvertraut und ich konnte sie nicht im Stich lassen. Immerhin hätte sie auch still und heimlich abtreiben können und wir hätten nie etwas davon erfahren."

„Du hast recht, ich kann es nicht nachvollziehen. Und ich hoffe aus tiefstem Herzen, dass du niemals recht haben wirst. Natürlich möchte ich immer für meine Kinder da sein und ihnen Hilfe anbieten, aber ich möchte mich nicht zu ihren unmündigen Handlangern machen, denen ich alles durchgehen lasse. Du hättest Gwen Grenzen setzen müssen. Immer kam sie mit allem durch. Dann hätten sie eben alle verurteilt. Es war immerhin ihre Entscheidung. Sie hätte doch nur besser verhüten müssen."

„Mach es dir nicht zu leicht", mahnte meine Mutter ruhig, aber ich war viel zu aufgebracht, als dass ich sie mir zu Herzen nehmen konnte.

„Und jetzt willst du wieder tatenlos zusehen, wie sie ihr egoistisches Ding durchzieht?" Aus zusammengekniffenen Augen starrte ich sie an.

„Willst du dich nicht setzen? Lass uns in Ruhe darüber sprechen", versuchte meine Mutter die Situation zu entschärfen.

„Nein danke, ich stehe lieber", erwiderte ich bockig.

„Was soll ich deiner Ansicht nach tun? Gwen ist ihre Mutter, wir müssen Jane die Wahrheit sagen, vielleicht ist es besser für sie, bei ihrer wirklichen Mutter zu leben."

„Mum! Das glaubst du doch selbst nicht. Gwen wird sich nicht plötzlich geändert haben. Sie ist viel zu egoistisch, als dass sie sich um ein kleines Kind kümmern könnte."

„Hat nicht jeder eine zweite Chance verdient? Sie lebt in einer festen Beziehung und Trevor wünscht sich ebenfalls Kinder. Das sind doch gute Voraussetzungen." Miranda sah aus, als versuche sie sich mit ihren Worten gerade selbst zu überzeugen.

Eifersucht brach unvermittelt aus mir hervor, als mir wieder einmal bewusst wurde, dass Gwen sich alles leisten konnte, ohne irgendwelche Konsequenzen zu verspüren. Mir hätte meine Mutter so ein Verhalten sicherlich nicht durchgehen lassen. Aber ich war erwachsen und musste mich jetzt zusammenreißen, um mir meine verletzten Gefühle nicht anmerken zu lassen.

„Wir sollten uns alle in Ruhe zusammensetzen, damit wir gemeinsam überlegen, was das Beste für Jane ist." Ich warf meiner Mum einen scharfen Blick zu und sie errötete ganz leicht, als hätte sie meine geheimen Unterstellungen genau gehört.

Jetzt trat sie doch auf mich zu und umarmte mich kurz. Diesmal konnte ich es zulassen.

„Ich habe dich lieb. Und es ist ein guter Vorschlag." Es war ein lieb gemeinter Versuch, es wiedergutzumachen, das spürte ich, aber dennoch blieb der kleine Stachel in meinem Herzen stecken.

Kurz darauf verließ ich meine Mutter, da es nichts mehr zu besprechen gab. Kaum hatte sich die Tür hinter mir geschlossen, kam es mir so vor, als wäre mir ab heute der Weg zurück in meine Familie verwehrt. Denn die Familie hatte es nie gegeben. Der schöne Schein war vom Wind fortgeblasen worden und das Bild, was nun zutage trat, war keines, das ich sehen wollte. So gern würde ich meiner Mutter Absolution für ihr eigenmächtiges Handeln erteilen, aber das konnte ich nicht. Momentan zumindest nicht. Am liebsten würde ich mich vor der grausamen Welt verstecken und erst wieder hervorkommen, wenn alles wieder gut wäre. Wie damals als Kind, da hatte ich mich immer in meiner selbstgebauten Höhle verkrochen, wenn es mir nicht gut ging.

Zuhause trank ich durstig ein Glas Wasser und holte anschließend mein Handy aus der Tasche, um Jamie zu schreiben. Ich war so leer, das ich kaum drei vernünftige Wörter zusammenbekam und ewig benötigte, bis ich endlich eine Nachricht getippt hatte.

Ich war bei meiner Mutter. Mit Gwen habe ich auch telefoniert. Ist es okay für dich, wenn wir morgen sprechen? Ich bin echt durch und muss schlafen.

Alles klar bei dir? Oder soll ich vorbeikommen?

Mein Mund fühlte sich mit einem Mal ganz trocken an, obwohl ich doch gerade erst ein Glas Wasser getrunken hatte. Schlagartig war meine Müdigkeit verschwunden und das erste Mal am heutigen Tag fühlte ich so etwas wie Freude in mir. Die Leere und Erschöpfung wurde verdrängt von dem wärmenden Gefühl, dass ich Jamie nicht egal war. Vielleicht würde er mich nie lieben, wahrscheinlich bereute er den Ausrutscher, aber ich bedeutete ihm etwas. Sonst hätte er mir nicht angeboten, für mich da zu sein. Er sorgte sich um mich und das bedeutete mir unendlich viel. Das war so viel mehr, als ich noch vor kurzem zu hoffen gewagt hatte. Ich war nicht allein. Vielleicht konnten wir es doch schaffen, Freunde zu bleiben, um füreinander da zu sein. Und natürlich würde ich Jamie bei allem unterstützen, was Jane betraf.

Schläfst du schon? Ich mache mir Sorgen um dich.

Verdammt. Wie lange stand ich hier schon herum und träumte vor mich hin?
Natürlich hatte er gesehen, dass ich seine Nachricht gelesen habe und wunderte sich verständlicherweise, dass ich seine Frage nicht beantwortet hatte.

*Sorry, war gerade in Gedanken. Das ist wirklich lieb von dir. Aber
du musst dir keine Sorgen machen, ich geh jetzt schlafen und morgen
reden wir.*

Schlaf gut, Lizzy. Bis morgen. Ich freue mich.

Eine ganze Weile starrte ich noch auf mein Handy und versuchte diese blödsinnige Hoffnung, die in mir schneller als
Unkraut aufkeimte, zu unterdrücken. Jamie hatte nur nett sein
wollen. Wie man es unter Freunden macht, füreinander da
sein. Mehr nicht.

18

Lizzy war nicht mehr online. Wahrscheinlich war sie ins Bett gegangen und es war blödsinnig, auf eine Antwort zu warten. Einerseits verspürte ich Enttäuschung, dass sie auf meinen Vorschlag überhaupt nicht eingegangen war. Denn ich wäre gern für sie dagewesen. Der heutige Tag hatte ihr sicherlich alles abverlangt und dank mir, fühlte sie sich wahrscheinlich noch ein wenig mehr durcheinander. Deshalb war es wohl besser, wenn wir uns heute nicht mehr sahen. Zwar war ich mir sicher, nicht noch einmal denselben Fehler zu begehen, aber ich musste einfach im Hinterkopf behalten, dass sie wahrscheinlich immer noch Gefühle für mich hatte, die über eine Freundschaft hinausgingen. Was alles verkomplizierte. Mir wäre es lieber gewesen, Miranda hätte es für sich behalten. Verachtung stieg in mir auf. Ja, dann wäre es einfacher für mich. So fraßen mich meine Schuldgefühle fast auf, weil ich ein egoistischer Arsch war.

Ich konnte mich nicht entscheiden, ob ich es nun gut oder schlecht finden sollte, dass meine Sorge um Lizzy, mich von meinem eigentlichen Problem ablenkte.

Egal, was Lizzy mir morgen berichtete, ich würde Miranda anrufen und um ein Treffen mit der Kleinen bitten. Es wurde Zeit, dass ich meine Tochter besser kennenlernte.

∞

Sicherlich schlug mein Herz nur so schnell, weil ich nervös war, was mir Lizzy gleich berichten würde. Aber Fakt war, dass ich keine Ahnung hatte, wie ich Lizzy gleich gegenübertreten sollte. Einfach so tun, als wäre nichts vorgefallen, erschien mir die beste Alternative, leider war es zugleich auch die feigste.

„Hallo Jamie, komm rein."

Lizzy schenkte mir ihr süßestes Lächeln und ich konnte einfach nicht anders, als es automatisch zu erwidern. Während ich ihr in die Küche folgte, musterte ich sie verstohlen. Sie trug eine hautenge Bluejeans, die nicht nur ihren wohlgeformten Po, sondern auch ihre langen Beine vortrefflich in Szene setzte, das rote, pailletenverzierte Oberteil hingegen fiel ihr locker über die Hüften.

„Magst du einen Kaffee? Ich habe bei Brenda Gebäck geholt. Sorry, aber ich habe bis gerade eben gearbeitet, deshalb konnte ich nicht selbst backen", erklärte sie verlegen, vermutlich versuchte sie einfach ihre Unsicherheit zu überspielen.

„An Brendas Backkünste würdest du sowieso nicht herankommen. Daher alles richtiggemacht." Ich reckte frech einen Daumen in die Luft und hoffte, die Stimmung etwas auflockern zu können.

Empört blies sie die Backen auf und funkelte mich herausfordernd an. „Das ist ja wohl die Höhe. Vor dir steht die Meisterin des Backofens."

Ich setzte mich einfach auf einen Stuhl, lehnte mich zurück und triezte sie weiter. „Dann darfst du mir das nächste Mal gern etwas Selbstgebackenes mitbringen."

„Wenn du weiter so frech bist, bekommst du nichts von dem köstlichen Gebäck ab." Sie hielt mir den Teller unter die Nase, zog ihn aber blitzschnell weg, bevor ich mir ein Stück schnappen konnte. Stattdessen haute sie mir wie einem kleinen Kind tadelnd mit der anderen Hand auf die Finger.

„Erst entschuldigst du dich", forderte sie ein.

„Du glaubst doch nicht ernsthaft, dass du dein Gebäck vor mir verteidigen kannst?" Überlegen grinste ich sie an, was sie veranlasste die Zähne zusammenzubeißen. Unschlüssig beobachtete sie mich.

„Das wagst du nicht."

Betont langsam stand ich auf und ging auf sie zu. Sie stellte rasch den Teller auf die Küchenzeile und stellte sich davor. Ich blieb stehen und wähnte sie in Sicherheit.

„Schon gut, das würde ich mich nie trauen."

„Dann hast du ja noch mal Glück gehabt."

Während sie sprach, sprang ich blitzschnell auf sie zu, packte sie an der Taille und griff zeitgleich mit der anderen Hand nach einem Teegebäck und stopfte es mir so schnell in den Mund, dass sie gar keine Chance hatte, zu reagieren.

Fassungslos starrte sie mich an, während ich grinsend mit vollem Mund vor ihr stand. Erst jetzt fiel mir auf, dass ich sie immer noch festhielt. Hastig ließ ich sie los und Lizzy meinte sarkastisch: „Dann wollen wir mal hoffen, dass du an deiner kleinen Freude nicht gleich erstickst."

Als ich endlich heruntergeschluckt hatte, meinte ich lässig: „Sei froh, dass ich dich nicht gekitzelt habe. Damit hätte ich dich wehrlos gemacht."

„Solange es nicht so endet wie vorletzte Nacht."

Das hatte sie so trocken gesagt, als wäre es völlig unbedeutend gewesen und würde seitdem nicht zwischen uns stehen. Mein Adamsapfel hüpfte, während sie mich tatsächlich sprachlos gemacht hatte. Hatte ich sie vollkommen falsch eingeschätzt? War ich so arrogant gewesen, automatisch davon auszugehen, dass sie nur mit mir geschlafen hatte, weil sie sich immer noch mehr erhoffte? Vielleicht war es einfach nur ein unbedeutender Ausrutscher für sie gewesen.

Plötzlich wandte sie sich ab, griff nach dem Teller und stellte ihn auf den Tisch. Als sie mir wieder in die Augen sah, erkannte ich, dass sie doch nicht so cool war, wie ich angenommen hatte.

„Es tut mir leid. Das ist mir so rausgerutscht. Ich wollte nicht die Stimmung verderben. Vergiss es einfach."

Vielleicht hatte ich mir etwas vorgemacht, als ich annahm, wir könnten an unsere damalige Freundschaft anknüpfen. Lizzy war mir einst so vertraut gewesen, dass sie mir nichts hätte verheimlichen können und jetzt verstand ich sie einfach nicht mehr. Als ob sie ein Buch wäre, das in einer Fremdsprache verfasst war, die ich nicht beherrschte. Aber der Vergleich hinkte, denn gerade fiel mir siedend heiß ein, dass ich nur angenommen hatte, alle Geheimnisse zu kennen. Ihre Verliebtheit hatte sie vortrefflich zu verstecken gewusst.

Ich setzte mich zu ihr an den Tisch, aber anstatt nach einem weiteren Scones zu greifen, nahm ich ihre Hand. Sie zuckte kurz zurück, entzog sie mir aber nicht.

„Wir müssen nicht so tun, als wäre es nie passiert. Ich habe einfach angenommen, dass es dir vielleicht lieber wäre. Wenn du Redebedarf hast, können wir das gern klären."

Sie schnappte nach Luft und entzog mir so hastig die Hand, dass sie beinah die Kaffeetasse umgeworfen hätte.

Am liebsten hätte ich sie erneut gepackt, weil ich sie nicht loslassen wollte, weil sie sich so vertraut angefühlt hatte, aber ich beherrschte mich.

„Ich habe keinen Redebedarf. Wir haben doch alles geklärt. Es war ein blöder Ausrutscher, weil wir betrunken waren. Sonst nichts. Vergessen wir es einfach." Ihre Stimme klang ungewohnt schrill, aber ich respektierte ihren Wunsch, obwohl mir ihre Reaktion ganz deutlich zeigte, dass es für sie alles andere als geklärt war.

„Okay, wie du möchtest. Aber falls du darüber reden willst, scheu dich nicht." Ihre Augen funkelten zornig und besagten, dass ich mich auf ganz dünnem Eis bewegte.

„Es wird doch nicht wieder vorkommen, oder? Dann müssen wir es auch nicht thematisieren." Lizzy klang schnippisch, aber ich meinte mir einzubilden, einen Hauch Sehnsucht herauszuhören. Ich musste endlich aufhören, jedes ihrer Worte und ihrer Gesten zu interpretieren. Lieber sollte ich erleichtert sein, wenn sie es ähnlich sah wie ich.

„Wie war das Gespräch mit deiner Mutter?", wechselte ich so abrupt das Thema, dass Lizzys Hand mitten in der Bewegung innehielt. Deshalb übernahm ich die Initiative und legte ihr stattdessen ein Scones auf den Teller.

Lizzy nahm das Angebot an und begann zu erzählen. Während sie redete, fühlte ich mich zunehmend immer fassungsloser und betäubter.

„Sie wollte das Kind abtreiben und hat damit deine Mutter erpresst?" Ich konnte nicht glauben, was Lizzy mir da gerade erzählte. Mit was für einem Mädchen war ich damals zusammen gewesen? Wir konnten doch unmöglich über Gwen reden. Vielleicht hatte sie sich manches Mal etwas oberflächlich oder kindisch verhalten, aber das passte einfach nicht in das Bild, das ich immer noch von ihr hatte. Ich musste wirklich blind gewesen sein.

„Vielleicht hilft uns das Argument, Jane in ihrem gewohnten Umfeld zu lassen."

„Sie wird alles abstreiten und ich kann mir nicht vorstellen, dass deine Mutter entgegen Gwens Interessen handeln wird." Miranda war genauso blind in Bezug auf ihre Tochter, wie ich es gewesen war. Die Illusion, dass sie uns helfen könnte, sollten wir schleunigst verwerfen.

„Was möchtest du? Willst du Jane ein richtiger Vater sein?" Lizzy blinzelte mich mit gesenktem Blick durch ihre langen Wimpern an und ich musste ein Zusammenzucken vermeiden, als ich ihre direkte Frage hörte. „Könntest du dir vorstellen, sie irgendwann zu dir nehmen?"

Okay, das hatte ich jetzt nicht erwartet, aber es war berechtigt, sich darüber Gedanken zu machen und ich wollte ehrlich zu ihr sein.

„Ich möchte sie kennenlernen und natürlich möchte ich, dass sie irgendwann erfährt, dass ich ihr Vater bin, aber das Tempo würde ich gern deiner Mutter überlassen. Sie weiß am besten, was gut für die Kleine ist." Ich griff mir in den Nacken und erkannte, dass sie mir ein leichtes Lächeln schenkte. Verlegen griff ich nach der Kaffeekanne, da es Lizzy versäumt hatte, mir einzuschenken.

„Sorry, das habe ich ganz vergessen", meinte sie geniert, als sie mir dabei zusah.

Ich ging gar nicht darauf ein, sondern ergänzte: „Ob ich Jane irgendwann zu mir hole? Ich weiß es nicht. Realistisch gesehen werde ich sowieso kaum Chancen haben und zum anderen weiß ich auch gar nicht, ob das für Jane infrage kommen würde. Wenn sie sich das irgendwann wünschen sollte, wäre ich der Letzte, der etwas dagegen hätte." Lizzy hing an meinen Lippen und als sie gedankenverloren mit der Zunge über ihre fuhr, durchzog diese Geste meinen Unterleib mit lustvollen Blitzen und ... Jamie, jetzt reiß dich gefälligst mal zusammen. Ich benahm mich ja schlimmer als jeder pubertäre Teenager.

„Warum genau bist du eigentlich nicht verheiratet?" Sie sah mich ehrlich interessiert an und gerade fühlte es sich ein wenig wie früher an. Unbeschwert und fröhlich.

„Frag das lieber deine Schwester. Die hat mich nachhaltig versaut", knurrte ich, was ihr ein Kichern entlockte. Sie schlug sich die Hand vor den Mund und entschuldigte sich.

„Das ist eigentlich nicht zum Lachen."

Ich stand auf, ging um den Tisch herum und umarmte sie von hinten. Warum ich das tat, wusste ich selbst nicht. Aber gerade war es mir ein Bedürfnis, mich bei ihr zu bedanken.

„Du bist süß", hauchte ich ihr ins Ohr und hörte sie leise atmen. „Danke, in deiner Gesellschaft geht es mir gut."

„Geht mir genauso", nuschelte sie, während sie sich ein wenig an meine Schulter lehnte.

Kurz darauf löste ich mich von ihr und sie stand ebenfalls auf und fragte zögerlich: „Was wirst du jetzt tun?"

„Ich werde deinen Ratschlag beherzigen und Gwen nicht allein aufsuchen. Wir werden uns alle gemeinsam zusammensetzen." Lizzy hatte mir vorhin ihren Vorschlag unterbreitet und ich musste nach einigem Überlegen einsehen, dass es das Beste wäre. „Außerdem möchte ich Jane sehen. Vielleicht willst du mir ja Beistand leisten." Ein wenig schüchtern sah ich sie an.

„Gern. Das ist eine schöne Idee. Ich überlege mir was."

Erleichtert umarmte ich sie erneut. Immerhin kannte sie ihre Schwester, besser gesagt, ihre Nichte viel besser und ich hatte keinerlei Ahnung, für was sich fünfjährige Mädchen in der Regel interessierten.

„Danke, ich bin echt nervös. Schlimmer als bei jedem Date", gab ich ein wenig beschämt zu. Lizzys zauberhaftes Lächeln entschädigte mich und ich ließ sie ein wenig bedauernd los, um mich zu verabschieden.

„Macht es dir etwas aus, wenn wir das noch ein paar Tage verschieben? Eigentlich wollte ich Fran in London besuchen. Alan übernimmt ein paar Tage, damit ich mal rauskomme. Ich benötige dringend ein wenig Abstand." Unsicher fixierte sie mich.

Mir wäre es zwar am liebsten, Jane möglichst bald zu sehen, aber das wäre Lizzy gegenüber nicht fair.

„Ich kann es auch verschieben", schlug sie eilig vor, als sie anscheinend meinen Gesichtsausdruck richtig deutete.

„So ein Unsinn. Auf ein paar Tage hin oder her kommt es nach über fünf Jahren auch nicht mehr an", beruhigte ich sie und nach kurzem Zögern erwiderte sie mein angedeutetes Lächeln.

„Ich bin auch nur drei Nächte weg und werde gleich nachher was mit meiner Mum ausmachen. Versprochen."

Nachdem ich mich bedankt hatte, verabschiedete ich mich endgültig, damit sie für ihren Kurztrip packen konnte.

19

Lizzy

Fast könnte ich es einen Kulturschock nennen, als ich endlich bei meinem ehemaligen Wohnviertel Enfield Town angekommen war. Die Fahrt durch London hatte mir wirklich alles abverlangt. Als ich hier gewohnt hatte, war ich nur mit den Öffentlichen gefahren. Immerhin war das Royal Veterinary College doch ein Stück zentraler gewesen, als dass ich dorthin hätte mit dem Auto fahren wollen. Davon abgesehen hatte ich mir erst kurz vor meinem Umzug eins zugelegt, weil man in London einfach keins benötigt hatte und wir uns über ein gut ausgebautes Schienennetz freuen konnten. Wäre ich doch mit dem Zug gefahren. Aber ich hatte mich schon nach zwei Monaten so daran gewöhnt, mich hinters Steuer zu setzen, dass ich ehrlich gesagt gar nicht darüber nachgedacht hatte, dass eine Fahrt durch eine Weltmetropole doch etwas anderes war.

Egal, jetzt hatte ich es geschafft. Ich wischte mir über die Stirn, stieg aus und holte meinen Trolley aus dem Kofferraum. Zwar war ich jetzt fertig mit meinen Nerven, aber immerhin hatte es mich davon abgelenkt über Jamie und meine Familie zu grübeln. Es war unmöglich gewesen, sich auf mehr als den Verkehr zu konzentrieren. Während ich den Koffer hinter mir herzog, lief ich eilig die paar Meter bis zu meinem alten Zuhause. Nun konnte ich es kaum noch erwarten, mich in Frans Arme zu stürzen und mich bei ihr auszuheulen. Irgendwie fiel es mir schwer, mich Mia anzuvertrauen. Natürlich war sie meine älteste Freundin, aber sie war zu vertraut mit den beteiligten Personen. Fran war eine Außenstehende, die hoffentlich einen objektiven Blick hatte, der mir dabei half, wieder klarer zu sehen.

Endlich hatte ich die drei Stockwerke überwunden und sah Fran schon im Türrahmen stehen. Mit lautem Freudengeschrei fiel sie mir um den Hals und drückte mich so fest, dass ich beinah keine Luft mehr bekam.

„Aww, ich habe dich so sehr vermisst." Plötzlich senkte sie die Stimme und flüsterte mir ins Ohr: „Der Feind hört mit." Augen verdrehend nahm sie meine Hand und zog mich in die Wohnung. Mit der anderen konnte ich gerade noch nach meinem Koffer greifen, bevor ich ihr hinterher stolperte. Ich nahm mir kurz Zeit, ihn in Frans Zimmer abzustellen, bevor ich ihr in die Küche folgte.

„Tür zu!", befahl sie mir und ich tat ihr grinsend den Gefallen.

„Ich nehme an, deine reizende Mitbewohnerin ist zuhause?"

„Leider. Für meinen Geschmack ist sie viel zu selten in der Uni. Anscheinend kann sie viel von hier aus erledigen, mir wäre es ja egal, wenn wir nur ein klein wenig mehr auf einer Wellenlänge wären."

Ich drückte sie aufmunternd an mich und meinte mitfühlend: „Oh Fran, das tut mir leid. Das eigene Zuhause sollte doch ein Rückzugsort sein, an dem man sich wohl fühlt."

„Am besten mache ich es wie du und suche mir eine eigene Bude." Fran zog eine Grimasse, während ich die Augenbraue hochzog.

„Kannst du überhaupt allein sein? Ehrlich, ich liebe mein heimeliges Cottage, aber es ist immer noch ungewohnt. Ich habe zuvor nie allein gewohnt und es war schon eine riesige Umstellung. Aber ich habe vor, mir aus dem Tierheim eine oder zwei Katzen zu holen. Für einen Hund fehlt mir leider die Zeit. Ich kann ihn nicht immer mitnehmen."

Jetzt war es an Fran, mich ein klein wenig argwöhnisch zu mustern. Bevor meine Freundin allerdings aussprach, was sie gerade dachte, machte sie mir erst einmal eine Tasse Kaffee, die ich dankbar annahm.

„Ich hätte ja gedacht, dass dein Haus gleich nach deinem Einzug einem halben Tierheim ähneln würde."

Ihrem eindringlichen Blick konnte ich nicht standhalten. Als ich spürte, wie meine Wangen glühten, starrte ich Löcher in meinen Kaffee.

„Mir ist klar, dass es in deinen Ohren total bescheuert klingen muss, aber ich habe mir bisher kein Tier zugelegt, weil Jamie einen Hund hat, einen ziemlich betagten Hund."

Fran biss sich in die Innenseite ihrer Backe, ein Zeichen, dass sie intensiv nachdachte.

„Soll ich jetzt deine kryptische Äußerung versuchen zu interpretieren oder klärst du mich einfach auf?", fragte sie sarkastisch.

Jetzt wurde ich wirklich rot, aber verdammt, Fran war meine beste Freundin, ich hatte sowieso vor, es ihr zu erzählen. Also riss ich mich jetzt zusammen, richtete mich auf und straffte die Schultern.

„Ich weiß, dass es dämlich ist, aber ich habe halt immer noch nicht die Hoffnung aufgegeben, dass er irgendwann erkennt, was ich für eine tolle Frau bin. Und wenn wir zusammen wären, dann wäre es für Jimmy hart, sein Revier mit einem anderen Tier zu teilen."

„Lizzy, gibt es da irgendetwas, das du mir verschwiegen hast?" Ihr strenger Tonfall ließ keine Ausflüchte zu.

„Könnte schon sein", nuschelte ich in meine Armbeuge. Ich spürte, wie sie mich anstupste und blickte auf.

„Jamie und ich haben miteinander geschlafen." Ich hob abwehrend die Hand, als Fran verblüfft die Augen aufriss und etwas erwidern wollte. „Bevor du in Jubelschreie ausbrichst, wir waren total betrunken und völlig von der Rolle."

Frans Blick wandelte sich von begeistert zu verwirrt. „Aber warum betrinkt ihr euch überhaupt zusammen? Ich dachte, er geht dir aus dem Weg. Anscheinend hast du mir in der letzten Zeit so einiges verschwiegen." Sie klang etwas eingeschnappt. Obwohl Fran versuchte, es zu verbergen, kannte ich sie einfach zu gut.

„Sorry. Das war keine böse Absicht, aber ich war einfach so durcheinander und am Telefon ist das irgendwie blöd."

„Ist schon gut, ich war einfach nur verwundert. Jetzt erzähl schon."

Erleichtert, dass Fran nicht sauer war, begann ich zu erzählen. Von unserem Treffen, das so angespannt und verkrampft abgelaufen war, zu Jamies nächtlichem Besuch, samt seiner Offenbarung und dem letzten Treffen.

„Wahnsinn. Du hättest dir wahrscheinlich auch nicht träumen lassen, dass deine Rückkehr so aufregend wird." Fran schien richtiggehend aus dem Häuschen zu sein, was mich ein wenig verwunderte.

„Aus deinem Mund klingt das gerade so, als sollte ich mich darüber freuen", meinte ich ironisch.

Fran schlug sich die Hand vor den Mund und erwiderte zerknirscht: „Entschuldige, das war nicht besonders sensibel. Aber echt, das klingt wie aus einem Hollywoodfilm. Wie aufregend."

„Du kannst gern meine Familie haben", gab ich trocken zurück.

„Gwen ist echt ein Miststück. Ich kenne sie ja nicht so gut. Zwar kam sie mir immer schon egoistisch vor, aber dass sie so was Krasses abzieht, hätte ich nie gedacht." Ihr mitleidiger Blick ruhte auf mir, während ich seufzte.

„Mein Leben besteht gerade aus so vielen Baustellen, ich fühle mich vollkommen überfordert damit. Wo soll ich anfangen? Ich habe keine Ahnung, welchen Schritt ich als erstes tun soll."

„Zuerst musst du das mit Jamie klären. Irgendetwas muss da zwischen euch sein. Sonst hätte er doch nicht mit dir geschlafen."

„Er war verwirrt und verletzt und ich war einfach da. Wahrscheinlich hätte er in diesem Moment jede halbwegs passable Frau genommen, um sich abzulenken." Meine verbitterte Stimme war mir selbst peinlich, aber ich konnte es einfach nicht unterdrücken.

Fran drückte mitfühlend meine Hand und ich schloss kurz die Augen.

„Bist du dir da sicher? Passt das zu dem Jamie, den du kennst? Mit dem du befreundet warst?"

„Menschen ändern sich, das ist Jahre her, ich habe doch keine Ahnung, ob so etwas für ihn normal ist. Außerdem hat er mich gefragt, ob alles gut zwischen uns ist. Er hatte Angst unsere Freundschaft endgültig aufs Spiel gesetzt zu haben. Das ist doch ein Fortschritt. Immerhin sind wir wieder soweit, dass wir normal miteinander umgehen und uns beiden daran gelegen ist, wieder Zeit miteinander zu verbringen." Als ich ihren skeptischen Blick sah, ergänzte ich mit harter Stimme: „Als Freunde!"

„Und das packst du? Es war doch zuvor schon schwierig für dich, aber jetzt hattest du ihn einmal, willst du da nicht den ganzen Jamie? Einmal naschen und dann endgültig die Finger von der Süßigkeit lassen?"

Natürlich hatte sie recht, deshalb bereute ich es auch, mich auf ihn eingelassen zu haben. Einem schwachen Moment nachgeben zu haben. So schön es gewesen war, jetzt wollte ich mehr davon.

„Ich kann ihn schließlich kaum zu seinem Glück zwingen." Frustriert trank ich meinen Kaffee aus, der mittlerweile kalt geworden war. Plötzlich hörte ich Fran kichern und hob meinen Kopf, um sie fragend zu mustern.

„Also ehrlich, so schlimm die Geschichte um Jane ist, du musst es positiv sehen. Dir hätte doch nichts Besseres passieren können."

Wie bitte? Manchmal hatte Fran schon komische Ansichten. Empört funkelte ich sie an, aber bevor ich antworten konnte, fuhr sie lachend fort: „Jane ist der beste Grund, um Jamie näherzukommen. Du bist ihre Schwester, na gut mittlerweile ihre Tante, aber sie ist vertraut mit dir, was bietet sich da eher an, als dass du beim nächsten Aufeinandertreffen mit Jamie dabei bist?"

Sie sah mich Beifall heischend an und ich gab kleinlaut zu: „Ähm ... ja. Das ist der Plan, sobald ich zurück bin."

„Du kleines durchtriebenes Luder", empörte sich Fran gespielt, was mich aufstehen ließ, um zu ihr zu gehen und ihr durchs Haar zu wuscheln, was sie überhaupt nicht leiden konnte. Lachend wehrte sie mich ab. „Gute Idee."

„Es war Jamies Idee."

„Was?! Aber Lizzy, das ist doch großartig. Sieh doch nicht alles so schwarz. Er will dich dabeihaben, weil er gern in deiner Nähe ist. Weil er dir vertraut. Weil er dich mag. Das sagt doch alles."

„Genau, weil wir Freunde sind. Und Freunde sind nun mal füreinander da", entgegnete ich hartnäckig.

Fran stöhnte und warf den Kopf in den Nacken. „Du musst es auch immer kompliziert machen, oder?"

Mein Gesichtsausdruck brachte sie anscheinend zum Einlenken, denn sie stand ebenfalls auf und legte mir den Arm um die Schultern. „Ich bin manchmal ein klein wenig unsensibel, aber ich meine es nur gut." Nun drückte sie mir entschuldigend ein Küsschen auf die Wange und ich konnte ihr einfach nicht böse sein.

„Ich will mich doch nur schützen. Wenn ich mir zu viele Hoffnungen mache, falle ich am Ende noch viel tiefer. Und ich mache das nicht nur aus Eigennutz, trotz aller Schmetterlinge in meinem Bauch, darf ich nicht vergessen, dass es um Jane geht. Sie ist fünf und ihr Leben wird bald komplett auf dem Kopf stehen. Es wird so schwer für sie sein und sie tut mir jetzt schon unglaublich leid." Mehrmals musste ich schlucken, damit ich nicht gleich in Tränen ausbrach.

„Vielleicht ist es gut, dass sie noch so klein ist. Kinder sind anpassungsfähig, wäre sie schon ein Teenager, wäre es viel schwieriger, sie aufzufangen. Sie würde doch viel mehr hinterfragen und sich total verraten fühlen."

„Aber sie ist doch noch so klein. Wie soll sie das verstehen?" Natürlich leuchtete mir Frans Argument ein, aber trotzdem hatte ich keine Ahnung, wie wir ihr das erklären sollten.

Fran drückte mich noch einmal innig. „Es wird alles gut werden. Vertrau mir. Und jetzt lass uns shoppen gehen. Ein wenig Abwechslung tut dir bestimmt gut. Und zum Abschluss gehen wir irgendwo schön essen."

Ich ließ mich von ihrer Energie mitziehen, auch wenn mir gerade überhaupt nicht nach Großstadttrubel war, hatte sie bestimmt recht. Nun war ich schon einmal hier, da sollte ich mich nicht in Frans Wohnung vergraben.

∞

Am nächsten Abend beschlossen wir in einen angesagten Klub zu gehen, den ich noch aus Studentenzeiten kannte. Vielleicht würde ich das eine oder andere bekannte Gesicht sehen, denn außer zu Fran hatte ich zu den meisten ehemaligen Kommilitonen leider den Kontakt verloren. Früher hatten wir dort regelmäßig gefeiert.

Ausnahmsweise putzte ich mich heute richtig heraus, betonte beim Schminken vor allem meine Augen. Es machte Spaß, sich zum Weggehen fertigzumachen. Mein rotes Kleid passte zu meinen Haaren und war ziemlich sexy geschnitten. Schwarze High Heels und eine Clutch rundeten das Gesamtbild ab.

Zuhause stimmten wir uns schon mal mit einem Glas Prosecco ein, da wir erst gegen elf Uhr aufbrechen würden. Ich fühlte mich wohl in meiner Haut. Attraktiv, sexy und jung. Heute würde ich bis zum Abwinken feiern und einfach mal wieder unbeschwerten Spaß haben.

Zum Glück waren wir rechtzeitig da, zwar mussten wir ziemlich lang anstehen, aber unser Dresscode stimmte und wir durften eintreten. Fran und ich hatten genügend zu Quatschen, sodass die Wartezeit fast verflog.

Die dumpfen Bässe hallten und brachten meinen Körper zum Vibrieren. Es war laut und schon ziemlich voll, aber das sollte mir recht sein. Heute wollte ich nicht so viel reden, sondern vor allem feiern und tanzen. Zwar gab es noch einen Rückzugsbereich, in dem man gepflegt Cocktails trinken konnte, in dem es ruhiger zuging, aber ich wollte mich auf der Tanzfläche auspowern.

Nachdem wir unseren ersten Drink schlürften und uns in Ruhe umsahen, ob wir jemand Bekanntes entdeckten, ließ ich mich von dem Beat mitreißen und wippte im Takt. Kaum hatten wir ausgetrunken, zog ich Fran mit auf die Tanzfläche und wir ließen uns richtig gehen und hatten mächtig Spaß. Irgendwann sah ich, wie Fran sich am Rand der Tanzfläche mit einem Typen unterhielt und ich tanzte allein weiter. Zwei Arme umfassten mich von hinten und ich drehte mich verblüfft um. Erleichtert sah ich in ein bekanntes Gesicht.

„Was für eine schöne Überraschung. Mit dir hätte ich hier nicht gerechnet. Bist du nicht weggezogen?" Simon betrachtete mich neugierig.

„Ich besuche Fran und wir wollten ein wenig feiern. In Newquay ist das Klubangebot deutlich kleiner." Ich musste mich vorbeugen, damit Simon mich verstand.

Mein ehemaliger Kommilitone nutzte die Gelegenheit und zog mich in seine Arme, während wir weitertanzten. Engumschlungen, als hätten wir das schon zigmal getan. Mich wunderte sein forsches Auftreten ein wenig, früher hatte er sich mir gegenüber eher reserviert verhalten. Zwar nett, aber er hatte mir nie das Gefühl vermittelt, mit mir flirten zu wollen. Allerdings war er damals auch liiert gewesen, fiel mir gerade ein.

„Wo hast du denn Isabell gelassen?"

„Wir haben uns schon vor einer Weile getrennt."

„Ach, das tut mir leid." Ein wenig betroffen musterte ich ihn, aber er grinste mich spitzbübisch an.

„Mir nicht, sonst könnte ich die Gelegenheit mit dir zu tanzen, wieder nicht nutzen."

Wieder? Ich verbarg meine Überraschung und tanzte einfach weiter. Ein wenig später lud er mich auf einen Cocktail ein und wir zogen uns in die Lounge zurück.

Nachdem wir uns ein wenig erzählt hatten, wie es uns die letzten Monate ergangen war und ich das Glas leer getrunken hatte, stand ich auf, um wieder auf die Tanzfläche zurückzukehren. Schließlich war ich nicht zum Reden hier. Simon griff nach meiner Hand und zog mich besitzergreifend heran, sodass ich das Gleichgewicht verlor und mehr oder weniger elegant auf seinem Schoss landete. Simon verlor keine Zeit, nutzte den Überraschungsmoment und küsste mich. Schob mir seine Zunge in den Hals und packte mich gleichzeitig am Nacken, um mich an sich heranzupressen. Meine Lippen öffneten sich automatisch, weil er genau wusste, was er tat. Und das fühlte sich gut an. Trotzdem war es falsch, denn er war nicht Jamie. Simon löste in mir nichts weiter aus. Daher stemmte ich mich mit meinen Händen gegen seine Brust und schob mich somit ein Stück von ihm weg.

„Was war das denn?" Kopfschüttelnd warf ich ihm einen vielsagenden Blick zu.

Er grinste nur frech. „Das wollte ich schon seit Ewigkeiten tun."

Das hatte er allerdings gut versteckt. Mir war nie aufgefallen, dass er irgendein Interesse an mir zeigte. Wir waren noch nicht einmal sonderlich gut befreundet gewesen.

„Ich bin dir aus dem Weg gegangen. Immerhin hatte ich damals eine Freundin", sagte er nach einem peinlichen Moment der Stille.

„Simon, verstehe mich nicht falsch. Ich mag dich, aber …"

„Es gibt einen anderen", sagte er ein wenig resigniert.

„Ja. Nein. Es ist kompliziert", stammelte ich, bevor ich kurz die Augen schloss. „Lass uns einfach wieder tanzen. Okay?"

Zu meiner Erleichterung ließ er sich darauf ein und zog mich erneut Richtung Tanzfläche hinter sich her. Ich müsste lügen, wenn ich behaupten würde, dass mir sein Interesse nicht schmeicheln würde. Simon war ein gut aussehender Kerl, ein Jahr älter als ich. Vom Typ her ähnelte er sogar Jamie mit den blonden Haaren und dem sportlich muskulösen Körperbau. Wahrscheinlich hatte ich mich deshalb zu dem leidenschaftlichen Kuss verleiten lassen.

Den restlichen Abend blieb Simon an meiner Seite, aber ich war froh, dass er keinen weiteren Annäherungsversuch startete, wenn man von seiner Anschmiegsamkeit beim Tanzen einmal absah.

„Na ihr zwei, amüsiert ihr euch gut?" Frans Augen blitzten mich vergnügt an und ich spürte, wie ich mich augenblicklich ernüchtert fühlte. Ja, ich genoss Simons Aufmerksamkeit, natürlich schmeichelte es mir, aber ich wollte eben nur einen. Es war doch zum Verrücktwerden.

„Sorry, ich wollte nicht stören, aber ich muss heim. Du kannst gern noch hierbleiben."

„Nein, ich komme mit", sagte ich hastig, weil ich befürchtete, dass mir Simon sonst doch noch gefährlich werden könnte und ich etwas tat, was ich anschließend definitiv bereuen würde.

Auf dem Nachhauseweg fragte mich Fran neugierig: „Ihr habt ziemlich vertraut miteinander ausgesehen. Lief da mal was zwischen euch?"

„Quatsch. Er hatte doch eine Freundin. Aber vorhin haben wir geknutscht", gab ich beschämt zu.

Fran klatschte in die Hände. „Und warum guckst du dann so belämmert? War es etwa nicht gut?"

„Doch. Aber er ist halt nicht Jamie."

Fran stöhnte und verdrehte die Augen. „Willst du dein ganzes Leben darauf warten, dass er sich irgendwann besinnt? Versteh mich nicht falsch. Ich würde es dir wünschen. Aber ihr seid nicht zusammen, du bist ihm doch keine Rechenschaft schuldig. Vielleicht würde er in die Gänge kommen, wenn er sieht, dass es da noch andere Männer gibt."

Nun zwinkerte sie mir zu und ich rief empört: „Fran! So etwas würde ich nie tun."

Sie drückte meine Hand. „Das weiß ich doch."

Etwas später lag ich schon erschöpft auf der Couch, als mein Handy vibrierte. Obwohl ich mich todmüde fühlte, griff ich danach und sah, dass Simon mir geschrieben hatte. Da er ein Teil unserer Clique gewesen war, hatten wir natürlich schon vor langer Zeit Nummern ausgetauscht.

Es war schön, dich mal wiedergesehen zu haben. Simon

Eine nette und unverfängliche Nachricht, die mich augenblicklich beruhigte.

Fand ich auch.

Vielleicht hatte Fran recht und ich sollte mich auf ein weiteres Treffen einlassen und einfach abwarten, was passierte.

20

Jamie

Mühsam bezwang ich meine Ungeduld und versuchte, mein Tempo zu drosseln. Ich war früh dran, Lizzy erwartete mich erst in einer halben Stunde und wenn ich weiter so einen energischen Schritt draufhatte, wäre ich in zehn Minuten bei ihr. Wahrscheinlich war meine Nervosität dafür verantwortlich. Eigentlich war es lächerlich, aber ich fühlte mich aufgeregter als bei jedem bisherigen Date. Aber jetzt ging es eben nicht um eine schöne Unbekannte, die ich nach einem weniger erfolgreichen Treffen einfach auf Nimmerwiedersehen abschießen konnte, sondern um meine Tochter. Was wäre, wenn sie mich nicht mochte? Vielleicht fand sie mich langweilig und uncool. Ich hatte keinen Plan, wie man mit einer Fünfjährigen umging. Aber zum Glück hatte ich Lizzy als Unterstützung an meiner Seite. Ohne sie wäre ich rettungslos aufgeschmissen. In ihrer Gesellschaft fühlte ich mich einfach wohl und die lockere Atmosphäre würde mir hoffentlich helfen, einen Zugang zu der Kleinen zu finden. Ich musste Jane einfach ganz normal behandeln. Wie Lizzys Schwester, die ich zufällig begleitete, als sie Jane zum Eisessen abholen wollte. Das klang jetzt wirklich nicht allzu schwer.

Ganz in Gedanken versunken, nahm ich wieder an Tempo auf und es dauerte nicht lange, dann stand ich schon vor Lizzys Haustür.

Da ich sie nicht überfallen wollte, rief ich sie kurz an.

„Du sagst jetzt aber nicht ab", erklang ihre vorwurfsvolle Stimme, ohne mich zu begrüßen.

„Hallo Lizzy, so eine niedere Meinung hast du also von mir", erwiderte ich beleidigt.

Sie lachte verlegen und ich sah sie vor meinem geistigen Auge, wie sie sich durch ihren Bob strich.

„So war das gar nicht gemeint", wiegelte sie ab.

„Ich stehe vor deiner Tür und wusste nicht, ob du schon fertig bist. Ich wollte dich nicht in Verlegenheit bringen, mir nur mit einem Handtuch bekleidet öffnen zu müssen."

Sie stieß lautstark Luft aus und kurzzeitig herrschte Stille und ich befürchtete schon, übers Ziel hinausgeschossen zu sein.

„Falls du es vergessen hast, wir beide haben kein Date, sondern gehen lediglich mit meiner Schwester zum Eisessen. Da muss ich mir nicht allzu viel Mühe geben." Ihr Tonfall klang erheitert, fast, als mache sie sich über mich lustig. Erstaunt sinnierte ich einen Augenblick darüber nach, was das zu bedeuten hatte. Es war fies von mir, ständig solche Anspielungen fallen zu lassen und dennoch trieb mich meine dunkle Seite dazu, sie immer wieder herauszufordern. War mein Selbstbewusstsein etwa so angeschlagen, dass ich die Bestätigung benötigte, dass Lizzy mich immer noch wollte?

„Was hast du gesagt?", rief ich ins Telefon, als mir aufging, dass ich überhaupt nicht mitbekommen hatte, was Lizzy noch gesagt hatte.

„Ich sagte, dass ich gleich rauskomme. Gib mir noch fünf Minuten."

Während ich auf sie wartete, schlenderte ich durch ihren Garten und setzte mich auf eine Holzbank, die mir einen schönen Blick auf die blühende Landschaft bescherte. Lizzy schien nicht allzu viel Gartenarbeit zu verrichten, es wuchs wild und frei, aber gerade die Wildblumen machten den reizvollen Flair aus. Unter einem Apfelbaum stand ein Tisch verziert mit Mossaiksteinen und zwei passenden Stühlen, für warme Sonnentage. Genießerisch schloss ich die Augen und streckte mein Gesicht der Sonne entgegen. So ließ es sich doch aushalten.

„Du Faulenzer", begrüßte Lizzy mich und ihr warmes Lächeln bescherte mir ein angenehmes Bauchkribbeln und schlagartig war meine fast vergessene Nervosität zurückgekehrt. Sie sah hübsch aus. Ihre Haare trug sie zu einem Pferdeschwanz gebunden und ein knielanges buntes Sommerkleid schmeichelte ihren Formen.

„Hübsch siehst du aus." Lizzys Mundwinkel zuckten ganz leicht, und obwohl sie nicht mehr als ‚Danke' sagte, schien sie sich zu freuen.

„Dann lass uns mal aufbrechen. Jane wartet bestimmt schon ganz ungeduldig." Schweigend stiegen wir in ihr Auto und machten uns auf den Weg.

„Ich bin wirklich froh, dass du mich nicht allein lässt." Lizzy behielt die Fahrbahn im Blick, als sie antwortete.

„Es wäre wohl auch komisch, wenn du mit Jane allein etwas unternimmst."

„Na ja, Miranda oder Michael hätten ja mitkommen können. Aber du bist mir lieber. In deiner Gesellschaft bin ich vielleicht etwas lockerer. Nicht, dass Jane ihren Vater für einen kompletten Langweiler hält."

Jetzt warf sie mir doch einen ganz kurzen Blick zu, der warnend aussah. „Verplappere dich bloß nicht."

„Für wie blöd hältst du mich?", gab ich genervt zurück.

„Sorry, aber wir dürfen uns vor der Kleinen nicht anmerken lassen, dass es um etwas anderes geht, als mit ihrer großen Schwester ein Eis zu essen."

„Ich reiß mich zusammen. Versprochen. Wenn ich was Dummes sage, kannst du mir gegen das Schienbein treten."

„Okay, ich nehme dich beim Wort", grinste sie frech und ich ahnte schon, dass sie sich die Chance heute nicht entgehen lassen würde.

„Das gibt dir keine Narrenfreiheit. Falls ich merken sollte, dass du es ausnutzen solltest, werde ich mich beizeiten dafür rächen."

Lizzy grinste. „Soll ich jetzt etwa Angst bekommen?"

„Das verrate ich dir noch nicht. Du wirst dann schon sehen." Kurz sah ich zu ihr rüber und sie stieß mir leicht gegen die Schulter und unterdrückte ein Lächeln.

Die restliche Fahrt hingen wir unseren Gedanken nach, bis wir vor dem Haus ihrer Eltern hielten. Bevor sie ausstieg, schenkte sie mir noch ein aufmunterndes Lächeln, das mich völlig aus dem Konzept brachte. Meine Augen blieben an ihren vollen, roten Lippen hängen. Ihr Mund war eher klein, der sich wundervoll in ihr ovales Gesicht einfügte. Er war der perfekte Kussmund. Fuck. Okay, ich gab ja schon zu, dass sie mich körperlich anzog. Aber verdammt noch mal, das reichte nicht aus. Ich war nicht verliebt in sie. Damals nicht und heute schon gar nicht. Und sie war es wert, einen Partner zu finden, der sie auf Händen trug und nicht wie ich, nur ein wenig spielen wollte.

„Kommst du? Oder willst du im Auto warten?"

Lizzy blickte mich unschlüssig und zugleich neugierig an, aber bestimmt schob sie mein seltsames Verhalten auf meine Aufregung. Schließlich wusste ich selbst nicht, was mit mir los war. Ich sollte schleunigst aufhören über eine Wiederholung nachzudenken. Das kam nicht in Frage, egal wie gut es mir gefallen hatte. Und jetzt war garantiert nicht der richtige Zeitpunkt, mich in dieser Vorstellung zu verlieren. Schluss jetzt! Denk an deine Tochter. Schlagartig ließ meine Erregung nach und mir wurde schlecht. Was war ich nur für ein erbärmlicher Arsch? Jane war jetzt das Einzige, was zählte, wann begriff ich das endlich?

Endlich folgte ich Lizzy, die aufgegeben hatte, aus meinem Verhalten schlau zu werden und schon geklingelt hatte. Bevor sich die Tür öffnete, hatte ich sie erreicht.

„Lizzy", hörte ich Jane jubeln, als sie auch schon ihre Schwester fest umklammerte. Hinter ihr tauchte Miranda auf, die ebenso angespannt wirkte, wie ich mich fühlte.

„Hallo Schatz", begrüßte sie ihre älteste Tochter mit einem Wangenküsschen und Lizzy zuckte kaum wahrnehmbar zurück. Das Mutter-Tochterverhältnis schien sich noch nicht normalisiert zu haben. Miranda sah sie um Verständnis bittend an, bevor sie sich an mich wandte.

„Jamie, schön dich zu sehen. Begleitest du die Damen zum Eisessen?" Fast hätte ich mit den Zähnen geknirscht, weil mir das Schauspiel zuwider war. Aber es fand Jane zuliebe statt und da musste ich mich nach den Frauen richten.

„Bei Eis sage ich doch nie nein." Dabei sah ich Jane an und zwinkerte ihr zu.

„Was ist dein Lieblingseis?", fragte sie vollkommen frei von Berührungsängsten. Natürlich kannte sie mich vom Sehen und wusste auch, dass ich Tiffanys Sohn war, aber eine Unterhaltung hatte Miranda bisher immer unterbunden.

„Das ist eine schwere Frage. Da kann ich mich kaum entscheiden. Vielleicht Schokolade?"

Jane zog die Nase kraus und schien zu überlegen. „Ich mag Schokolade auch am liebsten, aber Lizzy findet das langweilig."

„Quatsch, von Schokolade kann man nie genug bekommen", stimmte ich ihr zu.

„Ich sehe schon, ich bin überstimmt." Lizzy schmunzelte.

Jane hopste schon fertig angezogen an uns vorbei. Anscheinend hatte sie ihre Schwester schon sehnlich erwartet und ich sah Lizzy dabei zu, wie sie den Kindersitz auf der Rückbank befestigte. Wieder eine Sache, über die ich mir im Vorfeld keine Gedanken gemacht hatte.

Jane saß schon angeschnallt im Auto, als Lizzy dicht an mir vorbeiging und mir ganz kurz die Hand auf die Schulter legte. „Du machst das gut", wisperte sie leise, bevor sie ins Auto einstieg.

Die kurze Berührung elektrisierte mich und ich spürte ihre warme Hand noch lange danach. Unauffällig warf ich Lizzy einen Blick zu, während ich ihn zu Jane schweifen ließ, der ich ein kleines Lächeln schenkte, weil ich nicht wusste, was ich sagen sollte.

Beide Mädels wirkten im Gegensatz zu mir völlig entspannt, aber für sie war das ja auch nichts Ungewöhnliches. Zum Glück war die Fahrt nach fünf Minuten beendet, die Lizzy genutzt hatte, um Jane zu fragen, was sie heute in der Vorschule gemacht hatte.

Jane hatte sich über einen Jungen empört, der ihr ein Bein gestellt hatte und sie deshalb hingefallen war. „Der Teller war kaputt und ich habe Schimpfe bekommen. Ich konnte gar nichts dafür."

„Was? Soll ich mal mit deiner Lehrerin reden? Warum hast du denn nichts gesagt?", hakte Lizzy nach.

„Ich bin doch keine blöde Petze."

Ich musste grinsen, weil Jane so niedlich klang. Lizzy stieß mir in die Rippen und ich riss mich zusammen.

„Wenn er dich mit Absicht schlecht dastehen lässt, sollst du es schon jemanden sagen. Du kannst dir nicht alles gefallen lassen", versuchte ich ihr ins Gewissen zu reden.

„Wer ist der Junge überhaupt? Hast du öfters Probleme mit ihm?" Lizzy suchte den Blick der Kleinen über den Rückspiegel.

Jane knetete den Rand ihres T-Shirts und gab dann zu. „Ich habe ihm vorher seine Bastelarbeit kaputtgemacht, weil er gesagt hat, dass mein Pferd wie ein Schwein aussieht." Schmollend schob sie die Unterlippe vor und jetzt musste ich mir wirklich ein Lachen verkneifen.

„Jane! Das ist nicht richtig. Aber ich denke, das weißt du."

Zu Janes offensichtlicher Erleichterung hatte Lizzy nach dem Erreichen des Eiscafés entweder das Thema vergessen oder beschlossen, es ruhen zu lassen. Friedlich suchten wir uns alle einen Eisbecher aus, von denen Janes am größten war.

„Danach wird dir schlecht sein. Dass du mir aber nicht in mein Auto kotzt", meinte Lizzy streng und mir platzte ein Lachen heraus.

„Wenn du das so lustig findest, kannst du es anschließend gerne aufputzen." Anscheinend hatte sie Erfahrung darin, ich beschloss, lieber nicht nachzufragen.

„Diesmal sage ich gleich Bescheid. Versprochen." Wieder lächelte Jane so bezaubernd, dass mein Herz bei ihrem Anblick schneller schmolz als mein Eis. Ob ich es ebenso sehen würde, wenn ich nicht wüsste, dass sie meine Tochter war? Aber mit ihren goldblonden Locken sah sie wie ein kleiner Engel aus.

Während wir unser Eis schlemmten, wurde es schlagartig leise am Tisch. Nachdem Jane ihren halben Becher verputzt hatte, hielt sie ihren abgeschleckten Löffel in der Hand und fragte nachdenklich: „Ist Jamie eigentlich dein Freund?"

Ich spukte beinah mein Eis aus und begann zu husten. Lizzy hingegen sah ein wenig gefasster aus, als hätte sie schon mit der Frage gerechnet. Sie klopfte mir mitleidig auf den

Rücken. „Jane, du hast Jamie mit der Frage wohl ziemlich erschreckt. Nein, wir sind nur gute Freunde. Wir kennen uns schon sehr lang, aus der Schulzeit."

Während Lizzy es ihr erklärte, nutzte ich die Gelegenheit mich wieder zu sammeln. Jane legte ihren Zeigefinger auf die Nase, während sie ihre Schwester über unsere damalige Zeit ausfragte. Sie schien zu überlegen, dann wandte sie sich plötzlich mir zu und ich ahnte schon Schlimmes. „Schade. Du bist nett. Daniel hat kein Eis gemocht. Der hat immer nur gesunde Sachen gegessen, voll langweilig."

Ich warf Lizzy einen hilfesuchenden Blick zu, den sie nur gequält erwiderte.

„Vielen Dank, ich fühle mich geehrt." Ich verbeugte mich übertrieben vor ihr und versuchte sie schnell abzulenken. „Bist du schon satt? Dein Eis schmilzt."

Das half kurzzeitig, aber hielt leider nicht lang an.

„Aber warum nicht? Du magst sie doch." Wäre doch alles so einfach wie durch Kinderaugen.

„Genau, ich mag Lizzy. So wie du sie auch magst. Wie eine Schwester. Das ist ein Unterschied."

Obwohl ich dabei Jane ansah, sah ich aus den Augenwinkeln, wie Lizzy zusammenzuckte und dabei ihr Wasserglas umwarf.

„Wie ungeschickt. Ich hole schnell an der Theke Servietten."

Sie war so schnell weg, dass ich gar keine Chance hatte, ihr zuvorzukommen. Jane löffelte weiter ihr Eis und als Lizzy kurz darauf zurückkam, wirkte sie gefasst. Ich versuchte, ihren Blick auf mich zu lenken, aber sie vermied es stur, mich anzusehen. Meine unbedachte Äußerung tat mir leid, aber sie entsprach der Wahrheit. *Genau, Jamie, weil du mit deiner nichtvorhandenen Schwester schlafen würdest. So ein Bullshit.*

„Ich habe noch eine Überraschung für dich", unterbrach Lizzy die Stille. Jane sah sie erwartungsvoll an. „Wenn du Lust hast, gehen wir noch in den Zirkus." Jane jubelte, kletterte auf Lizzys Schoss und kuschelte sich an sie.

„Jetzt hast du mich voller Eis gemacht." Lizzy lachte, während sie versuchte, mit einer Serviette die Schokoladenflecken von ihrem Kleid zu wischen. Natürlich erfolglos, aber meine Augen folgten ihr gebannt, sie rieb gefährlich nah an ihren Brüsten und ich konnte einfach nicht den Blick abwenden.

∞

Wir verbrachten noch einen unbeschwerten restlichen Nachmittag mit Jane und nachdem wir sie nach Hause gebracht hatten, bot mir Lizzy an, mich rasch heimzufahren. Ich nahm ihren Vorschlag an, da ich somit vielleicht die Gelegenheit bekam, mich bei ihr zu entschuldigen.

„Das ist doch gut gelaufen, findest du nicht?" Lizzy blickte rasch zu mir, bevor sie sich wieder auf die Fahrbahn konzentrierte.

„Doch, es war wirklich schön. Jane ist aber auch eine Liebe. Kein Wunder bei dem Vater", versuchte ich zu scherzen.

„Sie mag dich. Ich hoffe so sehr, dass du noch ein wenig Zeit bekommst, bevor sie die Wahrheit erfährt."

Schlagartig war meine Entschuldigung vergessen und ich fühlte, wie sich mein Herzschlag beschleunigte. „Habt ihr schon mit Gwen wegen des Treffens gesprochen?"

Lizzys Hände umklammerten das Lenkrad und sie wirkte komplett unter Strom. „Gwen hatte sich anfangs geweigert. Sie ist sauer auf Mum, weil sie es dir verraten hat. Als könntest du es dir nicht denken, sobald sie sich als Janes Mutter geoutet hätte."

„Aber dann wäre Jane aus der Schusslinie gewesen und ich hätte keine Chance mehr gehabt, meine Vaterrechte einzufordern. Das war von Gwen gut ausgetüftelt. Jetzt hat sie Angst, dass ich ihr in die Quere komme. Ihr muss ja klar sein, dass ich nicht allzu gut auf sie zu sprechen bin", knurrte ich unterdrückt.

„Soweit habe ich gar nicht gedacht", gab Lizzy bedrückt zu. „Wahrscheinlich will ich immer noch das Gute in ihr sehen. Aber immerhin hat sie zugestimmt, weil meine Mutter darauf bestanden hat. Wenn wir uns auf einen Termin geeinigt haben, sage ich dir Bescheid."

Auf der einen Seite konnte ich es kaum mehr erwarten, Gwen die Meinung zu geigen, andererseits wurden meine Handflächen augenblicklich schweißnass bei der Vorstellung ihr nach all den Jahren gegenüberzustehen. Immerhin hatte sie einmal eine umwerfende Wirkung auf mich gehabt, damals hatte sie mich vollkommen in ihren Fängen gehabt. Hoffentlich ließ ich mich nicht wieder von ihr blenden. Nein, den Fehler würde ich ganz sicherlich nicht noch einmal machen. Immerhin wusste ich nun, wer sie wirklich war und zu was sie imstande war.

„Danke fürs Heimbringen." Ich zögerte kurz, ob ich ihr anbieten sollte, noch auf ein Glas Wein reinzukommen. Denn mir war plötzlich wieder eingefallen, dass ich mich noch entschuldigen wollte. Dann entschied ich mich dagegen, weil es alles nur noch komplizierter machen würde, weil ich vielleicht falsche Signale senden könnte, und ich Angst hatte, mich nicht im Griff zu haben.

„Mach`s gut und bis bald." Ich schloss die Autotür und winkte ihr nachdenklich hinterher, bis mich Jimmys Gebell daran erinnerte, dass ich mich um ein Tier zu kümmern hatte.

∞

Nach einer Woche unternahmen wir einen erneuten Ausflug mit Jane. Wir waren stundenlang durch den Zoo gelaufen und hatten viele Fragen beantworten müssen, da Jane unglaublich wissbegierig war. Zum Glück halfen uns die zahlreichen Infotafeln weiter, sonst wären Lizzy und ich wohl des Öfteren gnadenlos aufgelaufen.

Lächelnd beobachtete ich meine Tochter, wie sie sich ihre Pommes schmecken ließ. Die Stärkung hatten wir uns alle verdient. Lizzy war gerade auf der Toilette verschwunden, als ihr Handy vibrierte. Kurz vorher hatte sie von Jane Fotos gemacht und es anschließend auf dem Tisch liegen gelassen.

Mein Blick wanderte automatisch aufs Display, als das Geräusch ertönte und ich registrierte einen Namen. Simon. Wer zum Teufel war das? Hastig griff ich danach.

Es war neulich schön mit dir. Ich muss ständig an unseren heißen Kuss denken.

Mehr konnte ich auf dem Display nicht lesen und legte das Telefon zurück, bevor Jane noch bemerkte, dass ich rumschnüffelte und mich verriet. Gerade noch rechtzeitig, denn Lizzy tauchte hinter dem Imbiss auf und gesellte sich wieder zu uns.

Ohne auf ihr Handy zu sehen, packte sie es in ihren Rucksack und wir gingen weiter. Zum Glück löcherte mich Jane weiterhin und lenkte mich somit von der brennenden Frage ab, was zwischen Lizzy und diesem Simon lief. Ich hasste ihn jetzt schon und die Enttäuschung, die ich verspürte, versuchte ich zu ignorieren. Schließlich konnte Lizzy tun und lassen, was sie wollte. Genauso wie ich.

21

Gemütlich kuschelte ich mich auf die Couch, mit einem guten Buch in der Hand. Heute war ausnahmsweise ein ruhiger Tag gewesen und ich fühlte mich nicht so erschöpft, als dass ich schon früh schlafen gegangen wäre.

Nachdem ich ein paar Seiten gelesen hatte, schweiften meine Gedanken wieder einmal ab.

Seit meinem Besuch bei Fran waren ein paar Wochen vergangen. Aus einem weiteren Treffen mit Simon war nichts geworden, weil mich am nächsten Morgen die Vernunft im Griff gehalten hatte. Ich wollte Jamie und daran würde Simon auch nichts ändern. Und mir auf seine Kosten Bestätigung zu holen, war einfach nicht meine Art. Als er mir allerdings geschrieben hatte, dass er ständig an mich denken musste, war ich froh, nicht mehr in London zu sein, ansonsten wäre ich vielleicht doch schwach geworden.

Seitdem schrieben wir uns allerdings immer mal wieder, obwohl ich auf seine Äußerung wohlweislich nicht eingegangen war, um nicht doch noch etwas ins Rollen zu bringen, dessen Ergebnis ich nicht absehen konnte.

Währenddessen hatte ich Jamie noch drei Mal getroffen. Jedes Mal war natürlich Jane dabei. Vielleicht fand sie es komisch, dass ich und vor allem Jamie so häufig etwas mit ihr unternahmen. Normalerweise waren unsere Treffen eine liebgewonnene Abwechslung zum Alltag, was eher selten vorkam. Aber Jane machte sich wahrscheinlich darüber gar keine Gedanken, sondern freute sich einfach darüber. Wir hatten eine Fahrradtour unternommen, ein Zoobesuch hatte sie vollkommen ausflippen lassen und einmal waren wir im Kino gewesen. Jetzt im Juli wurde es richtig warm und Jamie hatte vorgeschlagen, demnächst zum Baden zu gehen. Jane würde es bestimmt grandios finden, im Gegensatz zu mir. Es war lächerlich, aber ich wusste nicht, ob es sinnvoll war, leicht bekleidet Zeit mit Jamie zu verbringen. Weder wollte ich seinen Traumbody die ganze Zeit vor meinen Augen haben, noch wollte ich, dass er mich im Bikini sah. Was natürlich dämlich war, in Anbetracht der Tatsache, dass wir uns schon viel näher gewesen waren. Aber daran wollte ich ihn lieber nicht erinnern. Und ich hegte die Befürchtung, dass ich meine offenkundige Schwärmerei nur schlecht verbergen konnte. Zudem war das Wasser bestimmt arschkalt und die beiden würden mich sicherlich foppen, wenn ich zu feige war, ins Wasser zu gehen.

Aber Jane konnte ich noch nie einen Wunsch abschlagen und ich wollte Jamie so viele Möglichkeiten wie nur möglich einräumen, Zeit mit seiner Tochter zu verbringen, bevor uns Gwen dazwischenfunkte. Es gäbe Jane bestimmt Sicherheit, wenn ihr der eigene Vater nicht mehr vollkommen fremd war, sobald sie die Wahrheit wusste. Es würde sowieso schon schwer genug für sie sein. Morgen fand endlich die gemeinsame Aussprache statt und ich hoffte sehr, dass wir eine Lösung in Janes Sinne fanden. Mein Magen rumorte und ich legte beruhigend eine Hand drauf. Wie musste es Jamie erst ergehen, wenn ich mich schon so nervös fühlte? Energisch klappte ich mein Buch zusammen und stand auf, um mir in der Küche etwas zu trinken zu holen. Dabei fiel mein Blick auf Jamies Pulli, den ich achtlos auf einen Stuhl geworfen hatte, nachdem er ihn das letzte Mal in meinem Auto vergessen hatte.

Fahrig warf ich einen Blick auf die Armbanduhr. Es war noch nicht allzu spät, trotzdem fühlte ich Verunsicherung, ob es eine gute Idee wäre. Aber ich wollte ihn jetzt sehen und der Pulli lieferte mir einen guten Grund. *Klar, Lizzy, das ist so gar nicht durchschaubar, ihr seht euch morgen, da würdest du bestimmt eine Gelegenheit finden, ihm den Pullover unauffällig zu geben.*

Rigoros verscheuchte ich die Stimme, immerhin könnte uns dabei jemand beobachten, es wäre zu riskant und könnte ein falsches Bild vor Gwen vermitteln. Hastig griff ich nach dem Kleidungsstück, bevor ich es mir noch einmal anders überlegte. Ich schnappte mir das Fahrrad, weil mir der Weg zu Fuß zu weit war. Vielleicht war er gar nicht zuhause, sondern traf sich mit Tyler oder einem anderen Kumpel.

Vorsichtig lehnte ich das Fahrrad am Zaun an, nahm den Pulli vom Gepäckträger und ging durch das Gartentor auf die Haustür zu. Jamies Haus war kleiner, dafür aber zentraler gelegen.

Es brannte Licht, also war er zuhause. Ich holte tief Luft und sprach mir Mut zu. Es war doch unter Freunden üblich, füreinander da zu sein. Und gerade tat ihm etwas Ablenkung bestimmt gut, denn das morgige Gespräch lag ihm bestimmt im Magen.

Die Tür öffnete sich und eine mir unbekannte Frau stand mir gegenüber. Fast hätte ich mich dafür entschuldigt, an der falschen Tür geklingelt zu haben, was natürlich Unsinn war. Wer war das?

„Ja bitte?", fragte sie und betrachtete mich neugierig. Geistesgegenwärtig hob ich den Pullover hoch und erklärte mit erstaunlich gefestigter Stimme: „Ich bin eine gute Freundin von Jamie, den hat er neulich vergessen, ich wollte ihm nur kurz den Pulli vorbeibringen."

Die blonde Frau, die wohl ein paar Jahre jünger war als ich, kniff kurz die Augen zusammen, bevor sie sich wieder im Griff hatte. Interessant, es passte ihr nicht, dass ich hier stand und gerade spekulierte sie darüber, was das zu bedeuten hatte. War das seine Freundin? Er hatte nie eine Frau erwähnt, und wo steckte er eigentlich?

„Den kannst du mir geben", sagte sie kurz angebunden und streckte ihre Hand aus.

„Ist Jamie auch da?" Ihre Hand ignorierte ich geflissentlich.

„Der steht gerade unter der Dusche. Also gibst du ihn mir oder willst du ein anderes Mal vorbeikommen?" Ihre Stimme, die anfangs noch überlegen geklungen hatte, wurde zunehmend angepisster. Was für ein Rauswurf. Und das ganz umsonst. Keine zehn Pferde hätten mich dazu gebracht, mit dieser Furie in einem Raum auf Jamie zu warten und ihr Rendezvous zu stören, während sie ihre Krallen ausfuhr.

Ich drückte ihr den blöden Pulli in die Hand. „Danke. Schönen Abend."

„War nett dich kennenzulernen", rief sie mir noch hinterher und ich musste mich arg beherrschen, nicht noch etwas Kindisches in Richtung, komisch, dass sie Jamies beste Freundin nicht kannte, zu erwidern. Das war nicht mein Niveau.

Eine Träne lief mir über die Wange und ich wischte sie hastig weg.

Warum zum Teufel hatte er mir nicht erzählt, dass er eine Freundin hatte? Kräftig trat ich in die Pedale, als ob ich meinen Gefühlen davonfahren könnte. Unter dieser Voraussetzung hätte ich mich nie auf ihn eingelassen. Meine Augen füllten sich erneut mit Tränen. Als ob es überhaupt meine Art wäre, mich einem Mann derart unverblümt an den Hals zu werfen. Wahrscheinlich war ihm das mit mir nur passiert, weil er betrunken gewesen war. Plötzlich bremste ich scharf und hielt an, weil mir Stellas Warnung unvermittelt eingefallen war. Sie hatte mir doch damals gesagt, dass es eine Frau in seinem Leben gab, wie hatte ich das nur vergessen können?

Es dauerte einen Moment, bis ich wieder weiterfahren konnte, weil mir kurz die Luft über meine Dämlichkeit weggeblieben war. Zuhause warf ich einfach mein Fahrrad in den Vorgarten und knallte die Haustür hinter mir zu.

„Prima, da hast du dich mal wieder ordentlich blamiert", stöhnte ich laut, während ich mich aufs Sofa warf und die Augen schloss. Zu aufgeputscht um ins Bett zu gehen, aber gleichzeitig zu durcheinander, um mich mit einem Buch oder Film abzulenken. Vielleicht sollte ich es wenigstens probieren. Lustlos zappte ich mich durchs Programm und ließ mich berieseln. Das Klingeln meines Handys ließ mich aufschrecken. Hoffentlich war das kein Notfall. Behände sprang ich auf die Beine und fand nach kurzer Suche mein Handy auf der Kommode im Flur. Okay, kein Notfall.

Es war Simon. Bisher schrieben wir uns lediglich, aber ein wenig Ablenkung würde mir sicherlich guttun.

„Ich wollte mal wieder deine Stimme hören." Simon klang selbstbewusst und kein bisschen zögerlich. Als würde er immer das bekommen, was er wollte.

„Das ist eine nette Überraschung", antwortete ich schwach, weil ich nicht so recht wusste, wie ich sein forsches Auftreten einordnen konnte.

„Geht es dir gut? Du klingst müde."

Oje, aufmerksam war er also auch noch. Warum musste dieser Mann auch noch so verdammt perfekt sein?

„Ich hatte einen langen Tag. So eine Landarztpraxis ist eine ziemlich große Herausforderung. Und du? Genießt du das Großstadtleben und die Partys?"

„Ohne dich ist es öde. Ich vermisse dich."

Jetzt hatte er mich glatt sprachlos gemacht mit seiner Offenheit. Das war mir einfach zu direkt. Simon machte keine halben Sachen.

„Äh, ja … das tut mir leid." Was faselte ich da eigentlich?

Simons wohlklingendes Lachen ertönte und kurz darauf fragte er dreist: „Bringe ich dich mit meiner Offenheit aus der Fassung?"

„Ich denke schon."

„Ich würde dich gern sehen. Was hältst du davon, wenn ich dich besuchen komme?"

Wie bitte? Mir wurde heiß. Wäre ich doch bloß nicht drangegangen.

„Simon. Du weißt, dass ich dich mag. Aber zwischen uns wird es nicht mehr als Freundschaft geben."

„Was hat das mit meinem Besuch zu tun?" Jetzt klang er ernsthaft ratlos und ließ mich irgendwie blöd dastehen.

„Ich dachte nur … wegen deinen Anspielungen … Nicht, dass du eben mehr erwartest", versuchte ich zu erklären, während ich mich fürchterlich genierte.

„Ein rein freundschaftlicher Besuch, ohne Erwartungen. Und wenn doch mehr passiert …"

„Simon!" Er lachte, während ich ihm am liebsten eine Absage erteilt hätte. Aber irgendwie freute ich mich auch darauf, ihn zu sehen. Ein wenig Ablenkung würde mir guttun und ich war mir sicher, dass er meine Grenzen akzeptieren würde, auch wenn er vielleicht vorher probierte, bei mir zu landen. Vielleicht schmolz meine Gegenwehr, jetzt wo ich wusste, dass Jamie nichts anbrennen ließ oder sogar eine feste Freundin hatte. Ob er sie mit mir betrogen hatte? Mir wurde schlecht und ich versuchte mich auf Simon zu konzentrieren und was ich mit ihm unternehmen könnte. Alles war besser, als Jamie nachzuweinen.

22

Jamie

Meine Aufregung hielt mich schon den ganzen Tag in den Fängen. Einzig die Tatsache, dass sie mich davon verschonte, über Lizzys gestrigen Besuch nachzugrübeln und vor allem meine Enttäuschung, sie verpasst zu haben, war ein positiver Nebeneffekt. Erst heute Morgen hatte ich den Pullover gefunden. Claire war noch in der Nacht nach Hause gefahren, daher konnte ich sie nicht zur Rede stellen, warum sie mir nichts gesagt hatte. Momentan konnte ich einfach keine Ablenkung gebrauchen. Für das Aufeinandertreffen mit Gwen benötigte ich volle Konzentration, ich hatte nicht vor, mich von ihr ins Eck drängen zu lassen.

Endlich war die Warterei vorbei und ich saß bei Miranda im Wohnzimmer und spielte mit meinem Glas in den Händen, während wir auf Gwen warteten, die sich verspätete. Lizzy setzte sich neben mich auf die Couch und ihr Knie stieß aufmunternd gegen meins, aber ihr Lächeln wirkte gequält. Jane war heute über Nacht zu Besuch bei ihrer besten Freundin Linda. Das hieß, dass wir heute kein Blatt vor den Mund nehmen mussten. Hoffentlich benahmen wir uns alle wie zivilisierte Menschen und bewarfen uns nicht mit Schlamm. Die Türglocke schellte und mein Blick huschte von Miranda, die eilig zur Tür lief, hinüber zu Lizzy.

„Ich bin auf deiner Seite." Ihre Worte, die sie mir zuflüsterte, bedeuteten mir viel und es schien, als bereue Lizzy, in der Vergangenheit zu Gwen gehalten zu haben. Aber sie traf keine Schuld. Immerhin war sie genauso ein Opfer in diesem intriganten Spiel wie ich gewesen. Was sie allerdings über ihr Aufeinandertreffen mit Claire dachte, konnte ich ihr nicht ansehen. Sie verhielt sich mir gegenüber wie immer.

Ich hörte Gwen, bevor ich sie sah. Unwillkürlich musste ich lächeln. Sie war damals schon so laut gewesen und hatte ständig im Mittelpunkt gestanden. Ihre Art hatte mich wie ein starker

Magnet angezogen. Dieses bildschöne, selbstbewusste Mädel. Schlagartig wies ich mich zurecht. Damals war ich allerdings auch noch der Meinung gewesen, dass sie das Herz am rechten Fleck trug, davon war ich momentan meilenweit entfernt.

„Wir standen im Stau, aber als Entschuldigung hat Trevor einen exquisiten Tropfen für euch mitgebracht." Okay, so affektiert hatte sie damals nicht geklungen. Sie nannte noch eine Marke, die mir nichts sagte, aber kein Wunder, ich war jetzt auch nicht der Weinkenner schlechthin.

Lizzy verdrehte die Augen und setzte ein Lächeln auf, als Gwen den Raum betrat.

„Hallo Schwesterherz", rief Gwen gutgelaunt durch den Raum, als hätte es nie irgendwelche Spannungen zwischen ihnen gegeben. Dann erblickte sie mich und ich sah, wie ihre Gesichtszüge in sich zusammenfielen. Zuerst dachte ich, sie würde mich wütend ansehen, aber dann erkannte ich etwas anderes, das mich vollkommen aus der Bahn warf. Sehnsucht und Verbitterung. Das konnte nicht sein. Ich zwinkerte ein paarmal, immer noch starrte sie mich an und leider hatte sich an ihrem Ausdruck nichts geändert. Verdammt, was sollte das?

Erst als sie Lizzy umarmte, die sich gemeinsam mit mir erhoben hatte, unterbrach sie den Blickkontakt.
Anschließend streckte sie mir ein wenig schüchtern ihre Hand hin, die ich ergriff und dabei versuchte, aus ihr schlau zu werden.

„Es tut mir leid, dass ich es dir nicht gesagt habe. Dass ich dich deshalb verlassen habe. Aber mir ging es psychisch schlecht, ich war so labil und total überfordert." Um Verständnis bittend sah sie mich an. Aber so leicht konnte ich es ihr nicht machen. Zu tief saß der Stachel der Demütigung, zu groß war der Groll auf sie. Sie beugte sich zu mir vor und wisperte so leise, dass sie keiner verstand: „Vielleicht war es ein Fehler. Aber ich kann die Vergangenheit nicht ändern." Sie wich einen Schritt zurück und sagte in normaler Lautstärke: „Lasst uns nun das Beste draus machen."

„Ich will gar nicht mit dir über Vergangenes diskutieren. Das würde zu nichts außer Schuldzuweisungen und Rechtfertigungsversuchen führen. Jetzt geht es einzig und allein darum, die richtige Entscheidung für Jane zu treffen."

„Ich bin froh, dass du das auch so siehst", mischte sich Lizzy ein und legte Gwen begütigend den Arm um die Schulter. Diese sah ein wenig gequält von Lizzy zu mir, als fühle sie sich missverstanden.

Miranda und Michael betraten gemeinsam mit ihrem zukünftigen Schwiegersohn den Raum und ich hätte gern gewusst, was sie aufgehalten hatte. Vielleicht hatte ihn Miranda auch gebeten, Gwen kurz allein mit uns reden zu lassen.

Trevor McKinley war ein auf die geschniegelte Art gut aussehender Mann, den ich auf Mitte Vierzig schätzte. Er ging zu Gwen, legte ihr den Arm um die Taille und zog sie besitzergreifend zu sich heran. Während er Lizzy freundlich grüßte, strafte er mich mit Missachtung. Amüsiert beobachtete ich ihn, wie er Gwen einen Kuss gab, wahrscheinlich um sein Revier zu markieren. Fast wäre mir die Kinnlade offen stehen geblieben. Der Kerl war eifersüchtig. Auf mich! Gwen und ich waren Geschichte. Er musste doch wissen, dass sie mich eiskalt abserviert hatte. Ich beschloss sein lächerliches Verhalten zu übergehen und konzentrierte mich lieber auf die Eltern der Mädels. Nachdem Miranda dafür gesorgt hatte, dass auch die Neuankömmlinge mit Getränken ausgestattet waren, ergriff sie das Wort. „Ich weiß, dass dieses Treffen für niemanden von uns leicht ist, aber in einem sind wir uns hoffentlich einig. Wir wollen das Beste für Jane."

„Mum, ich will dir die Kleine nicht wegnehmen. Natürlich darfst du sie so oft sehen, wie du möchtest. Es ist schließlich auch in Janes Interesse, ihre wichtigste Bezugsperson weiterhin zu sehen." Gwens Worte klangen vernünftig, dennoch stieß mich ihr affektierter und vor allem belehrender Tonfall ab. Was maßte sie sich an? Wann hatte sie Jane das letzte Mal gesehen? Und jetzt stellte sie sich als die Superpädagogin dar, die genau wusste, was Jane benötigte.

Miranda lächelte schwach und schien am Rande ihrer Kräfte zu sein. Aber ich erkannte, dass sie Gwen keine Steine in den Weg legte. Sie würde Jane ihre leibliche Mutter nicht vorenthalten. Und auch wenn ich sie verstand, fühlte ich Entsetzen bei dem Gedanken aufsteigen, dass Jane bald bei Gwen und ihrem reichen Macker wohnen würde.

„Dafür finden wir bestimmt eine Regelung. Zuerst müssen wir gemeinsam überlegen, wie wir es ihr sagen. Ich denke, es wird das Beste sein, Miranda übernimmt das." Michael bedachte alle Anwesenden mit einem strengen Blick und keiner wagte, ihm zu widersprechen. „Anschließend müssen wir einen Plan ausarbeiten, wie wir Jane auf ihr neues Leben vorbereiten können. Du kannst sie nicht einfach aus ihrem gewohnten Umfeld reißen."

Gwen schürzte die Lippen und ich erkannte, dass sie sich ihre Widerworte gerade noch rechtzeitig verkneifen konnte. Was hatte sie denn gedacht? Miranda verkündete, dass Gwen in Wahrheit ihre Mutter war, sie nahm Jane mit zu sich und alles wäre gut?

„Was denkst du, wie lange das dauern wird?", fragte Trevor ein klein wenig säuerlich.

„Ist das dein Ernst?" Was bildete sich dieser Wichtigtuer eigentlich ein? Immerhin ging es hier um meine Tochter und nicht irgendeine Geschäftsvereinbarung, die termingerecht über die Bühne gehen musste.

Trevor ignorierte mich weiterhin, deshalb fühlte ich mich bemüßigt, weiterzusprechen. „Es geht hier um ein kleines Kind. Keiner hier kann voraussagen, wie Jane reagieren und wie lange sie benötigen wird, um sich auf die Wahrheit einzulassen. Es wird so lange dauern, wie Jane braucht." Am Ende wurde ich laut und alle sahen mich an.

Gwen und ihr Lebensgefährte sahen verärgert aus, als wäre ich ein lästiger Störenfried, den sie noch schnell auf dem Weg zu ihrem Ziel beseitigen mussten. Die restlichen Familienmitglieder bedachten mich mit einem erstaunten, aber anerkennenden Blick.

Miranda sprach zu meiner Erleichterung das aus, was mir schon die ganze Zeit auf der Zunge lag. „Wenn wir Jane die Wahrheit sagen, dann die ganze Wahrheit."

„Mum", rief Gwen empört aus.

„Das ist nicht verhandelbar." Dankbar warf ich Miranda einen kurzen Blick zu, die ein klein wenig streitlustig aussah. Anscheinend hatte ich sie unterschätzt. Sie würde nicht klein beigeben, sondern wirklich versuchen, Janes Interessen zu vertreten.

„Denkst du nicht, es ist für Jane zu verwirrend, eine Neuigkeit sollte doch ausreichen."

„Und Michael soll dann offiziell ihr Vater bleiben, oder wie stellst du dir das vor? Jamie hat die gleichen Rechte wie du, meine Liebe."

Wütend plusterte Gwen sich auf und ihr rechtes Augenlid zuckte nervös. „Was soll das heißen?"

Tödliche Stille breitete sich aus, als wäre niemand bereit, Gwen den Fehdehandschuh hinzuwerfen.

„Das heißt, dass ich meine Tochter regelmäßig sehen möchte." Ich sprach ganz ruhig und bedächtig, bemüht jegliche Emotionen außen vor zu lassen.

„Du?! Du spielst in ihrem Leben keine Rolle und so soll es auch bleiben."

Das erste Mal ergriff Lizzy in der Diskussion das Wort. „Gwen, sei vernünftig. Du wirfst Mama vor, dass sie kein Recht hat, Jane zu verschweigen, dass du ihre Mutter bist, aber genauso wenig steht es dir zu, ihr den Vater vorzuenthalten."

Nun zierten Gwens Wangen und Dekolleté hässliche rote Flecken und sie fauchte ihre Schwester an: „War ja klar, dass du dich von ihm um den Finger wickeln lässt."

„Jane hat Jamie in den letzten Wochen besser kennengelernt und sie mag ihn. Du kannst ihn nicht ausschließen, auch wenn du sie nach London mitnimmst."

Gwen wollte aufspringen, aber Trevor hielt sie zurück, der auf dem Rand ihres Sessels saß. „Liebes, sei vernünftig."

Gwen beruhigte sich ein wenig und beschränkte sich darauf, verächtlich zu zischen: „Du hältst doch nur zu ihm, weil du immer noch in ihn verliebt bist. Wahrscheinlich träumst du dich schon in deine kleine heile Familie. Aber Jamie hat dich nie gewollt und Jane ist meine Tochter, nicht deine!"

Lizzy stieß einen leisen Schrei aus und schien erstarrt zu sein. Am liebsten wäre ich aufgestanden, um sie in den Arm zu nehmen, aber ich befürchtete, dass sie mich wegstoßen würde. Stattdessen beschränkte ich mich darauf, Gwen mit einem bösen Blick zu bedenken, während Miranda in die Hände klatschte. „Hört sofort auf damit. Das bringt doch nichts, sich gegenseitig zu verletzen."

Lizzy starrte Gwen völlig entgeistert an. „Was erzählst du da für einen Blödsinn? Das habe ich nie gesagt, hör auf solche Lügen zu verbreiten."

„Vielleicht hast du es nicht gesagt, aber jeder deiner Blicke, jede deiner Gesten in seiner Anwesenheit hat dich verraten." Gwen blickte Lizzy triumphierend an, die erstaunlich gefasst wirkte. Vielleicht war es nur gespielt, aber gerade wuchs meine Bewunderung für ihre Stärke ins Unermessliche.

„Und weil du das dachtest, hast du dich an ihn rangemacht? Um mir eins auszuwischen? Wie erbärmlich, Gwen." Aber egal, wie ruhig sie wirkte, ich hörte, wie gekränkt und verletzt sie sich gerade fühlte, was mich selbst benommen machte, weil sie das einfach nicht verdient hatte.

Anscheinend hatte der verständnislose Blick ihres Zukünftigen sie zur Besinnung gebracht, denn sie lenkte schnell ein: „Du musst mir glauben, so war das nicht. Ich habe mich damals Hals über Kopf in ihn verliebt und erst später bemerkt, dass du ebenfalls Gefühle für ihn hast. Es tut mir leid."

Fast hätte ich ihr das Schauspiel abgekauft, aber wahrscheinlicher war, dass ihr noch rechtzeitig aufgegangen war, dass sie gerade ziemlich schlecht dastand.

„Jetzt hör doch mal auf damit. Weder war ich damals in Jamie verliebt noch bin ich es heute."

Sie vermied es mich anzusehen, aber sie tat mir gerade unfassbar leid. Ihre Wangen hatten sich rosig gefärbt.

„Ich würde vorschlagen, dass du die nächsten Monate nutzt, um eine bessere Beziehung zu deiner Schwes... Tochter aufzubauen." Anscheinend sah Miranda ihre jüngere Tochter noch nicht in der Mutterrolle. „Vorher werden wir es ihr nicht sagen."

„Das dauert ja noch ewig. Bald wird sie eingeschult, bis dahin sollten wir geklärt haben, wo ihr zukünftiger Wohnsitz sein wird."

„Bis dahin ist noch etwas hin und wir werden sicherlich nichts überstürzen. Und Jamie darf sie ebenfalls sehen. Und Gwen, wenn ich rausfinden sollte, dass du Jane eigenmächtig darüber in Kenntnis setzt, werde ich alles dafür tun, dass du sie nicht bekommst."

„Was fällt dir ein, so mit mir zu reden?", quietschte Gwen.

„Ich kenne dich. Du bist ungeduldig, impulsiv und schießt oftmals über das Ziel hinaus, wie wir gerade wieder demonstriert bekommen haben." Das hatte gesessen und sie stimmte notgedrungen zu.

Nachdem wir noch ein paar weitere Abläufe besprochen hatten, unter anderem, dass Gwen vor allem am Wochenende die Gelegenheit bekäme, Zeit mit Jane zu verbringen, brach ich mit Kopfschmerzen auf.

Die Schwestern waren plötzlich verschwunden, nachdem alles Wichtige besprochen wurde. Eigentlich wollte ich mich noch von Lizzy verabschieden. Miranda bot an, mich noch zur Tür zu begleiten, aber ich schaffte es, sie abzuwimmeln, damit sie sich um ihre Übernachtungsgäste kümmern konnte. Laute Stimmen drangen aus dem Obergeschoss zu mir und ich wusste sofort, dass Lizzy und Gwen sich stritten. Hoffentlich gab Lizzy ordentlich Kontra. Heute hätte ich sie sowieso nicht mehr auf das Thema angesprochen, vielleicht würden wir es totschweigen, wie so vieles anderes auch.

23

Lizzy

Wie hatte Gwen das wagen können? Ich war schon vor einer Stunde nach Hause gekommen, aber mein Herzschlag war immer noch mindestens auf hundertachtzig. Immerhin hatte sie meinen Verdacht bestätigt. Zwar hatte ich es nie glauben wollen, aber ich hatte doch richtiggelegen. Ich wollte gar nicht bestreiten, dass Gwen damals Gefühle für Jamie entwickelt hatte, aber vordergründig war es darum gegangen, ihre Schwester zu besiegen. Mir zu zeigen, dass sie auch meinen besten Freund haben könnte, dass sie ihm wichtiger war. Gwen wollte schon immer gewinnen. Mit dem zweiten Platz hatte sie sich nie begnügt. Wahrscheinlich hatte sie den Gedanken nicht ertragen, dass einer der beliebtesten und hübschesten Jungs unserer Schule mir, dem Mauerblümchen, so viel Aufmerksamkeit geschenkt hatte. Meine Verliebtheit war das Leckerli gewesen.

Meine Wut schäumte gerade genauso wild wie mein Badezusatz. Leider verfehlte das Beruhigungsbad seine Wirkung. Es war so unverschämt von ihr gewesen, mich heute derart auflaufen zu lassen. Und dann hatte sie auch noch unschuldig getan, als ob es ihr ausversehen rausgerutscht wäre. Ich hatte sie einfach stehenlassen, weil ich ihre verlogene Visage nicht länger ertragen konnte. Arme Jane. Ich hoffte so sehr, dass Gwen ihr eine gute Mutter wäre. Aber egal, wie sehr ich mich bemühte, ich sah sie einfach nicht in der Rolle. Gwen, die Karrierefrau, Gwen, deren Zeitplan voll von gesellschaftlichen Verpflichtungen und Hobbys war, ja. Aber Gwen in der Rolle einer aufopferungsvollen Mutter? Nein. Ich hegte die Befürchtung, dass Jane lediglich schmückendes Beiwerk wäre, dann wäre sie noch ein klein wenig perfekter. Natürlich durfte die Öffentlichkeit niemals erfahren, was sie getan hatte. Allerdings hegte ich keinen Zweifel, dass Gwen es auch dann noch schaffen würde, sich als bemitleidenswertes Opfer darzustellen, der das Kind weggenommen wurde. Zu ihrem Besten. Ich könnte kotzen. Schwungvoll setzte ich mich auf, sodass das Wasser über den Rand schwappte. Ich musste aufhören, mich da hineinzusteigern, bloß, weil sie mich hatte blöd dastehen lassen. Gerade wurde ich unsachlich und das war der verkehrte Weg.

Energisch trocknete ich mich ab, als könnte ich damit alle negativen Gefühle mit abrubbeln. Ich sollte mich lieber aufs Positive konzentrieren. Gwen war bemüht, eine Beziehung zu Jane aufzubauen und Jamie würde mit mir und der Kleinen übermorgen ans Meer fahren. Trotz meiner Bedenken, dass er mich auf Gwens Unterstellung ansprechen könnte, freute ich mich sehr und schob mein Unbehagen beiseite. Jamie dachte bestimmt, dass Gwen mir lediglich eins reinwürgen wollte. Ich sollte es einfach genießen und entspannen. Das nahm ich mir fest vor.

Zum Glück hatte der Wetterbericht recht behalten und heute war ein strahlend schöner Sommertag mit Temperaturen um die fünfundzwanzig Grad. Ein perfekter Tag, um Baden zu gehen und es traf sich wunderbar, dass Jamie und ich heute Zeit hatten. Vor kurzem hatte ich das Gespräch mit Alan gesucht, in dem ich ihm von den Komplikationen in meinem Leben berichtet hatte. Er war so lieb und hatte angeboten, noch ein halbes Jahr länger zu arbeiten. Augenzwinkernd hatte er erklärt, dass er sich sowieso nicht vorstellen konnte, in Rente zu gehen. Das nahm mir eine große Last, denn sobald ich allein für die Region verantwortlich wäre, würde es wirklich zeit- und kraftraubend werden. Natürlich gab es im Umkreis noch weitere Tierärzte, aber ich versorgte ein großes Gebiet und sollte mir rechtzeitig Gedanken machen, ob ich jemanden einstellen sollte oder einen Teilhaber fand. Sofort spukte mir dabei Fran durch den Kopf. Doch ich glaubte kaum, dass sie hier glücklich werden könnte. Aber fragen kostete ja nichts.

Ein Blick aus dem Schlafzimmerfenster kündigte Jamie an, der erst mich und anschließend Jane abholte. Die geöffneten Fenster ließen den Fahrtwind herein und fuhren ihm durch sein Haar. Mein Mund wurde trocken und die Schmetterlinge machten sich ans Werk, um mich zu verunsichern. Rasch schnappte ich meine Badetasche und kam Jamie zuvor, der vor der Tür stand und mich verdutzt ansah.

„Ich habe dich schon gesehen." Einen kurzen Moment lächelten wir uns an und ich versank in seinen geheimnisvollen grünen Augen. Jamie griff nach meiner Tasche und der Moment war vorüber. Während ich hinter ihm herlief, überfiel mich wieder die Befangenheit, hoffentlich würde er mich nicht auf Gwens Äußerung ansprechen oder auf Claire. Aber ich war mir sicher, dass er gar nicht wusste, dass ich dagewesen war. Außerdem hatten wir nur ein paar Minuten Zeit, dann wäre Jane mit an Bord und vertrauliche Themen würden warten müssen.

„Das Gespräch lief doch halbwegs gut, oder?" Ein wenig angespannt musterte ich ihn, konnte aber in seinen Gesichtszügen nichts erkennen. Er hatte sich eine Sonnenbrille vor dem Losfahren aufgesetzt, vielleicht lag es daran.

„Schimpf mich einen Miesepeter, aber ich habe in Bezug auf Gwen kein gutes Gefühl."

Erschrocken zuckte ich zusammen. „Wie meinst du das?"

„Versteh mich nicht falsch, natürlich habe ich von Gwen nicht die beste Meinung, aber sie wirkte auf mich nicht echt. Als ob sie eine Rolle spielen würde. Nimmst du ihr denn den sehnlichen Wunsch ab, ihre Mutterrolle auszuüben?" Jamie presste die Kiefer zusammen, dann warf er mir einen kurzen Seitenblick zu. „Ich weiß, jetzt ist der falsche Zeitpunkt, um darüber zu reden, aber ich befürchte, hinter Gwens Wunsch steckt etwas anderes und ich würde gern herausfinden, was."

Vielleicht hatte ich Jamie unterschätzt. Immerhin hatte er Gwen früher ziemlich gut gekannt. Mir war ja derselbe Gedanke auch schon durch den Kopf geschossen, aber ich hatte keine andere Erklärung gefunden. Und jetzt sah es Jamie ähnlich.

„Und wie willst du das anstellen?"

Jamie zuckte ratlos mit den Schultern. „Keine Ahnung, vielleicht sollte ich doch mit ihr unter vier Augen sprechen. Wenn ich sie unter Druck setzte, verrät sie sich unter Umständen."

Ich hüllte mich in Schweigen, weil ich keine Ahnung hatte, ob das eine gute Idee wäre. Aber da ich keinen Gegenvorschlag aus dem Hut zaubern konnte, wollte ich es ihm auch nicht ausreden.

„Lass uns nicht mehr über Gwen sprechen. Wir sollten uns jetzt auf den Ausflug freuen und uns den nicht kaputtmachen lassen." Diesmal zuckten seine Mundwinkel und er sah gleich viel entspannter aus.

„Sag bloß, dir macht es mittlerweile keine Angst mehr, Jane zu begegnen."

„Sei nicht so frech, Kleine. Sonst könnte es sein, dass du nachher unfreiwillig tauchst."

„Vielleicht habe ich gar nicht vor, ins Wasser zu gehen", gab ich von oben herab zurück.

Jamies heiteres Prusten beunruhigte mich ein wenig. Er schob kurz die Sonnenbrille nach oben, um mich mit seinen Augen festzunageln und entgegnete dreist: „Glaubst du, dass ich dir die Wahl lasse?"

„Das traust du dich nicht." Ganz sicherlich würde ich mich nicht von ihm ins Wasser werfen lassen. Trotz der Aussicht stimmte ich in sein ansteckendes Lachen ein und genoss die ausgelassene Stimmung.

Tatsächlich war er feinfühlig genug, mich nicht auf Gwens Äußerung anzusprechen. Entweder glaubte er es wirklich nicht oder er wollte sich nicht damit auseinandersetzen. Egal, ich war einfach nur erleichtert, dass ich ihn nicht ins Gesicht lügen musste. Denn es war eine Sache es vor Gwen zu leugnen, die das überhaupt nichts anging oder es Jamie gegenüber nicht zuzugeben. Er hatte es nicht verdient belogen zu werden, aber ich konnte es ihm nicht sagen. Anschließend wäre die gerade wieder gewonnene Lockerheit zwischen uns verpufft und die angespannte Stimmung wollte ich nicht noch einmal erleben. Außerdem ging es nun um Jane, wie sollte ich noch Zeit mit ihm verbringen, wenn er es wusste? Nein, seinen mitleidigen Blick würde ich nicht ertragen.

Erst jetzt fiel mir auf, dass Jamie angehalten hatte.

„Was ist los? Jane wartet auf uns."

Jamies Blick war nach vorne gerichtet, während ich sein Profil beobachtete. Er wirkte angespannt und ich hatte mal wieder keinen blassen Schimmer, was hier vor sich ging.

„Warum bist du neulich einfach verschwunden, als du meinen Pulli vorbeigebracht hast? Du hättest doch warten können", fragte er allen Ernstes, während ich beinah aufgestöhnt hätte. Prima, er wusste also doch Bescheid.

„Ich wollte nicht stören."

„Du hättest nicht gestört, im Gegenteil ich hätte mich gefreut. Was wolltest du denn eigentlich?"

Seine Frage brachte mich um eine Antwort, dass die Tussi ganz sicherlich etwas dagegen gehabt hätte.

„Ist nicht so wichtig", nuschelte ich verlegen.

„Du wolltest mir doch bestimmt nicht nur den Pulli vorbeibringen."

Klang seine Stimme hoffnungsvoll oder halluzinierte ich schon?

„Ach, das hat sie dir also doch gesagt. Hätte ich jetzt nicht gedacht", war das Erste, was mir einfiel.

Jamie schmunzelte und erwiderte: „Nein, Claire hat mir nichts gesagt, aber sie hat ihn nicht gut genug versteckt. Und zufällig wusste ich, dass ich ihn neulich bei dir im Auto vergessen hatte. Ich habe ihn aber erst am nächsten Morgen gefunden."

Stumm starrte ich auf meine Hände und hatte keine Ahnung, was ich sagen sollte. Angespannt wartete ich ab und ich hörte ihn leise neben mir atmen.

„Es ist nichts Ernstes." Jamie hatte sich räuspern müssen und seine Stimme klang belegt, als wisse er selbst nicht so genau, warum er das gesagt hatte.

„Du bist mir doch keine Rechenschaft schuldig. Nur ... Wenn ich ..." *Halt einfach die Klappe Miss Miller.*

Keinesfalls wollte ich ihn an unsere gemeinsame Nacht erinnern, das Thema war mir einfach zu heiß und ich lenkte schnell ab. „Der Pulli war tatsächlich ein Vorwand. Ich dachte, du hättest etwas Gesellschaft vor dem Treffen gebrauchen können. Ich weiß, es war ein blöder Gedanke." Himmel, was ritt mich denn jetzt schon wieder, den bitteren Tonfall hätte ich mir wenigstens verkneifen können. Gestehe ihm doch gleich deine Liebe.

„Ich habe Claire vor ein paar Monaten kennengelernt und seitdem treffen wir uns ab und zu. Wir haben einfach nur Spaß."

Sollte mich das jetzt beruhigen? Ich versuchte mich wieder aufs Wesentliche zu konzentrieren und nicht auf mein Herz zu achten, das gerade so fürchterlich stach.

„Vielleicht solltest du den nächsten Schritt gehen."

„Was?!?" Jamie klang fassungslos. Oje, ich sollte einfach aufhören, mich einzumischen.

„Wenn du in einer festen Beziehung wärst, hättest du größere Chancen, Jane zugesprochen zu bekommen." Ich schlug mir die Hand gegen die Stirn und presste die Lippen aufeinander. Was für ein glorreicher Einfall. Natürlich entsprach es der Wahrheit, aber warum tat ich mir das an? Weil es um Janes Wohl ging. Wahrscheinlich würde Jane einem leiblichen Elternteil zugesprochen werden, falls es vor Gericht ging. Bei Jamie könnte sie wenigstens in ihrem vertrauten Umfeld bleiben, in der Nähe von Miranda und Michael und von mir und ihren Freunden.

Erst jetzt fiel mir auf, dass Jamie nichts gesagt hatte. Anscheinend hatte ich ihm ebenfalls vor den Kopf geschlagen.

„Sorry, ich wollte mich nicht einmischen."

„Du denkst, dass Jane gut bei mir aufgehoben wäre? Dass ich versuchen sollte, sie zu mir zu holen?" Er klang völlig konfus, als hätte er diesen Gedanken noch nie zugelassen.

„Du bist ein guter Mensch und ich bin mir sicher, du würdest es wunderbar hinbekommen." Meine Stimme klang warm und weich und ich lächelte ihn an.

„Das überfordert mich jetzt ein klein wenig. Ich weiß nicht, ob ich die Verantwortung übernehmen könnte, plötzlich für so einen kleinen Menschen zu sorgen." Er verstummte kurz, räusperte sich erneut und fuhr mit dunkler Stimme fort. „Mal ehrlich Lizzy, hältst du Claire für Janes geeigneten Mutterersatz?" Seinen Spott hörte ich sofort heraus und natürlich hatte er recht.

„Ich kenne sie doch gar nicht", wiegelte ich ab, im Bestreben, mich herauszureden.

„Lüg mich nicht an. Ich kenn dich zu gut. Hast du das vergessen?"

„Okay, okay, ich finde, sie ist eine blöde Kuh. Zufrieden?" Jamie lachte schallend, während ich mir beleidigt auf die Unterlippe biss, um nichts Blödes zu erwidern.

„Und ich bin mir sicher, meine Tochter würde das genauso sehen."

Mir wurde ganz warm, als er das sagte. Zum einen, weil er Jane schon ganz gut einschätzen konnte und zum anderen, weil er sie als seine Tochter betitelt hatte.

„Aber warum gibst du dich überhaupt mit ihr ab, wenn du sie gar nicht sonderlich magst?"

„Sie war halt da."

Oh man, was für eine ernüchternde Antwort. Ich konnte seinem bohrenden Blick nicht standhalten und sah weg. Aber was erwartete ich denn, wenn ich mit ihm über seine Geliebte sprach? Sie war lediglich ein angenehmer Zeitvertreib. Gerade noch rechtzeitig verkniff ich mir die Belehrung, dass er das vielleicht zukünftig unterlassen sollte, wenn er Gwen kein Futter liefern wollte. Das stand mir einfach nicht zu und ich wollte ihn nicht verärgern.

„Und das nächste Mal verschwindest du nicht einfach wieder." Sein bestimmender Tonfall ließ meine Knie weich werden und ich war froh, im Auto zu sitzen.

„Okay", erwiderte ich kleinlaut und Jamie strich mir sacht über die Wange. So kurz, dass es mir fast vorkam, als hätte ich mir die liebevolle Geste nur eingebildet. Ein wenig befangen fuhren wir die letzten paar Meter und wir waren wahrscheinlich beide froh, als wir kurz darauf Jane eingesammelt hatten. Jamie hielt an einer geeigneten Badestelle, die von hübschen Palmen umrahmt war. Das mediterrane Flair verdankten wir dem Golfstrom, der warme Luft in den Südwesten Cornwalls brachte. Gemeinsam trugen wir unsere Badeutensilien ein paar Meter. In der Nähe des Wassers bauten wir ein kleines Strandzelt auf, da es doch recht windig war. So konnte sich Jane nach dem Baden ein wenig aufwärmen. Nachdem ich Jane die Schwimmflügel angezogen hatte, durfte sie schon mal ans Ufer mit ihrem Sandspielzeug gehen, während Jamie und ich noch ausräumten. Für einen Moment streckte ich mich genüsslich auf dem Badetuch aus und genoss die warmen Sonnenstrahlen. „Willst du so ins Wasser gehen?" Jamie zeigte grinsend auf meine Klamotten.

„Wenn du das tust, rede ich nie wieder mit dir", drohte ich ihm mit erhobenem Zeigefinger, während ich mich rasch aufsetzte. Jamie kam auf mich zu und als er mich an der Taille packte, schrie ich auf. Zu seinem oder meinem Glück hob er mich nur hoch, um mich anschließend wieder abzusetzen. „Du bekommst noch eine Chance. Ich will ja nicht so sein."

Mein Herz klopfte so heftig, dass ich mir sicher war, dass er das gerade eben gespürt haben musste. Natürlich war mir klar, dass es weniger die Aussicht auf ein unfreiwilliges Bad gewesen war, als die körperliche Nähe zu Jamie. Verdammt, ich würde das nie in den Griff kriegen. Allerdings sah er selbst ein wenig durcheinander aus. Er schnaufte ein wenig zu stark für die kleine körperliche Herausforderung. Mit der rechten Hand griff er sich in den Nacken und verriet sich dadurch. Ich kannte ihn zu gut, um nicht zu wissen, dass er gerade verunsichert war.

Seine Augen loderten für meinen Geschmack etwas zu gefährlich und mein Magen wurde wieder einmal von der Horde Schmetterlinge gepiesackt, die mich völlig konfus machten. Am liebsten hätte ich sie angeherrscht, endlich Ruhe zu geben. Plötzlich wandte er seinen Blick ab, ich folgte ihm enttäuscht und wir beobachteten Jane für einen Augenblick, die intensiv im Sand buddelte und uns keinerlei Beachtung schenkte. Kurz darauf stand sie plötzlich auf und rannte auf ein Mädchen zu.

„Jane, bleib hier." Hastig trat ich zu ihr und der herannahenden Familie. Es waren die Nachbarn meiner Eltern, deren Tochter mit Jane in die Vorschule ging.

„Darf ich mit Linda spielen?", fragte sie mich mit leuchtenden Augen. Unschlüssig sah ich zu Lindas Eltern.

„Du kannst sie ruhig eine Weile bei uns lassen. Wir passen auf. Dann können die Mädchen ein wenig zusammenspielen."

„Okay, Jane, wenn was ist, dann komm zu uns rüber."

Jane war schon in ihr Spiel mit ihrer Freundin vertieft und ich kehrte zu Jamie zurück.

„Jane bleibt ein wenig bei den Parkers. Das sind die Nachbarn meiner Eltern."

Jamie warf ihnen einen forschenden Blick zu, als er sah, dass die Eltern mit den Kindern eine Sandburg bauten, konzentrierte er sich wieder auf mich. Seine Hand umfasste plötzlich meine Taille und ich quietschte. Mit der anderen Hand strich er mir sanft über die Wange und hinterließ durch die Berührung eine Gänsehaut auf meinem Rücken. Seine Lippen pressten sich auf meine und ich konnte nur noch *oh mein Gott* denken. Dann setzte mein Verstand aus, und mein Körper funktionierte von allein. Ich presste mich an ihn und erwiderte völlig ausgehungert seinen Kuss. Seine Zunge bat forsch um Einlass und umspielte leidenschaftlich meine und trieb mich damit beinah in den Wahnsinn. Erst als ich seine eindeutige Erektion an meinem Bauch verspürte, kehrte mein Verstand langsam wieder zurück. Ohne mich von ihm zu lösen, murmelte ich an seinen Mund: „Jane! Sie sollte das nicht sehen."

„Du hast recht." Trotz seiner Worte saugte er noch einmal zärtlich an meiner Unterlippe, bevor er sie bedauernd in Freiheit entließ. Dennoch ließ er mich nicht los und lehnte seine Stirn an meine. Ich vergewisserte mich kurz, dass Jane immer noch brav an Ort und Stelle bei den Parkers saß und fokussierte mich wieder auf Jamie, der mich sanft anlächelte.

„Das wollte ich schon die ganze Zeit tun."

Nun ruckte mein Kopf zurück und ich starrte ihn wahrscheinlich höchst schockiert an, weil ich weder mit dem

Kuss noch mit einer derartigen Aussage im Entferntesten gerechnet hätte.

„W-wie meinst du das?", stotterte ich unglaublich wortgewandt, während ich mich aus seinem bestimmenden Griff befreite und einen Sicherheitsabstand zwischen uns brachte.

Anscheinend in weiser Voraussicht, denn Jamie kam nicht zu einer Erklärung.

„Gehen wir jetzt ins Wasser? Jamie, du hast meinen Flamingo noch gar nicht aufgepumpt." Janes Kulleraugen wirkten fassungslos, als hätte der perfekte Jamie gerade einen kleinen Riss in ihrem Weltbild bekommen.

„Lizzy hat mich abgelenkt, ich bin unschuldig." Beschwörend legte er eine Hand aufs Herz und ich schnaubte empört, sagte aber nichts.

„Wolltest du nicht mit Linda spielen?"

„Die ist blöd. Sie hat einfach unsere Sandburg kaputtgemacht, weil ich sie anders bauen wollte als sie."
Jane zog eine Schnute und ich musste mir ein Lächeln verkneifen.

„Du bist ja noch angezogen." Nun wurde ich mit demselben Blick wie zuvor Jamie bedacht und ich antwortete rasch: „Bin schon dabei."

Endlich stand ich im Bikini da und ohne Jamie anzusehen, spürte ich genau seinen brennenden Blick auf mir. Ihn ignorierend, griff ich nach der Hand der Kleinen und rannte mit ihr zu den Wellen. Allerdings stoppte ich nach zwei Schritten durchs Wasser abrupt und schrie: „Verdammt, ist das kalt." Fröstelnd stand ich da und sah Jane dabei zu, wie sie tapfer ins Wasser ging. Jamie rannte an uns vorbei und stürzte sich in die Fluten, wobei er es natürlich nicht unterließ, mich anzuspritzen. Wieder entkam mir ein spitzer Schrei und ich musste mich wirklich zusammenreißen, um nicht den Rückzug anzutreten. Die Blöße wollte ich mir dann doch nicht geben. Also biss ich tapfer die Zähne zusammen und tribbelte weiter ins Wasser, bis ich endlich bis zu den Hüften drinstand.

„Soll ich dir vielleicht behilflich sein?" Sein süffisanter Tonfall war mir Warnung genug, um sein Angebot abzulehnen.

„Nein, danke. Das bekomme ich gerade noch selbst hin."

„Bis du endlich schwimmst, ist Jane erfroren."

Ich schnappte nach Luft. Dennoch schafften es seine Worte, mich zu überwinden und ich ging in die Knie und schwamm kurz darauf geschockt über die Kälte mit kleinen, hastigen Schwimmbewegungen los, die Jamie ganz offensichtlich zu belustigen schienen. Jane hingegen feuerte mich immerhin an, weiterzuschwimmen. „Wie haltet ihr das bloß aus?", stieß ich zähneklappernd aus.

„Schwimm einfach weiter, irgendwann ist es nicht mehr kalt."

Das konnte doch nur ein schlechter Scherz sein. Trotzdem war mein Stolz zu groß, um gleich klein beizugeben und nach ein paar Minuten musste ich ihm zähneknirschend zustimmen. Tatsächlich wurde es langsam erträglich. Aber ganz sicher würde ich nicht lange im Wasser bleiben. Sollte Jamie das mal schön allein übernehmen.

„Okay, das war eine angenehme Erfrischung, aber jetzt muss ich was für meinen Teint tun", rief ich den beiden zu, die ausgelassen im Wasser tobten und mich sowieso nicht benötigten. Zitternd rubbelte ich mich trocken und wechselte rasch den Bikini unter dem Handtuch und zog meine Klamotten wieder an. Die Sonne würde mich hoffentlich bald wieder von meinem Eisklotzstatus befreien. Versonnen beobachtete ich Jamie, wie er seine Tochter gerade hochhob und ins Wasser warf, was Jane vergnügt kreischen ließ. Langsam schien nicht nur mein Körper, sondern auch mein Gehirn wieder aufzutauen, denn mir fiel der Kuss wieder ein. Schlagartig rumorte es wieder in meinem Magen und der Ruhezustand meines Pulses wurde empfindlich gestört. Sobald wir Jane nach Hause gebracht hätten, mussten wir miteinander reden. Diesmal konnten wir nicht stillschweigend darüber hinweggehen. Heute gab es keine Ausflüchte, dass wir zu betrunken oder verwundet gewesen waren und nur Trost und Ablenkung gesucht haben. Es war eine bewusste Entscheidung von ihm gewesen, die er gewollt hatte. Was ich wollte, wusste ich ja schon lange. Aber er? Niemals hätte ich gedacht, dass ihm der Ausrutscher mehr bedeutet hatte. Dass zwischen uns mehr als Freundschaft möglich wäre. Nie hatte er irgendein Interesse signalisiert, dass über das freundschaftliche hinausging.

Gerade fühlte ich mich unglaublich durcheinander und war heilfroh, dass die beiden noch im Wasser waren. Bis sie raus-kämen, musste ich mein Gefühlschaos irgendwie in den Griff bekommen. Falls das mit Jamie und mir irgendetwas zu bedeu-ten hatte, mussten wir erst einmal für uns herausfinden, wohin die Reise führen würde, bevor Jane irgendetwas davon mitbe-käme. Wir waren vorhin viel zu leichtsinnig gewesen. Um mich abzulenken, goss ich mir eine Tasse Kaffee ein, den ich in einer Thermoskanne mitgebracht hatte. Genießerisch trank ich einen Schluck und versuchte mich zu beruhigen. Nachdem ich aus-getrunken hatte, ging ich ans Ufer und rief Jane zu, dass sie langsam rauskommen sollte. Schließlich wollte ich nicht für eine Erkältung verantwortlich sein. Ich hörte sie murren und erst als Jamie etwas zu ihr sagte, erhellten sich ihre Gesichtszüge und sie sprang leichtfüßig auf mich zu. Ich trocknete sie rasch ab, entkleidete sie und steckte sie in einen Bademantel.

„Wie hat Jamie dich so schnell aus dem Wasser gelockt?", fragte ich neugierig.

Jane grinste übers ganze Gesicht. „Er hat mir verraten, dass Tiffany ihm meine Lieblingskekse mitgegeben hat. Die backen wir immer, wenn sie auf mich aufpasst."

Jamie sah gerührt über ihre Freude aus. Immerhin war es auch für seine Mutter ungewohnt, nun nicht mehr für die Tochter ihrer Freundin zu sorgen, sondern um ihr eigenes Enkelkind. Die Szene wirkte nicht nur heimelig, sondern un-glaublich familiär und normal. Für einen kurzen Moment er-laubte ich es mir, mir vorzustellen, wir wären eine kleine Familie. Rasch schüttelte ich den Kopf, um diesen verklärten Traum schleunigst abzuschütteln. Jane war Gwens Tochter und ich durfte in diesen kleinen Kuss nicht allzu viel hinein-interpretieren. Jamie würde mir später sicherlich erklären, dass es ganz harmlos war. Ein Fehler. Darauf sollte ich mich jetzt schon einstellen, um nicht allzu sehr enttäuscht zu sein.

„Alles klar?" Jamie musterte mich beunruhigt und ich stellte mit Erschrecken fest, dass man mir wohl ansah, dass ich durcheinander war.

„Ich habe nur Hunger, davon bekomme ich immer schlechte Laune. Also her mit den leckeren Keksen", lenkte ich rasch ab. Ich umarmte Jane und knuddelte sie. „Warum hast du mir noch nie welche abgegeben?"

„Weil die sooo lecker schmecken, dass man alle auf einmal aufessen muss." Sie streckte die Arme aus, wohl um zu signalisieren, wie gut sie schmecken.

Jane sah so unfassbar süß aus, wie sie uns angrinste und ich erkannte, dass Jamie genauso dahinschmolz wie ich. Die Kleine hatte ihn komplett um den Finger gewickelt.
Jamie holte eine große Tupperdose heraus und reichte sie Jane.

„Da hat es deine Mutter aber gut mit uns gemeint." Ein klein wenig fassungslos begutachtete ich die Menge an Schokocookies. „Auch auf die Gefahr hin als Spielverderberin zu gelten. Die essen wir heute nicht alle auf. Diesmal heben wir welche auf."

Jamie sah mich fast genauso enttäuscht wie Jane an. Während er nach dem vierten Keks griff, beugte er sich geschwind zu mir und flüsterte in mein Ohr: „Spielverderberin." Sein heißer Atem ließ mich schwach werden und ich musste mich wirklich anstrengen, um mich nicht in seine Arme zu stürzen. Stattdessen stopfte ich mir lieber den nächsten Keks in den Mund.

Ich spürte einen festen Rippenstoß und bedachte den Übeltäter mit einem bösen Blick. Jamie erwiderte diesen äußerst unschuldig und entgegnete: „Ich möchte dich nur daran erinnern, dass du welche aufheben wolltest." Mit dem Kinn wies er Richtung Dose und ich fühlte, wie meine Wangen glühten. Keine Ahnung, wie viele Kekse ich gerade gedankenverloren in mich reingestopft hatte. Wie peinlich und sein aufmerksamer Blick hatte mich anscheinend keine Sekunde aus den Augen gelassen.

Schnell lenkte ich die beiden ab, indem ich vorschlug, eine Sandburg zu bauen. So verbrachten wir vergnügliche Stunden, in denen wir alle viel Spaß hatten. Die beiden gingen natürlich noch ein zweites Mal ins Wasser, worauf ich dankend verzichtete.

Jane rang Jamie auf der Heimfahrt das Versprechen ab, das baldmöglichst zu wiederholen. „Mama und Lizzy sind total langweilig. Und Papa hat nie Zeit. Mit dir macht es viel mehr Spaß."

„Vielen Dank junge Dame", rief ich lachend, während ich mich kurz zu ihr umdrehte.

„Mit dir sind dafür andere Sachen schön", revidierte sie zum Glück ihre Meinung.

„Diplomatisch ist sie, keine Frage", warf Jamie vergnügt ein, was Jane die Nase krausen ließ. „Ist das was Gutes oder Schlechtes?"

„Süße, wenn es um dich geht, kann es niemals etwas Schlechtes sein." Seine Stimme klang belegt und traf mich mitten ins Herz. Jamie nahm seine Vaterrolle nicht nur ernst, er liebte Jane jetzt schon und mit jedem Treffen wurde das Band stärker. Wenn ich nicht schon seit langem in ihn verliebt wäre, dann wäre wohl jetzt der richtige Zeitpunkt.

Jane schien zufrieden und sie redete ohne Unterlass, als wir sie bei meiner Mutter absetzten. Miranda nahm sie auf den Arm und küsste sie. „Du hattest einen schönen Tag, ich sehe schon."

„Und morgen kommt Gwen und geht mit mir Kleider für Bella kaufen." Zufrieden rieb sie ihr Gesicht an Mirandas Schulter und ich sah meiner Mutter sofort an, dass etwas nicht stimmte. Als ich Jamie einen kurzen Blick zuwarf, erkannte ich, dass er es ebenfalls bemerkt hatte, denn er kniff die Augenbrauen zusammen.

„Geh zu Papa, es gibt gleich Abendessen." Miranda ließ die Kleine herunter und kaum war sie winkend verschwunden, fiel ihr Lächeln in sich zusammen.

„Sag, dass das nicht wahr ist. Gwen kommt nicht?" Ich verschränkte die Arme und starrte Miranda herausfordernd an, als wäre sie schuld an Gwens Unzuverlässigkeit.

„Trevor hat einen wichtigen Termin, den er nicht verschieben kann."

„Und warum kommt sie nicht allein?", warf Jamie mit harter Stimme ein.

„Gwen fährt nicht gern Auto und sie ist der Meinung, dass es wichtig wäre, wenn Jane auch gleich eine Beziehung zu ihrem Mann aufbaut", versuchte Miranda ihre Tochter in Schutz zu nehmen.

„Okay, das Argument verstehe ich, aber dann wären sie eben nächste Woche noch einmal gekommen. Wo liegt das Problem? Ich denke, sie hat keine Lust, ohne ihren geliebten Trevor zu kommen. Vielleicht überfordert sie auch der Gedanke, alleine Zeit mit Jane zu verbringen", warf ich skeptisch ein.

Miranda zuckte nur hilflos mit den Achseln. „Ich werde es Jane nachher schonend beibringen. Dann gehe eben ich mit ihr Puppenkleidung kaufen."

Darum ging es überhaupt nicht, aber das wusste meine Mutter natürlich. Gwen war jetzt schon unzuverlässig, wie sollte es erst werden, wenn Jane bei ihr wohnte? Mir wurde flau im Magen, als ich mir vorstellte, wie sie Jane bei ihrem Kindermädchen abschob. Immerhin verfügte ihr Zukünftiger über genügend Geld, sodass sie sich nicht rund um die Uhr selbst um ihre Kinder kümmern mussten.

„Ich muss morgen leider den ganzen Tag arbeiten, sonst wäre ich mit ihr gegangen", meinte ich betrübt.

„Ich kann das doch übernehmen. Dann höre ich etwas früher auf zu arbeiten. Zwar habe ich noch nie Puppenzubehör gekauft, aber dann ist das eben die Premiere."

Jamie grinste vergnügt und sein glücklicher Gesichtsausdruck vertrieb jegliche Skepsis, dass er es nur tat, um seinen Vorsprung auszubauen. Es machte ihm Spaß, Zeit mit Jane zu verbringen, er schien auf den Geschmack gekommen zu sein.

„Von mir aus, sehr gern." Meine Mutter schien wirklich daran gelegen zu sein, ihren Fehler wiedergutzumachen. „Jane mag dich wirklich gern. Sie spricht ständig von dir."

Jamies Augen leuchteten auf, aber er sagte lediglich: „Das freut mich. Ich mag sie auch."

Versonnen schaffte ich es kaum, den Blick von ihm abzuwenden.

„Dann hole ich sie morgen gegen 16 Uhr ab, wenn sie mich als Ersatz annimmt."

Kurz darauf hatten wir uns von Miranda verabschiedet und fuhren zu mir.

„Du hast Mirandas Abend gerettet. Nicht auszumalen, was passiert wäre, wenn du nicht eingesprungen wärst", scherzte ich.

Jamie hingegen blieb ernst und ich erkannte an seinem angespannten Kiefer, dass er angepisst war.

„Mir gefällt das nicht. Es ist typisch für Gwen. Anscheinend ist es ihr nicht einmal unangenehm. Sie scheint sich sehr sicher zu sein, dass sie Jane bekommen wird, wenn sie sich nicht einmal Mühe gibt, ein Interesse an ihrer Tochter vorzutäuschen."

Insgeheim sah ich es ähnlich, aber es kam mir falsch vor, meine Schwester zu verurteilen, ohne die näheren Umstände zu kennen.

„Vielleicht ist ihr wirklich was dazwischengekommen." Jamie hieb wütend aufs Lenkrad, sagte aber nichts. „Neulich war sie eifersüchtig, weil du ebenfalls das Recht bekommst, deine Tochter kennenzulernen, ihr ist doch klar, dass du viel häufiger die Gelegenheit erhältst, weil du vor Ort wohnst. Warum sollte sie dir in die Karten spielen, indem sie jetzt freiwillig verzichtet?"

„Ja, warum? Wahrscheinlich hat sie sich längst über ihre Rechte beraten lassen. Trevor kann sich doch die teuersten Anwälte leisten, dagegen habe ich doch nicht den Hauch einer Chance."

Er bremste so scharf vor meinem Haus, dass mein Oberkörper nach vorne flog und vom Gurt gestoppt wurde. Mir entkam ein leises Stöhnen und ich sah ihn erschrocken an. Er fuhr sich aufgebracht durchs Haar und sah mich mit schmerzerfüllter Miene an. „Ich lerne Jane doch gerade erst kennen. Wenn ich sie jetzt verliere ..."

Ihm brach die Stimme und ich legte meine Hand auf sein Bein. „Das wird nicht geschehen. Du bist ihr Vater und hast ein Recht, sie zu sehen."

„Vielleicht auf dem Papier. Aber wach doch mal auf. In der Realität wird Gwen ständig Ausreden erfinden und ehe ich mich versehe, ist meine Tochter erwachsen und hat keinen Bock mehr auf ihren fremden Dad.“

Gott, er klang so wütend, so verzweifelt, aber vor allem hoffnungslos. Wahrscheinlich war er deutlich realistischer als ich. „Noch dauert es bis zum Umzug. Und Gwens Unzuverlässigkeit spielt dir doch in die Karten. Miranda wird Jane erst aufklären, wenn Gwen einen guten Draht zu ihr gefunden hat. Je öfter sie absagt, desto länger wird es dauern.“

Jamie umfasste meine Hand, die noch immer auf seinem Oberschenkel ruhte und drückte sie zärtlich, während er mir tief in die Augen sah.

„Danke Lizzy. Dein Zuspruch und deine Unterstützung bedeuten mir wirklich viel.“

Erst jetzt, als ich beinah in seinem wunderschönen Grün versank, dachte ich wieder an unseren Kuss und im Affekt hätte ich fast meine Hand zurückgezogen. Vielleicht hatte er es gespürt, denn er verstärkte den Druck und ich sah ihn hart schlucken. Was war hier los? Meine Hand zitterte leicht und ich bat inständig, dass es ihm nicht auffiel. Immerhin hielt er seinen Blick unverwandt auf mein Gesicht gerichtet.

Ungeduldig löste er seinen Sicherheitsgurt und sein Gesicht näherte sich mir, fast spürte ich schon seine zärtlichen Lippen auf meinen, als er stoppte und angestrengt ausstieß: „Wir müssen reden.“

Okay. Das war eine klare Ansage. Aber mein Herz sehnte sich gerade nach seinem Kuss, obwohl mein Gehirn mir versuchte begreiflich zu machen, dass es eine sehr vernünftige Herangehensweise war. Trotzdem fühlte ich mich leer, als ob er mir schon verkündet hätte, dass der Kuss am Meer ein Fehler gewesen war. Ich war jetzt schon süchtig nach seinen Berührungen, die mir das Gefühl gaben, begehrenswert zu sein. Ihm wichtig zu sein.

„Magst du mit reinkommen?“, brachte ich etwas gezwungen über die Lippen, die immer noch enttäuscht darüber waren, um die Liebkosung gebracht worden zu sein.

„Gern." Schweigend stiegen wir aus und erst, als wir die Küche betreten hatten, fragte ich ihn, was er trinken wollte.

Nachdem ich ihm ein Bier in die Hand gedrückt und mir selbst eine Apfelschorle eingeschenkt hatte, setzte ich mich an den Küchentisch. Irgendwie erschien es mir passender hier zu reden und für ein wenig Abstand zu sorgen, was auf der Couch schwerlich möglich wäre.

Jamie blieb stehen und drehte ein wenig ratlos die Flasche in seinen Händen. Ich sah sie schon zu Boden gehen und für eine riesige Sauerei sorgen. Abrupt trat Jamie einen Schritt nach vorn und stellte die Flasche so schwungvoll auf dem Tisch ab, dass sie überlief. Ich zuckte erschrocken zusammen und biss mir auf die Lippe.

Endlich setzte er sich, was mich etwas ruhiger werden ließ.

Wieder umklammerte er die Flasche, als wolle er sich daran festhalten. Dabei war es doch eher ich, die einen Rettungsanker benötigte, um nicht abzusaufen.

„Lizzy, ich hätte schon längst mit dir reden müssen. Aber ich war zu feige und bin lieber den einfachen Weg gegangen. Das hat für eine Weile funktioniert, jetzt klappt das nicht mehr."

Verwirrt blinzelte ich ihn an. Was funktionierte nicht mehr? Immer noch blieb ich stumm, während mir das Blut in den Ohren rauschte.

„Zuerst war ich wirklich der Meinung, es wäre ein dummer Ausrutscher gewesen. Aber mit jedem Treffen wuchs meine Unsicherheit. Jedes Mal, wenn ich in deine wunderschönen Augen sehe, erkenne ich ein Stück weit mehr die Wahrheit. Und jetzt bin ich endlich soweit, sie mir ebenfalls einzugestehen."

Der Kerl machte mich fertig, warum redete er die ganze Zeit um den heißen Brei herum? „Welche Wahrheit?", war alles, was ich fragte, obwohl mir so viel mehr auf der Zunge lag.

„Dass ich mich damals für die falsche Schwester entschieden habe."

Ich hatte mit vielem gerechnet, mir manches erhofft, aber dieses Szenario war nicht dabei gewesen. Damit hatte er mich nicht nur sprachlos gemacht, sondern vollkommen schachmatt gesetzt. Ich musste mich verhört haben. Mein Mund öffnete sich, aber es kam kein Ton heraus. Wahrscheinlich gab ich gerade kein schmeichelhaftes Bild ab, aber ich schien die Kontrolle über meinen Körper gerade verloren zu haben.

„Versteh mich nicht falsch. Damals hatte ich keine Gefühle für dich, die über Freundschaft hinausgingen. Aber du warst mir alles andere als gleichgültig und dass hat Gwen nicht ertragen. Vielleicht hat sie mehr gesehen als ich selbst."

„Stopp!", rief ich viel zu laut und war aufgesprungen und ein paar Zentimeter zurückgewichen. Als Jamie ebenfalls aufstand, hob ich die Hände und streckte sie ihm abwehrend entgegen, um ihn auf Distanz zu halten.

„Was genau willst du mir gerade eigentlich sagen?", stieß ich verzweifelt aus.

„Dass ich damals ein Hornochse gewesen bin und heute ein Rindvieh."

„Jamie!" Mein Tonfall konnte sich zwischen Lachen und Weinen nicht entscheiden und klang dementsprechend komisch.

Er umrundete den Tisch und instinktiv trat ich noch einen Schritt zurück, bis ich die Küchentheke im Rücken spürte. Ich fühlte mich nicht bereit für die Wahrheit, obwohl ich mich so sehr danach gesehnt habe. Zu lange hatte ich davon geträumt, als dass dieser Moment wahr sein konnte. Plötzlich hatte ich Angst davor, dass dieser magische Augenblick nicht das halten würde, was er mir all die Jahre versprochen hatte. Dass die Magie des Zaubers sich verlor, sobald er die Worte aussprach.

Jamie griff nach meinen Händen, die ich immer noch vor mir ausgestreckt hielt und schob sie zur Seite, um sich so dicht vor mich zu stellen, dass er mich noch etwas mehr an die Kante heran schob. Sein Körper hielt mich an Ort und Stelle, aber ich wäre sowieso unfähig gewesen, wegzulaufen. Meine Beine fühlten sich wie morsches Holz an, das gleich brach, und seine gesamte Aura machte es mir unmöglich, sich seinem Bann zu entziehen. So war es schon immer gewesen und würde sich nie ändern.

Er zog mich in seine Arme und mein Herz klopfte heftig gegen seine Brust, die eng an mich gedrückt war. Einen Moment standen wir atemlos da und ich genoss seine Nähe. Inhalierte seinen herben Geruch und rieb mein Gesicht an seiner Schulter.

Ich wollte ihn ansehen, um zu erkennen, ob er dasselbe spürte wie ich. In seinen Augen lag so viel Sehnsucht und Leidenschaft, dass ich ihm automatisch meine Lippen entgegenstreckte und endlich erlöste er mich und küsste mich feurig. Mein Geist schien sich aufzulösen und in meiner Wahrnehmung gab es nur noch uns beide, sonst nichts.

Unser Kuss schien ewig anzudauern. Verdammt, dieser Mann wusste was er tat. Dieser Mann war der Kussgott schlechthin. Nicht, dass ich das nicht vorher schon gewusst hätte, aber ich hatte das Gefühl, dass er mich mit jedem Kuss ein wenig süchtiger machte. Wildes Verlangen stieg in mir auf, ich wollte mehr. Ich wollte alles. Aber ich bremste mich und schaffte es gerade noch rechtzeitig, die Kurve zu kriegen. Anscheinend löste ich mich etwas zu abrupt von Jamie, denn er riss erstaunt die Augen auf und unter seiner prüfenden Musterung sah ich zu Boden.

„Nicht gut?", fragte er mich doch allen Ernstes.

Ich schob ihn ein Stückchen von mir und verschränkte die Arme vor der Brust. „Zu gut."

Seine Mundwinkel zuckten und ich ergänzte empört: „Ich finde das nicht lustig. Jamie, bitte spiel nicht mit mir. Und was ist mit Claire?"

Von seinem Amüsement war nichts mehr zu sehen. Seine Lippen presste er aufeinander und es schien, als müsste er abwägen, was er sagen wollte.

„Lizzy, mich hat das Ganze komplett überrollt. Aber eines kann ich dir mit Sicherheit sagen, Claire ist Geschichte, ich werde sie nicht wiedersehen. Und jetzt kann ich nicht länger leugnen, dass ich Gefühle für dich habe, die über eine Freundschaft hinausgehen." Er seufzte und fasste sich gedankenverloren in den Nacken. „Und die wollte ich mir nicht eingestehen. Zuerst war ich damit beschäftigt, meinen jahrelangen Groll zu überdenken und anschließend war ich einfach froh gewesen, meine beste Freundin wiederzuhaben." Erneut unterbrach er sich und sah mich bittend an.

Meine Gesichtszüge wurden weicher und ich gab ihm ein Zugeständnis. „Das ging mir ganz genauso."

„Wollen wir nicht ins Wohnzimmer gehen? Da wäre es viel gemütlicher."

„Das würde dir so passen", grollte ich und er sah mich überrascht an. Als er erkannte, dass ich das nicht ganz ernst gemeint hatte, entspannte er sich. „Jetzt lenk nicht ab", holte ich ihn wieder zurück.

„Lizzy, da ist was zwischen uns und ich würde gern herausfinden, wohin uns das führt. Zuerst hatte ich Angst unsere Freundschaft aufs Spiel zu setzen, aber die Angst, dadurch niemals herauszufinden, was da zwischen uns ist, hat schlussendlich gesiegt. Sobald du weg bist, denke ich an dich, mein Verlangen dich in die Arme zu nehmen, zu küssen und ..." er räusperte sich ein wenig verlegen und ließ mich trotz meiner rosigen Wangen lächeln. „Ich kann es nicht länger ignorieren und ich bin mir ziemlich sicher, dass es dir ähnlich geht."

Nun sah er mich verunsichert an, was so süß aussah, dass ich einfach dahinschmelzen musste. Mein größter Traum ging gerade in Erfüllung. Okay, er hatte nicht gesagt, dass er mich liebte, aber dafür war es viel zu früh. Er hatte Gefühle für mich und ich sollte dankbar sein für das, was er bereit war, mir zu offenbaren und der Rest würde sich bestimmt von selbst regeln. Ich sollte einfach meinem Herzen vertrauen. Was hatte ich denn zu verlieren? Viel! Aber noch mehr, wenn ich es nicht tat.

Jamie trat dicht an mich heran und strich mir unendlich zart über die Wange. Unser Blick verhakte sich ineinander und mein Herzschlag beschleunigte sich. Ich packte ihn am Kragen seines T-Shirts und flüsterte ihm ins Ohr: „Jetzt küss mich endlich, sonst fange ich gleich an zu betteln."

Zärtlich knabberte er an meinem Ohrläppchen, dann erwiderte er: „Das würde mir eigentlich ganz gut gefallen."

Spielerisch boxte ich ihm in den Magen und endlich kam er meiner Aufforderung nach und küsste sich endgültig in mein Herz, in meine Seele und nahm auch noch den letzten Winkel meines Körpers in Beschlag.

24

Jamie

Seit meinem Geständnis waren zwei Wochen vergangen. An diesem Abend hatten wir es beim Knutschen belassen. Denn ich hatte mich beherrscht, weiterzugehen. Sie war von meinem Geständnis förmlich überrollt worden, das hatte ich ihr angesehen. Hatte sie wirklich nicht gespürt, dass sich in der letzten Zeit etwas zwischen uns geändert hatte? Oder wollte sie es einfach nicht wahrhaben, um sich im Nachhinein vor einer Enttäuschung zu schützen? Kurz hatte ich gezögert, ob ich ihr gestehen sollte, über ihre Verliebtheit Bescheid zu wissen. Aber ich hatte Sorge, dass es ihrem angespannten Verhältnis zu Miranda nicht zuträglich wäre. Und wenn ich ehrlich war, hatte ich mich nicht getraut. Was wäre, wenn sie wütend reagiert hätte, dass ich sie nicht darauf angesprochen hatte, dass ich es stillschweigend unter den Tisch hatte fallen lassen. Vielleicht sollte ich Miranda bitten, es ihr nicht zu sagen. Somit würde sie nie erfahren, dass ich Bescheid wusste.

Auch wusste ich nicht, was mit diesem Typen war, mit dem sie rumgemacht hatte. Aber ich konnte sie ja schlecht fragen, ohne zugeben zu müssen, ihr hinterhergeschnüffelt zu haben. Ich hoffte einfach, dass es sich um eine einmalige Sache gehandelt hatte. Ein Blick auf die Uhr verriet mir, dass ich mich beeilen musste, wenn ich pünktlich im Pub sein wollte. Die letzte Zeit hatte ich meinen besten Kumpel schmählich vernachlässigt, weil ich neben der vielen Arbeit Zeit mit Jane und auch Lizzy verbringen wollte. Wobei ich letztere für meinen Geschmack viel zu selten sah. Vor drei Tagen hatte sie das erste Mal bei mir übernachtet und diesmal war der Sex noch viel schöner als beim ersten Mal gewesen. Diesmal war es nicht nur triebgesteuert gewesen, sondern wir hatten uns viel Zeit gelassen, unsere Körper zu erkunden und herauszufinden, was dem anderen besonders gut gefiel. Es war eine kurze Nacht geworden, aber voller Leidenschaft und Magie. Kurzum, es war wunderschön, nein, es war perfekt gewesen. Allerdings plagte mich mein Gewissen, weil ich Lizzy zwar sehr gern hatte und ich mit ihr nicht nur im Bett viel Spaß hatte, aber definitiv nicht in sie verliebt war.

Ich schnappte nach dem Hausschlüssel und schwang mich aufs Fahrrad. Es war noch nicht allzu spät, da wir noch zusammen Abend essen wollten. Leider konnte ich in den Sommermonaten selten vor der Dunkelheit Feierabend machen, aber das gehörte einfach zu meinem Beruf dazu. Deshalb trieb mich mein Hunger an, ordentlich in die Pedale zu treten.

Als ich vor dem Gebäude hielt, sah ich Tyler schon an einem der Tische sitzen. Die ungewöhnliche Wärmeperiode hielt an und deshalb zog es sämtliche Gäste ins Freie.

Tyler hob die Hand, damit ich ihn zur Begrüßung abklatschen konnte, bevor ich kurz hineinging, um meine Bestellung an der Theke aufzugeben. Anschließend fläzte ich mich genüsslich auf einen Stuhl.

„Dachte schon, du versetzt mich", brummte Tyler zwischen zwei herzhaften Schlucken aus seinem Bierglas, bevor er mit mir anstieß.

„Das würde ich mich nie trauen", feixte ich mit gespielt ängstlicher Miene. „Deinen Zorn möchte ich nicht zu spüren bekommen."

Tyler lachte, bevor er sich vorbeugte und fragte: „Aber mal im Ernst, was war die letzten Wochen so wichtig, dass du deinen besten Kumpel regelmäßig einen Korb erteilt hast?"

Ich schnitt eine Grimasse und lehnte mich zurück, bereit ihn aufzuklären.

„Es ist ziemlich viel in letzter Zeit passiert", fing ich an und wurde schon von ihm unterbrochen. „Lass mich raten, die Geschichte mit Claire ist ernster als gedacht."

„Knapp daneben." Ich lachte, als ich seine verwirrte Miene sah.

„Soll heißen?"

„Dass es tatsächlich eine Frau gibt, aber nicht Claire."

„Wo hast du die denn so schnell aufgegabelt?", stellte er eine berechtigte Frage. Es war ja nicht so, als wäre ich ständig in Klubs oder anderen Kneipen unterwegs und vor Ort war die Frauenauswahl doch eher mäßig. Die Jüngeren waren entweder vergeben oder weggezogen, um etwas zu erleben. Um ihn noch ein wenig auf die Folter zu spannen, trank ich genüsslich das halbe Glas meiner Coke leer, bevor ich mich bequemte ihn aufzuklären.

„Es ist Lizzy."

„Was?!" Tyler lehnte sich nach vorn und stützte seine Ellenbogen auf dem Tisch ab, und fixierte mich, als wolle er irgendetwas in meinem Gesicht lesen. „Elisabeth Miller?", vergewisserte er sich völlig ungläubig.

„Na ja, findest du das wirklich so abwegig? Lizzy ist einfach wunderbar", verteidigte ich mich ein wenig defensiv. Irgendwie kotzte mich seine Fassungslosigkeit an.

„Das ist wohl die Untertreibung des Jahres. Lizzy ist eine Hammerbraut und deshalb frage ich mich ja, was sie von dir will." Er grinste mich schief an und nun war ich es, der sich vorlehnte, um meinem Freund wenig sanft gegen die Schulter zu boxen.

„Es ist kompliziert. In der letzten Zeit ist einiges passiert."

„Spuck`s einfach aus, Jamie. Dein Rumgestammel ist ja nicht zu ertragen", stöhnte mein Kumpel.

„Was bist du heute wieder feinfühlig." Kopfschüttelnd betrachtete ich ihn, bevor ich ihn endlich einweihte.

„Fall jetzt nicht vom Stuhl, aber ich habe vor kurzem erfahren, dass ich Vater bin." Anscheinend war das etwas zu direkt gewesen, denn Tyler stierte mich aus weitaufgerissenen Augen an und schien nicht verstanden zu haben.

„Moment, haben wir nicht gerade über Lizzy geredet?" Tyler kratzte sich am Kopf und schien verwirrt zu sein.

„Ich wollte von vorn anfangen." Ich zuckte mit den Achseln und ergänzte: „Ich bin Vater eines entzückenden fünfjährigen Mädchens." Nun konnte ich nicht verhindern, dass sich ein Lächeln in mein Gesicht stahl, als ich an Jane dachte.

Anscheinend platzte ich beinah vor Stolz, denn Tyler erwiderte ungläubig: „Du klingst, als würdest du dich darüber freuen. War das nicht ein Schock für dich? Du sagst die Kleine ist fünf." Er stockte und schien zu überlegen. „Aber dann ... das heißt, Gwen?!" Den Namen stieß er mit einer Mischung aus Unglaube und Abscheu aus. Es fehlte nur noch, dass er sich wie ein nasser Hund schüttelte.

„Ich wusste doch, dass du ein schlaues Köpfchen bist."

„Sie hat dir nie was gesagt? Wie hast du es erfahren?"

Ich erzählte ihn in möglichst knappen Worten, was passiert war, als er mich mittendrin unterbrach. „Moment. Die kleine Jane ist deine Tochter? Mirandas Tochter?"

„Mirandas Enkelin", verbesserte ich ihn automatisch.

„Die ganze Zeit haben dich alle verarscht. Das gibt's doch nicht." Tyler sah so angefressen aus, dass ich mich schon sorgte, dass er gleich bei ihr vorbeischauen würde, um ihr die Meinung zu geigen.

Nachdem ich ihm die restliche Geschichte erzählt hatte, lehnte er sich zurück, verschränkte die Arme und kombinierte: „Und über Jane bist du Lizzy nähergekommen. Versteh mich nicht falsch, ich finde es cool. Ihr passt gut zusammen, aber es kommt ziemlich überraschend. Bei unserem letzten gemeinsamen Pubbesuch hättest du sie am liebsten rausgeworfen."

Etwas verlegen rutschte ich auf dem Stuhl hin und her, bevor ich mich überwand, um ihn in die Augen zu sehen.

„Okay, was stimmt hier nicht? Irgendetwas an der Geschichte ist faul, das kann ich in deinen Augen lesen." Tyler kannte mich einfach zu gut.

Mein Magen verkrampfte sich und ich war für den kleinen Aufschub dankbar, als ich sah, wie Petes Frau unsere Teller an den Tisch brachte. Der Geruch allerdings verstärkte die Übelkeit, gerade hatte ich keine Ahnung, wie ich auch nur einen Bissen herunterbekommen sollte. Schließlich war mein Innerstes schon von meinen Lügen und Heucheleien verstopft.

Kurzzeitig ließ sich Tyler von seinem Burger ablenken, aber nachdem er mit einigen Bissen den größten Hunger gestillt hatte, forderte er mich mit vollem Mund heraus: „Jetzt sag schon."

„Meine Absichten in Bezug auf Lizzy sind vielleicht nicht ganz ehrlich", platzte es mir wenig diplomatisch heraus.

Tyler ließ beinah seinen Burger fallen und vergaß abzubeißen. Mit offenem Mund starrte er mich an. „Was soll das heißen?"

„Gwen möchte die Kleine zu sich holen. Was das für mich bedeutet, kannst du dir vielleicht denken." Ich musste schlucken, als mich erneut die Angst überfiel, meine Tochter gleich wieder zu verlieren. „Ich habe mir das gut überlegt, und ich möchte versuchen, das Sorgerecht für Jane zu bekommen."

„Moment, Gwen hat ihre Mutterliebe entdeckt? Und du glaubst nicht, dass es für Jane das Beste wäre, bei ihrer Mutter aufzuwachsen?"

Tylers skeptischer Blick reizte mich, auch wenn ich es ganz objektiv betrachtet nachvollziehen konnte.

„Ich zweifle an ihren guten Absichten. Sie gibt sich null Mühe, Jane besser kennenzulernen. Wie soll das erst werden, wenn die Kleine bei ihr wohnt? Wahrscheinlich schiebt sie sie an ein Kindermädchen ab. Hier würde sie in ihrem gewohnten Umfeld bleiben und vor allem ihre Tante und Oma und Opa in der Nähe haben." Tyler runzelte die Stirn, als suche er immer noch dem Grund für meine Feststellung. Deshalb holte ich tief Luft, um ihn aufzuklären. „Als alleinstehender Mann werde ich kaum Chancen gegen Gwen haben. Die Vaterschaft wird zwar anerkannt werden, weil Miranda ihrer Tochter ins Gewissen geredet hat, aber dennoch wird es schwierig werden."

Nun blitzte die Erleuchtung in seinen Augen auf und kurz darauf kniff er sie zusammen und ein Muskel an seiner Wange zuckte. Oh oh, er war sauer. Und wie.

„Du bist ein verdammtes Schwein, wenn du Lizzy dafür benutzt." Wütend hieb Tyler auf den Tisch, sodass das Besteck auf den Tellern klirrte. Es fehlte nicht viel, dann würde er mich am Kragen packen und nach draußen schleifen, um mir die Fresse zu polieren.

Ergeben hob ich die Hände. „Bevor du mich in Stücke reißt, lass es mich doch bitte erklären. Es ist ja nicht so, als bedeute Lizzy mir nichts. Aber ehrlich gesagt, ohne Jane wäre es mir nie in den Sinn gekommen, etwas mit ihr anzufangen. Es ist schön mit ihr, ich muss mich zu nichts zwingen, aber ich liebe sie nicht." Das hörte sich sogar in meinen Ohren mies an, aber ich konnte es nicht ändern. Janes Wohlbefinden stand an erster Stelle. „Unter anderen Umständen hätte ich nicht so aufs Tempo gedrückt und vielleicht wäre aus uns etwas geworden, aber mir bleibt keine Zeit. Ich stecke in einer Zwickmühle. Endlich habe ich meine alte Freundin wieder und das wollte ich ursprünglich nicht aufs Spiel setzen." Zumal ich die zarte Annäherung schon mit unserem Ausrutscher aufs Spiel gesetzt hatte. Ich konnte einfach nicht in Worte fassen, wie es in mir aussah. Alles lief durcheinander und ich hatte im Strudel meiner Emotionen komplett den Überblick verloren.

„Ich erkenne dich gerade echt nicht wieder", haute mir Tyler um die Ohren. Aber ich hatte es nicht anders verdient.

„Schmeckts euch nicht?", fragte Mary, die uns erstaunt ansah.

„Alles gut. Ich habe nur keinen Hunger", wiegelte ich ab und Petes Frau ließ es zum Glück darauf beruhen. Um meinen guten Willen zu bekunden, zwang ich mich abzubeißen. Mühsam würgte ich den Bissen hinunter und stopfte mir eine Handvoll Pommes in den Mund.

„Und wie soll die kleine Episode weitergehen? Sobald du Jane hast, schießt du Lizzy in den Wind? Das kannst du doch nicht bringen. Wahrscheinlich ist sie bis über beide Ohren in dich verliebt und du nutzt sie nur aus." Tyler stopfte sich wütend den restlichen Burger in den Mund, als müsse er sich davon abhalten, noch was Blödes zu erwidern.

„Natürlich nicht. Aber ich weiß es nicht. Es war eine Kurzschlusshandlung. Wir hatten uns geküsst, es hatte sich gut angefühlt und dann habe ich die Gelegenheit einfach ergriffen. Ich mag Lizzy, sie ist mir wichtig und ich werde alles dafür tun, ihr nicht wehzutun." Bei dem Gedanken, sie zu verletzen, zog sich mein Herz zusammen. Das durfte ich ihr nicht antun. Außerdem lief es doch gut zwischen uns. Kein Grund, sich Sorgen zu machen.

„Du musst selbst wissen, was du da tust", riss mich Tylers frostige Stimme aus den Gedanken. Mir war schon vorher klar gewesen, dass er meinen Plan sicherlich nicht gutheißen würde, aber dass er so angepisst reagieren würde, hätte ich nicht gedacht.

„Kannst du mich denn gar nicht verstehen?", fragte ich mit leiser Stimme.

„Vielleicht könnte ich es verstehen, wenn du mich eher eingeweiht hättest, wenn ich miterlebt hätte, was deine Tochter dir bedeutet. Warum hast du Lizzy nicht einfach gefragt, ob sie deine Freundin spielt? Damit hättest du ihr nicht das Herz gebrochen und du wärst dennoch nicht alleinstehend."

„Ich habe ihr nicht das Herz gebrochen", empörte ich mich. Denn ich würde alles dransetzen, dass es dazu niemals kommen würde. Wie ich das anstellen wollte, wusste ich allerdings nicht.

„Noch nicht", knurrte Tyler.

„Das wäre doch rausgekommen. Eine Scheinbeziehung kann ich mir nicht leisten."

Tylers sarkastisches Prusten ignorierte ich. Gerade war ich nur froh, ihm nicht verraten zu haben, dass ich von Lizzys jahrelangen Gefühlen für mich wusste, ansonsten hätte er mich wahrscheinlich eigenhändig erwürgt. Natürlich war mir selbst nicht wohl bei der Geschichte, aber jetzt war ich schon zu weit gegangen, um es wieder rückgängig zu machen. Außerdem verbrachte ich gern Zeit mit ihr. Ich mochte Lizzy, verdammt, sie bedeutete mir viel. Aber im Moment war mir Jane wichtiger, ihr Wohlbefinden stand an erster Stelle, als dass ich meine Gewissensbisse siegen lassen konnte.

„Meinst du nicht, du solltest mit ihr reden, bevor es zu spät ist? Ihr sagen, dass sie nur Mittel zum Zweck ist?" Tyler blickte mich besorgt an, seine Wut schien ein Stück weit verraucht zu sein. „Willst du wirklich riskieren, dass sie dich anschließend hassen wird?"

„Sie muss es nie erfahren. Außerdem stimmt das nicht. Es ist schön mit ihr. Aber irgendwann stelle ich vielleicht fest, dass meine Gefühle nicht ausreichen. Denn genauso ist es doch. Ich habe ja Gefühle für sie. Nur ist es eben nicht die große Liebe, die ich mir immer vorgestellt habe."

„Wohin dich die große Liebe geführt hat, sehen wir ja jetzt."

Beinah wäre ich unter Tylers hartem Tonfall zusammengezuckt, aber dennoch musste ich ihm insgeheim recht geben.

„Ohne Gwen würde es Jane nicht geben", widersprach ich sanft. Obwohl mir unser Beziehungsende sehr wehgetan hatte, würde ich es nie bereuen.

„Okay, aus diesem Blickwinkel betrachtet, sieht es ein wenig anders aus", gab Tyler schmunzelnd zu. Dann schüttelte er den Kopf, während er gedankenverloren die restlichen Pommes auf dem Teller hin und her schob.

„Fuck. Ich kann immer noch nicht glauben, dass du Vater bist. Das wird noch eine Weile dauern, bis das bei mir angekommen ist."

„Sobald Jane Bescheid weiß, wirst du uns zusammen erleben, dann wirst du es ganz schnell begreifen." Kurz musste ich lachen, dann aber kam ich unsanft wieder auf dem Boden der Tatsachen an und sagte hastig: „Erzähl niemandem davon. Jane weiß noch nichts und ich möchte nicht, dass sie es durch Tratsch erfährt. Miranda wird es ihr sagen, sobald Gwen und ich ihr vertrauter sind."

Tyler nickte zustimmend. „Alter, du kannst dich auf mich verlassen."

Langsam entspannte ich mich wieder und war erleichtert, dass Tyler nicht mehr ganz so angepisst wie zuvor war.

25

Lizzy

Es läutete an der Tür und eigentlich konnte es nur der Postbote sein, weil ich keinen Besuch erwartete.

„Hey Lizzy, du bist nicht ans Telefon gegangen, daher habe ich mich durchgefragt, wo die bezaubernde Tierärztin des Ortes wohnt."

Verflixt, ich hatte Simon ganz vergessen. Entgeistert sah ich ihn an, wie er entspannt vor mir stand, als ob ihm meine Überraschung gar nicht auffiel.

„Sorry, ich habe dich ganz vergessen", gab ich beschämt zu, weil ich nicht lügen konnte. „Ich weiß gar nicht, wo ich mein Handy hingelegt habe. Heute ist mein freier Tag."
Simon schenkte mir ein hinreißendes Lächeln, was mich sicherlich hätte dahinschmelzen lassen, wenn es nicht Jamie geben würde.

„Schön dich zu sehen." Er beugte sich vor, um mir ein Wangenküsschen zu geben.

„Komm doch rein", bat ich ihn verlegen, als ich endlich wieder zur Besinnung kam. Mein Herz pochte heftig, ich hätte ihm vor seinem Besuch sagen sollen, dass ich mittlerweile in festen Händen war. Und ich dumme Kuh hatte seinen Besuch komplett vergessen. Warum hatte er mir nicht noch mal geschrieben, dass er kam?

„Hübsch hast du es hier." Er sah sich neugierig in meinem Cottage um, während ich uns einen Kaffee zubereitete.

„Danke." Ich schenkte ihm ein scheues Lächeln, bevor wir in den Garten gingen und uns unter den Apfelbaum setzten, da heute wieder ein schöner Sommertag war. „Wie lange bist du schon da? Hast du schon ein wenig von Cornwall gesehen?" Verlegen suchte ich einen unverfänglichen Gesprächseinstieg, weil sein brennender Blick mich verunsicherte.

„Um Urlaub zu machen, finde ich es wunderschön, aber hier leben? Ich glaube, das ist mir doch etwas zu langweilig."

Wunderbar. Da ich nicht vorhatte, in eine Großstadt zurückzukehren, wäre das eine schlechte gemeinsame Basis für uns.

„Mir gefällt es. Ich mag die Ruhe, die Natur, die Artenvielfalt der Tiere."

„Komm schon, Lizzy. Du hast doch schon immer das Partyleben gemocht. Vermisst du das in der Abgeschiedenheit gar nicht?"

„Es ist ja nicht so, als ob man hier gar nicht feiern könnte. Und auf den restlichen Großstadtrummel kann ich getrost verzichten." Ich trank einen Schluck Kaffee, während er mich schon wieder mit seinen Augen fixierte.

Plötzlich beugte er sich vor und hauchte: „Denkst du nicht manchmal auch an unsere heiße Tanzeinlage und den Kuss? Wünscht du dir keine Wiederholung?"
Erschrocken über seine Offensive zuckte ich zurück und verschränkte die Arme vor der Brust.

„Simon, die Dinge haben sich geändert. Es gibt einen anderen in meinem Leben. Sonst sähe es bestimmt anders aus. Aber Jamie ist der Eine für mich. Den ich schon immer wollte." Ich verstummte, weil er sich bestimmt nicht die Lobpreisungen über seinen Kontrahenten anhören wollte.

Kurz verdunkelten sich seine Augen und Simon sah verletzt aus. Dann hatte er sich wieder gefangen und erwiderte gewohnt locker: „Ich bin als Freund da und höre ab jetzt mit den Anspielungen auf. In Ordnung?"

Als ich erleichtert nickte, beugte er sich über den Tisch und gab mir ein Wangenküsschen, was mich beinah erneut zusammenzucken ließ. Vielleicht war es freundschaftlich gemeint, aber mich überforderte seine Nähe. Andererseits wäre es unhöflich, ihn nun zu meiden, nachdem ich ihm nicht rechtzeitig über meinen Beziehungsstatus in Kenntnis gesetzt hatte. Immerhin wäre es möglich, dass er unter diesen Voraussetzungen den Besuch abgesagt hätte. Denn egal wie sehr er auf die Freundschaft pochte, in Wahrheit ging es ihm um etwas anderes.

Da Jamie auf der Baustelle war, konnte ich ohne schlechtes Gewissen mit Simon einen Ausflug machen und ihm das

Umland mit seinen schönsten Ecken zeigen. Wir verbrachten tatsächlich einige vergnügliche Stunden. Simon verhielt sich vorbildlich und schien sehr interessiert an den Schauplätzen zu sein, die ich ausgesucht hatte.

Abends machte ich es mir vor dem Fernseher gemütlich. Ich hatte Simon heute die spektakulärsten Klippen gezeigt, wir hatten Trerice, ein bekanntes Elisabethanisches Herrenhaus besichtigt und natürlich den bekannten Fistral Beach aufgesucht. Simon hatte mich neugierig gefragt, ob ich surfen konnte, nachdem der Strand bekannt für seine Surfwettkämpfe war. Ein Thema, über das ich lange Zeit nicht gern gesprochen hatte, weil es so untrennbar mit Jamie und meiner Jugendzeit verbunden war. Daher hatte ich tiefgestapelt und lediglich ‚früher ein bisschen‘, gemurmelt.

Mein Handy brummte und mein Herz pochte mit einem Mal rasant.

Hey meine Schöne, was hast du heute gemacht?

Mein Hals fühlte sich trocken an, und ich fühlte mich schuldbewusst, obwohl ich augenscheinlich nichts Verbotenes getan hatte. Aber irgendwie kam es mir seltsam vor, Jamie von Simon über WhatsApp zu erzählen. Das wollte ich lieber persönlich machen. Wahrscheinlich würde er sich wundern, warum ich ihn bisher nie erwähnt hatte.

Nichts Besonderes. Ich war viel draußen bei dem schönen Wetter. Was machst du heute Abend?

Vielleicht hatte Jamie spontan Zeit, dann könnten wir uns treffen und ich würde ihm von Simon erzählen. Denn ich konnte es nicht leiden, wenn ich das Gefühl hatte, dass etwas zwischen uns stand.

Tyler kommt nachher zum Zocken vorbei.

Dann richte ihm schöne Grüße aus und viel Spaß.

Mache ich. Ich wünsche dir einen schönen Abend und süße Träume. Bis bald.

Dann würde ich es ihm eben bei der nächstbesten Gelegenheit erzählen.

26

Jamie

Gähnend verließ ich das Haus, um zur Baustelle zu radeln. Leider hatte sich das gute Wetter verabschiedet, aber die frische Morgenluft weckte hoffentlich die Lebensgeister. Tyler und ich hatten gestern die Zeit vergessen und bis tief in die Nacht gezockt. Aber ich war einfach nur glücklich, dass er sich mir gegenüber wieder normal verhielt. Natürlich fand er nach wie vor, dass ich mich wie der letzte Arsch verhielt. Aber ich war nun mal sein ältester Freund, den warf man nicht so einfach fort, nur weil dieser etwas tat, was man nicht guthieß.

Zum Glück hatten wir das Thema außen vorgelassen, sodass wir entspannte Stunden miteinander verbrachten, in denen wir einfach Spaß hatten.

Jetzt fing es an zu regnen, aber dadurch, dass ich es gewohnt war, bei jedem Wetter zu arbeiten, machte es mir nichts aus. Im Gegenteil, ich liebte den erdigen Geruch des Regens und die Tropfen, die mein Gesicht benetzen, vertrieben die Müdigkeit. Und die körperliche Arbeit würde den Rest übernehmen. Schließlich hatte es auch Vorteile, nicht wie Tyler am Schreibtisch zu arbeiten. Da würde ich heute vermutlich den Kopf nicht mehr von der Tischplatte bekommen, dachte ich schmunzelnd.

Wir kamen gut voran und konnten pünktlich Feierabend machen. Das kam mir gelegen, weil ich Lizzy überraschen wollte. Sie hatte mir vorhin geschrieben, dass sie sich auf dem Nachhauseweg befand. Um nicht zu viel Zeit zu verlieren, hatte ich schon ein paar Klamotten eingepackt, falls ich über Nacht bleiben würde. Somit konnte ich mir den Umweg sparen, nochmals nach Hause zu fahren.

„Was machst du denn hier?" Lizzy sah mich erstaunt an. Dann zog sich mich zu sich heran und ich konnte ihre Freude spüren.

„Ich wollte dich überraschen. Falls du nichts vorhast, ich stehe dir heute den ganzen Abend und die ganze Nacht zur

Verfügung." Ich küsste sie und ließ ihr erst mal keine Gelegenheit zum Antworten.

Sanft griff sie anschließend nach meiner Hand und ich begleitete sie in die Küche, wo sie sich gerade ein Abendessen kochte.

„Hast du Hunger? Dann mache ich ein paar Nudeln mehr."

Ich nickte und sie kam auf mein Angebot zurück. „Die ganze Nacht? Versprichst du mir da nicht etwas, das du eh nicht halten kannst?"

Ich zwickte sie in die Seite und sie quiekte empört auf. „Sei nicht so frech, Kleine."

„Das heißt, du beweist mir nachher deine Standfestigkeit?"

Ich wollte gerade antworten, als es erneut an der Tür klingelte.

„Wer ist das denn jetzt?", murmelte sie, während sie nachsehen ging. Zwischenzeitlich rührte ich das Gemüse in der Pfanne um, damit es nicht anbrannte.

Es dauerte eine Weile bis Lizzy zurückkehrte, aber ich hatte nicht mehr als undeutliches Gemurmel verstehen können. Als ich mich zu ihr umdrehte, sah ich sie in Begleitung eines fremden Mannes. Sofort erkannte ich, dass es Lizzy unangenehm war, fast als wolle sie nicht, dass wir aufeinandertreffen.

Bevor Lizzy uns vorstellen konnte, ergriff der Mann das Wort. „Ich wusste nicht, dass du Handwerker im Haus hast. So spät noch fleißig, Kumpel. Respekt."

Ich zog bedrohlich die Augenbrauen zusammen und irgendwie ahnte ich schon, wen ich vor mir hatte, bevor Lizzy eilig richtigstellte: „Das ist Jamie, mein Freund, er kommt gerade von der Arbeit, daher die Kleidung." Sie kicherte kurz, als ob es ihr peinlich wäre und fuhr hastig fort: „Simon ist ein ehemaliger Kommilitone, der hier gerade Urlaub macht und etwas Zeit mit mir verbringen möchte."

Simon streckte mir die Hand entgegen, die ich notgedrungen schütteln musste. „Sorry, für die Verwechslung. Es freut mich, dich kennenzulernen. Lizzy hat mir schon viel von dir erzählt."

Zwar konnte ich es nicht mit Sicherheit sagen, aber irgendwie fühlte ich, dass er genau gewusst hatte, wer ich war. Immerhin hatte ich gerade am Herd gestanden, als er mit Lizzy hereinkam. Seine Bloßstellung war volle Absicht gewesen.

„Wie war dein Name? Simon? Sorry, nie gehört." Ich bemühte mich um denselben blasierten Tonfall und erkannte an dem zornigen Funkeln seiner Augen, dass er genau merkte, was hier gespielt wurde.

„Hier riecht es aber gut." Unaufgefordert ging er zum Herd und schnupperte völlig übertrieben am Essen. Während ich die Augen rollte, fragte Lizzy pflichtschuldig: „Magst du zum Essen bleiben? Ich mache einfach noch einen Fisch dazu, dann reicht es für alle."

„Ich würde gern bleiben, es schmeckt bestimmt köstlich, aber ich will euch nicht stören." Gespielt zierte er sich, und Lizzy war sicherlich zu höflich, um ihn hinauszubefördern.

„Wir würden uns freuen, wenn du uns Gesellschaft leistest", warf ich ein, um nicht als derjenige dazustehen, der etwas dagegen hatte. Lizzy warf mir einen kurzen Seitenblick zu, den ich ignorierte. Irgendwie wirkte sie extrem angespannt, als ob sie diejenige war, die Simon am liebsten loswerden würde.

Vielleicht hatte sie Bedenken, er könnte den Kuss erwähnen, aber wenn es ein einmaliger Ausrutscher gewesen war, hatte sie doch nichts zu befürchten. Mein Magen fühlte sich mit einem Mal wie zugeschnürt an und von meinem Hungergefühl war nichts mehr zu spüren. Simon hatte selbstgefällig seinen Platz am Herd neben Lizzy eingenommen, während ich blöd in der Küche herumstand.

„Ich würde sagen, es fehlt noch etwas Salz und Basilikum." Simon hielt Lizzy den Kochlöffel an den Mund, um sie probieren zu lassen. Wieder sah sie hilfesuchend zu mir, aber ich zog es vor, sie erneut nicht zu beachten, sondern ging ins Wohnzimmer rüber, als ob es mich überhaupt nicht störte, dass sich Simon verhielt, als wäre er hier zuhause. Eigentlich hätte ich mich gern umgezogen, weil ich mich ihm gegenüber in meinen Arbeitsklamotten auf verlorenem Posten fühlte, aber ich wollte die beiden nicht unbeobachtet lassen. Denn auch wenn ich vorgab auf dem Handy zu spielen, lauschte ich natürlich, was sie miteinander sprachen.

„Soll ich deinem Freund ein wenig Gesellschaft leisten? Ich glaube, er fühlt sich ein wenig ausgeschlossen."

Ich dachte, ich hörte nicht richtig. Simon hatte zwar die Stimme gesenkt, aber sprach trotzdem laut genug, sodass ich ihn mühelos verstehen konnte. Und ich war mir sicher, dass es Absicht war. Lizzy schwieg einen Moment, dann hörte ich sie leise sagen: „Okay, aber das Essen ist sowieso gleich fertig."

Lizzy wollte nicht, dass wir beide allein waren. Verdammt, was verheimlichte sie mir? Ich drehte beinah durch, während ich hier auf abgebrüht machen musste, um dem Idioten nicht die Genugtuung zu geben.

Simon trat an die Couch heran und setzte sich ungefragt neben mich. War der immer so aufdringlich? Ich sah nicht mal von meinem Handy auf.

Erst als er mir eine Bierflasche entgegenhielt, musste ich notgedrungen aufgucken.

„Na, brennt ohne dich nicht gleich die Küche?"

Er tat erstaunt und prostete mir zu. Nachdem er ein langezogenes ‚Aahhh' von sich gegeben hatte, wandte er sich mir zu.

„Lizzy hat alles im Griff." Er sah kurz Richtung Küche, bevor er eine mitfühlende Miene aufsetzte. „Nochmals sorry, dass ich dir den Abend ruiniert habe."

„Wie kommst du darauf? Lizzys Freunde sind mir immer willkommen und wir haben ja noch die ganze Nacht für uns. Ich gehe nicht davon aus, dass du es dir auf der Besucherritze bequem machen willst, um uns zuzuschauen."

Simon verschluckte sich an seinem Bier, als er meine unverblümten Worte hörte.

„Sorry, Handwerker sind halt ein bisschen niveaulos." Keine Ahnung, warum ich ihm auch noch in die Karten spielte.

„Schämst du dich etwa dafür?", kam prompt die Bestätigung.

„Warum sollte ich? Ich wollte schon immer an der frischen Luft arbeiten. Mir gefällt es." Diesmal hielt ich meine Stimme emotionslos.

Nun beugte er sich ein wenig zu mir rüber und ich musste mich beherrschen, nicht angewidert wegzurücken.

„Ich meinte auch weniger deinen Job an sich, sondern weil Lizzy Akademikerin und du nur ein Handwerker bist. Das kratzt sicherlich am männlichen Ego." Sein selbstgefälliges Grinsen würde ihm schon noch vergehen. Warum genau war Lizzy eigentlich mit so einem Arsch befreundet?

„Auf so einen Gedanken können nur Weicheier ohne jegliches Selbstbewusstsein kommen. Genau solche Typen wie du haben doch ein Problem damit, wenn Frauen in Führungspositionen tätig sind."

Simons Gesichtsfarbe sah plötzlich ein wenig ungesund aus, und nun war es an mir, ihn von oben herab zu betrachten.

„Amüsiert ihr euch gut?" Lizzy tauchte im Türrahmen auf und lächelte uns an. Trotzdem erkannte ich, dass sie besorgt aussah. Wahrscheinlich hatte sie durch den Lärm der Dunstabzugshaube, die Simon zuvor dreisterweise angestellt hatte, nichts von unserem Gespräch mitbekommen.

„Wir amüsieren uns ganz prächtig, nicht war, Simon?" Ich prostete ihm provokant zu und er konnte nicht einmal vor Lizzy verbergen, dass er angepisst wirkte.

„Das Essen ist fertig."

„Ich zieh mich rasch um."

Lizzy schenkte mir das erste ehrliche Lächeln, seitdem uns Simon gestört hatte. Wahrscheinlich ahnte sie, warum ich das tat. Ihr bezauberndes Lächeln reichte aus, um mich wieder zu erden.

Dieser Wichser war nur ein Wichtigtuer, der gern bei ihr landen würde, und genau wusste, dass er keine Chance hatte.

Als ich ein paar Minuten später die Treppe runterkam, begegnete mir Simon im Flur.

„Ich suche die Toilette", behauptete er.

Ich wies auf eine Tür linkerhand im Flur und wollte wortlos an ihm vorbeigehen, als er mich am Arm festhielt und zischte: „Glaubst du wirklich, dass du Lizzy das Wasser reichen kannst? Was will sie mit einem Proleten wie dir? Vielleicht hast du gewisse Qualitäten, die sie momentan darüber hinwegsehen lassen, aber glaube mir, sie wird schnell genug von dir bekommen."

„Warum fragst du das nicht Lizzy selbst?", knurrte ich, während ich seinen Arm wegschlug, damit er mich losließ.

„Dazu bist du wohl zu feige."

Damit ließ ich ihn stehen und bat inständig, dass ich den restlichen Abend überstand, ohne ihm in die Fresse zu schlagen.

Während wir aßen, hatte ich keine Lust mehr auf diese Farce und gab mir keine Mühe, Interesse an Simon zu heucheln. Schweigsam schaufelte ich das Essen hinein und sah erst auf, als Simon fragte: „Zeigst du mir noch ein paar schöne Ecken, bevor ich nach London zurückfahre? Das war gestern wirklich ein toller Tag mit dir."

Lizzys Gabel fiel klirrend auf den Teller und sie klemmte sich fahrig eine Haarsträhne hinters Ohr.

„Leider muss ich die nächsten beiden Tage arbeiten. Vielleicht können wir uns abends im Pub treffen. Was meinst du Jamie?" Sie warf mir einen zaghaften Blick zu.

Ich rieb mir gedankenverloren übers Kinn und schaffte es tatsächlich, meine Fassungslosigkeit zu verbergen.

„Mal sehen. Das können wir ja spontan entscheiden. Oder?"

„Kein Problem. Ich will dich gar nicht vereinnahmen, Lizzy. Schließlich bin ich ja mit einem Kumpel hier."
Wo der gerade war, erklärte er allerdings nicht. Was mir deutlich machte, was er sich von seinem Besuch hier wohl erhofft hatte.

Endlich brach er auf und ich nickte ihm lediglich zum Abschied zu, während er falsch säuselte: „Vielleicht sieht man sich noch mal. Ich würde mich freuen."

„Wer´s glaubt", brummte ich und an Lizzys Reaktion erkannte ich, dass sie mich genau verstanden hatte. Es dauerte einen Moment, bis sie zu mir zurückkehrte, nachdem Simon endlich verschwunden war.

Ihre zögerlichen Schritte bezeugten ihre Unsicherheit. Mitten im Raum blieb sie stehen und ich forderte mit rauer Stimme: „Setz dich zu mir."

Lizzy kam meiner Aufforderung nach. Kaum saß sie neben mir, zog ich sie zu mir heran und küsste sie ausgehungert. Wild und leidenschaftlich entkam mir ein animalisches Stöhnen, als unsere Zungen sich bereitwillig umspielten. Meine Hand wanderte über ihren wunderschönen Rücken, den ich zärtlich streichelte.

Nie würde ich genug von ihr bekommen. Lizzys Reize brachten mich beinah um den Verstand.

Wir waren beide etwas außer Atem, als ich mich von ihr löste, meine Stirn aber an ihre gelehnt hielt.

„Bist du gar nicht sauer?", fragte sie leise.

„Eher fassungslos."

Sie zuckte zusammen und rückte von mir weg, um mich anzusehen.

Ihr Blick wirkte schuldbewusst, aber bevor sie etwas erwidern konnte, sagte ich: „Weil du mit so einem Schwachmaten befreundet bist. Und weil du mich angelogen hast." Bei der zweiten Feststellung konnte ich nicht verhindern, dass ich ungehalten klang.

„Es tut mir leid. Ich hätte es dir heute erzählt."

Ich schnaubte und glaubte ihr kein Wort.

„Ehrlich, ich wollte es dir nicht schreiben, weil es vielleicht zu Missverständnissen geführt hätte. Daher wollte ich es dir persönlich sagen."

„Wenn es so harmlos war, hättest du es mir doch schreiben können. Wo ist das Problem?" Jetzt wurde ich doch lauter, obwohl ich mir geschworen hatte, ruhig zu bleiben.

„Simon will was von mir", murmelte Lizzy bedrückt.

„Nein, echt? Das wäre mir gar nicht aufgefallen."

„Spar dir deinen Sarkasmus, Jamie. Ich habe keine Ahnung, was er vorhin zu dir gesagt hat, aber ich habe genau mitbekommen, dass du auf hundertachtzig warst."

Nun zuckten meine Mundwinkel, ob ich wollte oder nicht. Die Tatsache, dass Lizzy mich so gut kannte, wärmte gerade mein Innerstes, beruhigte meine empfindlichen Nerven und ließ mich wieder runterkommen.

„Was ist mit dir? Lief da mal was zwischen euch? Du hattest nur zwei Typen erwähnt …" spielte ich auf unser damaliges Gespräch an.

Lizzy wurde rot und ein Augenlid zuckte.

„Als ich in London war, haben wir uns geküsst. Einmal. Ja, ich habe ihn erwidert, weil es mich abgelenkt hat. Aber als ich gemerkt habe, dass Simon mehr möchte, habe ich abgeblockt. Ein Kuss, mehr war da nicht."

Ich griff ihre Hände und stellte leicht amüsiert fest: „Ich glaube, du warst nicht deutlich genug."

Lizzy reckte ihr Kinn in die Höhe und entgegnete: „Ich habe ihm gesagt, dass ich einen Freund habe, als er gestern hier aufgetaucht ist. Ehrlich gesagt, hatte ich seinen Besuch vergessen."

Mir platzte ein Lachen hervor. „Das muss ihn arg gekränkt haben." Dann zog ich sie endlich wieder in meine Arme, küsste sanft ihren Hals, hinauf zu ihrer Wange, die ich liebkoste, um ihr anschließend ins Ohr zu flüstern: „Ich bin froh, dass da nicht mehr zwischen euch war. Und hoffentlich nie sein wird."

Ich konnte nicht verhindern, dass ich ein wenig unsicher klang, aber sie antwortete so schnell, dass kein Raum für Zweifel blieb.

„Ich will nur dich Jamie. Schon so lange."
Endlich konnte ich mich fallenlassen, zog Lizzy in meine Arme und eng aneinandergekuschelt, genoss ich einfach ihre Nähe.

27

Lizzy

„Ciao Mia, bis bald", rief ich ihr durch das geöffnete Auto-
fenster zu. Ich war direkt nach der Arbeit kurz bei ihr vor-
beigefahren, denn sie wusste natürlich, dass Jamie und ich uns
nähergekommen waren und wir jede freie Minute miteinander
verbrachten. Dennoch wollte ich meine Freundin nicht ver-
nachlässigen und hatte mich sehr auf das Treffen gefreut.

Sie hatte mich einfach von Jamie erzählen lassen. Das war
das beste Ablenkungsmittel schlechthin. Noch nie hatte mich
ein Mann auf Wolke sieben schweben lassen. Noch nie hatte
sich mein Herz so vollständig angefühlt. Momentan war ich
wunschlos glücklich. Obwohl mich die Sorge um Jane nicht
losließ, verspürte ich einfach nur pures Glück. In dieser reinen
Form hatte ich das noch nie erlebt. Ich hatte nicht gewusst,
dass die Liebe so mächtig war. Seitdem Jamie mir gestanden
hatte, dass ich ihm nicht mehr aus dem Kopf ging, fühlte ich
mich nicht nur glücklich, sondern zum ersten Mal vollständig.
Angekommen. Schon seit langem wusste ich, dass er mein Ge-
genstück war, mein Ruhepol, aber nie hätte ich gedacht, dass
er es ebenso sehen würde. Ich hatte mich schon damit abge-
funden, dass ich niemals die vollkommene Erfüllung finden
würde, da ich keinen Mann jemals so lieben würde wie ihn.
Auch wenn ich Jamie nicht haben könnte, mein Herz hatte ich
dennoch an ihn verloren. Es hatte die ganzen letzten Jahre
nicht geklappt, es ihm zu entreißen und ich würde es auch in
Zukunft nicht schaffen. Und jetzt sah es so aus, als wäre ich
am Ziel meiner Träume angekommen. Jamie hatte sich mir
gegenüber geöffnet. Sobald ich nur an ihn dachte, schlug mein
Herz schneller und es fiel mir schwer, mich auf eine Aufgabe
zu konzentrieren. Langsam tuckerte ich durch den Ort, gemächlich, weil ich früh dran war und nicht wusste, ob Jamie
schon daheim war. Unsere Beziehung begann sich langsam

herumzusprechen, aber bei Gwen war sie wohl noch nicht angekommen, sonst hätte sie mich schon längst angerufen.

Trotz aller Glückseligkeit blieb ein winziger Hauch Skepsis. Ich konnte selbst nicht genau sagen, ob es einfach nur der Tatsache geschuldet war, dass es mir schwerfiel, nach all der Zeit zu glauben, dass er mich wirklich wollte oder ob es einen Grund dafür gab. Anfangs hatte ich ersteres vermutet, aber mittlerweile waren wir seit zwei Monaten so etwas wie liiert und trotz aller Nähe hatte ich immer das leise Gefühl, als würde mir Jamie etwas vorenthalten. Als wäre er nicht ganz bei mir. Er schenkte mir viel, aber er gab nicht alles von sich preis. Vielleicht war es seine Art und ich konnte auch nicht mehr erwarten. Nur weil ich ihm am liebsten ständig zeigen und sagen würde, wie sehr ich ihn liebte, musste er nicht denselben Wunsch verspüren. Aber mit jedem Tag, mit jedem Treffen wurden die Zweifel kleiner und ich begriff, dass Jamies Zuneigung echt war. Langsam schaffte ich es, mich fallen zu lassen und einfach die Zeit mit ihm zu genießen, ohne alles zu hinterfragen. Denn als Simon sich um mich bemüht hatte, war er definitiv eifersüchtig gewesen. Das hatte ich mir sicherlich nicht eingebildet. Seitdem hatten wir kaum noch Kontakt, vielleicht hatte Simon eingesehen, dass er gegen Jamie keine Chancen hatte.

Meine Gedanken kehrten zu meiner Nichte zurück. Immer noch klang es in meinen Ohren ungewohnt. In Kürze würde meine Mutter Jane die Wahrheit sagen und darüber gerieten meine Ängste ins Hintertreffen. Jamie und ich wollten heute besprechen, wie es weitergehen sollte. Bisher hatte er sich sehr bedeckt über seine Absichten gezeigt und ich hatte akzeptiert, dass er nicht darüber sprechen wollte oder es vielleicht selbst noch nicht wusste. Jamie war eher der in sich gekehrte Typ, es war anzunehmen, dass er erst mit der Sprache herausrückte, wenn er genau wusste, was er tun wollte. Hoffentlich wurde der Abend nicht allzu sehr von unserer Sorge um die Kleine getrübt, aber ich würde ihn schon abzulenken wissen, dachte ich grinsend, als ich in seiner Hofeinfahrt parkte und ihn erblickte. Jamie stellte gerade sein Fahrrad ab und wandte sich mir zu, als er das Motorengeräusch wahrnahm. Gemächlich schlenderte er zu mir rüber, stützte sich lässig am offenen Fensterrahmen ab und sagte frech: „Du bist früh dran, ich war noch nicht mal unter der Dusche. Aber wenn du magst, kannst du mir dabei Gesellschaft leisten."

„Das hättest du wohl gern, mein Lieber. Aber erst müssen wir reden, dann das Vergnügen." Mein strenger Blick ließ ihn die Augenbrauen gekonnt zusammenziehen und er seufzte theatralisch. „Wie Sie befehlen." Dann lachte er und meinte ernsthaft überrascht: „Mich wundert es, dass du schon da bist, ich dachte, wenn du bei Mia bist, verquatscht ihr euch sicherlich."

„Wenn so ein heißer Typ auf mich wartet? Vergiss es, da hat sogar Mia das Nachsehen."
Jamie öffnete die Fahrertür und hielt mir galant die Hand hin, um mir beim Aussteigen zu helfen. Natürlich nutzte er die Gunst der Stunde und zog mich in seine Arme, um mich zu küssen. Wie könnte ich da widerstehen? In seinen Händen wurde ich willenlos. Als er mich endlich entließ, schnappte ich nach Luft.

„Da wird Mia aber enttäuscht sein", schmunzelte er und ich benötigte einen Moment, um zu kapieren, dass er auf meine vorherige Äußerung einging.
Mia hatte ich ganz vergessen, sosehr hatte er mich um meinen Verstand geküsst.

„Mia kann nicht so gut küssen, das ist der einzige Grund", winkte ich lässig ab. Jamie nahm mich an der Hand und gemeinsam betraten wir sein Haus. Während er sich seine Arbeitskleidung auszog, rief er mir zu: „Ich springe schnell unter die Dusche und anschließend sehe ich nach, was der Kühlschrank hergibt."

„Nett von dir, aber ich bin am Verhungern. Ich kann ja schon mal was vorbereiten."

„Davon werde ich dich sicherlich nicht abhalten", dröhnte seine Stimme aus dem Badezimmer.

Ich kicherte und konnte mir nicht verkneifen, ihn herauszufordern: „Nicht mal das Angebot, dich doch unter die Dusche zu begleiten?"

Ich lauschte, aber Jamie antwortete nicht. Dass er mich nicht gehört hatte, konnte ich mir nicht vorstellen, denn ich hatte ziemlich laut gesprochen. Als er plötzlich hinter mir in der Küche auftauchte, schrak ich zusammen und stieß einen leisen Schrei aus. „Schleich dich doch nicht so an."

Erst als ich mich ganz umdrehte, bemerkte ich, dass er nackt war und der Anblick ließ mich schwach werden. Meine Mitte zog sich schon freudig zusammen und mein Hunger war vergessen.

„Mach mir nicht solche Angebote, die schlage ich nicht aus." Seine dunkle Stimme strotzte vor Verlangen, aber auch vor Dominanz und ich spürte, wie ich feucht wurde.

„Das war ein Scherz", wagte ich zu behaupten. So schnell, wie er mich packte und über die Schulter warf, konnte ich gar nicht gucken. Mein Gestrampel interessierte ihn nicht im Mindesten und er stellte mich angezogen unter die Dusche.

„Das wagst du nicht", sagte ich kichernd, während er mich gegen die Wand drückte und nach einem kurzen Spannungseffekt den Wasserhahn andrehte.

„Oh doch. Und ich weiß genau, wie sehr dich das anmacht."

Verflucht, kannte er mich wirklich schon so gut? Gerade konnte ich es wirklich kaum noch erwarten, dass er mir endlich die Kleider vom Leib riss.

Während sich sein heißer Mund auf meine Lippen drückte, begannen seine Hände mich forsch zu entkleiden. Da es mir zu lange dauerte, half ich ein wenig nach. „Beeil dich", feuerte ich ihn gedankenlos an, was ihn zum Lachen brachte.

„Du scheinst es nötig zu haben. Das letzte Mal ist anscheinend zu lange her."

Natürlich konnte ich das nicht auf mir sitzen lassen und ich gab Kontra. „Vielleicht hast du es mir nicht gut genug besorgt, weil ich schon wieder so scharf bin."

„Ich wäre vorsichtig, du bewegst dich auf dünnem Eis, Kleine", knurrte er, während er mich ein wenig unsanft in den Hals biss und seine Hände meinen Po kniffen. „Ich denke eher, ich habe es dir so gut besorgt, dass du nun süchtig danach bist." Damit hatte er wahrscheinlich sogar recht, aber ich würde mich hüten, ihm das auf die Nase zu binden. Am Ende wurde er noch eingebildet.

„Was gibt's da zu kichern?", fragte er ein wenig misstrauisch. Ich schloss die Augen und schüttelte leicht den Kopf. „Nicht wichtig. Mach einfach weiter."

Das ließ er sich zu meiner Erleichterung nicht zweimal sagen und zog mir die Hose samt Slip runter. Endlich stand ich völlig entblößt vor ihm und als ich seine Hände nicht mehr spürte, öffnete ich fragend die Augen. Sein anerkennender Blick ruhte auf mir und ich wölbte mich ihm entgegen, damit er mir endlich das gab, nach dem ich mich sehnte. Seine Fingerkuppen umkreisten sacht meine Knospen und ich hätte ihn am liebsten angeherrscht, sie endlich richtig anzufassen, was er zum Glück kurz danach tat. Seine Lippen saugten erst zärtlich, dann zunehmend leidenschaftlicher an meinen Nippeln und mir entfuhr ein sehnsüchtiger Seufzer. Schließlich drängte er mich gegen die Wand und das prasselnde Wasser lief mir übers Gesicht. Endlich spürte ich, wie er mich ausfüllte. Ergeben lehnte ich meinen Kopf an die Wand und gab mich meinen Empfindungen vollständig hin und verlor mich darin.

∞

„Scharf genug?" Jamie hielt mir einen Kochlöffel hin, um mich probieren zu lassen. Ich kostete vorsichtig und begann prompt zu husten.

„Grenzwertig", brachte ich keuchend hervor. Im Gegensatz zu ihm vertrug ich Schärfe überhaupt nicht. Er runzelte die Stirn und testete ebenfalls.

„Lizzy, das schmeckt total fad. Ist das dein Ernst?" Mein finsterer Blick brachte ihm augenblicklich zum Einlenken und er beschwichtigte mich rasch, in dem er mich auf die Stirn küsste und sagte: „Ich würze nachher einfach nach."

Jamie konnte tatsächlich ziemlich gut kochen. Nachdem wir uns abgetrocknet und Jamie mir eine Jogginghose sowie T-Shirt geliehen hatte, stellten wir uns gemeinsam in die

Küche, um zu kochen. Streng genommen kochte Jamie und ich assistierte. Er hatte sich ein leckeres vegetarisches Gericht aus der indischen Küche herausgesucht und ich war begeistert, auch wenn es mir etwas zu scharf war. Mit reichlich Reis und Naan konnte ich es allerdings gut essen. Gemütlich saßen wir am Küchentisch und unterhielten uns über unsere heutigen Erlebnisse. Bewusst klammerten wir das eigentliche Thema aus, um entspannt essen zu können. Erst als Jamie die leeren Teller abräumte und ich ihm geholfen hatte, das Küchenchaos zu beseitigen, setzten wir uns auf die Couch und ich zog die Beine an und kuschelte mich an ihn. Schloss die Augen und genoss einfach die Ruhe und Geborgenheit, die Jamie ausstrahlte. Mit ihm an meiner Seite konnte mir nichts passieren. Er hatte dieses gewisse Maß an Verlässlichkeit und Verruchtheit, diese Mischung machte das Besondere an ihm aus und hatte mich ihm rettungslos verfallen lassen.

„Eigentlich ist der Ausklang des Abends viel zu schön, um ihn mit schwierigen Themen zu belasten", brach Jamie schließlich das behagliche Schweigen. Noch nicht bereit, mich der Realität zu stellen, brummte ich nur in seine Armbeuge: „Hm."

Sanft küsste er mich auf den Scheitel und meinte: „Sehr gesprächsbereit scheinst du heute nicht zu sein."

„Zu müde, zu erfüllt und zu voll."

„Wenigstens nicht zu abgefüllt", scherzte Jamie und zwickte mich in die Seite.

Quiekend schoss ich in die Höhe und setzte mich rasch hin, bevor er auf die Idee käme, es zu wiederholen. „Das war nicht nett", grummelte ich.

„Sorry, aber ich will dir was sagen und dafür benötigte ich deine Aufmerksamkeit."

Ich suchte seinen Blick, denn seine Stimme hatte einen nervösen Beiklang gehabt, der mich beunruhigte. Seine Augen trafen sich kurz mit meinen, dann sah er weg und strich sich durchs Haar. Okay, er hatte nicht nur so geklungen, er war es. Sofort begann mein Magen zu rebellieren und ich bereute es, vorhin so gierig gewesen zu sein, mir einen Nachschlag genehmigt zu haben.

„Die hast du", sagte ich mit fester Stimme, die mich wohl am meisten überraschte.

Jamie sprang plötzlich auf und begann im Wohnzimmer auf und abzulaufen. Ich sah ihm hilflos dabei zu und konnte mir keinen Reim daraus machen.

„Ich habe lange darüber nachgedacht, was das Beste für Jane wäre. Wir sind uns sicherlich einig, dass sie bei deiner Mutter am besten aufgehoben ist, zumindest in der nächsten Zeit. Aber ich glaube einfach nicht, dass sie bei Gwen glücklich wird, leibliche Mutter hin oder her. Sie hat sie damals nicht gewollt und sie will sie heute nicht."

„Wieso bist du dir da so sicher?", wagte ich einzuwerfen. Jamie blieb immerhin stehen und sah ein wenig verlegen aus.

„Es tut mir leid, dass ich es dir verschwiegen habe, aber ich dachte, du willst es mir sicherlich ausreden." Er sah mich um Verständnis bittend an und ich seufzte nur, in der Hoffnung, er würde einfach fortfahren. „Ich habe mich noch einmal mit Gwen getroffen. Mir war klar, dass es bestimmt nichts bringen würde, aber immerhin habe ich sie so sehr gereizt, dass sie mir gegenüber die Contenance verloren hat und zugegeben hat, dass sie Jane braucht. Sie hat einen großen Fehler begangen, denn Gwen nimmt mich nicht ernst und sieht in mir keine Konkurrenz. Es hat ihr Genugtuung geschenkt, es mir aufs Butterbrot zu schmieren, in dem Wissen, dass ich machtlos bin. Dass sie so eine Bitch ist, hätte ich nie gedacht." Jamie war immer lauter geworden und ich starrte ihn nur verständnislos an. Mechanisch stand ich auf und trat zu ihm. Bedächtig legte ich ihm meine Hand auf die Schulter und sagte eindringlich: „Jamie, was zum Teufel hat Gwen vor? Jetzt sag schon."

„Trevor kann keine Kinder zeugen und er wird sie nur heiraten, wenn sie Jane zu sich nimmt. Ihre damalige Entscheidung heißt er nicht gut und will, dass sie es wiedergutmacht. Jane ist ihr Glückslos für ein sorgenfreies Leben." Jamie klang verbittert und ich konnte es ihm nicht verdenken.

„Es geht ihr gar nicht um Jane?", brachte ich stockend hervor. Mir war so schlecht, dass ich Angst hatte, mich gleich auf dem Fußboden zu übergeben. Seine traurigen Augen sagten mir alles, was ich wissen musste. Die Tränen brannten unter den Augenlidern, die ich zusammenkniff. Gwen war immerhin meine Schwester, die mir einmal sehr nahegestanden hatte, ich verstand nicht, wie sie dazu fähig war. Sie benutzte Jane eiskalt.

„Mir ist schlecht." Ich schlug mir die Hand vor dem Mund und hastete ins Badezimmer. Gerade noch rechtzeitig schaffte ich es, mich über die Kloschüssel zu beugen, bevor ich das Essen wieder nach oben beförderte.

Als ich mir schaudernd den Mund abwischte und runterspülte, hörte ich Jamie besorgt fragen: „Alles klar?"

Ich nickte, obwohl natürlich überhaupt nichts klar war. Nachdem ich mir den Mund ausgespült hatte, wandte ich mich an Jamie, der unschlüssig im Türrahmen stand.

„Wie lange weißt du das schon?"

Nun sah er eindeutig reumütig aus. Er seufzte, bevor er zugab: „Schon seit einiger Zeit. Aber ich wusste einfach nicht, wie ich dir das beibringen soll."

Ich verspürte keine Energie mich darüber aufzuregen. Lethargisch schlich ich an ihm vorbei und setzte mich auf die Couch. Die Hände stützte ich auf den Knien ab und sah ihn fragend an. „Und nun? Gwen scheint sehr siegessicher zu sein, wenn sie dir das an den Kopf geworfen hat."

„Mir fehlen die Beweise, sie wird es natürlich entsetzt von sich weisen und einen tränenreichen Auftritt hinlegen. Deine Mutter hat erzählt, dass Gwen sich in der letzten Zeit sehr um Jane bemüht."

Und ich blöde Kuh hatte geglaubt, dass sie endlich begriffen hatte, um was es ging. Dass sie ihre Muttergefühle entdeckt hatte. Und jetzt erfuhr ich, dass alles eine einzige Lüge war.

„Was machen wir denn jetzt?" Verzweifelt sah ich ihn an und mir brannten schon wieder die Tränen in den Augen.

„Ich habe einen Plan", erwiderte Jamie und setzte sich neben mich.

28

Jamie

Lizzy sah mich aus großen Augen an, als ich mich neben sie setzte und ihre Hand ergriff. Ich erkannte in ihrem Blick nicht nur Neugier und Spannung, sondern vor allem Vertrauen. Das warf mich für einen ganz kurzen Moment aus dem Sattel. Mein Arsch ging mir sowieso schon auf Grundeis, weil ich befürchtete, dass Lizzy meine Absichten erkennen würde, sobald ich sie aussprach. In den letzten Wochen waren wir uns so nah gekommen, dass ich das Gefühl hatte, sie könnte in mir wie in einem offenen Buch lesen. Wie zum Teufel sollte ich meine miesen Absichten nur vor ihr geheim halten? Dass sie mir so ein großes Vertrauen entgegenbrachte, machte es nicht besser. Anscheinend war sie der Meinung, ich würde das hinbekommen. Die Hoffnung schimmerte ihr aus jeder einzelnen Pore und machte mich ein wenig benommen. Aber ich konnte nicht ewig schweigend neben ihr sitzen und sie anstarren. Bald würde sie mich für einen kompletten Idioten halten.

„Wahrscheinlich hältst du meine Idee für vollkommen bescheuert und ich würde es verstehen, wenn du nicht mitmachen willst. Ich bitte dich lediglich, sie dir einfach unvoreingenommen anzuhören."

„Jetzt machst du mich aber neugierig." Wieder schenkte sie mir ihr vertrauensseliges Lächeln, was ich zu ignorieren versuchte. Lieber konzentrierte ich mich auf das, was ich ihr zu sagen hatte.

„Seitdem ich weiß, dass es Gwen nicht ernst mit Jane meint, kann ich den Gedanken, dass die Kleine gezwungen wird, bei ihr aufzuwachsen, nicht mehr ertragen. Ich hatte zuvor schon Schiss, weil ich befürchtete, dadurch meine Tochter gleich wieder zu verlieren, aber jetzt bringt mich die Tatsache, dass die Kleine dort nicht glücklich werden wird, um schlaflose Nächte." Ich stoppte abrupt, weil mir die Luft ausging. Während ich meine Lungen füllte, sah mich Lizzy nur aus riesigen Augen an, als wüsste sie schon genau, auf was ich hinauswollte. Allerdings konnte ich nicht erkennen, ob sie es guthieß oder nicht.

„Ich will das Sorgerecht für Jane. Sie darf solange bei ihrer Oma wohnen, wie sie möchte. Sie soll ihrer vertrauten Umgebung bleiben. Und wenn sie möchte, kann sie irgendwann zu mir ziehen."

Lizzys starrer Blick verunsicherte mich. Endlich zwinkerte sie ein paarmal, bevor sie sich räusperte. Aber es dauerte bestimmt noch eine volle Minute, in der mein Herz zu ächzen begann und sie anflehte endlich zu sprechen, bevor ich kollabieren würde.

„Und du bist dir ganz sicher, dass es dir ausschließlich um Jane geht? Du willst nicht Gwen eins reinwürgen?" Lizzy hob die Hand, als ich ihr ins Wort fallen wollte und sprach hastig weiter. „Versteh mich nicht falsch. Ich könnte es nachvollziehen. Wirklich. Aber wir müssen uns gut überlegen, ob du der Aufgabe wirklich gewachsen bist. Du lebst allein, Gwen ist in einer festen Beziehung und will heiraten, wie hoch werden deine Chancen stehen?"

Mein Gesicht verzog sich zu einer gequälten Grimasse und ich nahm meinen gesamten Mut zusammen. „Da kommen wir zur eigentlichen Frage. Ich dachte, du könntest zu mir ziehen. Das würde unserer Beziehung einen anderen Stellenwert geben und meine Chancen erhöhen. Zudem bist du als Janes Tante eine feste Konstante in ihrem Leben."

Lizzy zog ihre Hand zurück, die ich immer noch festhielt und presste ihre Hände zwischen die Knie und drückte diese so fest aneinander, dass sich die Haut weiß färbte.

„Das hast du dir ja fein ausgedacht."

Ihre Worte versetzten mich in Alarmbereitschaft. Ahnte sie etwas von meinen niederen Absichten? Mein Puls hatte sich sowieso noch nicht beruhigt und stieg nun in schwindelerregende Höhen. Dennoch zwang ich mich, die Klappe zu halten und sie weiterreden zu lassen.

Endlich hörte sie auf, ihre Hände weiter zu malträtieren und rieb sie stattdessen über ihre Oberschenkel. Dann hielt sie schlagartig mitten in der Bewegung inne und ich erkannte, dass sie ganz leicht zitterte. Anscheinend stand sie unter einer immensen Anspannung, wahrscheinlich dieselbe, die ich auch verspürte. Denn obwohl ich ihr gesagt hatte, dass sie es ablehnen konnte, wuchs meine Angst in schwindelerregende Höhen, dass sie es tatsächlich tun könnte.

„Es ist ein guter Gedanke. Ein naheliegender. Natürlich würden wir normalerweise nach so kurzer Zeit nicht auf die Idee kommen, zusammenzuziehen, aber wenn es dir wirklich ernst ist, hast du wohl nur so überhaupt den Hauch einer Chance. Vielleicht würde sich das Gericht auch auf ein geteiltes Sorgerecht einlassen. Irgendwie kann ich mir nicht vorstellen, dass sie Jane einfach aus ihrem gewohnten Umfeld reißen würden."

„Deine Mutter würde Gwen nie ihr Kind vorenthalten. Nie würde sie zulassen, dass es vor Gericht geht. Wenn, dann muss ich das in die Wege leiten. Aber ich muss wissen, ob du auf meiner Seite stehst."

Lizzy sprang so heftig von der Couch auf, dass ich beinah zusammenzuckte. Nach ein paar Schritten blieb sie mitten im Raum stehen, als habe sie selbst keine Ahnung, was sie da gerade tat und drehte sich langsam zu mir um. Sie verschränkte die Arme vor der Brust und öffnete den Mund. Schloss ihn wieder, bevor sie endlich herausquetschte:

„Sei ehrlich, willst du wirklich mit mir zusammenziehen oder machst du das ausschließlich, um Jane zu bekommen?"

Tatsächlich fühlte ich Erleichterung in mir aufsteigen, denn ihre Frage implizierte, dass sie nicht grundsätzlich an meinen Absichten zweifelte.

Bedächtig stand ich auf und Lizzy ließ mich nicht aus den Augen, während ich auf sie zuging. Ich nahm ihre kalten Hände in meine und drückte sie fest.

„Ich möchte mit dir zusammenleben. Aber ich gebe zu, dass es sicherlich ohne Jane noch kein Thema wäre. Dir geht es doch wahrscheinlich ähnlich, oder?", warf ich ihr vorsichtig den zerbrechlichen Ball zu, in der Hoffnung, sie würde ihn auffangen und nicht zu Boden gehen lassen, wo er in tausend Stücke zerbrechen würde.

Ihr Blick schien sich in mich einbrennen zu wollen, aber ich sah nicht weg, verdrängte jedes ungute Gefühl und beachtete auch den Magendruck nicht, der sich unkontrolliert ausbreitete, je länger mich Lizzy aus ihren wunderschönen Augen ansah.

„Du hast recht. Ich denke darüber nach", sagte sie und ein feines Lächeln umspielte ihre Lippen. Da konnte ich nicht anders, als sie fest an mich heranzuziehen und meinen Mund auf ihren zu drücken. Es war ein erleichterter Kuss, ein dankbarer und dennoch entzündete er eine Glut zwischen uns. Die körperliche Komponente stimmte zwischen uns. Wir fuhren voll aufeinander ab. Die Chemie stimmte. Wir mochten uns. Ich würde es sicherlich nicht bereuen, mit ihr zusammenzuziehen. Vielleicht machte ich mir da etwas vor, was wäre, wenn Lizzy irgendwann mehr wollte? Heiraten, ein eigenes Kind? Mir wurde ganz anders bei dem Gedankenblitz und ich versuchte, ihn rasch fortzuwischen. Dass ich die große Liebe finden würde, davon hatte ich mich sowieso längst verabschiedet. Diesen Gedanken hatte Gwen damals nach London mitgenommen und ich hatte nie wieder die Herrschaft darüber zurückerlangt. Es war doch ein gutes Leben.

Mein Kuss wurde intensiver und ich animierte sie mit meiner Zunge, ihren Mund für mich zu öffnen. Als sich unsere Zungen umspielten, kam ein raues Stöhnen aus den Tiefen meines Rachens und ich spürte, wie ich hart wurde. Ganz schlechte Idee, Jamie.

Andererseits war ein wenig Tiefenentspannung vielleicht ganz zuträglich. Meine Hände wanderten wie von selbst unter ihr T-Shirt und ohne weiter nachzudenken, zog ich es ihr rasch über den Kopf. Lizzy drückte sich enger an mich und ich spürte, wie ihre Hand sich an meinem Jeansknopf zu schaffen machte.

Rasch drängte ich sie mit meinem Körper Richtung Schlafzimmer, während sich unsere Lippen nicht voneinander zu lösen vermochten.

Als Lizzy mit den Waden gegen die Bettkante stieß, gab ich ihr noch den nötigen kleinen Schups, damit sie auf der Matratze landete. Kichernd zog sie mich zu sich hinunter und für die nächste Zeit vergaß ich alle Schuldgefühle, alle Sorgen und Nöte, und widmete mich ausschließlich der schönsten Sache dieser Welt.

∞

An diesem Abend war uns nicht mehr nach tiefschürfenden Gesprächen zumute gewesen und wir hatten eine stumme Übereinkunft getroffen, die romantische Stimmung nicht durch rationale Entscheidungen zu killen, sondern lieber eine Nacht darüber zu schlafen, bevor wir sie bis ins kleinste Detail zerlegen würden.

Erstaunlicherweise war der Sex die einzig richtige Entscheidung gewesen, denn ich fühlte mich derart entspannt und befreit, dass ich traumlos bis zum Morgen durchschlief.

Geweckt wurde ich von Lizzys zarten Küssen, die mein Gesicht bedeckten.

Gemächlich schlug ich die Augen auf und murmelte noch etwas krächzend: „Hey schöne Frau."

Lizzy fuhr sich ein wenig verlegen durch ihr Haar, als könne sie nicht glauben, dass sie am frühen Morgen schön sein konnte. Aber das war total albern, denn Lizzy gefiel mir morgens sogar am besten. Da hatte sie die meiste Ähnlichkeit mit der früheren Lizzy, so zerzaust und ungeschminkt sah sie so unfassbar süß aus, dass mein Herz gleich etwas schneller schlug.

Bevor ich sie küssen konnte, hatte sie sich aufgesetzt und lehnte sich an das Bettgestell.

„Ich habe nachgedacht", fing sie leise an.

„Und ich dachte, du hättest geschlafen, so laut wie du geschnarcht hast."

„Ich schnarche gar nicht", empörte sie sich, bevor sie meinen belustigten Gesichtsausdruck wahrnahm. Daraufhin stieß sie mir mit der Faust gegen die Schulter und schüttelte den Kopf. „Blödmann", gab sie schmollend zurück.

Als Entschuldigung küsste ich sie jetzt doch kurz auf den Mund und wieder kostete es mich alle Willenskraft mich von ihr zu lösen, um mir anzuhören, wie sie sich entschieden hatte. Natürlich war mir nur zu bewusst, um was es sich handelte.

„Ich mache es", sagte sie und diese drei simplen Wörter ließen mein Herz Loopings drehen.

„Was?!", rief ich wohl etwas zu laut, denn Lizzy hielt sich lachend die Ohren zu.

„Es gibt wohl Schlimmeres, als mit dir zusammenzuwohnen. Aber wenn Jane bei uns leben soll, dann ist es bei dir fast ein wenig eng. Was hältst du davon, wenn wir alle in meinem Cottage wohnen?"

Lizzy sah mich gespannt an, aber ich musste mir erst einmal ihren Vorschlag durch den Kopf gehen lassen. Natürlich hatte sie recht, aber irgendwie widerstrebte es mir, meinen eigenen Wohnraum aufzugeben. Immer noch schwebte das Damoklesschwert über mir, dass irgendwann Schluss sein könnte, und dann wäre es mir lieber ich und Jane müssten nicht erneut umziehen. Aber diesen Einwand musste ich endlich begraben. Wenn ich mit dermaßen großen Vorbehalten in dieses Familiending startete, könnte ich es auch gleich bleiben lassen. Jane benötigte ein stabiles Umfeld und ich hatte gar nicht vor, Lizzy in naher Zukunft zu verlassen. Im Gegenteil, der Gedanke, es irgendwann zu tun, hatte irgendwie etwas Beängstigendes, was mich gleichermaßen beunruhigte und verwirrte.

„Okay, ich denke, das wird das Beste sein", stimmte ich daher fast unumwunden zu. „Ich kann mein Haus vermieten."

Nun traf mich ein überraschter Blick, vielleicht hatte sie nicht damit gerechnet, dass es mein Eigentum war, während sie momentan zur Miete wohnte. Dennoch äußerte sie sich dazu nicht, sondern erwiderte lediglich: „Ich wüsste auch schon, welches Zimmer Jane bekommt." Ihre Augen leuchteten und in diesem Moment fühlte ich mich wunschlos glücklich. Ewig hätte ich mit ihr im Arm so liegen und uns unsere Zukunft zurechtträumen können.

Allerdings riss mich Lizzys Pragmatismus aus meinen seligen Visionen, indem sie vorschlug: „Lass uns aufstehen und beim Frühstück einen Schlachtplan entwerfen, wie wir vorgehen wollen."

Natürlich hatte sie recht, am Wochenende würden Miranda und Michael der Kleinen die Wahrheit sagen und bis dahin mussten wir Gwen und ihre Eltern über unsere Pläne in Kenntnis setzen. Nicht, dass sie Jane schon auf ein Leben bei Gwen vorbereiteten und dann kam vielleicht alles ganz anders. Wir durften das Mädchen nicht noch zusätzlich verwirren, indem von allen Seiten an ihr gerissen wurde.

Nachdem wir brav nacheinander geduscht hatten, ließen wir uns das Frühstück schmecken, das ich zubereitet hatte, während Lizzy unter der Dusche gestanden hatte.

„Ich denke, wir sollten versuchen, uns außergerichtlich zu einigen", brach ich das Schweigen, indem ich die Gabel weglegte.

„Glaubst du, dass Gwen mit sich reden lässt?" Lizzys skeptischer Blick sagte mir zumindest, dass sie es für unwahrscheinlich hielt.

„Wenn sie stur bleibt, müssen wir sie eben ein klein wenig unter Druck setzen", knurrte ich unheilvoll.

Lizzy fiel beinah die Kaffeetasse aus der Hand, aus der sie gerade einen Schluck trinken wollte. Nachdem sie die Tasse vorsichtig abgesetzt hatte, legte sie fragend den Kopf schief und ich erklärte: „Wir könnten ihr drohen, mit Trevor zu sprechen, was ihre eigentlichen Beweggründe sind. Dass seine Zukünftige überhaupt nicht an dem Kind interessiert ist, sondern nur das geringere Übel in Kauf nimmt, damit er sie heiratet."

„Erstens haben wir keine Beweise und zweitens habe ich Skrupel. Immerhin ist sie meine Schwester", argumentierte Lizzy kleinlaut.

„Gwen wird selbst nicht zögern, über Leichen zu gehen. Und ob es sich dabei um deine, meine oder die eurer Eltern handelt, wird ihr vollkommen egal sein." Mein harter und unnachgiebiger Tonfall schien sie zu schockieren. Aber alles, was ich gesagt hatte, entsprach der Wahrheit und wenn Lizzy bereit war, die Scheuklappen abzulegen, müsste sie mir zustimmen.

„Wir können es für den Notfall im Hinterkopf behalten. Ich will nicht ihre Beziehung zerstören", gab sie mir immerhin ein kleines Zugeständnis. „Ein Gerichtsverfahren würde ich gern vermeiden. Jane zuliebe, aber auch, weil ich nicht weiß, wie gut deine Chancen aussehen würden." Sie lächelte mich an, aber es fiel ein wenig traurig aus. „Ich fände es am besten, wenn Jane erst einmal bei meiner Mutter bleibt und langsam anfängt, immer mal wieder bei uns zu übernachten. Damit sie sich ganz allmählich daran gewöhnen kann. Wahrscheinlich wäre es das Beste, sie würde abwechselnd bei uns und Miranda wohnen. Wie bei einem geteilten Sorgerecht. Allerdings hat Gwen natürlich auch ein Recht auf ihre Tochter und ich fände es für Jane auch nicht gut, es ihr zu verwehren, egal welche Hintergedanken meine Schwester hegt, sie ist und bleibt ihre Mutter."

Natürlich konnte ich ihren Einwurf nicht einfach wegwischen, aber dennoch schmeckte er mir nicht. Im Gegenteil, je länger ich daran kaute, desto heftiger wurde der bittere Geschmack, der mich würgen ließ.

Meine gewitterumwölkte Miene sprach anscheinend Bände, denn Lizzy griff nach meiner Hand und streichelte liebevoll darüber. Diese sanfte Brise erdete mich augenblicklich und ich atmete tief durch.

„Du willst Jane beschützen. Das weiß ich. Aber wir werden auch dafür eine Lösung finden."

Ihre Zuversicht würde ich nur zu gern teilen. Insgeheim traute ich Gwen zu, dass ihr Interesse an Jane schlagartig erlöschen würde, wenn sie mit ihr nicht die Chance bekam, auf ein idyllisches Familienleben zu machen. Was sollte sie mit einer Tochter anfangen, die sie vielleicht maximal an zwei Wochenenden im Monat bekäme? Und ob Trevor mitspielte, war fraglich. Ich konnte nicht einschätzen, was das Beste für Jane wäre. Natürlich wäre es hart für sie, wenn sie erfuhr, dass ihre Mutter in Wahrheit gar kein Interesse an ihr hatte, aber war es langfristig nicht vielleicht besser? Irgendwann würde Jane doch begreifen, dass es für Gwen eine lästige Pflicht darstellte, sich mit ihr abzugeben.

Lizzy schien wieder genau zu wissen, was in mir vorging. Sie stand auf, kam um den Tisch herum und setzte sich auf meinen Schoß. Ihre Körperwärme tat mir gut und sie kuschelte sich eng an mich und ich hielt sie einfach in den Armen, froh darüber, das Gespräch endlich hinter mich gebracht zu haben und Lizzy auf meiner Seite zu wissen. Als nächstes würden wir mit ihren Eltern sprechen müssen. Wahrscheinlich würde es Miranda nicht gutheißen, wenn ich dazwischen grätschte und mir kein Wort glauben, aber damit würde ich mich beschäftigen, wenn es soweit wäre.

29

Lizzy

„Ich drücke dir ganz fest die Daumen. Es wird schon alles gut gehen. Wer soll das hinbekommen, wenn nicht du. Und ganz bald komme ich dich besuchen", rauschte Frans Stimme wie ein Wirbelwind durch die Leitung, während ich gemütlich auf der Couch lag.

„Ich freue mich schon sehr und kann es kaum mehr erwarten." Sehnsucht nach meiner Freundin war aus meinen Worten herauszuhören. Aber ich hatte viel zu lang nicht mehr mit ihr gesprochen. Fran war überrascht, dass aus meinem One-Night-Stand nun doch etwas Ernstes geworden war. Trotzdem freute sie sich für mich.

Mia hingegen hatte mich nur wissend angegrinst und frech gemeint, sie hätte doch schon immer gewusst, dass wir beide zusammengehörten. Das hatte mich nur die Augen verdrehen lassen, denn auch ihre Freude war einfach nur ansteckend. Es erfüllte mich mit reinem Glück, dass sich meine Freundinnen so sehr für mich freuten. Mein Grinsen verging mir aber schlagartig, als ich mir in Erinnerung rief, dass ich mich beeilen musste, um noch rechtzeitig das Essen vorzubereiten, bevor meine Eltern vorbeikamen. Jamies Mutter hatte sich bereiterklärt, auf Jane aufzupassen. Wir wollten nicht riskieren, dass die Kleine doch etwas mitbekam, was nicht für ihre Ohren bestimmt war. Deshalb hatte ich heute etwas früher Feierabend gemacht, die gewonnene Zeit allerdings über das Telefonat vertrödelt. Aber ich hatte Fran nicht wieder vertrösten wollen und es hatte mir gutgetan, mit ihr zu quatschen.

Schnell briet ich das Putengeschnetzelte an. Zwar konnte ich mit Jamies Kochkünsten nicht ganz mithalten, aber das Gericht bekam ich gerade noch so hin.

Mir blieb noch Zeit, mich rasch umzuziehen, da ich mir einen Fettfleck eingehandelt hatte, bevor es klingelte. Ein rascher

Blick aus dem Fenster beruhigte mich. Es war Jamie. Zum Glück. So konnten wir meinen Eltern gemeinsam entgegentreten.

Kaum hatte ich die Tür aufgerissen, presste ich auch schon meine Lippen auf seinen Mund, als hätte er mich magnetisch angezogen. Hungrig küsste ich ihn und mich um den Verstand. Ich war so nervös und hoffte, bei ihm ein wenig Ruhe zu finden.

Sein starker Griff um meine Taille tat mir gut. Irgendwann murmelte er gegen meine Lippen: „Darf ich auch reinkommen?"

Lachend griff ich nach seiner Hand und zog ihn ins Innere. Während wir in der Küche schon mal ein Glas Wein tranken, beobachtete ich ihn unauffällig. Er bewegte sich in meinem Reich mittlerweile derart selbstverständlich, als wäre er schon eingezogen. Manchmal musste ich mich zurückhalten, mich nicht in den Arm zu kneifen, weil ich einfach nicht glauben konnte, dass das Ganze sich nicht als Traum herausstellte. Unmöglich konnte das die Wirklichkeit sein. So lange hatte ich für ihn geschwärmt, ihm mein Herz hinterhergetragen, als dass ich jetzt begreifen konnte, dass er Mein war. Dass er zu mir gehörte. Dass er mich liebte. Kurz stockte ich. Tat er das wirklich? Gesagt hatte er es noch nie, aber warum sonst sollte er mit mir zusammenziehen wollen? Wegen Jane. Für diesen feinen Nadelstich könnte ich mich ohrfeigen. Es war gemein, ihm das zu unterstellen. Zwischen uns gab es eine Verbindung, die aus mehr als unserer Liebe zu Jane bestand. Da war ich mir sicher. Vielleicht sprach er es nicht aus, aber er fühlte etwas für mich. Vielleicht nahm ich den Part des mehr Liebenden ein, aber auch das störte mich nicht. Es war echt zwischen uns, es war gut zwischen uns, manchmal sogar magisch, was wollte ich denn mehr?

Plötzlich sah er auf und ich spürte, wie meine Wangen glühten, weil er mich beim Starren erwischt hatte. Sein warmes Lächeln breitete sich in mir wie ein wohltuender Kakao aus und als er mir zärtlich über die Wange strich und anschließend meine Stirn küsste, wusste ich, dass ich ihm bei allem, was er vorhatte, unterstützen würde. Weil ich ihn mehr liebte, als alles andere auf der Welt, weil ich alles für ihn tun würde. Weil er es wert war.

Gerade als er den Mund öffnete, um etwas zu sagen, klingelte es an der Haustür und ich hätte meine Eltern verfluchen können. Ich war mir sicher gewesen, dass er mir etwas Wichtiges sagen wollte. Vielleicht sogar die magischen drei Wörter. Dennoch stieg mein Puls rasant an, als ich zur Tür ging, um meine Eltern zu begrüßen.

„Du machst es ja spannend", meinte Miranda neugierig, als sie mich umarmte.

„Kommt doch erst einmal rein. Das Essen ist schon fertig."

Ich lief voraus in die Küche, um meine Eltern am geräumigen Küchentisch Platz nehmen zu lassen. Nachdem wir kurz Small Talk geführt hatten und ich allen aufgetan hatte, fasste ich mir ein Herz und sprang vom Zehnmeterturm in die unendliche Tiefe.

„Wir würden gern mit euch über Jane reden." Ganz kurz unterbrach ich mich, als ich sah, dass meine Mutter mit Michael einen sorgenvollen Blick wechselte. Dann erklärte ich in möglichst knappen Sätzen, wie Jamies Treffen mit Gwen verlaufen war und was er in Erfahrung gebracht hatte. Miranda ließ mich einfach reden, und ich beendete meinen Monolog, indem ich erklärte, dass wir Jane gern zu uns holen würden.

„Du kannst doch deiner Schwester nicht das Kind wegnehmen." Mirandas fassungsloser Tonfall traf mich mitten ins Herz. So einfach machte ich es mir sicherlich nicht und es war ungerecht von ihr, mir das vorzuwerfen.

„Ich bin mir sicher, Lizzy möchte das Beste für Jane. Und bist du denn hundertprozentig davon überzeugt, dass Gwen ihr das wirklich geben kann?" Michael streichelte seiner Frau beschwichtigend über den Handrücken.

Nicht nur ich, sondern auch Jamie und Miranda sahen Michael verwundert an. Bisher hatte er mit seiner Meinung hinter dem Berg gehalten, wahrscheinlich, weil er mit keinem blutsverwandt war. Aber er liebte Jane wie seine eigene Tochter und ihr Wohl lag ihm natürlich am Herzen.

„Michael!", rief meine Mutter entrüstet. Anscheinend hatte sie nicht im Entferntesten damit gerechnet, dass er ihr in den Rücken fiel.

„Ich habe mir das lange genug angeschaut. Nicht nur du liebst Jane wie deine eigene Tochter. Und ich bin mir sicher, dass Gwen ihr nicht gerecht werden kann. Jamie hingegen liebt seine Tochter und Lizzy stand ihr schon immer viel näher als Gwen. Das musst du doch ebenfalls sehen." Sein überraschend harter Tonfall schockierte sogar mich. Meine Mutter begann mir fast leid zu tun, auch wenn ich über seine Fürsprache unendlich froh war.

Miranda kniff die Lippen zusammen und stocherte im Essen herum.

„Aber sie ist ihre Mutter", warf sie leise ein. Es klang nach einem Rückzug, den sie sich selbst nicht eingestehen wollte.

„Das leugnet auch keiner. Trotzdem hat sie diese Tatsache die letzten Jahre nicht interessiert. Wenn Jane hierbleiben könnte, wäre sie in unserer Nähe, ich denke, das ist auch in eurem Sinn." Er warf uns beiden einen scharfen Blick zu und wir nickten zustimmend wie kleine Schulkinder, die sich nicht trauten, etwas zu erwidern. Schließlich fasste ich mir doch ein Herz.

„Mir ist klar, dass du Jamie nicht glaubst, dass du ihm unterstellst, dass er Gwen mit Absicht schlecht dastehen lässt. Aber ich tue es. Denn so ist er nicht. Und tief in deinem Inneren weißt du es auch, da bin ich mir sicher."

Ich ließ offen, dass Mum ihre Tochter nur zu gut kannte, sobald sie bereit war, die rosarote Brille abzulegen, die sie in ihrer Gesellschaft schon immer aufgehabt hatte. „Wir wollen Gwen ihre Tochter auch gar nicht wegnehmen. Aber sie soll hier leben, dort wo ihre Heimat ist. Mit Gwen werden wir eine entsprechende Regelung finden. Sobald sie sich bei uns eingelebt hat oder an das neue Modell, dass sie teilweise bei euch und uns lebt, dann soll sie auch ein oder zwei Wochenenden im Monat bei Gwen verbringen."

„Und wie willst du das hinbekommen?", fragte meine Mutter mit einem Mal ziemlich skeptisch.

„Ich muss meine Termine eben ein wenig anders legen. Außerdem habe ich den Plan, dass ich einen weiteren Tierarzt in die Praxis aufnehmen werde, sobald Alan in Rente geht. Dann wäre ich entlastet und hätte mehr Zeit für Jane. Außerdem hast du es doch mit einem Vollzeitjob ebenfalls hinbekommen." Herausfordernd zog ich die Augenbraue nach oben und sie schlug umgehend zurück: „Ich habe aber im Gegensatz zu dir feste Bürozeiten."

„Ich bin ja auch noch da", mischte sich Jamie ein, der sich erstaunlicherweise bisher sehr zurückgenommen hatte. „Notfalls reduziere ich anfangs die Stunden. Lizzy verdient sowieso ein Vielfaches von mir." Er zwinkerte mir zu und es wirkte nicht, als habe er damit ein Problem. „Und in den Wintermonaten, die bald auf uns zukommen, arbeite ich generell weniger. Und ihr wollt doch sicherlich Jane auch regelmäßig sehen. Meine Mutter kann ebenfalls jederzeit einspringen, sie ist schon ganz wild darauf, mehr Zeit mit ihrer Enkelin zu verbringen, als die wenigen Momente, die du ihr in den letzten Jahren zugestanden hast."

Ich stieß zischend Luft aus, als ich Jamies angriffslustige Worte hörte, aber ich konnte ihn wirklich verstehen. Es war sowieso erstaunlich, dass er seinen Groll weitgehend im Griff hatte.

Miranda hatte den Anstand, beschämt auszusehen und nickte. „Ich sehe, ihr habt euch das Ganze gut überlegt. Ich würde gern eine Nacht darüber schlafen. Und bitte lasst mich mit Gwen sprechen."

Darum waren wir beide nicht traurig. Ich hoffte nur, dass es Gwen nicht wieder schaffte, unsere Mutter um den Finger zu wickeln. Bestimmt gab sie ihr gegenüber nicht zu, welche Absichten sie wirklich verfolgte.

∞

Ein paar Tage später traf ich auf dem Nachhauseweg von der Arbeit meine wutentbrannte Schwester vor meiner Haustür an. Innerlich die Augen verdrehend, parkte ich in der Einfahrt und sprach mir selbst Mut zu, während ich auf sie zulief.

Sie stach mir mit dem Zeigefinger beinah in die Brust, als sie anklagend ausrief: „Du miese Verräterin. Das hätte ich dir nie zugetraut. Aber jetzt hast du ja alles, was du immer wolltest. Meinen Freund und mein Kind. Schämst du dich denn gar nicht?"

Aus ihrem Mund hörte sich das an, als sei ich das verkommene und böse Miststück, das ihr die Familie weggenommen hatte. Obwohl ihr Angriff komplett an den Haaren herbeigezogen war, tat ihr Hass mir weh. Zwar versuchte ich, mich dagegen zu wehren, aber dieses Gift war schon in meinen Organismus eingedrungen, um sich dort auszubreiten und mir einzuimpfen, dass sie recht hatte.

„Es tut mir leid, dass du das so siehst. Aber du hast Jamie damals verlassen und mich jahrelang belogen. Nicht nur das Kind hast du mir verschwiegen, sondern mir auch noch weisgemacht, dass du monatelang stationär in Behandlung warst. Weißt du eigentlich, wie viel Sorgen ich mir damals um dich gemacht habe?"

„Du hättest doch nicht lockergelassen und mir unbedingt beistehen wollen. Das konnte ich nicht zulassen. Es war der einzige Weg dich fernzuhalten, weil der Aufenthalt einen plausiblen Grund lieferte, dass du mich nicht besuchen darfst."

„Warum hast du mich nicht eingeweiht? Ich hätte dir doch helfen können."

„Ich war überfordert und wollte das Kind nicht. Da hättest du auch nichts dran ändern können. Außerdem hast du mitten im Studium gesteckt. Wie hättest du mich da unterstützen können?", spie sie mir entgegen, als wäre ich schuld an allem.

„Und jetzt willst du Jane plötzlich? Denkst du wirklich, ich kaufe dir deine neu entdeckte Mutterliebe ab? Jamie hat mir alles erzählt, du kannst aufhören, mir etwas vorzuspielen."

Gwen kniff die Augen zusammen und sah mit einem Mal nur noch halb so attraktiv wie gewöhnlich aus. Diese Bitterkeit bekam ihr nicht, die Missgunst allerdings noch viel weniger.

„Du glaubst Jamie auch alles, oder? Wie verdammt naiv kann man eigentlich sein? Er benutzt dich die ganze Zeit und du glaubst ihm jedes Wort. Du bist echt selten dämlich."

Was meinte sie damit? Mir war klar, dass das Gespräch keinen angenehmen Verlauf nehmen würde, dass Gwen alles versuchen würde, um mich davon zu überzeugen, dass Jamie log. Aber was wollte sie damit sagen? Diese Frage lag mir auf der Zunge, aber ich schaffte es nicht, sie herauszupressen. Stattdessen wurde mir schummrig vor Augen und ich musste mich an der Hauswand abstützen.

Gwen griff mir fürsorglich unter den Arm und säuselte besorgt: „Gib mir den Schlüssel, ich bring dich rein. Du solltest dich lieber hinsetzen."

Wortlos drehte ich mich um, sperrte auf und Gwen folgte mir ins Haus. Als ich auf der Couch saß und ihr teilnahmslos dabei zusah, wie sie mir ein Glas Wasser holte, regte sich der Gedanke, was hier gerade schieflief.

Nachdem ich einen Schluck getrunken hatte, fochten wir ein Blickduell. Ich war nicht bereit, nachzufragen und sie wartete anscheinend darauf, dass ich es tat. Noch nie zuvor war mir aufgefallen, wie kalt ihre Augen blitzen konnten. Mich fröstelte es und ich hätte sie am liebsten rausgeworfen, bevor sie mein gemütliches Heim mit ihrem Gift in Beschlag nahm.

Irgendwann gab sie nach, setzte sich neben mich und griff nach meiner Hand. Zähneknirschend ließ ich es zu, hätte sie ihr aber liebend gern entrissen, weil ich mir sicher war, dass sie nichts Gutes im Schilde führte.

„Jamie benutzt dich nur, um an Jane heranzukommen", gurrte sie in mitleidigem Ton.

Ich straffte die Schultern, um einen selbstbewussten Eindruck zu hinterlassen. Okay, das kam jetzt nicht ganz unerwartet. Diesmal entzog ich ihr meine Hand.

„Ich kann verstehen, dass es bei dir den Eindruck erweckt, aber so ist das nicht. Wir sind schon seit einiger Zeit zusammen, lange bevor Jamie sich entschieden hat, Jane zu sich zu nehmen."

Gwen lachte, aber es klang weder amüsiert noch mitfühlend. Es klang einzig und allein boshaft und jagte mir augenblicklich einen kalten Schauer über den Rücken.

„Das hat er schlau eingefädelt. Soviel Grips hätte ich ihm gar nicht zugetraut. Anscheinend habe ich ihn unterschätzt. Kam es dir denn nie komisch vor, als er plötzlich Interesse an dir gezeigt hatte? Komm schon Lizzy, er hat dich nie als weibliches Wesen wahrgenommen, du warst für ihn lediglich ein Kumpel wie Tyler. Kaum erfährt er von der Vaterschaft, entdeckt er seine leidenschaftlichen Gefühle für dich. Egal, wie verliebt du in ihn bist, dass muss dir doch komisch vorgekommen sein."

Ihre fiesen Worte schafften es, mir viele kleine Wunden zuzufügen und sich dort wie ein Eitergeschwür festzubeißen, um mir größtmögliche Schmerzen zuzufügen. Trotzdem versuchte ich, es nicht an mich heranzulassen. Mir meinen Glauben an Jamies ehrliche Absichten nicht kaputtmachen zu lassen. Auch wenn ich insgeheim zugeben musste, dass es aus dem Mund meiner Schwester wirklich äußerst naiv und blauäugig klang, weil ich Jamie alles glaubte.

„Das sagt mir nur, dass du Jamie nicht annähernd so gut kennst wie ich. So ist er nicht, das würde er nie tun. Solche miesen Aktionen sind doch eher dein Niveau", schlug ich wütend zurück.

„Dir ist echt nicht mehr zu helfen. Du tust mir wirklich leid. Aber ich muss dir leider die Illusion nehmen. Denn ich weiß aus erster Hand, dass Jamie dich nur benutzt. Er hat es Tyler gestanden und der konnte seine Klappe nicht halten und hat es Kelly erzählt. Wie du vielleicht weißt, war sie früher meine beste Freundin und sie ist die Einzige, mit der ich aus Newquay noch in Kontakt stehe."

„Du lügst!" Mehr brachte ich nicht heraus, ich hatte das Gefühl, dass mein Hals durch ihre hasserfüllten Worten anschwoll, als hätte mich dort ein Insekt gestochen.

Gwen hatte noch die Unverfrorenheit mir mitleidig die Wange zu tätscheln. „Blöd, wenn der beste Freund so ein Klatschmaul ist. Damit hat dein feiner Jamie nicht gerechnet. Du siehst also, er ist keinen Deut besser als ich."

Ihre Selbstgerechtigkeit verursachte mir einen Brechreiz. Dennoch hielt mich ein klitzekleiner Rest Kampfgeist aufrecht, nicht klein beizugeben. „Sogar wenn es stimmt, was du sagst, bedeutet das nicht, dass Jamie so ist wie du. Vielleicht genauso berechnend, aber immerhin aus deutlich löblicheren Gründen als du es tust. Für dich ist Jane nur Mittel zum Zweck, er hingegen liebt sie schon jetzt über alles. Aber ich mache dir keinen Vorwurf, dass du den Unterschied nicht erkennst. Denn du bist derart gefühllos, dass du blind für die Liebe bist. Und jetzt verschwinde aus meinem Haus und lass dich hier nicht mehr blicken. Egal, was du versuchst, ich werde Jamie weiterhin unterstützen."

„Dir ist wirklich nicht mehr zu helfen. Du lässt dich wie einen räudigen Hund treten und würdest dennoch immer wieder deinem Herrchen dankbar die Hand abschlecken. Du bist wirklich erbärmlich, Lizzy."

„Komisch, dasselbe könnte ich über dich sagen." Ich stand auf und ging zur Haustür. Drehte mich um und sah sie vielsagend an. Ihre verschlagende Visage blickte mich hasserfüllt an und in diesem Moment wusste ich nicht, für was ich mich mehr bedauern sollte. Dafür, dass Jamie mich vielleicht nur benutzt hatte oder dass ich mich all die Jahre so sehr hatte von Gwen blenden lassen?

„Du wirst es bereuen, dich gegen mich gestellt zu haben", fauchte sie mich an, als sie an mir vorbeieilte.

Ich ignorierte sie und knallte einfach die Tür zu. Kaum war Gwen verschwunden, sackte mein Kreislauf in den Keller. Ich lehnte mich an die Tür und glitt mit dem Rücken langsam daran entlang, bis ich auf dem Boden saß. Schloss die Augen und versuchte, mich gegen ihre Intrigen zur Wehr zu setzen. Natürlich musste ich Jamie zur Rede stellen, aber gerade hatte ich keine Ahnung, ob ich den Mut dafür finden würde. Geschweige denn, woher ich die Stärke nehmen sollte, falls Gwens Unterstellung der Wahrheit entsprach. Den Verrat würde ich nicht überleben. Und was würde dann aus Jane werden? Hastig kniff ich die Augen etwas fester zusammen, um die sich anbahnenden Tränen zu unterdrücken. Bevor ich wusste, ob überhaupt irgendetwas von dem stimmte, was Gwen behauptete, würde ich sicherlich nicht den Kopf verlieren. Mir kam ein gequältes Stöhnen über die Lippen. Weil das ja auch so einfach war. Ich hatte keine Ahnung, wie lange ich unschlüssig im Flur saß. Irgendwann wurde es mir zu unbequem und ich stand umständlich auf.

Am liebsten hätte ich Mia angerufen, vielleicht wusste sie, ob Gwen wirklich noch mit Tylers Freundin in Kontakt stand. Sie kannte Kelly besser als ich. Aber ich wollte nicht über Jamies Absichten spekulieren, bevor ich ihn nicht damit konfrontiert hatte. Das war ihm gegenüber nicht fair. Alles in mir sträubte sich dagegen, das offene Gespräch mit ihm zu suchen. Zu groß war die Furcht, was ich dabei erfahren könnte. Aber die Ungewissheit begann mich schon aufzufressen. Von innen auszuhöhlen, sich in Tiefen zu graben, die jetzt schon unfassbar schmerzten. Ich musste Gewissheit haben. Die Augen zu verschließen, brachte mich langfristig nicht weiter. Dass hatte ich laut Gwen schließlich lang genug getan.

Sollte ich einfach auf gut Glück bei ihm vorbeifahren oder doch lieber nachfragen, ob er überhaupt daheim war? Wieder trieb mich meine Unentschlossenheit beinah in den Wahnsinn.

Aber der Gedanke, dass ich unverrichteter Dinge wieder heimkehren müsste, mit all den Dämonen, die Gwen mir dagelassen hatte, war einfach nur unerträglich.

Ich stakste ungelenk in die Küche, um mein Handy zu suchen. Nach ein paar Minuten fiel mir ein, dass es wahrscheinlich noch im Auto lag. Ich schnappte nach meinem Schlüsselbund und zog die Tür hinter mir ins Schloss.

Tatsächlich lag es in der Mittelkonsole, ich hatte zuvor mittels Freisprechanlage einige Telefonate geführt.

Mit zittrigen Fingern tippte ich ungelenk eine kurze Nachricht, für die ich ewig brauchte.

Ich blieb kraftlos im Autositz kleben, falls Jamie Zeit hatte, würde ich gleich losfahren, bevor die Dämonen siegten und mich mit vereinten Kräften davon abhielten.

Reglos starrte ich nach draußen ohne irgendetwas wahrzunehmen, außer den düsteren Bildern, die ich mir schon ausmalte. Ich schaffte es einfach nicht, die Horrorszenarien auszublenden, es war, als würden sie in Dauerschleife vor meinem geistigen Auge ablaufen.

Endlich bekundete ein Piepen, den Eingang einer Nachricht.

Hey Kleines,
was für eine schöne Überraschung. Mit dir hätte ich heute gar nicht gerechnet. Ich bin daheim, du kannst gern vorbeikommen und natürlich auch über Nacht bleiben ;-)

Ich starrte so lange auf den Text, dass meine Augen tränten. Das konnte doch nicht gespielt sein. Wenn er wirklich aus purer Berechnung mit mir zusammen wäre, dann wäre er doch genervt, wenn ich mich ungeplant aufdrängte.

Lizzy, das ist ein Mann, sagte das Teufelchen in meinem Kopf. *Der sagt doch nicht nein, wenn du dich ihm auf dem Silbertablett servierst. So abstoßend kann er dich gar nicht finden, als dass die Aussicht auf Sex ihn nicht milde stimmen würde.*

Oh Gott. Ich drehte gleich durch. Wusste nicht mehr, wo oben und unten war. Wie sollte ich in diesem Zustand heil bei ihm ankommen? Mechanisch startete ich den Motor und fuhr los. Meine Gedanken fuhren Achterbahn, so wild, dass mir schwindlig wurde. Und dass, wo ich doch Fahrgeschäfte jeglicher Art hasste. Ich begann schon wieder durchzudrehen. Aber spätestens, wenn ich ihm gegenüberstand waren wahrscheinlich alle Wörter, die ich mir zurechtgelegt hatte, sowieso verschwunden. Mit leergefegtem Gehirn würde es bestimmt eine Herausforderung werden. Aber ich musste nur meine Antennen schärfen, und meinen Blick schulen, um, an seiner Körperhaltung zu erkennen, ob Gwen die Wahrheit sagte. Immerhin hatte ich den Überraschungseffekt auf meiner Seite und hoffte, der würde mir helfen, Klarheit zu erlangen. Je näher ich seinem Haus kam, desto mehr nahm das Rauschen in meinen Ohren zu und die Nervosität ließ die Fahrbahn vor meinen Augen verschwimmen.

30

Jamie

Was für eine schöne Überraschung. Mit Lizzy hatte ich erst übermorgen gerechnet und ich bemerkte, wie sehr ich mich freute, sie zu sehen. Diese Vehemenz überraschte mich tatsächlich, aber ich schob den Gedanken weit von mir. Schließlich hatte ich schon früher gern meine Zeit mit ihr verbracht. Daran hatte sich nichts geändert, mit dem kleinen Unterschied, dass wir nun miteinander schliefen. Eine Änderung, mit der ich gerade sehr gut leben konnte. Ich grinste dämlich vor mich hin, wobei ich allerdings davon ausging, dass wir heute keinen Sex haben würden. Denn es war schon ziemlich spät. Andererseits, warum sonst wollte Lizzy heute vorbeikommen? Nun musste ich über mich selbst den Kopf schütteln. Zum Glück war diese Komponente nicht unsere einzige Gemeinsamkeit, wobei ich schon zugeben musste, dass ich lange nicht mehr so viel Spaß im Bett hatte wie mit ihr. Irgendwie überraschte mich diese Tatsache. Vielleicht lag es an dem Umstand, weil sie früher meine beste Freundin gewesen war und ich mir zuvor einfach nicht hatte vorstellen können, dass wir füreinander irgendwelche leidenschaftlichen, glutvollen Gefühle entwickeln würden. Tatsächlich ging es zwischen uns ziemlich heiß her. Ich freute mich schon darauf, mit ihr zusammenzuziehen, wobei mir natürlich schon klar war, dass wir mit Kind im Haus auch nicht ständig und überall übereinander herfallen konnten. Andererseits hatten wir geplant, dass ich sobald wie möglich zu ihr ziehen würde, damit wir uns schon einmal an die neue Situation gewöhnen könnten, bevor Jane zu uns kam.

Um mir die Zeit zu vertreiben, richtete ich einen kleinen Imbiss zu, obwohl die Abendessenszeit schon lange vorüber war. Lizzy kam bestimmt direkt nach der Arbeit zu mir. Als ich den Tisch gedeckt hatte, warf ich einen Blick durchs Küchenfenster auf die Straße. Lizzys Auto war noch nicht in Sicht. Ich las noch einmal ihre Nachricht, aber es klang, als wollte sie gleich losfahren. Nach weiteren zehn Minuten rief ich sie an. Mittlerweile hätte sie längst hier sein müssen. Mailbox.

Ich erreiche dich nicht. Ist dir was dazwischengekommen?

Nachdem ich sowieso zum Abwarten verdonnert war, räumte ich noch den Geschirrspüler aus und putzte die Küche blitzblank. Mittlerweile war über eine Stunde vergangen, seitdem sie sich gemeldet hatte. Lizzy war zuverlässig, falls ihr ein Notfall dazwischengekommen war, hätte sie mir Bescheid gegeben. Die Nachricht hatte sie immer noch nicht gelesen.

Lizzy! Wo steckst du? Ich mache mir Sorgen.

Kurze Zeit später hielt ich diese Warterei nicht mehr aus. Ich würde jetzt zu ihr fahren. Vielleicht war sie mit dem Fahrrad gefahren und gestürzt. Wahrscheinlich brachte es mich nicht weiter, aber dann hätte ich wenigstens etwas getan.

An die Haustür hängte ich noch einen Zettel auf, falls Lizzy zwischenzeitlich hier eintraf.

Auf halber Strecke sah ich zwei Autos am Wegrand stehen. Mein ungutes Bauchgefühl wuchs an, und kurz darauf erkannte ich ihren Wagen.

Hastig stellte ich mich dahinter und sprang heraus. Ich sah gleich, dass sich Lizzy nicht darin befand, aber ihr Wagen hatte einiges abgekommen, so verkratzt und zerbeult, wie die Stoßstange aussah. Was war mit meiner Freundin? Eine unfassbare Panik überfiel mich, die mich nicht mehr klar denken ließ. Mein Puls raste und ich wischte mir über die schweißnasse Stirn. Mit fahrigen Bewegungen ging ich auf das andere Auto zu. Als ich Lizzy darin erkannte, wurden meine Knie vor Erleichterung ganz zittrig.

„Alan. Lizzy. Was ist passiert?", rief ich, als ich die Beifahrertür aufriss. Besorgt erkannte ich, dass Lizzy sich ein blutdurchtränktes Taschentuch an die Nase hielt.

„Wo kommst du denn her? Wenn man vom Teufel spricht", brummte Alan in seinen grauen Bart, während er mich mit seinen wachen Augen betrachtete. Bildete ich mir ein, dass er mich kritisch musterte?

Ich beachtete seine Äußerung nicht, sondern strich Lizzy vorsichtig über die Wange.

„Schatz, was ist denn passiert? Hattest du einen Unfall? Warum bringst du sie nicht ins Krankenhaus?" Bei der letzten Frage warf ich Alan einen raschen Blick zu.

„Mir geht es gut. Außer einem Blechschaden und einem gehörigen Schrecken ist mir nichts passiert. Zum Glück kam Alan zufällig vorbei, ich stand ein wenig unter Schock."

„Lizzy war etwas durcheinander. Aber ihr geht es so weit gut und sie möchte nicht ins Krankenhaus. Wir wollten gerade zu dir fahren. Sie sollte heute Nacht nicht allein sein."

Meiner Laienmeinung nach sah Lizzy alles andere als gut aus. Blass und abgespannt wirkte sie und ihre Hand zitterte, während sie sich das Taschentuch auf die Nase drückte. Als ob ihr ein Gespenst begegnet wäre.

„Was ist denn eigentlich passiert", fragte ich leise.

„Eine Katze." Nun schenkte sie mir wenigstens ein halbes Lächeln, als sie hinzufügte: „Ihr ist nichts passiert."

Ihre Miene wurde wieder starr und ihr Zustand bereitete mir Sorgen.

Ich wandte mich an Alan. „Sollte sie nicht doch besser im Krankenhaus durchgecheckt werden? Lizzys Zustand macht mir Sorgen."

Alan räusperte sich ausgiebig und sein Blick wanderte von mir zu Lizzy. Aber es wirkte weniger, als begutachte er ihren Gesamtzustand, als wolle er etwas von ihr hören.

Gedankenverloren strich sich der ältere Mann über den Bart und sagte bedächtig: „Lizzy ist nicht wegen des Unfalls so durcheinander. Oder nicht nur deshalb."

Was sollte mir diese kryptische Äußerung jetzt sagen?

Verwirrt blinzelte ich ihn an.

„Was soll das heißen?"

„Lizzy?", fragte nun auch Alan sanft, aber sie reagierte weder auf meine Frage noch auf ihn.

„Wir haben über etwas geredet, das sie beschäftigt und wahrscheinlich vorhin auch abgelenkt hat. Aber das muss sie dir selbst sagen."

Wieder lächelte er Lizzy begütigend an. „Willst du noch mit Jamie reden oder soll ich dich mit zu mir nehmen? Maggie würde sich sicherlich freuen. Und morgen bleibst du zuhause, ich übernehme deine Patienten."

„Danke", hauchte sie, während ich mich fragte, was das zu bedeuten hatte. Lizzy war doch auf dem Weg zu mir gewesen. Warum sollte sie jetzt Alan nach Hause begleiten? Das ergab überhaupt keinen Sinn.

„Kann mich mal jemand aufklären, was hier los ist?"

„Ich muss dringend mit dir reden. Deshalb wollte ich vorbeikommen." Endlich sah sie mich mit klarem Blick an, der mich einerseits ungemein erleichterte, aber zugleich auch ängstigte, weil ich nicht wusste, was hier gerade los war.

Alan übernahm die Regie. „Ich kümmere mich um einen Abschleppdienst, damit dein Wagen in die Werkstatt kommt und du fährst mit Jamie mit. Dann sprecht ihr miteinander." Aufmunternd nickte er ihr zu und Lizzy straffte die Schultern.

„Danke Alan. Für alles."

Was auch immer das heißen mochte, ich war ihm dankbar dafür, dass er zufällig zur richtigen Zeit am richtigen Ort gewesen war und Lizzy beigestanden hatte. Mir wurde ganz anders, als ich mir ausmalte, was hätte alles passieren können.

Als wir in meinem Auto saßen, sagte ich mit zittriger Stimme: „Ich bin so froh, dass dir nichts passiert ist. Als ich nichts mehr von dir gehört habe, überfiel mich so ein merkwürdiges Gefühl und ich habe mir Sorgen gemacht." Ich sah sie aufmerksam an, aber sie reagierte überhaupt nicht auf meine Worte. Es wirkte, als würde sie immer noch völlig neben sich stehen. Aber vorhin hatte sie mir klar und deutlich geantwortet.

Da Lizzy keine Anstalten machte, auszusteigen, ging ich auf ihre Seite rüber, griff sie am Arm und lotste sie zwar sacht, aber dennoch mit Druck ins Innere des Hauses. Immer noch wirkte sie komplett erstarrt und sagte kein Wort. Wie eine Puppe ließ sie sich von mir ins Wohnzimmer dirigieren und auf die Couch verfrachten. Langsam machte sie mir wirklich Angst.

„Über was wolltest du mit mir sprechen? Ist etwas mit Jane?", presste ich schließlich heraus, nachdem sie keine Anstalten machte, mir irgendeine Erklärung zu liefern.

Immerhin schüttelte sie wenigstens mit dem Kopf und der Magendruck ließ ein klein wenig nach. Unstet knetete sie ihre Hände, bevor sie mich zum ersten Mal, seitdem wir hier waren, direkt ansah. Ich musste schlucken, als ich dieselbe Unsicherheit und Verstörtheit in ihren Augen lesen konnte.

„Mir ist tatsächlich so etwas wie ein Gespenst begegnet. Als ich heute nach Hause gekommen bin, hatte ich Besuch … von Gwen."

Ich unterdrückte ein wütendes Knurren. Dabei konnte ja nichts Gutes herauskommen. Kein Wunder, dass Lizzy so seltsam war, wer weiß, was Gwen ihr alles unterstellt hatte. Fürsorglich nahm ich ihre Hand, damit sie endlich aufhörte, sie zu kneten und sagte sanft: „Oje, jetzt wird mir auch klar, warum du so durcheinander wirkst. Was hat sie denn diesmal Fieses gesagt?"

Lizzy entriss mit so hektisch die Hand, dass es ihr bestimmt wehgetan haben musste, weil ich so schnell gar nicht loslassen konnte. Sie rutschte ein Stückchen von mir weg.

„Sie hat behauptet, dass du nur mit mir zusammen bist, weil du Jane zu dir holen willst. Ohne Partnerin hättest du vor Gericht keine Chance. Ansonsten hättest du dich niemals auf mich eingelassen." Lizzys Stimme war so leise, dass ich sie kaum verstand, aber der Inhalt ihrer Aussage hatte die Wirkung einer Dynamitstange auf mich.

Scheiße, was sollte ich jetzt machen? Im Bruchteil einer Sekunde musste ich abwägen, ob ich ihr die Wahrheit sagen oder alles vehement von mir weisen sollte. Und ich entschied mich für die falsche Variante, weil ich feige und ein mieses Arschloch war. Und Lizzys Zustand war sowieso schon angeschlagen, wie konnte ich da noch draufhauen, zumal sich die Lüge in eine Wahrheit verwandelt hatte. Aber das hatte ich ja die ganze Zeit nicht wahrhaben wollen.

„Was fällt dem intriganten Biest ein? Wie kann sie solche Lügen verbreiten? Lizzy, dir muss doch klar sein, dass sie alles tun wird, um uns auseinanderzubringen." Flehentlich sah ich sie an, in der Hoffnung, dass meine Worte sie überzeugen würden.

„Du wärst auch mit mir zusammen, wenn es Jane nicht geben würde?" Ihr Tonfall klang unsicher, als ob sie es selbst nicht glauben würde.

„Jane hat uns zusammengeschweißt, ohne sie wären wir uns sicherlich nicht so schnell nähergekommen. Daher kann ich dir diese Frage nicht mit einem hundertprozentigen Ja beantworten. Vielleicht hätten wir uns nie wirklich ausgesprochen, aber ich kann dir versichern, dass du mir etwas bedeutest. Viel! Ich kann mir ein Leben ohne dich als Frau an meiner Seite nicht mehr vorstellen." Als ich die Worte aussprach, eigentlich im Bestreben, sie zu beruhigen, stellte ich verblüfft fest, dass sie der Wahrheit entsprachen. Die Vorstellung, dass sie gleich durch die Tür auf Nimmerwiedersehen verschwand, war grauenvoll. Endlich begriff ich, dass es nicht mehr nur ausschließlich mit Jane zu tun hatte. Es war mehr als die Furcht, durch ihre Flucht keine Chance mehr auf das Sorgerecht zu erhalten. Und dieser Gedanke verwirrte mich gerade komplett.

Ihre Gesichtszüge entspannten sich ein wenig und in ihren mandelförmigen Augen sah ich so etwas wie Hoffnung aufblitzen. Mein Herz wurde mir schwer und die Schuld lastete gerade tonnenschwer auf meiner Seele. Wie hatte ich es nur zulassen können, dass es so weit kam? Niemals wollte ich sie verletzen und ich stellte erleichtert fest, dass wir wohl gerade so eine Katastrophe umschifft hatten.

Ich schloss die Lücke, die sie zwischen uns gebracht hatte, legte ihr den Arm um die Schultern und zog sie zu mir heran. Als ich spürte, wie Lizzy zitterte, wuchsen meine Schuldgefühle noch an. Aber langsam entspannte sie sich und lehnte ihren Kopf an meine Schulter.

„Tyler erzählt, du liebst mich nicht. Dass du nur mit mir zusammen bist, um Jane zu bekommen."

Der trügerische Schein einer friedlichen Stimmung zerplatzte unter ihrer nächsten Äußerung wie ein angestochener Luftballon. Der laute Knall erschreckte mich zutiefst, sodass ich ihr nicht länger etwas vormachen konnte. Ich wurde ganz kleinlaut und mein Innerstes wurde durch meine Lügen verätzt.

Anscheinend bedurfte es gar keiner zustimmenden Worte, denn als Lizzy mich bei ihrer Frage ansah, spiegelte ihre Mimik mein Entsetzen, das ich bei ihrer Frage verspürt hatte.

„Woher weißt du …?", flüsterte ich und verriet mich dabei selbst, verriet uns, verriet alles, was wir uns ganz zart und behutsam aufgebaut hatten.

Es war weniger das Entsetzen, was mich so sehr traf, als vielmehr ihr Schmerz, als sie begriff, was ich getan hatte. So verletzlich und angreifbar hatte sie noch nie ausgesehen. Und ich war schuld an ihrem Zustand. Ich hatte erst fein säuberlich die Grube gegraben und ihr nun den kleinen Schups gegeben, der sie zu Sturz brachte. In dem Moment, in dem sie fiel, begriff ich, was ich angerichtet hatte, was sie mir bedeutete. Aber es war zu spät, meine ausgestreckte Hand griff nach ihr, aber ich bekam sie nicht mehr zu packen. Sie war weg, obwohl ihre äußere Hülle doch noch neben mir saß.

„Lizzy, das war total scheiße von mir. Du musst mir glauben, dass ich das nicht geplant hatte. Die ganze Geschichte hat sich verselbstständigt. Es ist ja nicht so, als würde ich mich zwingen müssen, mit dir Zeit zu verbringen und dann blitzte irgendwann der verflixte Gedanke auf, dass es der Schlüssel zu meiner Tochter sein könnte." Ich wollte ihr noch so viel sagen, aber der Anblick, wie sie stumm wie ein Häufchen Elend neben mir saß, ließ meinen Hals anschwellen und ich konnte nicht weitersprechen.

Laut schniefend zog Lizzy die Nase hoch, während sie völlig gebrochen auf mich wirkte. Wenn sie doch wütend werden würde, mich anschrie oder schlug, damit könnte ich umgehen, aber nicht, solange sie wie eine einzige stumme Anklage dasaß.

„Die Idee dahinter kann ich sogar nachvollziehen. Es war deine einzige Chance, um Jane zu bekommen." Ganz kurz warf sie mir einen Blick zu, konnte meinen Anblick aber anscheinend nicht länger ertragen und sah erneut zu Boden. „Warum hast du mich nicht einfach gefragt? Mit offenen Karten gespielt. Nein, du hast lieber in Kauf genommen, dass ich mich bis über beide Ohren in dich verliebe. Hättest du dir nicht denken können, dass Gwen alles daransetzen würde, um deine Schwachstelle zu finden? Du weißt doch, dass Kelly früher Gwens beste Freundin war."

„Es tut mir so leid, Lizzy, ich wollte dir nicht wehtun. Der Gedanke ist gerade unerträglich für mich."

„Ich bin mir sicher, nicht so unerträglich wie für mich", unterbrach sie mich mit eisiger Stimme, die mich lähmte. „Wie hast du dir das überhaupt vorgestellt? Hättest du mich dann nach ein oder zwei Jahren verlassen?"

Sie klang komplett emotionslos, als würde es nicht sie persönlich betreffen.

„Ich weiß es nicht. Erst einmal ging es nur darum, Jane zu uns holen. Weiter habe ich nicht nachgedacht. Aber Lizzy, eins musst du wissen, seitdem wir so viel Zeit miteinander verbringen und uns nähergekommen sind, hat sich etwas verändert. Zu Beginn habe ich dir etwas vorgespielt, aber wahrscheinlich habe ich auch damals schon etwas für dich empfunden. Immerhin haben wir miteinander geschlafen. Nur wahrhaben wollte ich es nicht. Aber der Gedanke, dass du gleich aufstehst, um von hier zu verschwinden und ich dich nie wiedersehe, bringt mich um meinen Verstand, lässt mich erstarren. Lizzy, ich will dich in meinem Leben und als Frau an meiner Seite haben."

Sie schnaubte verächtlich, anscheinend völlig ungerührt von meinen Worten.

„Ja, als Alibifrau, damit du Jane bekommst."

„Das ist nicht wahr!", reagierte ich unerwartet heftig. Erst jetzt fiel mir auf, dass mir Jane gar nicht in den Sinn gekommen war, über die Furcht Lizzy zu verlieren, hatte ich komplett verdrängt, was es für meine Tochter bedeutete, dass ich es vermasselt hatte. „Anfangs ging es ausschließlich um Jane, aber jetzt geht es um dich."

Lizzy lachte bitter auf und es entfuhr ihr ein kleiner Schluchzer. „Wie soll ich dir noch irgendetwas glauben? Du hast mich die ganze Zeit von vorn bis hinten belogen, warum sollte ich dir jetzt glauben, dass dir nicht einfach nur wegen Jane der Arsch auf Grundeis geht."

„Gib mir doch bitte die Chance, es dir zu beweisen." Ich hörte selbst, wie erbärmlich ich bettelte.

„Ich kann dich beruhigen. Unser Abkommen werde ich nicht brechen. Du ziehst wie abgesprochen zu mir, nur mit dem Unterschied, dass du mir bitte so gut wie irgendwie möglich aus dem Weg gehst und wir getrennte Schlafzimmer haben werden. Ich tu das nicht wegen dir, sondern wegen Jane. Sie darf nicht ausbaden, was du verbockt hast."

Während sie umständlich aufstand, als habe sie jegliche Kraft verlassen, schniefte sie erneut und mir war klar, dass sie kurz davorstand, ihre beherrschte Maske abzuwerfen.

„Ich werde dir beweisen, dass du mir wichtig bist, Lizzy."

„Lass mich einfach in Ruhe."

„Du kannst jetzt nicht einfach gehen. Alan hat gesagt, du sollst nicht allein sein. Weiß er eigentlich Bescheid?", fragte ich angespannt.

„Er weiß nichts Genaues, nur, dass du der Grund bist, warum ich so unkonzentriert war."

„Bitte bleib über Nacht hier und lass uns morgen noch einmal in Ruhe darüber sprechen. Du sollst nicht allein sein", bat ich inständig, stieß aber natürlich auf taube Ohren. Lizzy machte sich nicht die Mühe darauf zu antworten, sondern ging zielstrebig auf die Haustür zu.

„Wo willst du denn hin? Dein Auto wurde abgeschleppt."

„Das kann dir doch egal sein. Dann laufe ich eben", erwiderte sie schnippisch.

Ich versperrte ihr den Weg, indem ich mich vor die Tür stellte.

„Das ist doch albern, Jamie", fauchte sie, während ich mein Handy aus der Hosentasche zog.

„Ich rufe jetzt Mia an. Du bleibst hier, bis sie dich abholt."
Lizzy gab auf und setzte sich auf die kleine Bank im Flur.

„Hier ist Jamie, könntest du bitte Lizzy bei mir abholen?
Ihr geht es nicht gut, sie hatte einen kleinen Autounfall …"
Lizzys entrüstetes Schnauben blendete ich aus, während Mia
mich unterbrach.

„Nein, ihr ist nichts passiert. Aber sie sollte zur Sicherheit
nachts nicht allein sein und bei mir will sie nicht bleiben."

„Was hast du denn angestellt?", fragte Mia mich misstrauisch.

Ich seufzte. „Das soll sie dir selbst sagen. Ich habe
Scheiße gebaut." Kurz darauf legte ich auf, ohne eine weitere
Erklärung abzugeben.

„Mia holt dich ab." Ich warf ihr einen hilflosen Blick zu, den
sie aber nicht sah, weil sie zu Boden stierte. Sie nickte lediglich.

Das grauenhafte Schweigen bis Mia erschien, drückte mir
aufs Gemüt, aber ich wusste einfach nicht, was ich sagen
sollte. Als es klingelte, wiederholte ich lahm: „Es tut mir leid."
Lizzy warf mir einen letzten, eisigen Blick zu, bevor sie die
Tür öffnete. „Mir auch."

„Lizzy, wie geht es dir? Was machst du denn für Sachen?"
Mia drückte ihre Freundin behutsam an sich.

„Mir geht es gut."

„Das sehe ich", kam Mias sarkastische Antwort. Mir
schenkte sie noch einen fragenden Blick, bevor Lizzy einfach
die Tür ins Schloss zog, und damit Mia um weitere Nachfragen brachte.

Ich musste den Drang unterdrücken, sie aufzuhalten, um
es nicht noch schlimmer zu machen. Als ich Motorengeräusche vernahm, ging ich in die Küche, um mir einen Drink zu
genehmigen. Heute würde ich mir die Kante geben, anders
würde ich den Gedanken, Lizzy verloren zu haben, nicht ertragen. Als Gwen mich damals verlassen hatte, dachte ich,
schlimmer würde es nie werden. Wie unwissend war ich doch
gewesen, denn gerade wurde ich eines Besseren belehrt und
der Gedanke, es selbst verbockt zu haben, machte es noch
schlimmer. Einzig der Gedanke, dass Lizzy sich bei dem Un-

fall nicht verletzt hatte, gab mir gerade noch etwas Halt. Denn den Gedanken, dass ihr etwas zugestoßen wäre, konnte ich nicht ertragen. Mein Herz verkrampfte sich, bei der Erinnerung, wie ich mich gefühlt hatte, als ich erkannte, dass sie einen Unfall gehabt hatte. Ich vergrub mein Gesicht in den Händen. Und wer hatte Schuld daran?

31

Lizzy

Die Tränen liefen mir über die Wangen, kaum hatten wir Jamie Haus hinter uns gelassen. Nun hatte ich ihn abermals verloren. Seine Liebe, die nur gespielt gewesen war, aber auch seine Freundschaft. Warum hatte er alles aufs Spiel gesetzt? Der Schmerz in meinem Herzen war kaum auszuhalten. Ich krümmte mich und hielt mich mit den Händen umschlungen, als könne ich mich dadurch selbst trösten.

„Lizzy. Hast du Schmerzen? Oder weinst du wegen Jamie? Was ist denn passiert?"

Nachdem ich nicht antworten konnte, hielt Mia am Straßenrand, schnallte sich ab und legte einen Arm um meine Schultern. Ich spürte es kaum, weil ich gerade nichts außer dem tosenden Schmerz wahrnahm, der mein Innerstes zerstörte. Mein Herz war schon vor langer Zeit beschädigt worden und durch all die Jahre hatte es einen ramponierten Zustand erlangt. Aber jetzt hatte er mir rücksichtslos einen Dolch hineingerammt und diesen auch noch genüsslich umgedreht, bis ich mich vor Schmerzen nicht mehr rühren konnte. Damals geschah es aus Unachtsamkeit, was auch schlimm gewesen war. Aber jetzt war er perfide vorgegangen, hatte es eiskalt in Kauf genommen, mich leiden zu lassen.

Mia strich mir eine tränennasse Haarsträhne aus dem Gesicht und murmelte irgendwas, das ich nicht verstand.

Sogar wenn an seinen Worten, die aufrichtig geklungen hatten, etwas Wahres dran war, konnte ich ihm niemals verzeihen. In was für eine ausweglose Situation hatte ich mich nur manövriert? Nein, ich sollte eher sagen, in welche ausweglose Situation hatte das Arschloch mich manövriert? Jetzt war ich Jane zuliebe gezwungen, mich weiterhin mit ihm abzugeben, ihr eine heile Welt vorzuspielen. Mit ihm unter einem Dach zu wohnen!

„Ahhh!", schrie ich hysterisch, weil mich die Panik bei dem Gedanken übermannte. Das war einfach nicht fair. Jahrelang hatte ich meine unerwiderte Liebe verdrängt, hatte versucht, irgendeinen moderaten Weg zu finden, mit ihm umzugehen, seitdem ich zurück war und wo stand ich jetzt? Vor dem Abgrund! Nun musste ich mich nicht nur mit einer unerwiderten Liebe arrangieren, sondern mit meinem unbändigen Zorn auf ihn. War es schon Hass, was ich verspürte? Im ersten Moment der Wahrheit sicherlich, aber langsam verblasste die Vehemenz und machte einer Traurigkeit Platz. Ich fühlte mich von ihm so hintergangen. Niemals hätte ich ihm eine derart hinterhältige Tat zugetraut. Am liebsten würde ich meine Sachen packen und Newquay für immer hinter mir lassen. Ihn nie wiedersehen zu müssen. Aber ich war durch mein Versprechen gebunden. Nein, durch mein Pflichtgefühl und meine Liebe zu Jane. Fast war es, als trennte ich mich vom Vater meines Kindes. In der Situation müssten wir uns um des Kindes willen ebenfalls arrangieren. Aber Jane war nicht meine Tochter, ich war als ungebundene Frau mit sämtlichen Freiheiten hierher zurückgekehrt und jetzt war ich gefangen in meinen Verpflichtungen. Jamie hatte es von Beginn an verstanden, nicht nur seine Angel auszuwerfen, sondern mich geschickt in ein Netz zu verstricken, aus dem ich mich nicht mehr befreien konnte. Meine Ausweglosigkeit ließ die Tränen erneut fließen, ich war vollkommen überfordert mit der Situation und nicht fähig, irgendeine Entscheidung zu treffen. Mia rüttelte an meinen Schultern und erstaunt nahm ich zur Kenntnis, dass ich bei ihr im Auto saß. Ich war so in meiner Welt versunken, dass ich überhaupt nichts mehr mitbekommen hatte.

„Lizzy. Wo bist du denn gedanklich gewesen? Ich mache mir Sorgen. Sind das Nachwirkungen deines Unfalls?" Mias mitfühlende Stimme holte mich aus dem Strudel aus Hilflosigkeit und Überforderung wieder zurück.

„Der Unfall hat nichts damit zu tun. Ich bin unverletzt. Aber Jamie hat mich von vorn bis hinten verarscht." Mia riss aufgrund meiner drastischen Äußerung die Augen auf und fuhr sich hektisch durch die Haare. Kurz strich sie mir beruhigend über die Schulter.

„Ich verstehe gar nichts mehr. Lass uns schnell zu dir fahren, dann erzählst du mir alles."

Schweigend fuhren wir die kurze Strecke nach Hause und Mia nahm mir den Schlüssel ab, als meine zitternden Hände es nicht schafften, das Schloss zu treffen. Diese verdammte Hilflosigkeit setzte die Tränen erneut in Gang. Heulend betrat ich das Haus und setzte mich kraftlos aufs Sofa. Mia nahm mich in die Arme und ich hatte keine Ahnung, wie lange wir so dasaßen und ich Mias Pullover vollweinte. Aber irgendwann wurden die Schluchzer leiser und ich gewann etwas an Fassung zurück. Mia reichte mir ein Taschentuch und nachdem ich mich geräuschvoll geschnäuzt hatte, fragte sie behutsam: „Was ist denn passiert? Jamie hat nur gemeint, dass er Scheiße gebaut hat und du jetzt nicht allein sein solltest. Ich weiß ja nicht, was er angestellt hat, aber er klang verdammt besorgt."

„Besorgt", wiederholte ich verbittert. „Natürlich ist er besorgt. Wäre ja jammerschade, wenn ich mich die Klippen runterstürze und er dann Jane nicht bekommt."

„So schlimm gleich? Sorry, aber ich komm gerade nicht ganz mit." Mia zuckte hilflos mit den Schultern, während sie mich besorgt musterte.

„Ich habe heute herausgefunden, dass Jamie nur mit mir zusammen ist, damit er Jane bekommt. Erst wollte er es abstreiten und mich beschwichtigen, aber dann hat er sich doch verraten." Wieder heulte ich los und begrub die letzten Worte darunter. So tief, als würden sie dadurch ihren Wahrheitsgehalt verlieren.

Ich war so froh, dass meine Freundin da war, die mich erneut fest in den Arm nahm. Gerade war es für mich unvorstellbar jemals wieder zu einer Normalität zurückzufinden und die Tränenflut hinter mir zu lassen.

„Was? Er hat dir etwas vorgespielt? Spinnt er jetzt völlig?" Mia klang noch fassungsloser, als ich mich fühlte. Und das wollte etwas heißen. Denn immer noch fiel es mir schwer, zu glauben, dass er mich komplett verarscht hatte. Wie hatte ich mir nur einbilden können, zu spüren, dass er etwas für mich empfand? Wie verdammt bescheuert konnte Liebe einen nur machen?

„Er hat es selbst zugegeben."

„Na warte. Den knöpfe ich mir vor. Das kann er doch nicht machen. Ach, Süße, das tut mir so leid. Wie soll es denn jetzt weitergehen?" Meine Freundin rümpfte die Nase, als hätte sie einen schlechten Geruch aufgeschnappt. Aber die ganze Geschichte war so unappetitlich, dass mich ihre Reaktion nicht überraschte.

„Jamie zieht trotzdem zu mir, wird mir dabei aus dem Weg gehen und ich werde nur das Nötigste mit ihm zu tun haben. Und dann sollten wir alle beten, dass Jane nichts davon mitbekommt. Sie wird durcheinander sein, wenn Mama mit ihr spricht, da müssen wir ihr wenigstens ein stabiles Umfeld bieten." Mir brach direkt der Schweiß aus, weil ich mir nicht vorstellen konnte, dass ich derart gut schauspielern konnte. Die Schlinge um meinen Hals zog sich immer weiter zu und ich konnte rein gar nichts dagegen machen. Mein Henker hatte mich in die Lage gebracht und schien nicht daran interessiert zu sein, mich noch einmal zu befreien.

„Das klingt ja grauenhaft. Lizzy, daran wirst du kaputtgehen. Du solltest jetzt an dich denken."

„Glaub mir, ich würde nichts lieber tun, als von hier zu verschwinden. Aber das kann ich nicht machen." Kurz erzählte ich ihr, dass Gwen die Überbringerin gewesen war und wie sie mir hasserfüllt gegenübergetreten ist. „Nach diesem Auftritt bin ich erst recht nicht gewillt, ihr Jane zu überlassen. Die arme Kleine. Das kann ich ihr nicht antun. Ich bin erwachsen und komme schon klar, aber sie muss beschützt werden. Wir werden das hinbekommen. Irgendwie", schloss ich ziemlich kleinlaut, weil es mir selbst am meisten Angst machte, dem Ganzen nicht gewachsen zu sein.

„Du bist wahrlich nicht zu beneiden."

Ich zog nur eine wilde Grimasse. Dann zog ich meine Beine an und umklammerte sie mit den Armen. „Ich bekomme das irgendwie hin. Wir werden uns arrangieren und irgendwann wird es auch nicht mehr so wehtun, ihm zu begegnen. Es wird besser werden." Natürlich sprach ich in erster Linie mir selbst Mut zu.

„Was sagt Jamie denn zu seiner Verteidigung?", erkundigte Mia sich mit einem Mal neugierig.

„Natürlich hat er sich beschämt gezeigt und eingesehen, dass er einen Fehler gemacht hat. Dann hat er gesäuselt, dass sich alles verändert hat, seitdem wir so viel Zeit miteinander verbringen und er Gefühle für mich entdeckt hat. Aber bevor du etwas sagst, sonderlich überzeugend klang er nicht." Absichtlich bemühte ich mich um einen ironischen Beiklang, damit Mia nicht bemerkte, dass ich schon wieder den Tränen nahe war.

„Ich kann verstehen, dass du ihm nach allem, was er sich geleistet hat, nicht glaubst. Dass er es nur wegen Jane sagt. Aber denkst du nicht, es könnte doch stimmen?"

„Ich weiß gar nichts mehr. Natürlich könnte es stimmen. Ich mag mir nicht vorstellen, dass man jemanden so etwas vorspielen kann. Er wirkte in mich verliebt oder zumindest fühlte ich, dass er etwas für mich empfindet, dass ich ihm etwas bedeute. Aber wie soll ich ihm jemals noch irgendetwas glauben? Und falls es stimmt, weiß ich nicht, ob es ausreicht, um ihm zu verzeihen. Denn das ändert ja nichts an der Ausgangslage."

„Ich will ihn wirklich nicht in Schutz nehmen, aber könntest du dir vorstellen, dass er doch schon länger Gefühle für dich hat und sich das nur nicht eingestehen wollte? Und ihn sein Unterbewusstsein zu diesem Schritt gedrängt hatte?"

Diesmal schnaubte ich lautstark. „Das klingt so absurd, dass ich schon darüber lachen muss. Auf so einen Unsinn ist ja nicht mal er selbst gekommen." Ich schüttelte über ihre Vorstellungsgabe den Kopf.

Mia blieb wie versprochen über Nacht und ich war ihr dafür sehr dankbar. Wahrscheinlich würde ich sowieso kein Auge zu bekommen, aber die Einsamkeit hätte mich wahrscheinlich in ihrem eisernen Griff komplett zerquetscht. Alan hatte mich zwar für morgen von meinen Pflichten entbunden, aber ich würde sicherlich nicht zuhause bleiben, sondern mich lieber mit einem riesigen Haufen Arbeit eindecken, sodass ich hoffentlich wenig Zeit fand, um an Jamies Verrat und meine ungewisse Zukunft zu denken.

32

Jamie

„Sag mal, hast du sie noch alle, Kelly zu erzählen, dass ich es mit Lizzy nicht ernst meine? Das habe ich dir im Vertrauen erzählt und du hast nichts Besseres zu tun, als es Gott und der Welt zu erzählen. Ernsthaft?", brüllte ich so laut in den Hörer, dass es in meinen Ohren schmerzhaft surrte.

Kurzzeitig vernahm ich nichts weiter als Stille, bevor Tyler anscheinend seine Stimme wiederfand. „Kelly ist nicht Gott und die Welt, sondern meine Freundin."

„Komm mir jetzt nicht auf die Tour! Ist das alles, was dir dazu einfällt? Sie hat es Gwen gegenüber ausgeplaudert und jetzt haben wir ein ernsthaftes Problem. Lizzy ist total am Ende und unseren Plan kann ich nun vergessen." Ich war so wütend, dass ich Sorge trug, dass es mich gleich in Stücke reißen würde, wenn ich es nicht raus ließ.

„Sie hat es Gwen erzählt?!"

„Die beiden waren während der Schulzeit die besten Freundinnen, hast du das nicht gewusst?", fragte ich misstrauisch.

„Nein, damals hatten wir gar nichts miteinander zu tun. Scheiße, das wusste ich nicht, sonst hätte ich ihr doch klar gemacht, dass sie nichts sagen darf. Gwen muss sie unter Druck gesetzt haben. Ich werde nachher mit ihr reden."

„Jetzt ist es zu spät. Das ändert auch nichts mehr. Verdammt, Tyler ich habe dir vertraut." Meine Verbitterung konnte ich nicht verbergen. Es traf mich ungemein, dass er die Dinge, die ich ihm im Vertrauen erzählt hatte, einfach ausplauderte.

„Sorry, das ist normalerweise gar nicht meine Art. Aber dein Verhalten hatte mich einfach so angekotzt, dass ich es irgendwo loswerden wollte. Aber ich wollte nicht, dass Lizzy es so erfährt. Das wäre deine Aufgabe gewesen."

Ich glaubte ihm, dass keine böse Absicht dahintergesteckt hatte, dennoch änderte es nichts an seinem Vertrauensbruch.

Aber ich befand mich wohl kaum in der Position, ihm nicht zu verzeihen. Denn mein Vergehen war erheblich schlimmer, damit hatte er allerdings recht.

„Was bedeutet das für Jane?", wagte Tyler in die klirrende Stille einzuwerfen.

„Ich habe keine Ahnung. Lizzy ist am Boden zerstört, so fertig habe ich sie noch nie gesehen und dennoch möchte sie an dem Plan festhalten. Jane zuliebe. Aber wie könnte ich das von ihr verlangen? Daran geht sie doch zugrunde." Müde rieb ich mir über die Stirn, als sich der Kopfschmerz verstärkte.

„Was für eine Scheißsituation. Wärst du doch bloß von Anfang an ehrlich gewesen."

„Danke für die Belehrung, das hilft mir jetzt auch nicht weiter", fiel ich ihm genervt ins Wort. „Als Lizzy gestern so verzweifelt und verletzt vor mir stand und im Begriff war, zu gehen, hatte mir die Angst davor, beinah den Boden unter den Füßen weggezogen. Ich hätte sie am liebsten festgebunden, um sie aufzuhalten und dass nicht nur wegen Jane." Kurz stockte ich, weil mich der Gedanke immer noch völlig umhaute. „Verdammt, ich glaube, ich habe mich in sie verliebt", presste ich angestrengt hervor, weil ich mir das selbst nicht eingestehen wollte. Dennoch wurde mir immer klarer, dass meine Gefühle nicht erst da waren, seitdem wir uns nähergekommen waren. Sie waren schon lange zuvor dagewesen und wenn ich Rindvieh mir das früher eingestanden hätte, wäre es gar nicht zu diesem unrühmlichen Ende gekommen.

„Ist das dein Ernst?", fragte Tyler misstrauisch.

Mein Seufzen war wohl ziemlich überzeugend. „Okay, aber das ändert wohl nichts daran, dass sie dich hasst."

So unverblümt hätte er es jetzt auch nicht ausdrücken müssen, aber ich musste ihm wohl zähneknirschend zustimmen. „Frag mich nicht, warum ich das nicht wahrhaben wollte. Vielleicht lag es daran, dass ich mit Gwen dermaßen auf die Schnauze geflogen war und mich nie wieder fest an eine Frau binden wollte. Weil ich jahrelang so wütend auf Lizzy gewesen war und ihr diese Macht nicht zugestehen wollte. Ich habe keine Ahnung. Das Einzige, was ich weiß, ist, dass ich ein riesengroßer Idiot bin, der so eine zauberhafte Frau wie Lizzy gar nicht verdient hat."

„Vielleicht solltest du das nicht mir, sondern ihr sagen", schlug Tyler vor.

„Als ob sie mir noch ein einziges Wort glauben würde", entgegnete ich frustriert, während ich mich innerlich wie ausgehöhlt fühlte. Dermaßen leer war ich schon lange nicht mehr gewesen. Als wäre nichts mehr von mir übriggeblieben, außer die kümmerliche Fassade eines Lügners und Betrügers.

„Das wird schon wieder. Gib ihr Zeit", versuchte Tyler mich ungeschickt aufzubauen. Zeit hatte ich keine. Die rann mir gerade wie Sand durch die Finger. Irgendwie musste ich meine und vor allem Lizzys Welt wieder in Ordnung bringen.

Mit einer letzten Entschuldigung verabschiedete Tyler sich, nicht ohne mir noch viel Glück zu wünschen. Ich war nicht mehr sauer auf ihn, immerhin hatte ich mich selbst in diese Situation manövriert und sein Vertrauensbruch hatte nur den letzten Stein ins Rollen gebracht.

Kaum hatte ich aufgelegt, wählte ich eine neue Nummer. Denn es gab noch eine weitere Person, mit der ich etwas zu klären hatte. Eine Person, der ich am liebsten den Hals umdrehen würde, weil sie derart hinterhältig und verkommen war, dass mir schlecht wurde, wenn ich mich an meine damalige Verliebtheit erinnerte.

$$\infty$$

Ein paar Tage später hatte ich immer noch nichts von Lizzy gehört. Mia hatte mich zwischenzeitlich angerufen und mir nicht nur ihre Meinung gesagt, sondern mich auch beruhigt, indem sie mir mitteilte, dass es Lizzy gutging. Der Unfall hatte außer einem Blechschaden, keine Konsequenzen, was mich so erleichtert hatte, dass ihre Tirade einfach an mir abgeprallt war.

Miranda hatte Jane am Wochenende die Wahrheit gesagt und nun wusste ich nicht so recht, wie ich weiter vorgehen sollte. Eigentlich hatte ich trotz unserer Probleme damit gerechnet, dass Lizzy mir Bescheid geben würde, wie Jane reagiert hatte. Schließlich ging es jetzt um alles. Ich war unsicher, ob ich sie anrufen oder lieber gleich bei Miranda nachfragen sollte. Aber vielleicht fiel ich Lizzy damit in den Rücken. Ich hatte keine Ahnung, ob sie ihre Mutter eingeweiht hatte oder es ihr lieber verschwieg, damit sich diese am Ende nicht doch noch gegen mich stellte.

Ans Telefon ging Lizzy nicht, deshalb beschloss ich zu ihr zu fahren, um zu nachzusehen, ob sie daheim war. Ich wollte wenigstens versuchen, zuerst mit ihr zu sprechen, um herauszufinden, wie es um Janes Gefühlswelt bestellt war und ob sie mich sehen wollte. Ich betete inständig, dass Gwen sich an unsere Absprache halten würde, wenn auch gezwungenermaßen. Damit wäre zumindest das größte Problem gelöst. Aber ich musste mit Lizzy auch über uns reden. Der Gedanke, dass sie sich benutzt fühlte, ließ mich nicht mehr zur Ruhe kommen. Nächtelang hatte ich wachgelegen, um einen Weg zu finden, ihr klar zu machen, was sie mir wirklich bedeutete. Mit jeder Stunde, in der sie sich weiter von mir entfernte, wuchs meine Sehnsucht nach ihr. Mein Herz brannte lichterloh und erstmals machte dieser Zustand mir keine Angst mehr. Im Gegenteil, es fühlte sich gut an. Und ich Dummkopf hatte sogar ihre Liebe gewonnen und es trotzdem versaut. Obwohl sie mich schon seit Jahren liebte, hatte ich alles kaputtgemacht. Weil ich ein selten dämlicher Idiot war. Und selbstmitleidig noch dazu. Es wurde Zeit, den Jammerlappen im Schrank einzusperren und mich auf den schweren Weg aufzumachen, irgendeinen Zugang zu Lizzys Herz zu finden.

∞

Fast musste ich mich zwingen aus dem Auto auszusteigen, als ich bei ihr zuhause angekommen war. Auf dem Weg zu ihrer Tür litt ich unter akuter Atemnot, als hätte ich die Strecke in Höchstgeschwindigkeit zurückgelegt. Noch nie war mir ein Gang so schwergefallen wie dieser. Es hing so viel davon ab, dass mir beinah schwindlig wurde. Die anschließenden Sekunden, nachdem ich die Klingel gedrückt hatte, fühlten sich wie eine Ewigkeit an. Bevor mich der Mut verließ, probierte ich es noch einmal. Entweder war Lizzy wirklich nicht da, oder sie hatte mich gesehen und war nicht bereit, mir gegenüberzutreten. Ein wenig ratlos drehte ich mich um und verharrte unschlüssig. Während ich ein wenig planlos den Blick schweifen ließ, fingen meine Augen eine Person ein, die in der Ferne über die freien Felder Richtung Klippen lief. Konnte es Lizzy sein? Mein Adrenalinspiegel stieg um ein Vielfaches an und ich ging entschlossen der Frau nach. Falls es doch nicht Lizzy war, würde ich einfach wieder umdrehen. Aber die kupferfarbene Mähne, die im Wind flatterte, passte schon einmal. Mit großen Schritten, die sich energischer anfühlten, als es der Wahrheit entsprach, verringerte ich zügig den Abstand. Lizzy half mir unwissentlich, indem sie an den Klippen Halt machte und sich ins Gras setzte. Auf dem ausgetretenen Trampelpfad lief ich auf sie zu, da sie ihren Blick aber auf die Wellen gerichtet hielt, bemerkte sie mich nicht. Somit hatte ich den Überraschungseffekt auf meiner Seite.

„Lizzy, wie geht es dir?", sagte ich leise, als ich knapp hinter ihr stand.

Ein leiser Aufschrei entkam ihr, bevor sie sich den Kopf wendete. Als sie mich erblickte, sprang sie hastig auf und klopfte sich scheinbar ein wenig verlegen den Staub von der Hose.

„Was machst du denn hier?" Das klang derart ungläubig, als würde ich normalerweise am anderen Ende der Welt und nicht in Newquay wohnen.

„Ich habe versucht, dich anzurufen", sagte ich leise, während ich meine Hände in die Hosentaschen meiner Shorts steckte, weil ich nicht wusste, was ich damit anfangen sollte. Am liebsten würde ich sie in meine Arme ziehen, was wahrscheinlich darin enden würde, dass sie mich über die Klippe schubste.

„Ich weiß", gab sie ebenso leise zu, als hätten wir beide Angst, dass die Situation eskalierte, sobald wir in normaler Lautstärke miteinander sprachen. Als ob wir einsehen mussten, dass wir es an die Wand gefahren hatten, sobald wir aufhörten zu flüstern.

Ein größerer Schwarm Schwalben umkreiste uns, der Wind frischte auf und brachte ihre Haare durcheinander. Wieder ertappte ich mich dabei, dass ich gern meine Hände in ihren Haaren versinken lassen würde. Mittlerweile waren sie schulterlang. Ihren Longbob hatte sie nicht mehr nachgeschnitten und so gefiel sie mir noch besser. Sie war einfach perfekt. Was Besseres hätte mir nie passieren können und doch hatte ich das einfach nicht erkennen wollen. Hatte mich lieber in meinem Groll auf sie verloren. Dabei war sie die wundervollste Frau, die ich je kennengelernt hatte. Das war sie damals schon gewesen und die Jahre hatten zusätzlich für sie gespielt, hatten ihre schönen Charakterzüge gefestigt und reifen lassen wie guten Wein.

Lizzy sah weg und ließ ihren Blick über die unendliche Weite des Meeres schweifen. Wahrscheinlich hatte ich sie gerade ziemlich bohrend angestarrt, was ihr bestimmt unangenehm war. Aber ich hoffte so sehr, dass meine Augen ein wenig von dem widergespiegelt hatten, was ich für sie empfand. Wenn es nur ein Bruchteil dessen gewesen war, musste sie doch erkannt haben, was sie mir bedeutete.

Bevor ich endlich das Wort ergriff, kam sie mir zuvor. Zwar vermied sie es weiterhin mich anzusehen, aber immerhin sprach sie mit mir.

„Ich wollte mich sowieso bei dir melden." Lizzy verstummte und wandte sich mir ganz langsam zu, als müsse sie sich dazu zwingen, als würde das Meer sie festhalten. „Meine Mutter hat Jane die Wahrheit gesagt. Ich habe noch nicht mit ihr selbst gesprochen. Als ich gestern meine Mutter getroffen habe, war Jane bei einer Freundin. Zuerst wollte sie es nicht glauben, sie dachte meine Mutter scherzt, dann ist sie in Tränen ausgebrochen und hat sich an sie geklammert." Lizzys Augen schwammen ebenfalls und mir tat der Gedanke, Jane Kummer zugefügt zu haben, ebenfalls weh. Aber die Kleine hatte ein Recht auf die Wahrheit und den richtigen Zeitpunkt gab es wahrscheinlich nie.

„Arme Jane, das muss ein Schock für sie gewesen sein." Ich sah Lizzy anteilnehmend an und ging einen kleinen Schritt auf sie zu, was sie augenblicklich veranlasste, die Augen aufzureißen. Fast könnte ich es panisch nennen, wie sie auf meine Annäherung reagierte. Deshalb blieb ich stehen, um ihren Wunsch zu respektieren, auch wenn ich nichts lieber tun würde, als sie zu trösten.

„Sie will nicht weg. Natürlich will sie bei Mama und Michael bleiben." Lizzys Schultern sackten zusammen, als könnte sie die Last nicht mehr tragen. Fröstelnd rieb sie sich die Arme, wofür wahrscheinlich nicht nur der kühle Wind verantwortlich war.

„Gib ihr Zeit. Sie muss sich doch erst an den Gedanken gewöhnen. Will sie uns denn sehen? Uns und ... Gwen?" Der Name klebte mir am Gaumen fest, aber sie war nun einmal ihre Mutter, daran konnten wir nichts ändern.

„Miranda möchte uns für morgen einladen. Gwen kommt auch. Hoffentlich geht das gut." Den letzten Satz sprach sie mehr zu sich selbst.

Erst jetzt fiel mir auf, dass sich Lizzy fast wie immer verhielt. Lediglich meine Nähe ließ sie nicht zu. Ansonsten wirkte es, als hätte sie sich mit der neuen Rolle schon arrangiert, was mich zugegebenermaßen gehörig irritierte. Es waren gerade einmal wenige Tage vergangen, sie konnte doch unmöglich schon einen Schlussstrich unter unsere Beziehung gezogen haben. Anstatt, dass ich froh über ihr gefasstes Auftreten mir gegenüber war, traf es mich mehr, als ich mir eingestehen wollte. Hatte sie uns wirklich aufgegeben und war nicht bereit, ihren Entschluss noch einmal zu überdenken? Wieder füllte sich mein Bauch mit allerlei Unrat und ließ einen schmerzenden Druck zurück.

„Lizzy, wir müssen reden", fing ich ungeschickt an, weil mir die Worte fehlten.

„Das tun wir doch." Ihr Tonfall täuschte mich nicht darüber hinweg, dass sie genau wusste, was ich damit sagen wollte.

„Nicht über Jane. Über uns", grätschte ich dazwischen und deckte ihre gespielte Unwissenheit mühelos auf.

„Oh."

Mehr war sie nicht gewillt, zu sagen. Anscheinend wollte sie es mir mit Absicht schwermachen. Lizzy ging ein paar Schritte und blieb an einer Stelle stehen, wo die Cornwall-Heide prachtvoll wuchs. Jetzt im Sommer blühte das Kraut in den schönsten Lilatönen und Lizzy ließ ihre Hand sachte darüberstreichen. Ich schloss vorsichtig die Lücke, während ich sie nicht aus den Augen ließ.

„Versteh mich nicht falsch. Ich bin wirklich froh, dass du es mir so leichtmachst und wir uns ganz normal unterhalten, aber wir können nicht einfach so tun, als wäre nichts vorgefallen. Wegen mir hast du einen Unfall gehabt." Jetzt war ich es, der den Blick abwandte, weil ich ihr nicht mehr länger in die Augen sehen konnte. Denn dort schwammen schon wieder verräterische Tränen, die mir bewiesen, dass Lizzy überhaupt nichts überwunden hatte. Die mir sagten, dass sie eine großartige Schauspielerin war, aber ich sie durchschaute. Die mir aufzeigten, welch guter Mensch sie war, indem sie ihre eigenen Befindlichkeiten hintenanstellte.

„Ich muss zu einer Normalität zurückfinden, ich kann jetzt nicht weglaufen. Und glaub mir, ich würde es tun, wenn ich könnte", erwiderte sie mit fester Stimme, die ein Hauch von Wut durchzog.

In diesem Moment war ich einfach nur heilfroh, dass ihr Pflichtgefühl sie an Ort und Stelle hielt, ansonsten wäre ich chancenlos gewesen, ihr Herz wiederzugewinnen.

„Mir ist klar, dass ich dir furchtbar wehgetan habe, und wenn ich es könnte, würde ich es ungeschehen machen. Wenn ich eine zweite Chance bekäme, würde ich alles anders machen. Aber ich war blind. So verdammt blind für all das Schöne und Gute, das du in mir geweckt hast. So verdammt blind für all die wunderbaren Gefühle, die du in mir wieder ausgelöst hast. Von denen ich dachte, sie niemals mehr zu verspüren."

„Hör auf! Ich will davon nichts hören. Vor ein paar Tagen hätte ich weiche Knie bekommen, aber das Einzige, was du jetzt damit erreichst, ist mich und meine Gefühle zu verhöhnen. Genauso, wie du es all die Monate getan hast."

Lizzy versuchte einen wütenden Eindruck zu hinterlassen, aber alles, was sie erreichte war, dass ich ein furchtbar enttäuschtes und verletzliches Mädchen sah, das sich schützen wollte. Wider besseres Wissen griff ich nach ihren Händen und zog sie zu mir heran. „Es ist die Wahrheit. Lizzy, ich wollte es die ganze Zeit nicht sehen. Dennoch stimmt es. Du bist alles für mich. Seitdem du nicht mehr bei mir bist, fühle ich mich wie geteilt. Als hättest du eine Hälfte von mir mitgenommen. Ich fühle mich wie amputiert. Wir gehören zusammen, ich weiß nicht, wo du anfängst und wo ich aufhöre, weil wir eine Einheit bilden. Eine Einheit, die das aushält. Weil wir uns lieben." Die letzten Worte flüsterte ich, weil ich einen Frosch im Hals hatte, nicht, weil ich mir nicht sicher war.

Lizzy hatte während des Monologs stillgehalten. Kaum hörte ich auf zu reden, wehrte sie sich gegen meinen Griff. Ich war nicht bereit sie loszulassen, weil ich genau wusste, dass sie sich auf dem Rückzug befand, nicht bereit, mir auch nur irgendein Wort zu glauben.

„Hör auf, mir solche Dinge ins Ohr zu säuseln und lass mich endlich los." Sie funkelte mich aus halbgeschlossenen Augenlidern derart hasserfüllt an, dass ich ihrer Aufforderung umgehend nachkam. Lizzy verschränkte die Arme vor der Brust und sagte mit zittriger Stimme: „Du wusstest die ganze Zeit, dass ich dich liebe. Schon damals und immer noch. Wie konntest du mich nur derart ausnutzen und hintergehen? Meine Mutter hat mir gestanden, dass sie sich dir gegenüber versprochen hat." Lizzy stockte und es wirkte, als würde ihr diese Tatsache den Rest geben. „Sind dir meine Gefühle so scheißegal? Muss ich immer noch Buße tun, weil ich dir damals keine Chance gegeben habe, mir deine Sichtweise anzuhören? Muss ich auf ewig dafür leiden?" Sie brach so plötzlich in Tränen aus, dass ich wie erstarrt einfach stehenblieb und sie panisch ansah, unfähig mich zu rühren oder auch nur ein einziges Wort der Entschuldigung und der Beschwichtigung zu murmeln. Weil mir die Worte fehlten. Weil mir ihr Kummer die Zunge lähmte und meine Gehirntätigkeit lahmlegte.

Ihr Schmerz war für mich kaum auszuhalten und das Wissen, dass daran einzig und allein ich schuld war, ließ mich benommen werden. Erst jetzt begriff ich, was es hieß, wirklich zu lieben. Das Wohl eines anderen vor das eigene zu stellen. Zu spüren, dass der Schmerz des anderen weniger auszuhalten war als der Eigene. Und trotz all dieser lobenswerten Erkenntnisse waren mir die Hände gebunden. Ich konnte meine Fehler nicht mehr rückgängig machen.

„Es tut mir so leid. Ich kann es nicht oft genug wiederholen. Es war eine Scheißidee, zumal sie vollkommen unnötig war. Wenn ich nur für eine Sekunde ehrlich zu mir gewesen wäre, hätte ich viel früher erkannt, was du mir bedeutest."

Ein Muskel zuckte an ihrer Wange, dann öffnete sie den Mund, aber es dauerte, bis sie zu sprechen begann. „Du jetzt nicht auch noch. Mia hat mir denselben Unsinn unterbreitet." Sie schüttelte ungläubig den Kopf und presste die Lippen aufeinander. Natürlich glaubte sie mir kein Wort. Es klang ja selbst in meinen Ohren völlig irrsinnig.

Unwirsch wischte sie sich eine Träne von der Wange und die Geste hatte etwas Kindliches an sich, was mein Herz wieder aus dem Takt geraten ließ.

„Ich lass dich gleich in Ruhe. Aber ich muss dir noch was sagen. Vielleicht wird dich das ein wenig beruhigen. Wir werden nicht vor Gericht gehen müssen. Gwen verzichtet freiwillig auf das Sorgerecht. Das heißt, wir müssen nicht zusammenziehen. Ich werde mich mit Miranda besprechen, wie wir das zukünftig regeln. Natürlich werde ich mich nach Janes Wünschen richten. Sie darf zu mir kommen, wann immer sie möchte, aber ich werde sie nicht zwingen."

Vor Überraschung hörte Lizzy auf zu weinen und schien völlig perplex zu sein. Wahrscheinlich aus Reflex zog sie sich ein Gummiband vom Handgelenk und band sich ihre Mähne zu einem Pferdeschwanz zusammen, da ihr die Haare ständig vor den Augen hingen.

„Was soll das heißen? Sie wird doch nicht einfach so auf Jane verzichten. Weiß meine Mutter davon?" Ihr misstrauischer Blick sprach Bände.

Ein wenig verlegen kratzte ich mich am Kopf. „Naja, so ganz freiwillig hat sie es auch nicht getan. Aber deine Schwester hat einfach zu viel Temperament. Ich habe sie angerufen und herausgefordert. Da ist sie wütend geworden und hat sich verplappert. Sie hat ein paar sehr unschöne Dinge über Jane gesagt. Dumm nur, dass ich unser Gespräch aufgezeichnet habe. Ehrlich gesagt ist es mir vollkommen egal, ob ihr Verlobter sie dann verlässt, es würde ihr recht geschehen. Deine Mutter weiß noch nichts davon."

Lizzy sah so aus, als wäre ihr alles zu viel geworden. Sie schwankte ganz leicht und mein Arm hatte ihre Taille schneller umfasst, als mein Verstand ihn hätte zurückhalten können. Ich hielt sie im festen Griff und für einen kurzen Moment schien die Welt in Ordnung zu sein. Lizzy zwinkerte ein paarmal und murmelte: „War Gwen schon immer so oder wann ist sie zu so einer kaltherzigen Person geworden?" Dabei sah sie mich so hilflos an, dass ich ihr zärtlich über die Wange strich.

„Da fragst du den Falschen. Ich war nicht objektiv."

Mehr sagte ich nicht, weil ich sie nicht wieder auf meine Blindheit stoßen wollte.

„Also ziehst du nicht bei mir ein?"

„Ich würde jederzeit liebend gern mit dir zusammenziehen. Aber ich befürchte, dass du das nicht mehr willst." Immer noch ließ sie meine Nähe zu, aber ich befürchtete, dass es nicht mehr lange dauern würde, bis sie mich wieder wegstieß.

Diesmal blieben ihre Augen klar, als sie mich ansah, dennoch traf mich der traurige Ausdruck.

„Gefühle kann man nicht einfach wie einen Lichtschalter an- und ausknipsen. Ich wünsche mir, dass es wieder so ist, wie es vor ein paar Tagen zwischen uns war. Jetzt in dem Wissen, dass du ein falscher Hund bist, dem ich nichts mehr glauben kann, der mir die schönsten Märchen erzählen kann, geht das nicht mehr."

Sie biss sich auf die Unterlippe und jetzt sah sie eher bockig aus. „Ich schaffe es ja kaum, mich aus deinen Armen zu lösen. Aus den Armen eines Verräters. Das macht mich wütend. Ich will mir nicht alles gefallen lassen. Ich muss mir mehr wert sein."

Jetzt zog ich sie in eine richtige Umarmung, weil ich das untrügliche Gefühl verspürte, dass ich nie wieder die Chance bekommen würde, indem sie sich mir gegenüber so öffnete.

„Lizzy, du liebst mich und ich liebe dich. Lass uns das durch meinen Fehler nicht wegwerfen. Ich weiß, es war ein großer Fehler, einer der kaum verzeihbar ist. Aber lass uns gemeinsam kämpfen."

Natürlich merkte ich, dass ich bettelte. Es war erbärmlich, aber ich musste ihr doch irgendwie zeigen, wie wichtig mir das zwischen uns war.

In ihrem Gehirn ratterte es, ich konnte es ihr ansehen. Und für einen winzigen Augenblick dachte ich, dass ich gewonnen und sie überzeugt hätte. Aber dann verdüsterte sich ihr Blick und ich hätte sie am liebsten so lange geküsst, bis sich sämtliche negativen Gedanken in alle Winde verteilt hätten.

„Das glaube ich dir sogar. Du brauchst mich nicht mehr. Warum sonst solltest du um mich kämpfen, wenn es dir nicht wirklich um mich gehen würde. Aber ich kann das nicht. Ich kann dir das nicht verzeihen und ich möchte keine verbitterte alte Kuh werden, die dir das immer und immer wieder vorhält."

„Lizzy, das ist mir egal. Hau es mir meinetwegen täglich mehrmals um die Ohren, damit komme ich klar. Aber nicht damit, dass du uns wegwirfst."

Erneut biss sie sich in die Wange und schüttelte den Kopf. An ihrem resoluten Blick erkannte ich, dass sie sich nicht umstimmen ließ.

Erstaunlich sanft löste sie sich aus meinen Armen, trat einige Schritte weg von mir und drehte sich nochmals um.

„Wir sehen uns dann morgen bei meinen Eltern."

„Okay, ich werde deinen Entschluss wohl akzeptieren müssen." Anscheinend hörte Lizzy meine Niedergeschlagenheit, denn sie stand für einen Moment unschlüssig da, als ob sie nicht wusste, wie sie reagieren sollte.

„Gib mir Zeit." Sie lief so stürmisch los, dass mir gar keine Zeit blieb, darauf zu reagieren. Ich starrte ihr dümmlich hinterher, bis ich endlich den Mund aufbrachte und ihr ein „Danke" hinterherrief. Diese drei kleinen Worte hatten mehr Macht, als alle anderen zusammen. Denn sie ließen mir einen kleinen Hoffnungsschimmer zurück, den ich gar nicht mehr für möglich gehalten hätte.

33

Lizzy

Ich musste mich wirklich zwingen, weiterzulaufen. Fast hätte er mich soweit gehabt, dass ich eingeknickt wäre. Aber das hätte ich bereut. Sein Verrat hätte im Hintergrund gearbeitet, hätte dafür gesorgt, dass sich die Wunde nie ganz verschloss und sich irgendwann entzündete. Und das wäre das endgültige Aus. Ihn ein weiteres Mal zu verlieren, würde ich nicht ertragen.

Es überraschte mich selbst, dass ich ihm seine Gefühle für mich abkaufte. Seine Verzweiflung war echt gewesen. Aber ich war es, der ich nicht traute. Ich zweifelte an meiner Großmut, ihm verzeihen zu können. Diesmal würde ich es sein, die ein *wir* an die Wand fahren würde. Mit dieser Angst konnte ich unmöglich leben. Lieber verzichtete ich ganz auf ihn.

Müde schloss ich die Tür auf. Es war spät geworden und es war schon dunkel, als ich wieder daheim ankam. Der lange Tag und die psychische Komponente trugen ihr Übriges dazu bei, dass ich mich völlig erschöpft fühlte. Ich beschloss mir etwas Gutes zu tun und mir ein heißes Bad einzulassen. Schöne Musik und ein Glas Rotwein, damit könnte ich hoffentlich ein wenig Ruhe finden.

Immerhin erleichterte mich die Neuigkeit, dass wir nicht unter einem Dach leben mussten. Dieser Gedanke war wirklich unerträglich. Es würde schon schlimm genug werden, ihn wegen Jane regelmäßig zu sehen.

Nachdem ich mich ausgezogen hatte, sank ich in das warme Wasser und schloss die Augen. Vielleicht sollte ich für ein paar Tage wegfahren. Jetzt arbeitete ich schon ein halbes Jahr und bis auf das verlängerte Wochenende bei Fran hatte ich noch keinen Urlaub genommen. Das erinnerte mich daran, dass sie in ein paar Tagen zu Besuch kam. Dieser Umstand versetzte mich in einen deutlich besseren Zustand. Immerhin wusste sie schon über die neueste Entwicklung Bescheid. Aber ich würde gerne ihren Rat in Bezug auf Jamie hören. Vielleicht half mir eine neutrale Sichtweise in meinem undurchdringlichen Dschungel weiter.

∞

Normalerweise freute ich mich darauf, die kleine Jane zu treffen. Heute lagen mir gleich zwei Umstände schwer im Magen. Aber einen würde ich ganz fest im letzten Kämmerchen verschließen, damit ich ihn dort vergaß.

Auf mein Läuten ertönte freudiges Kindergeschrei und das ließ mein Herz augenblicklich leichter werden. Jane klang genauso unbeschwert wie gewöhnlich. Schon umklammerte sie meinen Bauch und ich schaffte es kaum, den Flur zu betreten.

„Na, du kleiner Klammeraffe. Bitte erdrück mich nicht." Endlich ließ sie mich los und fing gleich an zu erzählen. Ich folgte ihren aufgeregten Ausführungen nur mit halbem Ohr. Die Schule begann bald und Jane war verständlicherweise ziemlich aufgeregt. Vielleicht war das sogar gut und lenkte sie ab.

„Jamie ist schon da." Sie verstummte und sah mich aus großen Augen an. Dann hob sie die Hand zum Mund und flüsterte: „Oder muss ich ihn jetzt Daddy nennen? Aber ich habe doch schon einen Daddy." Sie sah ganz verloren aus und ich hob sie auf den Arm.

„Du darfst ihn so nennen, wie du möchtest. Ich glaube, Jamie findet er richtig gut. Daddy auch. Aber das muss nicht sein."

Wieder wurde sie ganz still und schien zu überlegen. „Bekommt ihr bald ein Baby?"

Nun konnte ich nicht verhindern, dass mich ihr forscher Blick erröten ließ. Wie kam sie denn jetzt darauf? Aber sie schien gar keine Antwort zu erwarten und stellte schon die nächste Frage: „Und du? Bist du dann auch meine Mama? Aber das ist doch schon Gwen, oder?" Sie sah mich völlig verwirrt an und ich erkannte, dass die ganze Konstellation sie gehörig durcheinanderbrachte.

„Ich bin einfach Lizzy, wie immer. Du musst auch zu Gwen nicht Mama sagen."

„Ich habe ja schon eine Mama", sagte sie bekräftigend und nickte.

Gott, das arme Kind, sie tat mir so leid. Ich drückte sie beschützend an mich und bat inständig, dass Gwen nachher nett zu ihr war.

Jane zappelte und ich stellte sie wieder auf ihre Beine. Sofort griff sie nach meiner Hand und zog mich in den Garten, wo die restliche Familie schon auf der Terrasse Platz genommen hatte. Nur Gwen glänzte noch durch Abwesenheit. Jamie sprang auf, als er mich erblickte und verharrte dann mitten in der Bewegung, weil er wohl nicht wusste, wie er mich begrüßen sollte. Ich hatte Mitleid mit ihm und schenkte ihm ein kleines Lächeln, woraufhin er auf mich zutrat und mich ganz kurz umarmte. „Schön, dich zu sehen", flüsterte er mir ins Ohr. Seine maskuline Stimme drang in mich und nahm dort zu viel Raum ein. Tief durchatmend brachte ich möglichst unauffällig etwas Abstand zwischen uns. Warum räumte ich ihm immer noch so eine Macht ein? Ich durfte nicht zulassen, dass er mich derart aus der Fassung brachte.

Während wir ein wenig Small Talk hielten und Jane mit ihrem Vater Ball spielte, ein Anblick, der mich schon wieder aus dem Konzept brachte, als ich sah, wie sehr er in seiner Rolle aufging, klingelte das Telefon und Miranda entschuldigte sich kurz.

Als sie kurz darauf zurückkehrte, sagte mir ihre Miene, dass etwas nicht stimmte. Ich gesellte mich zu ihr und entgegnete leise, damit Jane nichts mitbekam: „Lass mich raten. Gwen kommt nicht."

Meine Mutter seufzte nur und die kleine Geste verriet mir, dass wir wohl beide von der verklärten Sichtweise auf Gwen kuriert waren. Natürlich versuchte Miranda, sie dennoch in Schutz zu nehmen. Wahrscheinlich die Macht der Gewohnheit, aber es ärgerte mich dennoch.

„Sie hat Probleme mit Trevor. Er war dagegen, dass sie auf das Sorgerecht verzichtet. Sie hat versucht, ihm zu erklären, dass es für Jane das Beste wäre. Er sieht das anders. Ihr geht es nicht gut und in dieser Verfassung mag sie Jane nicht gegenübertreten."

Ich schnaubte genervt. Klar, dass ihr Lebensgefährte etwas dagegen hatte, schließlich war er ja der Grund, warum sie überhaupt die ganze Mühe auf sich genommen hatte. Die beiden schenkten sich wirklich nichts. Aber ich war mir sicher, dass Gwen ihren Willen durchsetzen würde. Sie würde ihn schon davon überzeugen, dass es besser so war. Immerhin war ihr sicherlich nicht daran gelegen, dass er mitbekam, wie egal ihr die Kleine war. Aber für Jane tat es mir leid. Andererseits kannte sie es nicht anders. Gwen hatte sich noch nie für sie interessiert. Vielleicht machte es ihr weniger aus als gedacht. Das kam bestimmt erst später, wenn sie alt genug war, um zu verstehen, wie egal sie ihrer Mutter war.

Jane bestätigte kurz darauf mein Gefühl, als sie nur kurz im Spiel innehielt und dann fragte, ob wir jetzt endlich Kuchen aßen. Jamie sah zuerst wütend aus, als er mitbekam, dass Gwen nicht kam. Dann fing er an zu lachen, als er die lässige Reaktion der Kleinen erlebte. Gwen kam nicht, dann konnten wir endlich essen, ohne länger auf sie warten zu müssen. So einfach war das. Kurz beneidete ich sie um den Umstand, Kind sein zu dürfen. Um ihre kindliche Naivität und ihre Fähigkeit die Dinge einfach so hinzunehmen, wie sie waren.

Während wir aßen, wanderte mein Blick wie ferngesteuert zu Jamie und ich ließ beinah die Gabel fallen, als ich direkt in seine Augen sah und mir klar wurde, dass sein Blick schon auf mir geruht haben musste. Mein Herz polterte ganz unvernünftig und mir wurde ganz warm. Vor allem, als sich seine Mundwinkel zu einem sanften Lächeln verzogen, war ich fast bereit, ihm zu vergeben. Fast! Gerade noch rechtzeitig setzte ich meinen Verstand wieder ein. Jamie fasste sich an den Mundwinkel und ich begriff erst nach einer Weile, dass ich da wohl Schokolade hängen hatte. Hastig wischte ich mir mit einer Serviette über den Mund und ignorierte seinen belustigten Blick. Ich war gegen seinen Charme immun. Keinesfalls würde ich mich von ihm noch einmal um den Finger wickeln lassen. Seine durchtriebenen Methoden durchschaute ich nun.

Völlig konfus verwickelte ich Michael in ein Gespräch und erzählte ihm Details einer Operation, die ihn wahrscheinlich im besten Fall nicht interessierten und im schlimmsten Fall ekelten.

Wieder machte ich den Fehler, Jamie einen Seitenblick zuzuwerfen und er zog amüsiert die Augenbraue nach oben, als er mich erneut dabei erwischte.

Mein Stuhl machte ein hässliches Geräusch, als ich ihn nach hinten schob und ins Badezimmer floh. Mit fahrigen Fingern schloss ich ab und sank dankbar auf den geschlossenen Klodeckel und atmete tief durch. Wie zum Teufel sollte ich weitere Treffen überstehen? Ich war dem Ganzen nicht gewachsen. Ich hatte meine Coolness, meine Fähigkeiten völlig überschätzt. Es machte mich fertig, Familie zu spielen, in dem Wissen, dass wir das nicht waren. Aber das war noch nicht mal das Schlimmste. Das Tatsache, dass wir das hätten sein können, ließ mich in tausend Splitter zerbersten. Immerhin schaffte ich es, die lästigen Tränen zu verdrängen und nach fünf Minuten zwang ich mich, die Toilette zu verlassen.

Meine Mutter kam mir mit einigen Tellern entgegen und ich stieß hastig aus: „Soll ich dir helfen?" Schon wollte ich mich nach Draußen begeben, um den Rest abzuräumen, da hielt sie mich zurück.

„Komm doch bitte mit in die Küche."

Da ich wusste, dass Widerspruch zwecklos wäre, folgte ich ihr seufzend.

Kaum, dass sie die Teller losgeworden war, stürzte sich ihre Fürsorge auf mich und hielt mich fest umklammert, damit ich nicht wegkam.

„Wie geht es dir? Du siehst blass und übernächtigt aus. Hast du noch einmal mit Jamie gesprochen?" Bei ihrer Frage sah sie mich erwartungsvoll an. Vielleicht hatte sie die Hoffnung nicht aufgegeben, dass wir doch noch eine Chance hatten.

„Ja, das haben wir. Und es war ein gutes Gespräch." Ich hob bestimmend die Hand, als sie mir ins Wort fallen wollte.

„Aber es ändert sich nichts. Ich kann doch nicht einfach so tun, als wäre nichts passiert."

„Der Junge liebt dich, egal, was er sich da selbst zusammenfantasiert hat. Das habe ich heute gesehen und jedes Mal, als ich euch zusammen erlebt habe."

Wieder entfuhr mir ein halber Schluchzer, den ich in einen Seufzer zu retten versuchte. „Mama, das habe ich mittlerweile auch begriffen. Aber es reicht nicht. Das ändert nichts daran, dass er mich benutzt hat. Eiskalt."

„Ich will dir gar nicht reinreden. Aber du bist unglücklich. Unglücklich ohne ihn. Meinst du wirklich, es würde dir an seiner Seite noch schlechter gehen?"

Meine Mutter führte wirklich eine interessante Argumentationsstrategie. Was wäre das schlimmere Übel? Mein Mundwinkel zuckte ganz kurz, dann überkam mich wieder die Vernunft. „Vielleicht geht es mir momentan ohne ihn schlechter, aber irgendwann würde sich das Blatt gegen ihn wenden. Und jetzt lass uns bitte nicht mehr darüber reden", flehte ich sie an, indem ich die Hände faltete. Sie gab mir ein Küsschen auf die Schläfe, was sich ein klein wenig feucht anfühlte und ich fühlte mich kurz in meine Kindheit versetzt. Aber ihre Fürsorge tat mir gut und ich fühlte mich besser, als ich mich kurz darauf verabschiedete und Jamies flehentlichen Blick ignorierte.

∞

Genervt trat ich von einem auf den anderen Fuß. Der Zug hatte Verspätung und Geduld war noch nie meine Stärke gewesen. Meine Sehnsucht nach Fran ergab das Topping obendrauf, was mich nicht stillhalten ließ. Außerdem war es heute kühl und windig und hoffentlich musste ich nicht mehr allzu lange warten.

Nach einer halben Stunde, die unaufhörlich weitere Nervenbahnen freilegte, rollte endlich ihr Zug ein und kurz darauf fielen wir uns mit lautstarker Geräuschuntermalung in die Arme. Ich nahm ein paar amüsierte sowie pikierte Blicke umstehender Bahnkunden wahr, die meine Freude nicht im Geringsten schmälerten.

Fran schob mich ein Stück von sich und musterte mich eingehend. „So schlecht siehst du gar nicht aus. Ich hatte ein Häufchen Elend erwartet. Muss wohl an der frischen Landluft liegen, dass du wie das blühende Leben aussiehst, und ich hingegen wie eine verwelkte Blume."

Über ihre theatralische Ansprache musste ich lachen. Fran sah sogar verschwitzt und erschöpft einfach nur großartig aus. Fürsorglich strich sie mir über den Arm. „Im Ernst, wie geht es dir? Auf den ersten Blick merkt man dir nichts an."

„Da hättest du mich mal vor einer Woche sehen sollen", scherzte ich ein klein wenig gequält.

„Ach Lizzy, das tut mir so leid." Fran sah mich hilflos an und drückte mich ein weiteres Mal fest an ihre Brust. Obwohl ich so unglücklich wegen Jamie war, durfte ich nicht vergessen, dass es auch schöne Dinge gab. Frans Besuch war einer davon, aber auch, dass Jane die Neuigkeiten soweit ganz gut aufgenommen hatte. Natürlich war es von Vorteil, dass sie Jamie so gern hatte. Das machte alles einfacher. Jamie hatte das Sorgerecht beantragt, nachdem endlich die Vaterschaft anerkannt wurde. Natürlich war auch das Jugendamt involviert, da Miranda damals Wert darauf gelegt hatte, dass sie offiziell die Pflegschaft übertragen bekam, damit sie die alleinige Weisungsbefugnis erhielt und nicht ständig Gwen um Erlaubnis bitten musste. Immerhin war Gwen als ihre Mutter eingetragen. Meine Mutter hatte dann doch nicht so weit gehen wollen, indem sie sich als Mutter hatte eintragen lassen. Wenigstens dafür war ich froh.

Arm in Arm gingen wir zu meinem Auto, um zu mir nach Hause zu fahren. Während der Fahrt erging sich Fran in Begeisterungsstürme. Obwohl sie ein reines Stadtkind war, gefiel es ihr anscheinend in Cornwall.

„Schon die Zugfahrt war toll, ich habe ständig aus dem Fenster geguckt." Zwar zeigte sich das Wetter heute von keiner guten Seite, aber das war Fran anscheinend egal. „Lass uns nachher gleich einen Spaziergang machen und du zeigst mir alles."

Zuerst tranken wir bei mir eine Tasse Kaffee und meine Freundin zeigte sich von meinem schnuckeligen Cottage vollkommen begeistert. „Wie viel Platz du hier hast. Die Weite, die reine Luft, das Freiheitsgefühl. Langsam kann ich verstehen, warum du London den Rücken gekehrt hast."

Dass sie so begeistert war, spielte mir natürlich in die Karten. Schließlich hatte ich meinen Plan noch nicht begraben, jemanden einzustellen. Und Fran wäre mir am liebsten. Ich hatte Jamie mein Versprechen gegeben, ihn bei Janes Betreuung zu unterstützen und das würde ich jetzt nicht zurücknehmen, weil es zwischen uns so verkrampft war. Genau diesen Umstand versuchte ich Fran zu erklären.

„Das heißt, ihr spielt demnächst Vater, Mutter, Kind, nur mit dem kleinen, aber feinen Unterschied, dass du Jamie hasst. Wie soll das bitte gutgehen? Ich habe wirklich nicht allzu viel Ahnung von Kindern, aber Jane kapiert doch sofort, was mit euch los ist."

„Ich hasse ihn nicht!" Dieser Satz kam mir so schnell über die Lippen, dass ich mich beinahe verhaspelte. Nun sah mich Fran eindeutig mitleidig und ein wenig frustriert an.

„Sag jetzt nicht, du liebst ihn immer noch."

„Sorry, aber ich kann meine Gefühle nicht einfach abstellen, nur weil er ein Idiot ist."

„Arschloch!"

„Was?" Ich sah Fran bestürzt an.

„Jamie. Er ist ein Arschloch." Ihr grimmiger Blick brachte mich zum Lachen.

„Okay, dann liebe ich eben ein Arschloch. Es tut ihm wirklich leid, wie das zwischen uns gelaufen ist und halte mich für vollkommen bescheuert, aber ich glaube ihm, dass er mich liebt. Warum sollte er das behaupten? Er braucht mich nicht mehr." Mir war selbst nicht klar, warum ich ihn plötzlich so vehement verteidigte, aber vielleicht hatte ich es wirklich zu schwarzgesehen. Mich im dichten undurchdringlichen Nebel aus Verzweiflung und Verletzung verloren, um noch einen objektiven Blick aufs Geschehen zu werfen. Aber war ich stark genug, endgültig durch die Nebelwand durchzubrechen, um all das Schöne, was wir hatten, wiederzuentdecken?

„Süße, ich halte dich weder für bescheuert noch möchte ich ihn dir ausreden. Da ich ihn nicht persönlich kenne, kann ich das nicht beurteilen. Jeder macht mal Fehler, aber seiner war halt schon ziemlich heftig."

„Jetzt lass uns aufbrechen, um einen Rundgang durch den Ort zu machen, sonst ist es dunkel, bis wir unterwegs sind", versuchte ich Fran von Jamie abzulenken, da ich nicht länger über die verfahrene Situation reden wollte. Fran ließ sich zum Glück sofort überzeugen und sprang mit einem Elan auf, der mich neben ihr alt aussehen ließ.

„Wo hast du bitte die geballte Ladung Energie her?", brummte ich ein klein wenig ungehalten, als wir uns auf den Weg gemacht hatten und ich kaum mit ihrem schnellen Schritt mithalten konnte.

„Ich freue mich einfach so sehr, endlich hier zu sein. Hat ja lang genug gedauert, bis es bei uns beiden endlich gepasst hat. Ich habe dich vermisst."

Vor lauter Rührung umarmte ich sie und drückte ihr einen dicken Schmatzer auf die Wange. „Ich dich doch auch."

Als wir am Pub vorbeikamen, schlug ich vor eine Kleinigkeit zu essen, da es schon früher Abend war.

Wieder überschlug sich Fran vor Begeisterung über das Ambiente. „Wie urig und gemütlich. Genauso habe ich mir das vorgestellt. Ein wenig dunkel, aber total heimelig."

Amüsiert beobachtete ich sie, wie sie zuerst neugierig die Umgebung und das Mobiliar und schließlich die Besucher musterte.

„Dein Jamie ist nicht zufällig da?"

Ein leichtes Zusammenzucken konnte ich einfach nicht vermeiden, der Name hatte eine zu große Macht, als dass ich ungerührt bleiben könnte. Anscheinend spiegelte meine Mimik genau das wieder, weil Fran augenblicklich ergänzte:

„Sorry, ich weiß, du wolltest nicht mehr über ihn reden. Aber ich bin doch so neugierig."

„Du wirst ihn sicherlich kennenlernen."

Jetzt traf mich ihr verblüffter Blick. „Ehrlich?"

„Er gehört als Janes Vater weiterhin zu meinem Leben. Ich kann ihn nicht einfach ausschließen. Und ich denke, genau dieser Aspekt spielt ihm und seinen Absichten in die Karten. Wenn ich auf Rückzug gehen könnte, würde ich ihm niemals verzeihen und mich ein Leben lang an seinem Verrat aufreiben. Aber das würde mir nicht guttun, im Gegenteil. Wahrscheinlich würde ich als alte, verbitterte Jungfer enden."

Nun prustete Fran so laut, dass sich die Gäste am Nachbartisch neugierig zu uns umdrehten, was mir peinlich war. Fran hingegen schien die Aufmerksamkeit, die sie geweckt hatte, nicht einmal zu bemerken.

„Sorry, aber in der Rolle kann ich dich mir bei besten Willen nicht vorstellen. Du reißt doch alle mit, du bist viel zu stark, als dass dich ein Mann langfristig in ein so tiefes Loch stoßen könnte."

„Danke, das baut mich echt auf. Aber lass uns nicht länger meine Charaktereigenschaften analysieren. Auf jeden Fall wirst du ihn und Jane kennenlernen."

„Du benutzt das Kind als Puffer", rügte sie mich milde.

Natürlich wurde ich rot, weil es stimmte, aber ich würde Jane nicht benutzen, sondern ihr einen Gefallen tun. Es gefiel ihr, wenn Jamie und ich sie gemeinsam abholten und Zeit mit ihr verbrachten. „Das war ein Scherz", Süße." Fran schenkte mir ein liebes Lächeln und mir fiel auf, dass ich überhaupt keine negativen Gedanken und traurige Gefühle in ihrer Gesellschaft verspürte. Ich war schon gespannt, wie ihr Eindruck von Jamie ausfallen würde. Allerdings wäre es eine Übertreibung, wenn ich behauptete, dass ich mich darauf freuen würde. Zwar fühlte ich ein winziges Kribbeln, als ob sich der erste Schmetterling ganz vorsichtig aus der Schockstarre zu befreien versuchte, aber dennoch überwiegte aktuell noch die Furcht, nicht zu wissen, wie ich mit ihm umgehen sollte.

34

Jamie

Gerade hatte ich Jane abgeholt und wir waren zu mir nach Hause gefahren. Ich wollte mit ihr einen Kuchen backen, bevor die Mädels nachher zu Besuch kamen. Allerdings wusste ich nicht, ob mein Respekt vor der Herausforderung des Kuchenbackens oder dem Besuch größer war. Denn Lizzy hatte Verstärkung mit im Gepäck und ich wusste nicht, wie diese mir gewogen war.

Bisher hatten wir meistens einen Ausflug unternommen, aber Jane war zuvor schon einmal bei mir gewesen und ich hatte ihr das Zimmer gezeigt, das wir für sie herrichten wollten. Der Plan, bei Lizzy einzuziehen, hatte sich wohl endgültig erledigt. Das Treffen bei ihren Eltern war zwar vordergründig harmonisch verlaufen, aber ich hatte die Verkrampfheit zwischen uns nur allzu stark gespürt. Die Spannungen waren vorhanden und es würde wohl dauern, bis wir wieder zu einem halbwegs normalen Umgang finden würden. Trotz ihrer hoffnungsstimmenden Worte bei dem Gespräch auf den Klippen konnte ich gerade nicht daran glauben, dass wir noch einmal zusammenfinden würden. Diese Vorhersehung hatte sich in mir festgekrallt, bereit mich jederzeit zu quälen. Mühsam konzentrierte ich mich auf meine Tochter, während wir die Backutensilien hervorholten. Ich sollte mich auf das besinnen, was ich hatte. Ein eigenes Kind. Das größte Geschenk, das man mir hätte machen können. Und dann war sie auch noch ein besonders zauberhaftes Wesen, das jeder liebte. Jane wickelte wirklich jeden um den kleinen Finger. Mich hatte sie fest im Griff und mir fiel es unglaublich schwer, nicht immer nachzugeben. An meiner Erziehung musste ich noch arbeiten, aber ich hatte fünf verdammte Jahre aufzuholen, wer konnte es mir da verdenken, dass ich sie so verwöhnte.

„Du musst noch Zucker reintun", sagte der kleine Naseweis, als ich den Teig schon in eine Springform umfüllen wollte.

„Wenn ich dich nicht hätte. Nicht auszudenken, was unser Besuch sagen würde, wenn wir ihn einen ungesüßten Kuchen hingestellt hätten." Ich schüttelte lächelnd den Kopf und ließ sie anschließend zur Belohnung den Teigschaber abschlecken. Danach war sie überall mit Schokoladenteig verschmiert, wovon ein Teil an mir landete, als sie mich mit ihren dreckverschmierten Fingern anlangte.

Sie war einfach so unfassbar zuckersüß, dass ich nichts Ermahnendes sagen konnte.

Zeit zum Umziehen blieb mir nicht mehr, denn es klingelte an der Tür. Das Geräusch ließ mich zusammenfahren und einen ungläubigen Blick auf die Uhr werfen.

„Die Zwei wollten doch erst in einer Stunde kommen." Mein leicht panischer Blick schweifte über das Küchenchaos. Innerhalb kürzester Zeit hatten wir es in ein Schlachtfeld verwandelt.

Jane hüpfte Richtung Tür und ließ die beiden hinein. Ich hörte, wie Lizzy sie zum Hände waschen schickte, woraufhin Jane ohne Murren ins Badezimmer abbog. Okay, an meinem Durchsetzungsvermögen musste ich wohl noch arbeiten.

Lizzys Kopf tauchte in der Tür auf und sie schenkte mir ein unsicheres Lächeln. Immerhin.

„Ihr seid zu früh. Hatten wir nicht um halb vier ausgemacht?", fragte ich gehemmt, weil ich nicht wusste, wie ich sie begrüßen sollte.

Ihre wunderschönen Augen waren auf mich gerichtet ihr Blick wanderte von oben nach unten. Währenddessen lehnte ich mich mit der Hüfte an die Küchenzeile und ließ die intensive Musterung geduldig über mich ergehen. Meine Augen hatten sich in ihren verloren und mein Herz schlug mit einem Mal viel schneller. Wir schienen für einen Moment eins zu sein und ich war mir sicher, dass wir uns beide dasselbe wünschten. Uns in die Arme zu fallen und uns leidenschaftlich zu küssen. Lizzys Zunge fuhr wohl unbeabsichtigt an ihren Lippen entlang und ich musste wirklich alles Willenskraft aufbringen, um nicht zu ihr zu gehen und sie in meine Arme zu reißen.

„Die Kleine ist wieder halbwegs sauber." Eine unbekannte Stimme riss uns aus der Blase der Verklärung und Lizzys Freundin tauchte neben ihr auf. „Was man von dir nicht gerade behaupten kann." Ihr spöttischer Blick traf mich, aber es fiel mir schwer, mich auf sie zu konzentrieren, weil all meine Sinne immer noch auf Lizzy ausgerichtet waren.

„Ich dachte, wir hätten halb drei ausgemacht. Sorry", ergriff Lizzy endlich das Wort und nahm wieder eine reservierte Haltung ein.

„Kein Problem, der Kuchen ist allerdings noch nicht fertig." Dann ging ich endlich auf die Mädels zu und streckte Fran meine Hand hin und stellte mich vor. Immerhin musterte sie mich neutral, ich hatte schon mit großen Ressentiments gerechnet, was ich ihr kaum hätte verdenken können, nach dem, was ich mir geleistet hatte.

Jane knuddelte derweil den alten Jimmy, der es gutmütig über sich ergehen ließ. Zum Glück war der Hund kinderlieb, sodass ich mir keine Sorgen machen musste, Jane mit ihm spielen zu lassen. Immerhin war sie mit ihren knapp sechs Jahren vernünftig genug, umsichtig mit ihm umzugehen.

Lizzy folgte meinem Blick durch die offene Tür ins Wohnzimmer und ich zog es vor, lieber sie anzusehen. Vielleicht spürte sie es, denn kurz darauf wandte sie sich mir so plötzlich zu, dass ich wie ein Teenager beschämt wegsah. Fran räusperte sich neben uns und schlug vor: „Soll ich mal anfangen, das Chaos zu beseitigen?"

„Das musst du nicht machen. Ihr könnt ja zu Jane ins Wohnzimmer gehen, ich komme nach, sobald ich hier fertig bin."

Fran grinste mich fast schon unverschämt an und ich wartete schon auf einen frechen Kommentar. Sie enttäuschte mich nicht. „Vielleicht mag Lizzy dir ja helfen, dann habe ich Gelegenheit die Süße etwas besser kennenzulernen." Nun zwinkerte sie mir auch noch dreist zu, was Lizzy wohl dazu veranlasste ein empörtes „Fran!" auszurufen. Bevor ich ablehnen konnte, um sie aus der Bredouille zu befreien, hob Fran die Hände und sagte: „Ich lass euch mal allein." Mit diesen Worten schloss sie die Tür und ließ uns gelinde gesagt fassungslos zurück.

„Ist die immer so forsch?", fragte ich etwas gequält.

Lizzy nickte und ihr Pferdeschwanz wippte dabei im Takt. Erneut verharrten wir in unserem Blick, den wir beide nicht voneinander zu lösen vermochten. Lizzy war schließlich die Konsequentere. Sie griff nach den Backutensilien und sah sich suchend um. „Wo gehören die hin?"

Wortlos ging ich auf sie zu und nahm sie ihr aus der Hand. Dabei berührten sich unsere Fingerspitzen und nicht nur ich hatte den kleinen Stromschlag gespürt, denn Lizzy stieß einen niedlichen Seufzer aus, der mir direkt in den Unterleib schoss. Ich zögerte zu lang, denn Lizzy trat einen Schritt zurück und die Gelegenheit, sie in den Arm zu nehmen, war verstrichen. Aber wahrscheinlich war es besser so. Bestimmt war sie noch längst nicht so weit und hätte mich anschließend weggestoßen und ich hätte die Situation noch schlimmer gemacht.

Schweigend räumte ich die Sachen weg, während Lizzy die Schüssel abspülte und die Küchenzeile säuberte.

„Schön, dass Jimmy die Kleine auch mag", brach sie irgendwann das lange Schweigen, das wohl auf ihr genauso unangenehm lastete wie auf mir.

„Er ist der geborene Kinderhund. Er liebt Jane und sie hat ihn auch schon in ihr Herz geschlossen. Deshalb hat sie auch nichts dagegen, wenn ihre Molly vorerst bei Miranda bleibt. Jimmy würde sein Reich nur ungern mit einer Katze teilen wollen. Falls sie irgendwann komplett zu mir ziehen möchte, werden wir uns etwas überlegen." Erst als Lizzy mein Lächeln erwiderte, bemerkte ich, dass sich mein Mundwinkel nach oben gezogen hatten. Meine Tochter war wie eine Gute Laune Droge für mich. Lizzy legte den Putzlappen beiseite, lehnte sich mit dem Rücken an die Theke und verschränkte die Arme. „Du darfst ihr aber nicht alles durchgehen lassen."

Ich seufzte und erwiderte: „Gönn uns doch den Spaß."

Sie wurde schlagartig ernst und sagte leise: „Im Moment verbringst du nur die schönen und unbeschwerten Momente mit ihr. Aber die Vaterrolle beinhaltet mehr. Du musst ihr irgendwann auch Grenzen setzen, sonst tanzt sie dir bald komplett auf der Nase herum."

Natürlich war mir klar, dass ich momentan nur die schönen Seiten des Elternseins mitbekam, der Alltag würde nicht immer so rosarot verlaufen, aber noch war ich nicht bereit, mich der Realität zu stellen.

„Sieh mich nicht so finster an." Lizzy zog die Augenbraue hoch, anscheinend nicht bereit, sich einschüchtern zu lassen.

Ich salutierte vor ihr und ärgerte sie. „Jawohl, du kleine Klugscheißerin."

„Wie nennst du mich?" Ihr entrüsteter Tonfall reizte mich zum Lachen, was Lizzy noch mehr aufbrachte. Sie schnappte sich das Geschirrtuch und schlug nach mir. Ich war aber schneller, packte es und zog sie damit zu mir heran. Da sie nicht loslassen wollte, stolperte sie mir fast direkt in die Arme und diesmal ließ ich mir die Gelegenheit nicht entgehen, sie an mich zu pressen.

Ich hörte ihre leisen, abgehackten Atemzüge, während ihr Herz heftig gegen meine Brust schlug. Wohlig schloss ich die Augen, schnupperte an ihrem duftenden Haar und hätte beinah jubiliert, als sie ihr Gesicht an meine Brust anlehnte.

„Kleines, ich vermiss dich so sehr." Wider besseres Wissen murmelte ich diese Worte und gab ihr einen hauchzarten Kuss auf den Kopf. Lizzy ging nicht auf Rückzug, antwortete aber erst einmal nicht.

Während ich gedanklich am Durchdrehen war, versuchte ich, mich auf sie zu konzentrieren. Wie perfekt sie sich in meinen Armen anfühlte. Das war ihr Platz, nirgendwo sonst gehörte sie hin. Sanft streichelte ich ihr über den Rücken und diese Bewegung animierte sie anscheinend zum Reden.

„Wir sollten das nicht tun, es wäre ein Fehler." Sie klang stockend, als ob es ihr schwerfiel, diese Worte auszusprechen.

„Die ganze Zeit denke ich nur an dich. Wir gehören zusammen. Wir drei sind eine Familie. Ohne dich sind wir nicht vollständig. Es kann doch nicht sein, dass du das nicht spürst. Lizzy! Sieh mich an und sag mir ins Gesicht, dass es zwischen uns aus ist, dass du keine Chance mehr für uns siehst."

Ihr Kopf ruhte weiterhin an meiner Brust, aber ihr schmächtiger Körper zitterte, als wäre die Belastung zu groß für ihn. Meine Schuldgefühle wuchsen, ich wollte ihr nicht wehtun, sondern sie lediglich aufrütteln, damit sie die Wahrheit erkannte. Aber war meine Sicht der Dinge dieselbe wie ihre? Immer noch verwehrte sie mir die Antwort, aber ich wollte sie nicht zu etwas drängen, was ich nicht hören wollte. Dass sie mich nicht rundweg zum Teufel schickte, war schon ein Fortschritt. Irgendwann hielt ich es nicht mehr aus und nahm ihr Gesicht zwischen die Hände, küsste ihre Stirn, ihre geschlossenen Augenlider, ihre Wangen, bedeckte sie mit tausend Küssen, während sich ihre Arme mutiger um mich schlangen.

Ich näherte mich ihren sinnlichen Lippen und als ich ihr einen Kuss auf den Mundwinkel drückte, rückte sie plötzlich von mir ab und sah mir in die Augen. Ihre Emotionen tobten darin, aber ich konnte nicht erkennen, in welche Richtung sie wiesen. Vielleicht wusste sie das selbst nicht.

„Das kann ich nicht, weil ich meine Gefühle für dich nicht einfach ausschalten kann. Aber auch auf die Gefahr hin, dass ich mich wiederhole, du musst mir Zeit geben."

Mein Strahlen schien sie zu berühren, denn sie küsste sacht meine Wange, bevor sie sich aus meinen Armen löste. Es fühlte sich komisch ohne sie an. Als hätte sie mich einfach zurückgelassen, aber ich hatte keinen Grund enttäuscht zu sein. Mehr konnte ich nicht erwarten.

„Der Kuchen!" Lizzys erschrockener Ausruf holte mich wieder aus meiner verklärten Wolke sieben ab und ich hastete zum Backrohr, um das Gebäck vor dem Verbrennen zu retten.

„Gerade noch rechtzeitig. Jane hätte uns umgebracht, wenn wir ihr einen verkohlten Kuchen vorgesetzt hätten." Lizzy kicherte albern und ich erkannte, dass sie etwas überdreht schien. Vielleicht bemerkte sie es selbst, denn sie murmelte hastig, dass sie Jane Bescheid geben würde, damit sie den Kuchen mit Schokoguss und Smarties verzieren konnte, sobald er ausgekühlt war. Kaum war sie verschwunden, wäre ich am liebsten erschöpft auf einen Stuhl gesackt. Die emotionale Situation hatte mich völlig ausgelaugt. Zwar war ich ein klein wenig enttäuscht über das abrupte Ende, aber immerhin hatten wir sie unverkrampft überstanden.

Den restlichen Nachmittag verbrachten wir erstaunlich unbeschwert und vergnügt, was sicherlich an Janes und Frans Gesellschaft lag, die beide aus jeder Pore ihres Körpers gute Laune versprühten. Immer wieder hatten meine und Lizzys Augen sich getroffen und zumeist hatte einer von uns verlegen weggesehen.

Viel zu schnell war der Abschied da. Jane war schon vor ein paar Minuten von Miranda abgeholt worden und ihre Abschiedsworte hatten den Tag vollkommen gemacht. Denn sie wollte demnächst bei mir über Nacht bleiben, was mein Herz beinah vor Glück überquellen ließ.

Fran hatte schon ihre Jacke und Schuhe angezogen und öffnete die Haustür. „Ich warte im Wagen."

„Du hast doch gar keinen Schlüssel", rief Lizzy ihr perplex hinterher, aber Fran schloss ihr einfach die Tür vor der Nase.

„Ich schätze, deine Freundin wollte uns einen Abschied unter vier Augen gönnen." Ich lächelte sie ein klein wenig schüchtern an, weil ich nicht wusste, ob Fran damit nicht eine Grenze überschritten hatte. Natürlich meinte sie es nur gut, aber wenn Lizzy nun wieder dichtmachte, wären alle vorherigen Fortschritte mit einem Schlag zunichtegemacht. Ihre Augen sahen mich beunruhigt an, was mich instinktiv die Haustür wieder öffnen ließ. Zeitgleich schien sich Lizzys Schnappatmung wieder zu normalisieren, als habe sie befürchtet, dass ich über sie herfallen würde.

„Nur gut, dass sie deine und nicht meine Freundin ist. Sonst würdest du mir sicherlich unterstellen, das alles geplant zu haben." Ich schmunzelte, während ich mich an ihrem liebreizenden Anblick nicht sattsehen konnte. Immerhin musste ich einen Vorrat an Erinnerungen anlegen, wer wusste, wann ich sie wiedersehen würde.

„Fran mag dich und sie möchte, dass wir das hinbekommen. Sonst würde sie nicht so einen Aufriss veranstalten", erklärte Lizzy, während sie einen Schritt nähertrat.

Meine Hand hob sich wie von selbst, um ihr eine Haarsträhne aus dem Gesicht zu streichen, die sich aus ihrem Pferdeschwanz gelöst hatte. Als sie vertrauensvoll die Augen schloss, zog ich sie zu mir in meine sichere Umarmung und küsste ihre Stirn. Lehnte meine anschließend dagegen und murmelte: „Wir schaffen das."

„Wir schaffen das!" Lizzy klang erstmals so überzeugend, als würde sie endlich selbst daran glauben. Als ich ihr in die Augen sah, tanzten tausend kleine Lichter darin und jedes einzelne zwinkerte mir verschmitzt zu, dass es sich lohnte, um diese Frau zu kämpfen. Dass wir zusammengehörten und sie das auch endlich begriffen hatte. Meine Atmung verlangsamte sich und verschmolz mit ihren Atemzügen zu einer Einheit. Wir waren eins. Wir gehörten zusammen. Ich liebte diese wundervolle Frau. So tief und innig, dass sie sich dagegen nicht länger zur Wehr setzen konnte und das Band endlich wieder fest in ihren Händen hielt. Das Glück und die Liebe siegte. Immer! Zumindest am Ende.

35

Lizzy

Seit Frans Besuch waren einige Wochen vergangen und ich müsste lügen, wenn ich behaupten würde, die letzten Wochen wären leicht gewesen. Aber ich hatte den Mut besessen, den Kampf aufzunehmen. Den Kampf um mein persönliches Glück. Die Voraussetzungen dafür waren gegeben, nun hatte ich es nur noch zulassen müssen, meine Widerstände aufzugeben. Und das war mir alles andere als leichtgefallen. Immer wieder blitzten die negativen Gedanken durch, dass ich ihm das immer vorhalten würde. Bei jeder Auseinandersetzung, bei jeder Unstimmigkeit würde alles wieder hochkommen. So wollte ich nicht enden, so wollte ich nicht sein. Aber mit jedem weiteren Treffen schmolzen meine Vorbehalte unter seinen liebevollen Blicken, die meine Schmetterlinge aus dem Winterschlaf rissen, egal wie sehr ich mich dagegen wehrte, jedes seiner Worte, seiner Gesten lockte sie ein klein wenig mehr ins Leben hinaus. Sie wurden mutiger, trauten sich mehr zu und schwirrten bald fröhlich durch die Luft, sobald sie ihn erblickten. Und ich ließ mich zunehmend von ihrem Mut und ihrer Lebensfreude mitreißen. Jamie hatte schon immer diese Wirkung auf mich gehabt. Egal, wie schlecht es mir gegangen war, wie mies das Karma zu mir war, ein Lächeln hatte ausgereicht, um alles fortzuwischen. Gut, diesmal hatte es mehr benötigt, aber ich erkannte, dass er alles dafür tat, um mir zu beweisen, wie ernst er es meinte. Wie wichtig ihm die Sache mit mir war. Wie sehr er mich liebte. Langsam traute ich mich, diese hochsensiblen Worte mir auf die Zunge zu legen und sie zögerlich der Freiheit zu entlassen, in dem Wissen, dass er sie auffangen würde und nicht am Boden zerschmettern ließ. Die Gewissheit wuchs im selben Maß wie meine eigenen Gefühle für ihn. Natürlich hatte ich ihn immer geliebt. Es war einfach, ihn in guten Zeiten zu lieben, aber auch die schlechten

Tage gehörten dazu. Vielleicht war es keine gute Voraussetzung gewesen, damit zu starten, aber ich hatte begriffen, dass es auch eine Chance sein konnte. Wir wurden durch die Widrigkeiten stärker, die Gewissheit wuchs, dass das zarte Band zwischen uns mehr war als ein dünner Bindfaden, sondern eher einem dicken Stahlseil glich. Uns stand die ganze Welt offen und an diesem Punkt war ich endlich angelangt. Diese Position hatte ich mir hart erkämpft und war nun bereit, sie nie mehr zu verlassen. Natürlich würde es auch weiterhin schwierige Zeiten geben. Aber gemeinsam würden wir alles schaffen. Jamie und ich gehörten zusammen. Was so perfekt miteinander harmonierte, verdiente ein wenig Großmut und Nachsicht, die mich weich und zugänglich machten.

Und es gab noch einen Grund zur Freude, Fran hatte sich entschieden, mein Angebot anzunehmen und würde in einigen Monaten als Teilhaberin einsteigen.

Mit Gwen hingegen hatte ich so gut wie gar keinen Kontakt mehr. Spätestens als mir meine Mutter erzählt hatte, dass sie und Trevor nun vorhatten, durch künstliche Befruchtung ein weiteres Kind zu bekommen, war jeder Funken von Zuneigung und Nachsicht für sie in mir erloschen. Wie praktisch, nun konnten sie einen passenden Spender für das perfekte Kind aussuchen, das im besten Fall Trevor ähnelte. Immerhin versuchte sie ab und an, Jane zu besuchen, anscheinend besaß sie zumindest ein Mindestmaß an Pflichtgefühl ihr gegenüber, wenn auch schon keine Mutterliebe. Wahrscheinlich hatte sie begriffen, dass Jane einmal die Halbschwester ihres ungeborenen Kindes war und diese Tatsache ließ sich nun einmal nicht einfach wegleugnen. Ich verscheuchte meine Verbitterung, die jedes Mal in mir zutage trat, sobald ich mich gedanklich mit meiner Schwester beschäftigte und konzentrierte mich lieber auf die guten Dinge. Ich hatte mich am Schlafzimmerfenster positioniert, um Jamie nicht zu verpassen.

Ungeduldig warf ich seit zehn Minuten immer wieder einen Blick nach Draußen. Jamie verspätete sich und ich konnte es kaum erwarten, ihm meine Überraschung zu präsentieren, mit der ich für klare Verhältnisse sorgen wollte.

Endlich! Ich erblickte ihn am Ende der Straße. Erst war er ein kleiner Punkt in der wundervollen Landschaft Cornwalls. Aber ich war mir sicher, er war es. Mit jedem Tritt in die Pedale kam er meinem Herzen ein Stück näher.

Keine Sekunde länger hielt es mich im Haus, ich tanzte zur Tür und hinaus in mein neues Leben.

Jamie winkte mir schon aus einiger Entfernung zu und ich konnte einfach nicht verhindern, dass ich von einem Ohr zum anderen grinste.

Ungestüm warf er sein Fahrrad einfach in meinen Vorgarten, nahm sich nicht die Zeit, es ordentlich hinzustellen, um mich lieber kurz in eine Umarmung zu ziehen, aus der er sich nur schwerlich lösen konnte. Viel weiter waren wir bisher noch nicht gekommen und ich fühlte mich immer öfter in meine Teenagerzeit zurückversetzt. Jamie wollte nichts überstürzen und schien in seinem Zaudern, sämtliche Signale, die ich in der letzten Zeit versucht hatte, ihm zu senden, nicht zu bemerken. Deshalb würde ich heute das Tempo forcieren.

„Komm rein, ich muss dir was zeigen", rief ich ungeduldig und ein erstaunter Blick traf direkt auf meinen nervösen Magen und übte dort noch etwas Druck aus, der mich winden ließ.

„Na, da bin ich ja gespannt."

Eigentlich hatte ich einen Kuchen gebacken, aber zum Essen fehlte mir jetzt die Geduld. Ich war viel zu nervös, als dass ich auch nur einen Bissen heruntergebracht hatte. So lange hatte ich auf den perfekten Moment gewartet, ein oder zweimal schon gedacht, dass er da wäre und ihn dann doch feige ungenützt verstreichen lassen. Heute hatte ich mir fest vorgenommen, keinen Rückzieher mehr zu machen.

Jamies Schritte konnte ich hinter mir hören, als er mir die schmale Treppe nach oben folgte. Ich betrat den Raum neben meinem Schlafzimmer und stieß die Tür auf. Trat hinein und wartete auf sein Urteil.

„Wie findest du es?"

Seine Augen wurden groß und er zog eine Augenbraue nach oben. Sagte nichts, sondern ließ erst seinen Blick bedächtig durch den Raum gleiten, dann erkundeten seine Füße selbigen.

„Dasselbe Bett steht bei mir auch bereit." Sein Schmunzeln traf auf meine Überraschung.

„Was?" Mehr sagte ich nicht.

„Ich habe Jane aussuchen lassen."

„Ich auch."

Wieder grinsten wir uns verschwörerisch an und ich griff nach seiner Hand.

„Das Zimmer soll ein Statement sein. Es ist nicht nur ein Rückzugsort für Jane, an dem sie sich bei ihrer Tante wohl fühlen soll, sondern in ihrer Familie."

Meine Stimme klang kratzig und ich erkannte sie kaum wieder. Aber die Nervosität hatte mir meine gewohnte Stimmfarbe geklaut, und ich war froh, überhaupt einen Satz herausbekommen zu haben.

Jamie stand stockstef da und mir war unfassbar übel, weil ich seine Reaktion nicht einschätzen konnte.

„Soll das etwa heißen ... Willst du mir damit sagen ..." Noch nie hatte ich Jamie stammeln hören, noch nie hatte ich ihn derart konfus erlebt. Anscheinend hatte er mit meiner Aussage nicht im Entferntesten gerechnet. Den Ernst, der dahinter verborgen lag, nicht rechtzeitig gesehen, um sich an den Gedanken zu gewöhnen. Deshalb traf nun seine Fassungslosigkeit auf meine blankliegenden Nerven, was ihnen nicht gut bekam.

Bevor ich weglaufen konnte, packte mich Jamie und küsste mich so hart und roh, dass ich augenblicklich aufstöhnte, als sich unsere Lippen trafen. Sie waren so empfindlich, hatten sich so lange nach seiner Berührung und Liebkosung gesehnt, dass dieser stürmische Angriff fast zu viel für sie waren. Trotzdem erwiderte ich ihn sofort, öffnete meinen Mund für ihn und er saugte so leidenschaftlich an meiner Unterlippe, dass diese anschließend sicherlich geschwollen wäre. Wir verloren uns vollkommen in diesem Kuss, als wäre er unser letzter.

Als er sich schließlich unendlich sanft von mir löste, bedauernd auf Rückzug ging, als habe er Angst, es wäre wirklich der Letzte, lächelte ich ihn glückselig an. Wahrscheinlich sah mein verklärter Blick dämlich aus, aber das war mir egal.

„Ich habe noch eine Überraschung."

„Ob ich das überstehe?", erwiderte er gespielt ängstlich.

„Das will ich doch hoffen. Es ist auch nicht weit."

Damit zog ich ihn zum Nachbarzimmer, in dem nun ein großes Ehebett stand, wo vormals ein deutlich schmaleres beherbergt war.

„Ich dachte mir, wir könnten etwas mehr Platz benötigen." Jetzt wurde ich schon wieder rot, als hätten wir nicht schon zigmal miteinander geschlafen. Aber diesmal wäre es das erste Mal, bei dem wir uns beide sicher waren, mit der Liebe unseres Lebens zu schlafen. Es wäre das erste Mal in unserem neuen Leben.

„Lizzy, ich weiß nicht, was ich sagen soll. Du hast mich echt kalt erwischt." Jamie wischte sich den imaginären Schweiß von der Stirn und pustete einmal übertrieben durch.

„Willst du etwa andeuten, dass wir doch bei dir einziehen sollen?", wagte er sich vorsichtig vor.

„Irgendwann möchte ich das sicherlich. Aber ich denke, wir nehmen lieber die breite Straße, auf der wir zwar deutlich länger bis ans Ziel brauchen, aber dafür sicherer ist, als auf der schmalen, kurvenreichen, die zu viele Gefahren birgt."

„Hast du dir Mut angetrunken?", fragte Jamie skeptisch, was mich veranlasste, ihm heftig in die Rippen zu boxen.

„Ich wollte damit nur sagen, lass es uns langsam angehen. Du und Jane seid hier immer willkommen, aber zusammenziehen können wir auch noch in ein paar Monaten."

„Lizzy, ich liebe dich." Seine Stimme drückte vollkommene Überzeugung aus, kein leichtes Zittern verriet auch nur den Hauch einer Unsicherheit und ich konnte nicht anders, als in seine Arme zu fallen und ergriffen an seiner Brust zu murmeln: „Ich liebe dich auch." Durch den Schwung meiner Attacke verloren wir das Gleichgewicht und landeten auf der weichen Matratze. Jamie lag unter mir und ich sah ihm in die Augen, als ich vervollständigte: „Schon immer. Seitdem ich dich kenne. So lange, bis die Liebe so groß wurde, dass sie niemals enden wird."

Jamies Augen glänzten verdächtig und seine Stimme kippte ganz leicht, als er erwiderte: „Vielleicht hast du in der Dauer einen uneinholbaren Vorsprung, aber in der Intensität stehe ich dir in nichts nach." Ich kappte das letzte Rettungsseil und ließ mich fallen ohne Rücksicherung, ohne Plan B. In seine Arme, seinen leidenschaftlichen Kuss und seine grenzenlose Liebe.

Epilog

Lautes Kindergeschrei gelang in meine Wahrnehmung. Müde drehte ich mich zur Seite, um einen Blick auf den Wecker zu werfen. Es war Wochenende und Jane hatte bei uns übernachtet.

Ja uns. Jamie war vor vier Monaten bei mir eingezogen. Auf Dauer kam es uns ziemlich albern vor, getrennt zu wohnen, nur aus Angst, dass wir es überstürzen könnten. Die meiste Zeit verbrachte er sowieso bei mir, daher hatte er sein Haus vermietet.

Jane wohnte immer noch bei Miranda und Michael und verbrachte die Wochenenden zumeist bei uns.

Jamie war wohl von seiner Tochter geweckt worden. Als ich aufstand und aus dem Fenster sah, konnte ich sie beim Verstecken spielen beobachten. Jimmy lag etwas abseits im Schatten, denn er wurde jeden Tag etwas betagter und die sommerlichen Temperaturen bekamen ihm nicht. Jamie packte Jane gerade an der Taille und wirbelte sie durch die Luft, nachdem er sie hinter einem Baum gefunden hatte. Wieder schrie sie vergnügt. Mein Herz schmolz bei dem Anblick der beiden, wie jedes Mal, wenn ich sie miteinander erlebte. Jamie war ein wunderbarer Vater, der nie müde wurde, Zeit mit Jane zu verbringen.

Und er war ein wundervoller Partner, ich war dort angekommen, wo ich mich immer hingeträumt hatte. Die letzten Reste von Zweifel und Schwermut hatte er beharrlich weggefegt. Mit seiner Zuneigung und seiner Aufmerksamkeit, die er mir genauso schenkte wie seiner Tochter.

Endlich konnte ich seine Liebe als das sehen, was sie war. Ohne mich war er nicht vollständig, vielleicht hatte er einfach länger benötigt, um es zu begreifen, vielleicht waren die Gefühle erst mit der Zeit gewachsen. Das würde ich nie genau wissen, aber es reichte, dass sie mir jetzt jede Sekunde unseres Zusammenseins bewusst waren. Ich hatte sie monatelang in mir aufgesaugt, bis endlich alle negativen Gefühle dadurch aus meinem Herzen herausgedrängt wurden. Ganz leise, aber beharrlich, bis ich endlich die vorbehaltlose Liebe zulassen konnte.

Lächelnd löste ich mich von dem bezaubernden Bild. Jimmy hatte sich erhoben und sprang schwanzwedelnd um die beiden herum, während Jamie versuchte, Jane zu fangen.

Ein paar Vögel flatterten empört von meinem kleinen Gemüsebeet auf, das ich gemeinsam mit Jane angelegt hatte, weil sie sich wohl von dem Krach gestört fühlten.

Rasch sprang ich unter die Dusche, um anschließend ein Frühstück vorzubereiten. Nach der Herumtoberei hatten die Frühaufsteher bestimmt Hunger.

Da es Samstag war und Fran heute ihren Wochenenddienst hatte, nahm ich mir die Zeit, ein richtiges Frühstück mit Rührei, Speck und Würstchen zu machen. Kaum war der Toast fertig, kamen die drei herein.

„Mhm, riecht das lecker", rief Jane, die sich den Bauch rieb.

„Du bist ja schon wach." Jamie trat an mich heran, umarmte mich von hinten und drückte mir ein Küsschen auf den Nacken. Ich lehnte mich an ihn und erwiderte grinsend: „Bei dem Lärm, den ihr veranstaltet habt, ist das kein Wunder. Gib´s zu, das war dein geheimer Plan, damit ich das Frühstück mache."

Jamie drehte mich einfach um und gab mir als Antwort einen leidenschaftlichen Kuss. Meine Hände umschlangen ihn und ich drückte mich an ihn.

„Igitt. Hört auf damit." Als ich mich von Jamie löste und zu Jane sah, zog die Kleine ihre Nase kraus und schüttelte sich.

Wir mussten beide lachen und lenkten sie schnell ab, indem Jamie ihren Teller voller Köstlichkeiten belud.

Während Jane den Mund voll hatte, trank ich erst einmal einen Schluck Kaffee.

„Am besten fahren wir nachher gleich los. Jane, meinst du, du schaffst die Strecke mit dem Fahrrad bis zum River Gannel?"

„Lizzy, ich bin doch kein Baby mehr." Ich wurde mit einem vorwurfsvollen Blick bedacht. Dann hopste sie auf der Eckbank herum. „Dann gehen wir heute Tretbootfahren? Das wird toll." Ihre leuchtenden Kinderaugen ließen nicht nur mich dahinschmelzen. Auch Jamie bedachte sie mit einem liebevollen Lächeln.

Plötzlich schien Janes Appetit schon gestillt zu sein. Sie sprang auf und rief: „Ich muss Beauty holen. Sie muss mit." Ohne ihr Kuschelpferd ging Jane momentan nirgendwo hin. Aber sie hatte es schließlich auch von Jamie zu ihrem sechsten Geburtstag bekommen und sie waren seither unzertrennlich. Jamie war aufgestanden, um den Tisch abzuräumen.

„Zum Glück spielt das Wetter mit", sagte ich unverfänglich, aber Jamies wacher Blick durchschaute mich.

„Was ist los? Du siehst so bedrückt aus." Er kam zu mir und zog mich in seine Arme.

Sofort kuschelte ich mich an ihn und atmete seinen vertrauten Geruch ein.

„Ich habe gestern mit meiner Mutter telefoniert." Ich stoppte kurz und lauschte, ob sich Jane noch im oberen Stockwerk befand und uns nicht hören konnte. „Gwen ist schwanger."

Jamies Griff wurde etwas stärker, ansonsten hatte er sich wohl unter Kontrolle.

„Also haben sie sich doch für einen Samenspender entschieden." Seine Stimme klang neutral, aber ich war mir sicher, dass er wütend auf Gwen war. Immerhin hatte sie im letzten Jahr nicht gerade in ihrer Mutterrolle geglänzt.

„So kommt Trevor zu seinem Kind und sie müssen sich nicht mit einem halben Kind begnügen." Jetzt hörte ich doch seinen Unwillen heraus.

„Mum meint, dass Gwen versprochen hat, sich zukünftig mehr um Jane zu bemühen. Sie soll ihr Geschwisterchen mit aufwachsen sehen."

„Sofern Jane das überhaupt möchte. Ich habe das Gefühl, sie ist glücklich, so wie es momentan läuft. Aber immerhin wäre es schön, wenn sie nicht irgendwann das Gefühl bekommt, dass sie Gwen nichts bedeutet."

Wahrscheinlich würde Jane irgendwann Eifersucht verspüren und sich fragen, warum ihre Mutter sie nie bei sich haben wollte. Wir mussten ihr bis dahin einfach so viel Selbstvertrauen und Liebe mit auf den Weg geben, dass sie nicht daran zweifelte, wie vielen Menschen sie etwas bedeutete und die sie liebten.

Jamie hob mein Kinn, damit ich ihn ansehen musste. Er lächelte spitzbübisch und fragte: „Und du? Bekommst du nicht auch Sehnsucht nach einem eigenen Kind?"

„Was?" Automatisch trat ich einen Schritt zurück und löste mich von ihm. „Wie kommst du denn jetzt darauf? Wir haben doch bisher noch nie über Kinder gesprochen. Oder kannst du es etwa nicht erwarten, ein weiteres Kind zu bekommen?" Ich zog eine Augenbraue nach oben und sah ihn herausfordernd an.

„Ich hätte gern noch ein paar Kinder. Aber du bist mir eine Antwort schuldig geblieben." Wieder feixte er und ich wusste gerade nicht, was ich sagen sollte.

„Äh, also nicht, dass du denkst, ich will keine Kinder mit dir", begann ich stockend.

„Das klingt ja begeistert", stellte Jamie trocken fest.

Meine Hände umfassten sein Gesicht und ich zog ihn zu mir heran. „Natürlich möchte ich irgendwann ein Kind mit dir. Oder zwei. Aber noch nicht jetzt. Auch Jane zuliebe. Sie hat letztes Jahr so viel verkraften müssen. Und jetzt ist Gwen schwanger."

Jamie gab mir ein kleines Küsschen. „Du hast ja recht, mich haben gerade meine Gefühle überrannt, bei dem Gedanken irgendwann ein kleines Baby im Arm zu halten." Sein Gesichtsausdrück wurde wehmütig und ich wusste genau, dass er gerade daran dachte, was er bei Jane alles verpasst hatte.

Bewegt wisperte ich ihm ins Ohr: „Wir haben noch so viel Zeit. Irgendwann wird das ganze Haus mit Kindern gefüllt sein." Jamies Augen glänzten ein wenig, als er sagte: „Ich liebe dich, Lizzy."

Kaum hatte ich mich in seine Arme gekuschelt, polterte Jane die Treppe herunter und rief ausgelassen: „Seid ihr etwa noch nicht fertig? Ich habe schon Zähne geputzt und war auf dem Klo."

„Entschuldige Liebes. Jamie hat mich abgelenkt. Wir beeilen uns." Nur mühsam unterdrückte ich ein Lachen, als Jane empört die Arme in die Hüften stemmte.

„Also wirklich Daddy. Wir könnten schon längst los. Immer müsst ihr knutschen."

Während mir nun wirklich ein Prusten entkam, stand Jamie stocksteif da und sah seine Tochter an, als wäre ihr ein Horn gewachsen.

Langsam lief er zu ihr und ging vor ihr in die Hocke.

„Wie hast du mich gerade genannt?" Seine Stimme klang belegt, aber vor allem war er gerührt. Erst da begriff ich, was ihn so aus der Fassung gebracht hatte.

„Daddy", erwiderte Jane so selbstverständlich, als würde sie ihn schon immer so nennen.

Jamie küsste seine Tochter auf den Scheitel und murmelte: „So darfst du mich gerne öfters nennen."

Jane strahlte über die Pausbacken und drückte ihren Vater an sich.

Familie, ein schlichtes Wort, das so viel beinhaltete. Liebe und Geborgenheit, ein sicherer Anker, wenn es einem nicht gutging, aber auch ein Ort, an dem man immer willkommen war. Jane würde bei uns immer einen Platz haben. In unseren Herzen, aber auch in unserem Zuhause. Weil wir sie liebten.

Ende

Wie es weitergeht:

Forever – immer nur wir

FRAN

Ich liebe mein ungebundenes Singleleben, ausgiebige Partys und ungezwungenen Spaß. Als meine beste Freundin mir ein verlockendes Jobangebot macht, kann ich nicht widerstehen und gebe mein geliebtes Großstadtleben auf, um in einen kleinen Ort in Cornwall zu ziehen. Allerdings habe ich nicht damit gerechnet, mein Herz zu verlieren. Und nicht nur an das schnuckelige Städtchen, sondern auch an einen Mann. Da gibt es nur ein Problem. Er ist vergeben.

TYLER

Seit Jahren bin ich glücklich mit Kelly liiert, bis zu dem verhängnisvollen Tag, als ich einer Unbekannten zur Hilfe eile, die mit ihrem Fuß in einer Felsspalte steckenblieb. Seitdem geht mir die blonde Schönheit nicht mehr aus dem Kopf. Da es sich sicherlich um eine Touristin gehandelt hat, ist meine harmlose Schwärmerei bedeutungslos. Bis ich meinen besten Freund besuche und dort mit der Wahrheit konfrontiert werde. Mir bleibt nur eine Möglichkeit, ich muss Fran schleunigst vergessen.

ERSCHEINT VORRAUSSICHTLICH WINTER 21/22

Weitere Bücher von Anja Langrock

DAS FLÜSTERN UNSERER HERZEN
Teil 1 der „Herzensreihe"

Raphael gibt sich hart, unnahbar und gefühlskalt.
In seiner Welt sind Frauen lediglich dazu da, um ihm sexuelle

Erfüllung zu verschaffen, sonst nichts. Er schwor sich einst niemals mehr Gefühle zuzulassen und hält sich seither an seine eiserne Regel mit keiner Frau öfter als einmal zu schlafen. Doch plötzlich tritt Emilia ungestüm in sein Leben und stellt es gehörig auf den Kopf. Sie beginnt an dem eisernen Schutzwall zu kratzen, den er vor Jahren errichtet hat. Schnell entsteht zwischen ihnen eine magische Anziehung, die beide aber nicht wahrhaben wollen. Emilia trägt eine schwere Last aus ihrer Vergangenheit mit sich, die es ihr schwer macht sich vollständig zu öffnen. Wie soll sie einem Mann vertrauen, der die Macht besitzt sie zutiefst zu verletzen?
Wird Raphael begreifen, was Emilia ihm bedeutet und es schaffen den Schlüssel zu ihrer Seele zu finden?

KANNST DU MICH LIEBEN?

Teil 1 der „Berliner Liebeschaos"-Reihe

Was würdest du tun, wenn eine falsche Entscheidung dein altes Leben beendet? Wenn die Last der Vergangenheit dich

zerstört, bis nichts mehr von dir übrig scheint. Würdest du am Boden liegen bleiben oder aufstehen, und mit Hilfe deiner Freunde gegen deinen mächtigen Feind ankämpfen?

Wenn die Last der Vergangenheit zur Bürde des Lebens wird …

Seit drei Monaten ist Milas altes Leben vorbei. Sie präsentiert eine hübsche, aber leere Hülle, mehr nicht. Halt findet sie bei ihrem besten Freund Tommy, obwohl er mehr für sie empfindet, als sie zurückgeben kann. Als sie auf Leo trifft, der ihr im ersten Moment furchtbare Angst einjagt, ist Milas Gefühlschaos perfekt. Denn Leo ist nicht nur Tommys bester Freund, sondern er weckt Dinge in ihr, die sie unwiderruflich verloren glaubte. Obwohl Leo auf den ersten Blick arrogant und selbstverliebt wirkt, steckt mehr hinter seiner harten Fassade. Er öffnet ein winziges Fenster zu ihrer Seele, bis zu dem verhängnisvollen Tag, an dem Milas Leben ein zweites Mal aus den Fugen gerät.

Danksagung

Es ist an der Zeit, mich bei vielen lieben Menschen zu bedanken, ohne die der Traum meine Bücher zu veröffentlichen, überhaupt nicht möglich wäre.

Ich möchte mich ganz herzlich bei jedem einzelnen Leser bedanken, der meine Bücher kauft. Ich hoffe sehr, dass ich dich für einige Stunden, in eine Welt der großen Emotionen, Romantik und Leidenschaft entführen kann. Falls dir meine Bücher gefallen, würde ich mich sehr über eine Rückmeldung freuen. Für einen Autor gibt es nichts Wichtigeres, als ein Feedback zu erhalten, sei es in Form einer Rezension oder auch per Mail oder über meine Facebookseite.

Ein ganz dickes Dankeschön geht an meine lieben Mädels aus meinem Bloggerteam, die mir mit Rat und Tat zur Seite stehen und dafür sorgen, dass mein Buch sichtbarer wird. Ohne euch wäre es ziemlich schwierig, als unbekannter Autor auf sich aufmerksam zu machen. Ich bin froh, dass ich euch habe.

Loredana Bursch kümmert sich um die wundervolle Verpackung meines Buches. Sie hat das zauberhafte Cover gestaltet, das perfekt auf das Cover des ersten Teils abgestimmt ist.

Und zu guter Letzt möchte ich mich bei meinem Mann bedanken, der meine Manuskripte liest und korrigiert. Vielen Dank, dass du mir den Rücken freihältst, und es mir verzeihst, wenn ich gedanklich in meinen Geschichten verweile und die Realität aus den Augen verliere.

Die Autorin

Anja Langrock wurde 1980 in Trier geboren und lebt heute mit ihrem Mann und zwei Kindern in Bayern. Seit ihrer Kindheit hat sie große Freude daran sich Geschichten auszudenken und sich in Träumen zu verlieren. Mit der Überlegung ihre Ideen auch aufzuschreiben, setzt sie sich erst seit einigen Jahren auseinander. Seitdem lässt sie die Leidenschaft nicht mehr los und sie nutzt jede freie Minute, um ihr nachzugehen. Sie liebt es bei einer Tasse Cappuccino und guter Musik ihre Gedanken und Emotionen zu Papier zu bringen.

Die Möglichkeit in die völlig unterschiedlichen Rollen und Charaktere ihrer Protagonisten zu schlüpfen, um diese zum Leben zu erwecken und sie auf ihrem Weg zu begleiten, ist für sie das Großartige am Schreiben.

Willst du keine Neuigkeiten verpassen? Möchtest du über neue Projekte und Gewinnspiele informiert werden? Dann melde dich bei meinem Newsletter an. Als kleines Dankeschön erhältst du ein kostenloses E-Book.

WWW.ANJA-LANGROCK.DE/NEWSLETTER/